La Mort ne dure qu’un temps

Fabrice Mennella

La Mort ne dure qu'un temps

Roman

NOUVEAUX AUTEURS

Éditions Les Nouveaux Auteurs

16, rue d'Orchampt 75018 Paris
www.lesnouveauxauteurs.com

ÉDITIONS PRISMA

13, rue Henri-Barbusse 92624 Gennevilliers Cedex
www.editions-prisma.com

ISBN: 978-2-8195-07055

À René.

Puisses-tu, à l'instar de River, voler autour de nous…

PROLOGUE

Il était environ vingt-deux heures quand le véhicule s'engagea sur une route parallèle à Mulholland, sur les hauteurs de Laurel Canyon. Il parcourut une centaine de mètres et s'immobilisa. Le chauffeur coupa le contact. Il se tourna vers son passager, un type d'une quarantaine d'années, au visage marqué, lèvre coupée, ecchymose sous l'œil droit, le gauche injecté de sang, et lui annonça qu'ils étaient arrivés. Sa destination était là, il eut un geste vague, quelque part devant lui. Il devait finir à pied. Sans prononcer une parole, River, le passager, descendit de voiture. Le conducteur redémarra aussitôt, opéra un demi-tour et disparut dans la nuit.

Loin du tumulte de la ville, le silence apaisant lui fit du bien. L'air tiède sentait l'eucalyptus et la poussière. River avançait lentement, sans savoir où il mettait les pieds. Soudain, il trébucha et poussa un gémissement. La douleur qu'il endurait depuis des jours se rappelait soudain à son bon souvenir. Il tomba à genoux, à deux doigts de s'évanouir.

Il attendit, les yeux fermés, que les points lumineux qui explosaient dans son crâne veuillent bien cesser leur sarabande endiablée. Après de longues secondes, il se releva, piocha un *Percocet* dans une de ses poches et l'avala d'un coup de glotte. Peu importe s'il dépassait la dose, il souffrait trop. Ses côtes. Fracturées. Au moins deux. Il poussa un soupir de soulagement, anticipant le moment où la douleur allait disparaître.

Peu après, la lune se leva, éclairant le chemin d'une pâle lueur argentée. Il aperçut alors un portail blanc encadré par des murs de pierres sèches. Il s'approcha de l'interphone. Vérifia le nom. C'était le bon. Il était arrivé.

Un enchevêtrement de rubans jaunes du LAPD, tendus en travers du portail, interdisait l'accès à la maison. Une sombre histoire l'été dernier. C'était pour cela que River l'avait choisie. Une maison dans les collines, isolée et déserte, l'endroit idéal pour une rencontre discrète. Il arracha les rubans, les roula en boule et les lança par-dessus le mur. Après, il fit sauter les scellés, poussa le portail et entra.

River traversa le jardin et déboucha sur la terrasse. La vue sur Los Angeles était à couper le souffle, mais il n'y prêta pas attention. Il était préoccupé. Il alla s'asseoir au bord de la piscine, face aux lumières de la ville. Bercé par le murmure de l'eau, abruti par les médocs, il faillit s'endormir. Ce n'était pas le moment. Il se leva, se secoua, regarda sa montre. Il eut un geste d'agacement. Cela faisait plus d'une heure qu'il l'attendait. Il se dit que son retard pouvait s'expliquer. Une réunion qui s'éternisait, la circulation du vendredi soir ou un accident sur la 101. Il lui accorda encore dix minutes. Pas une de plus. Au-delà, il mettrait sa vie en danger. Après ses *exploits*, tous les flics de Californie et un bon nombre de malfrats voulaient lui faire la peau, et chaque minute perdue réduisait ses chances de leur échapper de façon exponentielle.

River était plongé dans ses pensées lorsqu'il entendit un bruit de pas.

L'instant tant attendu et tant redouté était arrivé. Son avenir allait se jouer ici, et maintenant, dans ce décor de carte postale.

Réponse dans vingt minutes. Trente, tout au plus. Ensuite, il partirait. Recommencer une nouvelle vie. Ailleurs.

Un pâle sourire éclaira son visage. Pour la première fois depuis des lustres, il se sentait bien, apaisé, presque heureux.

Il ignorait qu'il ne lui restait que quelques minutes à vivre.

1.

Vendredi 21 mars – 23 h 05 – Laurel Canyon

La mort ôtait toute dignité. Déniait toute pudeur. Refusait tout compromis. Je le savais. Je la connaissais pour l'avoir maintes fois pratiquée. La mort engendrait la stupeur. L'incompréhension. Le refus. La colère. La tristesse. Mais par-dessus tout… la mort imposait le silence.

Le silence régnait en maître sur les scènes de crime. Un silence épais comme le sang. Lourd comme le plomb. Un silence que personne n'osait rompre.

La victime avait cessé de se plaindre. La famille était tenue à distance. Les toubibs faisaient leur job en silence. Les flics…

Le flic, c'était moi. Et moi, sur une scène de crime, j'observais, je prenais des notes, mais surtout, je la fermais… la mort imposait le silence.

Cette nuit, une chape de silence m'enveloppait. Le vent avait cessé de souffler. Les oiseaux ne chantaient plus. La rumeur sourde de la ville s'était tue, vaincue par plus forte qu'elle… la mort imposait le silence.

Mais aujourd'hui, le silence semblait différent. Plus profond. Assourdissant. Éternel. Un silence comme je n'en avais encore jamais entendu.

Devant moi. Allongé sur le ventre. Éclairé par la lueur blafarde de la lune. Baignant dans son sang. Un corps. Un cadavre.

Mon corps. Mon cadavre.

Je suis mort ! Je suis véritablement, définitivement, irrémissiblement mort C'est inconcevable. Mais c'est un fait. Je suis mort.

Depuis quelques minutes. Ou quelques heures. Quelle importance quand on avait l'éternité pour seule limite ?

Essayons de reconstituer la chronologie de cette nuit.

Je me souvins avoir patienté longtemps. Puis, la personne que j'attendais était arrivée. Je ne savais pas de qui il s'agissait. Je ne me rappelais pas ce que nous nous étions dit. En revanche, je me souvins qu'il avait tiré. Deux fois. Je vis les flammes orange. J'entendis les détonations. Je sentis l'odeur de la poudre. Ensuite, comme au ralenti, mes jambes se dérobèrent et je tombai en avant. Mon nez se brisa en heurtant les dalles de pierre. Mais je ne ressentis aucune douleur. J'étais mort avant de toucher le sol.

Après ? Après, j'étais *ailleurs*. Dans un ailleurs silencieux et ouaté. Libéré de la pesanteur. Où chaque seconde durait l'éternité. Où l'espace infini était tout entier contenu dans un grain de sable. Je me sentais bien. Apaisé. S'il s'agissait de l'au-delà, alors la mort était une douce condition.

Mais cette sensation ne dura pas. Très vite, le brouillard se dissipa et le temps reprit sa course inéluctable. J'étais de retour. Près du corps allongé sur le ventre dont je ne distinguais pas le visage. Nous faisions la même taille. La même corpulence. Il portait un costume gris à fines rayures bleues, identique au mien.

C'est moi. Il n'y a aucun doute.

Mais je n'étais pas mort ! J'avais conscience de ce qui m'entourait. Je voyais les lumières de la ville en contrebas.

J'entendais le bruit des voitures sur Sunset. Comment était-ce possible ? Étais-je devenu un fantôme ? Un esprit ?

Je n'arrivais pas à gérer cette situation. Personne n'était préparé à ça et personne n'était revenu nous dire ce qu'il y avait de l'*autre côté*. Je savais qu'il allait falloir faire face. Seul. Avec mes peurs. Mes doutes. Et mes questions. Seul. Désespérément seul.

Le moment est venu. Je craque.

— Est-ce que quelqu'un m'entend ? Répondez-moi ! S'il vous plaît ! Qu'est-ce qui m'arrive ? S'IL VOUS PLAÎT !

Je hurle. Aucun son ne sort de ma bouche. Mes poings s'abattent dans le vide. Je suis prêt à tout entendre. J'ai juste besoin de comprendre. Mais personne ne répond. Et je m'effondre en larmes.

Je ne devais pas m'apitoyer sur mon sort. Je devais surmonter cette épreuve. Transformer mon désespoir en colère. Ma peur en détermination. Je devais être fort et me battre. Même si j'ignorais encore contre qui.

Qu'est-ce que je raconte ? Me battre ? Mais je suis mort ! Oui ! Peut-être. Ou alors… pas tout à fait !

Je pensais avoir une marge de manœuvre. Faible. Tellement faible que j'ignorais si je réussirais à m'en servir. En effet, si mon esprit était toujours présent et s'il n'avait rien perdu de sa vivacité et de sa clairvoyance…

Il faudra vous y habituer. La haute opinion que j'ai de moi n'a d'égale que ma modestie !

… je n'arrivais pas à me déplacer et je ne pouvais communiquer avec personne. Personne ne pouvait me voir, personne ne pouvait m'entendre. De plus, ma mémoire était aussi défaillante que l'économie d'une dictature africaine communiste !

Je n'étais plus maître de mon destin, aussi je devrais m'armer de patience et espérer qu'il se passe quelque chose.

En attendant, si vous êtes d'accord, je vais vous raconter mon histoire. Décidez-vous vite. Nous n'avons peut-être pas l'éternité devant nous.

En effet, il était fort possible… que la mort ne dure qu'un temps.

2.

Vendredi 21 mars – 23 h 33 – Laurel Canyon

La dernière chose dont je me souviens remonte au 6 décembre dernier.

Ce soir-là nous fêtions notre anniversaire de mariage. Isa, ma femme, et moi. Dans un restaurant à la mode de Santa Monica. Cher, comme tous ceux que nous fréquentions, et bruyant, comme tous les restaurants des États-Unis. Depuis… plus rien. Rien qu'un immense vide. Que s'était-il passé depuis ce fameux 6 décembre ?

Je n'en ai pas la moindre idée !

Ce néant débutait le 7 au matin et se terminait aujourd'hui. Presque quatre mois d'amnésie !

Pour autant, je n'avais rien perdu de ma mémoire sémantique, ma mémoire à long terme. Tous mes souvenirs d'avant le 6 décembre, conservés bien au chaud dans mon cerveau, n'attendaient que mon bon vouloir pour remonter à la surface.

Tout a commencé dans une petite ville au sud du Kansas. Une ville dont les habitants avaient de grandes chances de mourir sans jamais franchir les limites de l'État. Une ville poussiéreuse dont la rue principale portait le nom de Main Street. Nom pompeux pour une suite de stations-service, de grossistes en matériel agricole et d'églises méthodistes. Les autres rues n'avaient pas de noms, seulement des numéros. Une ville endormie où les façades décrépies des bâtiments donnant sur Main Street empêchaient de voir qu'au-delà il n'y avait qu'une plaine désolée s'étendant jusqu'à l'horizon. Une ville laborieuse qui broyait les ambitions de ses habitants dans les champs de blé écrasés de soleil ou balayés par des tornades destructrices. Une ville rude qui engourdissait les rêves de ses enfants dans les bars où dès leur plus jeune âge, comme leurs parents avant eux, ils s'imbibaient de bière ou de mauvais whisky.

Une ville que je voulais fuir depuis longtemps. D'aussi loin que je me souvienne.

L'appréciation *élève très moyen*, notée au bas de tous mes bulletins, ne me permettait pas d'envisager d'obtenir une bourse. Je n'irais jamais à K-State[1]. Trop loin. Trop cher. *Nous n'avons pas les moyens*, m'avait un jour avoué ma mère, la gorge serrée. Bel euphémisme pour dire que nous étions pauvres. Mon père refusa de contracter un prêt. Ou peut-être lui fut-il refusé. Je ne l'ai jamais su. *Tous des salauds, ces banquiers !* fut la seule explication qu'il me donna. Mon niveau en baseball m'aurait certainement permis de décrocher cette foutue bourse. Mais vers le milieu de la saison, après avoir été supervisé par plusieurs recruteurs, je m'étais bêtement cassé le poignet. Le gauche, celui qui lançait des balles paraboliques. Des balles que mes adversaires ne parvenaient que très rarement à rattraper. Des balles qui m'avaient fait rêver d'une carrière professionnelle. Carrière brisée nette. Aussi nette que mon cubitus contre l'asphalte.

Cette année-là, l'année de mes dix-huit ans, le premier jour des vacances d'été coïncida avec mon entrée dans le monde du travail.

1. Université d'État, située à Manhattan, Kansas.

Mon père m'avait trouvé une place d'apprenti chez Bill Sherwin. Un *connard* de première, aux ongles incrustés d'une vingtaine d'années de crasse et de graisse de moteur, qui possédait le plus grand atelier de réparation de machines agricoles de la ville.

J'y suis resté une semaine, priant pour que chaque jour soit le dernier. Je ne pouvais pas démissionner, mon vieux m'aurait renié. Aussi, j'échafaudais des scénarios catastrophes. J'imaginais qu'un capot mal sécurisé retombait sur ma main, ou qu'une lourde clef anglaise s'écrasait sur mes orteils. Je ne me déplaçais qu'en courant. Bill me citait en exemple à ses employés ou à ses clients, alors que j'espérais seulement glisser sur une flaque d'huile et me rompre un os. N'importe lequel ferait l'affaire. Tout plutôt que passer un jour de plus dans son garage. Mais les capots étaient fixés selon les règles, les outils rangés à leur place et le sol rigoureusement propre. Aucun accident ne fut à déplorer et je passai l'une des pires semaines de ma vie. Le vendredi soir, après m'avoir donné ma paie, quand Sherwin me fit : *bon week-end, p'tit, à lundi*, je crus que j'allais me mettre à pleurer et je pris ma décision en une fraction de seconde. Je devais partir. Vite. Loin. N'importe où. Je ne passerais pas un jour de plus chez Bill.

Le lundi suivant, à sept heures tapantes, je me préparai à quitter la maison qui m'avait vu naître. J'entrai dans la cuisine. Mon père était là. Depuis mon adolescence, nos relations s'étaient distendues. Son métier l'obligeait à s'absenter la semaine. Sa passion pour la bière le tenait éloigné le week-end. Je ne le voyais presque jamais. Je fus contrarié de le trouver à la maison si tard. D'habitude, il partait vers six heures. Mais ce matin-là, inexplicablement, il buvait son café, tranquillement assis dans la cuisine. Ma mère me chuchota qu'une crise de goutte l'empêchait de conduire. Qu'il souffrait le martyre. Qu'il était d'une humeur de chien. Il me salua d'un : *bonjour fils ! Comment ça se passe au garage ?* Je bredouillai un *bien* peu convaincant en m'absorbant dans la contemplation de mes pieds. Il hocha la tête, peu convaincu. Mais il n'insista pas. Il replia son journal. But son café jusqu'à la dernière goutte et quitta la pièce en boitillant. Passant derrière moi, il bougonna : *fais honneur à ton nom, mon garçon...* et me donna une tape sur l'arrière du crâne qui faillit m'arracher la tête. C'était sa façon à lui de dire *je t'aime.*

En me frottant le cuir chevelu, j'expliquai à ma mère que je n'avais pas faim, je la serrai dans mes bras et l'embrassai. Je n'étais pas coutumier des effusions sentimentales. Elle tiqua. S'écarta de moi. Saisit mon menton entre ses doigts. Me regarda droit dans les yeux. Elle me demanda alors si tout allait bien. Si quelque chose me chagrinait. Je n'ai jamais su lui mentir. Elle détectait le moindre de mes mensonges avec une facilité qui m'avait toujours fasciné et je fus à deux doigts de lui avouer mes projets.

Par chance, mon père hurla son mon. Elle me murmura alors à l'oreille : *on en parlera ce soir, si tu veux...* et déposa un baiser sur ma joue. Avant que je puisse lui répondre, elle avait déjà quitté la pièce. C'était la dernière fois que je la voyais.

Après, tout était allé très vite.

Avec les vêtements que j'avais sur le dos pour tout bagage, l'insouciance de mes dix-huit ans et une centaine de dollars en poche, je gagnai la gare routière. J'achetai un aller simple pour le premier Greyhound en partance. Le hasard me conduisit en Californie.

Je débarquai à Los Angeles le surlendemain matin. Un soleil radieux brillait dans un ciel immaculé. J'étais fauché (j'ai appris depuis qu'il était stupide de parier sa chemise, quand on ne possédait que sa chemise), mais cet interminable voyage m'avait permis de réfléchir. J'avais trouvé ma voie. Je voulais défendre mon pays. Me battre pour la liberté et l'honneur. Je serais militaire. Je me suis aussitôt engagé dans le corps des marines. Quelques mois plus tard, après un entraînement rapide, je fus déployé au Koweït, en pleine guerre du Golfe.

Pendant plusieurs semaines, ma vie s'écoula dans une routine pesante, mais rassurante. Pesante, car du matin au soir, tout ce que je faisais était codifié, décidé, imposé. Aucune décision n'était nécessaire. Aucune initiative n'était autorisée. Rassurante pour les mêmes mauvaises raisons.

Et puis un jour, tout a basculé !

C'était un matin comme tous les autres. Lumineux. Écrasé de soleil. Nous effectuions une patrouille de reconnaissance sur la route d'Al Jahra, à une encablure de Koweït City. Il faisait une chaleur atroce. La température caniculaire usait les organismes autant que le matériel. Je somnolais au fond du Humvee, mon M16 calé contre ma cuisse. Soudain, au milieu du désert, une déflagration retentit. Le véhicule qui nous précédait s'envola dans une boule de feu, se retourna et retomba lourdement sur le toit, écrasant et tuant ses occupants.

Le convoi s'arrêta en catastrophe. Les ordres parvinrent à nos oreilles douloureuses, comme enveloppés dans du coton. Autour de nous, le monde explosa. Des dizaines de moudjahidines surgissant de nulle part nous mitraillaient en hurlant. Nous ripostâmes à feu nourri. L'échange de tirs dura une éternité. J'étais presque à court de munitions lorsque je ressentis une douleur atroce. Une balle m'avait traversé l'épaule droite de part en part, passant à quelques millimètres d'une artère. Mon bras pendait, inerte et inutile. Impossible de tirer. L'ennemi se rapprochait. Je m'éloignai de la fusillade et me mis à couvert derrière un rocher. Je me croyais à l'abri. Mais un barbu m'avait vu. Il avança dans ma direction en pointant sa kalach droit vers ma poitrine.

Il tira. Je fermai les yeux. Contractai les muscles. Anticipant l'instant où les balles m'atteindraient. Rien... Son arme s'était enrayée ou il était à court de munitions, peu importe. Ce ne serait pas pour aujourd'hui.

Il jura dans sa langue, laissa tomber sa kalach à ses pieds et sortit un couteau. Il avait vu ma blessure et il savait que j'étais incapable de me défendre. Il n'était qu'à quelques pas. Je pouvais sentir son odeur, mélange de feu de bois et de crasse endémique. Il continua d'avancer. À trois mètres, je l'entendis vomir des imprécations en invoquant son dieu sanguinaire. Il était à moins de deux mètres. Je distinguais ses pupilles dilatées sous l'effet du cannabis. Un sourire édenté illumina son visage. Il savourait à l'avance ce qu'il allait me faire. Plus qu'un mètre. Il allongea le bras. Le couteau bien à plat. Sa lame effilée comme un rasoir, dirigée droit vers ma jugulaire. Il comptait m'égorger comme un mouton. Je crus pour la deuxième fois en quelques secondes que ma dernière heure était arrivée.

Soudain, il sursauta. Écarquilla les yeux, la bouche ouverte dans une interrogation muette. Puis, lentement, comme au ralenti, il tomba à genoux, s'affaissa dans la poussière et mourut à mes pieds. Atteint d'une balle en plein cœur.

Je regardai autour de moi, cherchant d'où provenait le coup de feu qui m'avait sauvé la vie. À une cinquantaine de mètres, j'aperçus mon pote Ethan, le pouce levé.

Les tirs cessèrent enfin. Nous avions éliminé nos assaillants. Tous. Jusqu'au dernier. Nous relevâmes quatre morts et trois blessés graves parmi les nôtres. J'avais perdu pas mal de sang, mais j'avais conservé l'usage de mon bras et n'avais gardé de cette mésaventure qu'une cicatrice d'une dizaine de centimètres, qu'il m'arrivait, encore aujourd'hui, d'exhiber avec fierté.

J'aurais aimé raconter cette histoire à mes enfants et à

mes petits-enfants, si tant est que j'en eusse un jour. Mais je devais à la vérité de dire que si ma cicatrice existait bel et bien, tout ce qui précédait était le fruit de mon imagination et que j'avais été blessé lors d'un banal accident de la circulation. C'était la nuit, j'avais bu. Je roulais trop vite. J'avais pris un rond-point sans ralentir et mon véhicule avait fait deux tonneaux ! Sur une base militaire ! Où la vitesse était limitée à trente kilomètres-heure ! De mémoire de soldat, cela n'était jamais arrivé. La nouvelle se répandit comme une traînée de poudre. Du jour au lendemain, mon exploit fut connu de tous. Hélas, la police militaire ne l'apprécia pas à sa juste valeur. Je fus interpellé, jugé et condamné. Sanction lourde, sans appel. Contrat résilié. Soldat rendu à la vie civile. Avec effet immédiat.

J'ai été viré comme un malpropre, si vous préférez !

On m'avait gentiment accordé deux heures, le temps de faire mon paquetage, et je m'étais retrouvé dans un avion, direction Camp Pendleton.

De retour au pays, j'avais claqué toute ma solde en moins d'une semaine.

Je vous laisse le soin d'imaginer de quelle manière… et avec qui…

Ensuite, j'avais vécu plusieurs mois de galère. Passant d'un boulot merdique à une combine foireuse. Souvent à la limite de la légalité. Quelquefois au-delà. Une nuit, dans un rade où j'avais mes habitudes, un type que je connaissais vaguement me brancha sur un coup risqué, mais pouvant rapporter un gros paquet de fric. Le braquage d'un bureau de change. Je lui devais pas mal d'argent. J'acceptai son offre.

Le jour J, cloué au lit par une mauvaise grippe, je n'avais pu monter au braquo. Le karma, le destin ou la chance. Appelez ça comme vous voudrez. Toujours est-il que, comme je l'avais appris par la suite, les choses avaient mal tourné. L'employé du bureau de change, un flic à la retraite, cachait un fusil à pompe sous son comptoir. Quand deux types cagoulés et armés déboulèrent dans sa boutique, il n'hésita pas une seule seconde. Il fit feu. Deux fois. Sans sommation. On releva deux morts. L'organisateur du coup et le type qui m'avait remplacé au pied levé.

Ma première pensée avait été de me dire que ma dette était effacée. La deuxième, aussitôt après, que je ne voulais jamais plus revivre cela. Je pris ma décision en une fraction de seconde. Dorénavant, je n'enfreindrais plus la loi. Je la respecterais et me battrais pour la faire appliquer. Je serais flic.

Je venais d'avoir vingt et un ans. Je présentai le concours d'entrée du LAPD. Les tests écrits, physiques et médicaux furent une formalité. Mon dossier militaire passa de justesse l'enquête sur les antécédents. Par chance, les aiguilles du polygraphe[1] confirmèrent mes allégations. Pas toutes exemptes d'approximations ou de (légers) mensonges.

Toujours est-il que je fus reçu.

Mon premier partenaire m'apprit les ficelles du métier. Il m'enseigna comment désamorcer les tensions. Comment me faire respecter. Par les honnêtes gens comme par les voyous. À quel moment il fallait négocier. À partir de quand je devais sévir. Mais surtout, il m'enseigna l'éthique de notre profession. J'appris grâce à lui qu'Honnêteté et Droiture n'étaient pas de vains mots, mais des buts à atteindre. Dès notre première patrouille, nous nous entendîmes à merveille. Une amitié indéfectible naquit ce jour-là. Elle s'enrichit au cours du temps et ne se démentit jamais.

Protéger et servir[2]. La devise était belle, la réalité beaucoup moins. Nous patrouillâmes dans les quartiers les plus chauds de L.A. Nos missions consistaient, la plupart du

1. Appelé aussi détecteur de mensonges.
2. *To Protect and to Serve*, devise du LAPD.

temps, à séparer des junkies prêts à s'entre-déchirer pour un caillou de crack, à empêcher des mères éplorées de se jeter sur les cadavres criblés de balles de leurs gosses, ou à poursuivre des conducteurs saouls qui finissaient généralement leur course contre un arbre.

Nous passâmes deux années ensemble. Deux années parmi les plus enrichissantes de mon existence. Ensuite, si nos routes professionnelles se séparèrent, nous ne passâmes pas une semaine sans nous voir. Sa nomination au poste prestigieux de chef de la police m'avait empli de joie et de fierté. Il était le père que je n'avais jamais eu, j'étais le fils qu'il avait toujours espéré, et nous savions que quoi qu'il arrivât, nous serions toujours présents l'un pour l'autre.

La rue était difficile. Elle n'acceptait aucune erreur. Ne pardonnait aucune approximation. Mais la rue était formatrice. Elle avait fait de moi un homme. J'y avais appris à me battre. Mais j'aspirais à autre chose. À plus de responsabilités et de reconnaissance. Aussi, après mon service, je suivais des cours du soir à l'université. Pour devenir détective. Travailler en civil. Enquêter sur de vraies affaires.

J'en ai bavé ! Vous pouvez me croire.

Plusieurs fois, j'avais failli tout laisser tomber. Mais je m'étais accroché. Après trois années sans aucun week-end ni jour de vacances et sans beaucoup dormir, j'avais obtenu mon diplôme. Grâce à l'appui du chef (ou à son piston, c'était vrai et je ne me formaliserais pas), j'avais intégré la prestigieuse brigade des vols et homicides au sein du LAPD.

Un jour, des années plus tard, je parvins à résoudre une affaire difficile, impliquant un notable. Un banquier marié à une femme encore plus riche que lui. Elle fut retrouvée morte dans sa cuisine. Lardée de cinquante coups de couteau. Tous les indices donnaient à penser que le jardinier était l'auteur des faits. Des indices irréfutables qui se transformèrent en preuves incontestables. On ne constata, en effet, aucune trace d'effraction sur les portes et les fenêtres ; la victime connaissait donc son meurtrier. Quelques particules de terre furent retrouvées sur le carrelage de la cuisine. Les enquêteurs conjecturèrent que le tueur avait marché dans les plates-bandes fraîchement retournées. Enfin, un sécateur, opportunément retrouvé sous la victime, incrimina définitivement le jardinier. Il eut beau déclarer qu'il l'avait perdu depuis plusieurs semaines, rien n'y fit. Il fut arrêté. Comme il était en situation irrégulière, parlait mal notre langue et n'avait pas d'alibi pour l'heure du crime, il devint le parfait coupable d'une enquête rondement menée.

J'avais été chargé, étant le dernier arrivé dans la brigade, d'annoncer au veuf, le véritable coupable, l'arrestation du jardinier. Son regard me fit l'effet d'un électrochoc. En effet, il ne me renvoya pas le regard soulagé d'un époux éploré, satisfait de savoir le meurtrier de sa femme sous les verrous. Non. Ses yeux pétillèrent. Savourant l'instant, il me regarda avec arrogance. Dédain. Son regard signifiait : *je vous ai bien eu ! Et ce fut facile.* Ce regard m'avait fait mal. Il m'avait donné la volonté de poursuivre l'enquête. Et je n'avais eu de cesse de le confondre. Ce fut ma première victoire.

Les chaînes locales, toujours à l'affût de nouveaux visages, tournèrent leurs micros et leurs caméras vers moi. Je devins ainsi une sorte de spécialiste. Le flic dont on sollicitait l'expertise lorsqu'un crime potentiellement médiatique survenait. *Potentiellement médiatique* fut le terme détestable qu'employa devant moi un journaliste. Devant mon étonnement, il m'expliqua qu'il s'agissait d'un crime évidemment sanglant, de préférence odieux et si possible sadique (liste non exhaustive), qui permettrait à son reportage de réaliser un pic d'audience.

Ce fut lors d'une de ces interviews que je rencontrai Isabella, Isa, ma future femme.

Diplômée depuis quelques semaines d'une prestigieuse

école de journalisme, elle venait d'être engagée par Fox News. Vingt-cinq ans, de taille moyenne, mince, elle avait la fraîcheur naturelle et le corps fuselé des surfeuses d'Huntington Beach. Au centre de l'ovale parfait de son visage pétillaient ses yeux verts qui pouvaient virer au marron le plus sombre quand elle était en colère. Ce qui arrivait relativement souvent. De sa mère mexicaine, elle avait reçu en héritage son teint couleur miel et son caractère soupe au lait tempéré par le sang irlandais de son père, un riche homme d'affaires, à qui elle devait sa force de caractère, sa ténacité maladive et une chevelure d'un roux flamboyant. Le mélange était détonnant !

Je suis tombé amoureux d'Isa au premier regard.

Pour qu'elle s'intéresse à moi, j'avais utilisé toutes les techniques de drague que je connaissais. J'avais commencé par la jouer cool et branché, émaillant mes propos de mots d'argot. À mi-chemin entre le surfeur californien et le *gangsta black*. Aucune réaction de sa part ! Je m'étais alors glissé dans la peau du type énigmatique, ténébreux, parlant à voix basse et laissant passer plusieurs secondes entre chaque phrase. Encore raté ! Elle m'avait alors demandé ce qu'il m'arrivait, si je voulais qu'on remette l'interview à un autre jour. En désespoir de cause, j'avais essayé de faire de l'humour et je me couvris de ridicule. Les reparties que je croyais drôles tombaient à plat. Ce fut l'un des pires moments de ma vie. Et la pire interview de l'histoire de la télévision. Tellement mauvaise que sa chaîne n'en voulut pas.

Mais je m'accrochai et après de nombreuses lettres, une petite fortune dépensée en fleurs et plusieurs interminables semaines d'attente, elle accepta de me revoir.

Un mois plus tard, nous sortîmes ensemble. Son caractère solaire et sa joie de vivre contrastaient avec ma mélancolie. Mais les inverses étant faits pour s'attirer, nous nous mariâmes l'année suivante. Notre relation n'était pas fusionnelle. Plutôt chaleureuse. Voire stratégique. Limite intéressée. Notre union apportait à Isa l'émancipation et la liberté qu'elle attendait depuis toujours et que sa famille rechignait à lui offrir. Pour ma part, j'y trouvais la stabilité et l'apaisement que je n'avais pas ressentis depuis… en fait depuis toujours. Chacun de nous y trouvait son compte. Nous nous aimions tendrement, même si nous savions l'un comme l'autre que nous avions fait un mariage de raison.

Nous nous coulâmes assez vite dans une routine rassurante. La semaine chez nous. Dans notre appartement sur Wilshire. Le week-end dans la grande maison des parents d'Isa. En compagnie de sa nombreuse famille. Et de son oncle.

Je vous parlerai un jour de ce type. Si vous insistez. Pour l'instant, je n'y tiens pas particulièrement.

Bref, je n'étais pas encore agacé (même si j'en avais plein le dos des dimanches passés avec ma belle-famille. Mais j'aimais Isa, alors je subissais en silence…) par la monotonie de notre existence quand ses parents décédèrent subitement, lorsque l'hydravion qui les transportait s'abîma dans l'océan Indien et coula à pic à une encablure d'une île paradisiaque des Maldives. On est peu de chose.

Ce drame se déroula il y a trois ans. Isa, qui n'avait aucune envie de prendre la suite de son père à la tête de ses sociétés décida de tout vendre. Plusieurs millions de dollars vinrent accroître son patrimoine. Nous étions aisés, nous devînmes riches. Nous fîmes l'acquisition d'une splendide hacienda à Brentwood, un quartier huppé de L.A., Isa confia le reste de sa fortune à une société d'investissement et reprit son travail.

Je suis le flic qui possède l'adresse la plus prestigieuse de tout le LAPD !

Nous roulions en décapotable italienne ou en 4x4 allemand. Nous dévalisions régulièrement les boutiques de

Rodeo Drive. Nous fréquentions assidûment les restaurants à la mode et nous avions nos habitudes dans les hôtels les plus chics de la planète. La vie était agréable. Les soucis financiers inexistants.

Même si j'avais toujours présent dans un coin de l'esprit que l'argent que nous dépensions était celui d'Isa. Pas le mien. Sentiment fugace de honte. Léger goût amer d'une fierté mal placée. Ridicule ! Nous formions un couple, une équipe. Unie. Soudée. Tout ce qui est à moi... blablabla.

Je ne m'étais jamais senti chez moi à Brentwood. J'étais intimidé par cette maison. Trop grande. Trop belle. J'étais gêné de donner des ordres à la femme de ménage ou au jardinier. J'étais impressionné par les tableaux abstraits, la décoration hors de prix et les meubles de designers.

Car Isa aimait les belles choses. Et elle pouvait se les payer. Elle disait à qui voulait l'entendre qu'elle habitait la plus jolie maison du meilleur quartier de la plus belle ville du plus merveilleux pays. Qu'elle conduisait les plus luxueuses voitures pour se rendre dans les magasins les plus chics ou les restaurants les plus raffinés. Qu'elle ne portait que des vêtements de grands couturiers. Qu'elle ne tolérait que l'excellence...

Pas facile à entendre pour un type comme moi. Élevé à la dure dans un bled paumé d'un État rural. Par des parents obligés de compter le moindre dollar.

D'autant qu'elle m'avait balancé en pleine *gueule*, lors d'une dispute mémorable, que ce qu'elle possédait de plus commun... c'était moi, son mari.

Je me souviens parfaitement de tout.

Mais je n'arrivais pas à me rappeler ce que je faisais ici, dans cette maison. *Où ce fils de pute... – que je vais retrouver, je vous en fais la promesse – vient de m'abattre de deux balles dans la tête.*

3.

Samedi 22 mars – 00 h 10 – Laurel Canyon

J'ignorais tout de ce type. Je ne savais pas qui il était. Je ne savais pas pourquoi il m'avait assassiné. Je n'étais pas naïf. J'avais conscience qu'un bon nombre de personnes, toutes moins recommandables les unes que les autres, voulaient me voir mort. Mais pourquoi ici et maintenant ?

La réponse devait se trouver dans une de mes enquêtes. Mais laquelle ? Une ancienne ? Ou la dernière ? Je ne me souvenais pas sur qui ou sur quoi j'enquêtais. J'avais peut-être donné rendez-vous à un indic. Et ce dernier avait décidé de m'éliminer. Non, cela n'avait aucun sens. Je rencontrais mes indics dans des endroits publics. Jamais dans une baraque vide, au milieu de nulle part. Je connaissais mon meurtrier. Cela ne faisait pas l'ombre d'un doute. Sinon, je ne lui aurais pas donné rendez-vous ici, loin de tout. Je n'étais pas complètement con. Mais qui parmi mes connaissances pouvait vouloir ma mort ?

Là, j'avoue que je sèche.

Qui que ce soit, je ressentais une haine viscérale contre ce type. Je ne penserais qu'à lui. Jour et nuit. J'y mettrais le temps qu'il faudrait. Mais je le démasquerais. Et après, je le buterais. Je ne savais pas encore comment, mais j'étais certain de réussir.

Bien ! Il était temps de me mettre en chasse.

Mais qu'est-ce qu'il m'arrive ? Je ne peux pas bouger ! Je commande à mes jambes d'avancer, mais elles refusent de m'obéir.

Comment pourrais-je retrouver mon assassin si je restais coincé ici ? Moi qui me voyais déjà survolant la ville tel un justicier solitaire, quelle cruelle désillusion.

Un flot d'injures jaillit de ma gorge. Je m'en pris à tout le monde. Sans distinction de race ou de religion. Puis ma colère retomba. Et le temps passa.

Soudain, une légère brise se leva. Je m'envolai sur plusieurs mètres et finis ma course au milieu d'un massif de... *je n'en sais rien, une plante quelconque. Je ne suis pas jardinier !*

Je pouvais me déplacer. Je ne décidais pas encore où et quand, mais j'étais persuadé que dans un futur proche, je maîtriserais mes déplacements.

Au fait, ça faisait déjà un moment que je venais d'être tué. La maison était isolée, mais quelqu'un avait certainement entendu les coups de feu et prévenu la police. Les flics ne devraient plus tarder.

En les attendant, j'essayai de me déplacer. Il était primordial que j'y parvienne.

J'avais tout essayé. J'avais ondulé comme un serpent, essayé de nager, agité mes bras et mes jambes dans tous les sens. Échec sur toute la ligne.

Soudain, une rafale plus forte que la précédente me souleva. Je m'envolai et me stabilisai à dix mètres du sol. J'avais une vue imprenable. Je les vis arriver. Deux lucioles lançant des éclairs bleus et rouges. Roulant à vive allure. S'arrêtant puis repartant en sens inverse. Cherchant sans la trouver la maison d'où provenaient les coups de feu. Enfin, ils empruntèrent le bon chemin et dans un concert de sirènes, de crissements de pneus et de claquements de portières, deux véhicules du LAPD s'immobilisèrent devant le portail.

Quatre agents en sortirent. S'équipèrent de gilets pare-balles en Kevlar. Ajustèrent leurs ceinturons. Dégrafèrent les languettes de leurs holsters.

— Espérons que ce soit la bonne.

L'homme qui venait de parler, le sergent, un colosse au physique de footballeur américain, en avait plus qu'assez. Cela faisait deux heures qu'ils cherchaient d'où étaient partis les tirs qui avaient réveillé un voisin qui avait prévenu la police.

Ce dernier n'avait pas été très précis, il avait *entendu des coups de feu, tirés depuis une maison, pas très loin d'ici...* Débrouillez-vous avec ça ! Dans les collines, il était presque impossible de localiser l'origine d'un bruit. À cause de la configuration du terrain, un son paraissant proche pouvait provenir de l'autre côté d'un canyon, distant parfois de plusieurs centaines de mètres. Les patrouilleurs délimitèrent un versant, puis une rue et enfin une maison.

De ses petits yeux porcins, le sergent aperçut les scellés brisés et les bouts de rubans arrachés qui pendouillaient le long du mur. Son flair lui signifia qu'il était au bon endroit. Il dégaina son arme.

Avec prudence, il poussa le portail. Il hésita. Du menton, il désigna le bleu, qui effectuait l'une de ses premières patrouilles.

— Rick, va jeter un coup d'œil. Nous, on te couvre.

Rick obéit à contrecœur. Il passa la tête au-delà de l'ouverture et balaya rapidement du regard l'intérieur de la propriété. Il recula à l'abri du mur et déclara :

— Il fait noir comme dans un four, sergent Mitchell. Mais il me semble qu'il n'y a personne.

— Regarde mieux, rétorqua Mitchell, je suis certain que c'est la bonne maison, et utilise ta lampe, crétin !

Il le renvoya dans le jardin, d'une bourrade dans le dos.

Rick fit quelques pas en marmonnant : *j'en ai assez, c'est toujours moi qui me fais avoir ! Il fait chier le sergent...* Après un temps qui lui parut suffisant, il ressortit. Il s'adossa au mur, les jambes tremblantes. Il fit son rapport, essuyant discrètement une goutte de sueur qui dégoulinait le long de sa tempe.

— RAS, sergent. Tout est calme. Je n'ai entendu aucun bruit. Je crois qu'il n'y a personne.

— Parfait ! Allons-y, déclara Mitchell d'un ton martial, comme s'il disait *sus à l'ennemi !*

« Dernière tentative, pensa-t-il, si on ne trouve rien ici, on rentre au poste. J'en ai ma claque. »

Le sergent répartit ses hommes. Rick et lui passeraient par-devant, les deux autres entreraient par-derrière. La technique éprouvée de la tenaille. Tout le monde avait bien compris ? OK, on y va ! Il traversa le jardin à grandes enjambées. Emprunta l'escalier. Rata une marche. Poussa un juron et se raccrocha à Rick pour ne pas tomber. La lampe de ce dernier lui échappa des mains et s'éteignit en touchant le sol. Ils passèrent plusieurs minutes à la chercher. Ils finirent par la découvrir sous un buisson, où elle avait atterri au beau milieu d'une *merde* de coyote. Avec une grimace de dégoût, Rick la saisit du bout des doigts et la nettoya avec une poignée de feuilles arrachées d'un arbuste. Le sergent Mitchell se mordit les lèvres pour ne pas éclater de rire.

Ils arrivèrent enfin devant la porte. Ils tapèrent dessus à coups redoublés, crièrent : « Police ! Ouvrez ! » Personne ne répondit. Ils hésitaient à défoncer la porte quand soudain, un cri retentit. Les collègues avaient trouvé quelque chose. Vite, ils rebroussèrent chemin. Mitchell s'arrêtant toutes les trois marches pour souffler, Rick se déplaçant avec l'élégance et la grâce d'une ballerine.

Les deux autres, un Black, véritable armoire à glace, et un Blanc, petit et mince, avaient aperçu le cadavre de loin. Ils dégainèrent leurs armes, se positionnèrent dos à dos et balayèrent la scène de crime avec leurs lampes torches.

Ils étaient là. Tout près de moi. Je ne bougeai plus. J'arrêtai de respirer. Pourvu qu'ils ne me voient pas. Ne m'entendent pas.

C'est complètement stupide, je suis invisible !

Ils appelèrent.

— Sergent Mitchell ! Ici. Près de la piscine. Un type. Il a l'air mal en point.

Mitchell et le bleu les rejoignirent, escortés par une odeur pestilentielle qui fit froncer les narines de leurs collègues. Le visage fermé du sergent les dissuada de faire le moindre commentaire.

Tous les quatre se regroupèrent autour du corps. En fait, trois d'entre eux. Le quatrième, Rick, qui voyait un cadavre pour la première fois, était en train de rendre tripes et boyaux dans une plate-bande, pas très loin de l'endroit où je me trouvais.

Il a failli me gerber dessus, ce con !

— Je crois bien qu'il est mort, déclara le plus observateur des quatre.

— Ouais, on dirait bien, et pas d'une overdose… ou alors il cache bien son jeu, déclara le sergent, qui en vingt ans de patrouille en avait vu d'autres. Bon, j'appelle le *coroner*. En attendant, vous ne touchez à rien. C'est compris ? Je ne veux pas me faire souffler dans les bronches comme lorsque l'autre vedette a fait les poches du macchabée, il désigna du menton l'un des deux types qui avaient découvert le corps.

— Je ne voulais pas lui faire les poches, sergent. Je voulais vérifier s'il n'était pas armé.

— Pas armé ? Mais il était mort depuis une bonne semaine ! Ça changeait quoi qu'il soit armé ou non ?

Le petit teigneux bougonna dans sa barbe quelque chose qui ressemblait à *il commence à me gonfler le sergent*, sachant que l'audition défaillante de son supérieur le mettait à l'abri d'une remarque cinglante ou d'un coup de poing dans la *gueule*, selon l'état de nerf de celui-ci.

L'ancien *linebacker* regagna la voiture de patrouille pour passer son appel. Son uniforme le comprimait au ventre et aux cuisses. Comme la soirée était douce, il transpirait abondamment. Il arriva près de son véhicule, ouvrit la portière côté passager, décrocha la matraque qui pendait le long de sa jambe et s'assit en soupirant. Ces interventions, en pleine nuit, n'étaient plus de son âge. Vivement la retraite !

Il contacta le *dispatcher*. Il lui décrivit en quelques mots la scène : un mort encore chaud, tué par balles, dans une villa sur les hauteurs de Laurel Canyon, pas d'arrestation, pas de suspect. Il demanda le *coroner* et une ambulance. Le *dispatcher* assura qu'il s'occupait de tout, mais que cela risquait d'être long ; une fusillade avait éclaté à Venice Beach, on comptait de nombreuses victimes. Plusieurs équipes avaient été appelées sur place. Il ordonna à Mitchell de sécuriser le périmètre, de ne toucher à rien, *sacré bon Dieu !* et d'attendre les enquêteurs. Mais il exigea que la moitié des effectifs retournent au poste. La ville ne pouvant pas payer des heures sup' à tout le monde. Mitchell répartit ses équipes. Les deux agents qui avaient découvert le corps resteraient sur place jusqu'à ce que le légiste et les détectives chargés de l'enquête arrivent, lui et le bleu rentreraient rédiger leur rapport.

4.

Samedi 22 mars – 01 h 18 – Laurel Canyon

Les jambes de plus en plus raides et les paupières de plus en plus lourdes, les deux flics finirent par poser leurs fesses sur les transats alignés au bord de la piscine. Après quelques minutes, ils s'y allongèrent de tout leur long. Ils étaient sur le point de s'endormir quand le petit blond aux yeux bleus déclara :

— Laurel Canyon, c'est quand même un beau quartier, tu ne trouves pas, Tyron ? Une vue fantastique, le calme absolu et des maisons de rêve. Que demander de plus ? Je m'installerais bien dans le coin…

Il soupira.

— Malheureusement, j'en ai pas les moyens. Ça doit coûter une blinde une maison dans ces collines. Non ?

— Qu'est-ce que j'en sais ? Je ne suis pas agent immobilier.

Le petit blond murmura :

— Ouais, un *putain* de beau quartier.

Il réfléchit un instant, puis il fit un geste circulaire du doigt.

— Je suis certain que les derniers occupants devaient être des dealers. Il n'y a que comme ça que tu peux gagner autant de fric.

— Arrête, Jarod ! Les riches ne sont pas tous dealers.

— T'as raison ! C'était peut-être des mafieux, des voleurs ou des trafiquants, énuméra Jarod en éclatant de rire.

— Tu savais, demanda Tyron, que dans les années 1960-70, la plupart des légendes californiennes de la musique, comme les Byrds ou les Doors, ont habité Laurel Canyon ? Certains à un jet de pierre de l'endroit où nous nous trouvons.

— Qui ça ?

— T'as jamais entendu parler des Doors ?

— Si, vaguement, mais...

— Les Doors, c'est la base, pour les... enfin, les...

— Pour les petits Blancs comme moi ? demanda Jarod en souriant.

— Oui, admit Tyron. Mais je ne voulais pas...

— Te casse pas ! J'n'ai pas eu la chance de naître avec une peau café au lait. Mais j'ai fini par me faire une raison.

— Que t'es *con* !

Ils se tapèrent dans la main. Jarod poursuivit :

— Je suis pas très musique, en fait. Mais toi, t'écoutes quoi ?

— Ben, du rap. Quoi d'autre ? J'aime bien NWA[1], on n'a pas fait mieux depuis, et évidemment 2Pac, paix à son âme. Comme je ne suis pas sectaire, j'écoute aussi de la musique de Blancs. Mais en dehors des Red Hot ou de Linkin Park, je n'aime pas les groupes californiens. C'est toujours la plage, les filles, le soleil. La vie ne se résume pas à ça.

— Oui, c'pas faux. Et maintenant ?

— Maintenant quoi ?

— Qui habite ici ? Britney ? Mariah ? demanda Jarod, un sourire en coin.

1. Niggaz Wit Attitudes, ou « des Nègres qui ont du style », groupe de hip-hop californien composé, en autres, de Dr. Dre et d'Ice Cube.

— Aucune des deux. Dans ce quartier où les maisons sont bâties à flanc de colline, les piscines ne sont pas assez grandes.

Rires goguenards des deux.

— Moi, ça me conviendrait parfaitement.

— Moi aussi, rêva Tyron. Je te finis l'histoire. Laurel Canyon, après avoir été le berceau californien de la contre-culture, s'est embourgeoisé. Tout le monde voulait côtoyer les stars, et les prix des maisons ont flambé. Bref, vers la fin des années 1970, la majorité des musiciens étaient partis vers d'autres cieux. Trop de drogue. Trop de notoriété. Trop de fric. Résultat, Laurel Canyon est devenu cet endroit tranquille que nous connaissons aujourd'hui. Même si on peut encore y croiser quelques stars du cinéma.

— Ah, OK, fit Jarod en étouffant un bâillement.

Ils se turent quelques instants, puis Tyron reprit :

— De nos jours, ce sont les millionnaires du Net qui s'intéressent à ce quartier. N'importe quel gamin capable d'aligner trois lignes de code, de créer un programme et de le mettre sur Internet afin qu'il soit téléchargé par la terre entière peut devenir riche en quelques mois. Le gamin n'a alors qu'un désir : s'acheter une maison dans les collines.

Jarod se dressa sur un coude.

— Mais comment tu sais tout ça, toi ?

— Je lis, j'écoute, je m'informe. Et je peux t'affirmer qu'habiter ici ne me tente pas une seconde.

— C'est quand même plus sympa que le trou à rats où tu crèches !

— Echo Park n'est pas un trou à rats !

Le blondinet fit la moue, visiblement pas convaincu. Il insista :

— Pourquoi t'aimes pas Laurel Canyon ?

— Parce que c'est devenu un quartier de nouveaux riches. Ça pue le fric, ici, répondit Tyron.

Ils commencent à me fatiguer ces deux gugusses. J'ignorais que l'on recrutait des historiens et des sociologues dans la police de L.A. !

— Oui, ça pue ! Tu as raison. Mais moi, j'adore cette odeur ! C'est ça, l'Amérique ! rétorqua Jarod, en se tapant sur la cuisse. Les narines palpitantes, il renifla deux ou trois fois et dit :

— En fait, ça ne sent pas que le fric, ça sent grave la *merde* !

— C'est Rick. Le bleu s'est chié dessus quand il a vu le cadavre.

Ils éclatèrent de rire.

— On recrute vraiment n'importe qui au LAPD !

— C'est pas faux. Mais, tu sais, on ne peut pas engager uniquement des Blacks de près de deux mètres, avec le QI d'un prix Nobel, dopés aux anabolisants et ayant des bras gros comme mes cuisses.

— Tu vas le voir de près mon bras. Avec la main qui est au bout… si tu continues à m'chauffer, *pitit* Blanc !

Ils poursuivirent leur bavardage entrecoupé de jurons et d'éclats de rire.

Je ne les écoutais plus.

J'entendis soudain un véhicule arriver. Il ralentit. S'arrêta. Deux flics en civil déboulèrent sur la terrasse.

5.

Samedi 22 mars – 01 h 34 – Laurel Canyon

Non ! Pas eux ! Parmi tous les flics travaillant aux homicides, il a fallu que mon affaire soit assignée à ces deux types !

Layton. Ogden. Surnom : les Utah's Brothers[1]. Le pire duo de la criminelle. Des bourrins de première. La testostérone avant les neurones aurait pu être leur *credo* !

Je savais tout d'eux. Leurs perversions comme leurs qualités (aussi minimes soient-elles !) n'avaient aucun secret pour moi. Ces types cumulaient toutes les tares pouvant entacher la réputation d'un flic. Dans le désordre : une moralité douteuse, un usage répété et immodéré de la violence pendant les interpellations ou les interrogatoires et une arrogance hautaine, teintée de condescendance, vis-à-vis de leurs collègues. D'autres accusations plus graves, comme usage de stupéfiants ou corruption, avaient été portées, mais elles ne furent jamais prouvées. Il était en revanche avéré qu'ils bâclaient leurs enquêtes et il était de notoriété publique qu'ils possédaient le taux d'élucidation le plus faible de tout le LAPD. Même si c'était plus par paresse que par incompétence.

1. Layton et Ogden sont les noms de deux villes de l'Utah.

J'ai plus de respect pour certains types que j'ai foutu en taule que pour ces deux connards !

Sans écouter les explications de leurs collègues en tenue, ils s'accroupirent au-dessus du cadavre. Layton les congédia d'un geste.

Le légiste en chef, Malcom Rotten, arriva peu après. Je le connaissais vaguement, pour l'avoir croisé sur une ou deux scènes de crime. Il m'avait fait l'impression d'un type sérieux et efficace. Un ancien médecin militaire qui n'avait pu se résoudre, après sa démobilisation, à ouvrir son cabinet. Il ne concevait pas, disait-il, de passer le reste de sa vie à soigner les bobos de ses concitoyens. C'était ainsi qu'après avoir obtenu sa spécialisation en médecine légale, il avait été recruté par le LAPD. Les cadavres qu'il découpait tous les jours lui rappelaient peut-être *le bon vieux temps*. Toujours est-il qu'il semblait s'éclater. Pour preuve le sourire qui illuminait son visage. Si son corps était aussi sec et noueux qu'à l'époque où il pratiquait son art sur les champs de bataille, son système pileux s'était fortement développé et son visage s'ornait d'une magnifique moustache en guidon de vélo. Il dissimulait tant bien que mal les cheveux qui lui arrivaient aux épaules sous une casquette des Lakers, la passion de sa vie, qu'il portait de jour comme de nuit. Il avait déjà enfilé par-dessus ses vêtements une combinaison blanche à usage unique et des surchaussures de protection.

Layton se tourna vers Ogden et murmura :

— Tu vois ce mec, Ogd ?

— Ouais.

— Il est plus fort que moi.

— Plus fort dans quel domaine ?

— Dans celui où j'excelle. La drague.

— Ah bon !

— Tout à fait. Il ne paye pas de mine, avec sa moustache ringarde et son gabarit de crevette anorexique, mais tel que tu le vois, il est capable d'emballer une *meuf* tous les soirs. Deux quand il est en forme. Trois les jours fastes.

— Oui, dans des sacs mortuaires.

— Tu la connais ?

— Tout le monde la connaît.

— Tant pis. Salut toubib !

— Salut les filles ! Qu'est-ce que nous avons au menu ce soir ?

— Comme d'habitude. De la viande froide.

Tous trois éclatèrent de rire en se tapant dans les mains, dans un check raté qu'ils pensaient cool.

Rotten enfila prestement la paire de gants que lui tendait son assistant et débuta l'examen préliminaire du corps, en évitant de marcher dans la mare de sang tiède, en train de coaguler autour de ma… autour de la tête du mort.

J'avais failli dire ma tête. Pourtant, lorsque je regardais mon cadavre, je ne me reconnaissais pas. Ce n'était pas moi. Ce n'était plus moi. Juste une enveloppe vide. Comme une mue inutile. Ou un vieux costume hors d'usage. Dorénavant, quand je parlerais de moi (du moi assassiné, pas du moi qui vous accompagne tout au long de cette histoire), je dirais : le corps ou le mort. Cette dépersonnalisation m'était nécessaire pour accepter l'inconcevable.

Sans attendre que son assistant finisse d'installer de puissants halogènes, Rotten commença l'expertise médico-légale à la lueur de sa lampe torche. Il souleva un bras, tenta de le plier, y parvint aisément ; la rigidité cadavérique n'avait pas eu le temps de s'installer. Il le laissa retomber. Il rabattit ensuite la veste sur les épaules. Le pantalon était mouillé. Relâchement des sphincters ; il s'était pissé dessus. Du bout des doigts, le légiste tira sur la chemise dégageant un dos marbré de traces violacées. Il tiqua.

Puis il retourna le corps. Le balayant de son faisceau lumineux, des pieds jusqu'à la tête.

Je me doutais que ce ne serait pas beau. Mais comment décrire l'indicible ? J'avais devant les yeux un portrait à la Picasso. Période déstructurée. Ou l'œuvre monstrueuse d'un polymathe fou. Mais certainement pas un visage humain. Plutôt un morceau de barbaque. L'œil droit avait disparu. Vaporisé. Sur le côté gauche du visage, des lambeaux de chair décollés laissaient apparaître les os de la mâchoire et quelques dents. Partout ailleurs, le sang coagulé formait une gangue tremblotante qui estompait les traits, empêchant toute identification. Une vision d'horreur absolue.

Le légiste siffla entre ses dents :

— On l'a pas raté, celui-là !

Belle oraison funèbre !

Il poursuivit sa sinistre besogne. Il déboutonna la chemise, et posa son pouce sur l'abdomen. Appuya. La lividité couleur lie-de-vin s'effaça, puis réapparut lentement. Il dicta :

— Pas de migration des lividités. Le corps n'a pas été déplacé. Hypostase non fixée qui disparaît à la pression. Il est décédé depuis moins de douze heures.

Il dirigea sa lampe vers l'œil gauche, qu'il observa attentivement.

— Le corps est encore tiède et toujours souple. La cornée est transparente.

Il réfléchit quelques secondes et ajouta, péremptoire :

— Il est mort depuis moins de six heures.

— Allez, doc, je suis certain que vous pouvez faire mieux.

— Évidemment. Je suis le meilleur ou pas ?

Son assistant leva les yeux au ciel.

— Je vais être aussi précis que la montre suisse qu'il porte au poignet.

Les Utah's Brothers firent un pas en avant.

— Belle montre en effet.

— Par le plus grand des hasards, elle n'indique pas l'heure à laquelle il a été tué ?

— Non. Elle fonctionne toujours. C'est seulement dans les films que la montre s'arrête à l'heure de la mort.

— Oh les gars ! Je suis là moi.

Il claqua des doigts, son assistant lui tendit une sorte d'aiguille à tricoter reliée à un appareil de la taille d'une boîte d'allumettes. Il la planta dans le foie du cadavre, patienta quelques secondes en sifflotant, puis annonça à voix haute la température. Il fit un rapide calcul mental et déclara :

— Votre gars a été tué il y a environ trois heures, quatre au maximum.

Il se releva.

— Je crois pouvoir dire, sans prendre trop de risques, qu'il est mort sur le coup après avoir reçu deux balles, tirées de près, en plein visage.

— À côté de vous doc, Sherlock Holmes, n'est qu'une petite crotte !

Layton regarda Ogden en se pinçant les lèvres pour ne pas rire.

— Une idée du calibre ?

— Difficile à dire… du gros assurément.

Il se baissa, saisit le corps par l'épaule et le fit pivoter.

— Deux orifices d'entrée, un seul de sortie. Un projectile se trouve toujours à l'intérieur de sa boîte crânienne. L'autre l'a traversée de part en part. Il doit être quelque part par ici, il fit un geste en direction du jardin. Vous en apprendrez davantage si vous retrouvez les douilles.

— Vous croyez qu'on n'a pas déjà cherché ? Le tueur les a ramassées, marmonna Layton.

— Ne vous énervez pas, je disais ça pour vous.

Il haussa les épaules.

— Vous en saurez plus après l'autopsie.

— Que vous pensez réaliser…

— Ben, le plus vite possible, comme d'habitude. Dans une quinzaine de jours.

Il réfléchit un instant et ajouta :

— Comptez plutôt trois semaines. Une fusillade à Venice, ce soir…

Il eut une mimique, comme s'il s'excusait.

— Vous en avez entendu parler ? Non ? Deux gangs équipés d'armes de guerre. On a relevé une demi-douzaine de morts. Et malheureusement, ils vont passer avant vous.

— Quoi ? Trois semaines ? Vous êtes sérieux, toubib ?

— C'est que… j'ai déjà pas moins d'une dizaine de corps au frigo, et tout comme vous, vos collègues veulent mon rapport le plus vite possible.

— On va devoir attendre tout ce temps.

Les deux flics secouèrent la tête, fatalistes. Le légiste les regardait, les yeux mi-clos, en se caressant la barbichette.

— Je pourrais peut-être…

Il laissa sa phrase en suspens.

— Oui ?

— Non, laissez tomber. Je ne suis pas certain que…

— Allez, doc ! Dites-nous tout. De quoi n'êtes-vous pas certain ?

J'avais l'impression d'assister à une scène maintes fois répétée où chaque acteur jouait sa partition à la perfection.

— Vous savez que j'aime le basket, dit-il, portant un doigt à sa casquette.

— Oui, doc. On le sait.

Vous le voyez venir, avec ses gros sabots ?

— Je me suis laissé dire qu'il vous arrivait… d'avoir des places… juste derrière le banc des Lakers, au *level* 100[1].

— C'est vrai, de temps en temps… effectivement… nous…

1. Au niveau du parquet, au plus près des joueurs.

— Quarante-huit heures, lâcha-t-il les yeux brillants de convoitise.

— Quoi, quarante-huit heures ?

— L'autopsie. Je la boucle en moins de quarante-huit heures si vous pouvez m'obtenir deux billets pour le prochain match des Lakers au Staples Center.

Les deux flics se regardèrent. Dubitatifs.

— Je ne crois pas, murmura Layton à son acolyte, suffisamment fort pour être entendu par le légiste, que l'autopsie nous apprendra plus que nous ne sachions déjà. Deux places, et au *level* 100, je trouve que c'est cher payé.

— Je peux vous donner un aperçu de ce que j'écrirai dans mon rapport. Je pense que cela va vous intéresser.

— On vous écoute, doc. Mettez-nous en appétit !

— Eh bien, je peux affirmer que le défunt a été passé à tabac il y a peu de temps. Les multiples traces sur son corps ne laissent aucun doute là-dessus.

— Vous voulez dire ce soir, juste avant de se manger deux balles ?

— Non, je dirais... il y a deux ou trois jours. Un passage à tabac dans les règles. Je serai plus précis après avoir...

— OK. Deux places. Si l'autopsie est bouclée dans les quarante-huit heures.

— Marché conclu, les gars, fit Rotten, un sourire jusqu'aux oreilles.

Il poursuivit sa tâche en sifflotant un air entraînant. Il fit un relevé d'empreintes, puis il emballa les mains du cadavre dans des sacs plastique transparents qu'il scella à l'aide de ruban adhésif. Il fit signe que sa mission était terminée et il quitta les lieux, non sans leur rappeler le deal qu'ils venaient de conclure.

Layton et Ogden durent attendre de longues minutes que le photographe de l'identité judiciaire finisse de mitrailler la scène de crime sous tous les angles. Enfin, ce dernier leva le pouce. Le défunt était tout à eux.

Layton enfila, lentement, comme pour savourer l'instant, une paire de gants. Il entra dans la lumière, s'accroupit à côté du corps et entreprit de le fouiller.

Je sais ce qu'il va trouver.

Deux cent quarante dollars en billets de vingt, soigneusement pliés dans la poche arrière du pantalon. Un iPhone 3G, dernier modèle, dans celle de droite. Un portefeuille en cuir noir, dans celle de gauche. À l'intérieur de ce portefeuille, plusieurs cartes de crédit et un permis de conduire délivré par l'État de Californie à un certain River, sexe masculin, la trentaine, yeux bruns, un mètre soixante-dix-huit, plutôt beau gosse.

Oui, mes chevilles vont bien, merci.

Aussitôt qu'il eut mon permis entre les mains, Layton poussa un juron.

— Nom de Dieu ! Regarde !

Il le tendit à Ogden. Celui-ci siffla doucement entre ses lèvres.

— Si je m'attendais à ça !

Puis, montrant mon visage dévasté, il fit :

— Je ne l'avais pas reconnu. Il est beaucoup plus beau comme ça.

Et ils éclatèrent de rire.

Je leur aurais volontiers mis mon poing dans la *gueule*. Pas de respect. Aucune compassion.

Je vous accorde qu'il n'était pas possible d'aimer tout le monde. Et c'était un fait, je détestais ces deux types.

Et un paquet d'autres aussi, je dois le reconnaître.

Mais, il fallait avouer qu'après s'être bien foutus de moi, ils retrouvèrent leurs réflexes professionnels.

J'avais été lâchement assassiné, pas abattu lors d'un échange de tirs avec des braqueurs ou les membres d'un gang, comme cela arrivait trop fréquemment. Non, j'étais tombé dans un guet-apens et le meurtre d'un flic était toujours un choc pour ses collègues. Ceux-ci n'auraient de cesse d'identifier le coupable. Et si l'arrestation se passait mal ou s'il résistait… une balle était si vite partie. Et dans ces cas-là, on visait rarement les jambes.

Je savais que malgré leurs défauts, Layton et Ogden feraient tout pour retrouver mon assassin.

Enfin… je l'espère.

Ils quittèrent la scène de crime et commencèrent leur enquête. Ils interrogèrent les voisins, mais personne n'avait vu ni entendu quoi que ce soit. Pas de témoin oculaire, pas de caméra de surveillance, aucune description du meurtrier ou de sa voiture. Tous les indices, ou plutôt l'absence d'indice, confirmèrent que le tueur était un pro. Il n'avait laissé aucune trace de pas, aucune empreinte et il avait ramassé ses douilles.

L'enquête promettait d'être longue et difficile.

6.

Samedi 22 mars – 07 h 32 – Downtown Los Angeles

La couleur du ciel changeait à vue d'œil, synchronisée avec l'ascension du soleil, passant du noir d'encre à l'orange sanguine puis au bleu pâle. Ici, dans les collines, la magie envoûtante de la nuit se dissipait dans la lumière, cédant sa place à la triste réalité du jour. Plus bas, en ville, c'était l'inverse. Les *putes*, les *junkies* et les malfrats qui avaient envahi Hollywood Boulevard à la nuit tombée allaient bientôt s'effacer. Ils seraient remplacés par des hordes de touristes, en shorts et sandales, appareil photo en bandoulière et à moitié abrutis par le décalage horaire, espérant observer les étoiles d'un peu plus près. S'ils savaient ! Pourtant grâce à eux, la cité des anges tiendrait son rang. Un jour de plus.

Tout le monde était parti. La maison fut mise sous scellés et de nouveaux rubans, flambant neufs furent tendus en travers du portail. Si mon corps fut emmené à la morgue, mon esprit resta sur place. *Je* restai sur place, espérant qu'il se passe quelque chose.

Mon vœu fut exaucé peu de temps après. Autour de moi, tout se déforma, devint trouble et fut dissous dans un flamboiement de couleurs. J'avais la sensation d'être aspiré et de passer à travers le goulot d'une bouteille. Enfin, je bougeais !

Je subis ensuite une accélération fulgurante qui s'arrêta aussi brutalement que si je venais de percuter un mur. Ma vision redevint nette. Je n'étais plus dans les collines, mais dans une voiture à quelques rues de Parker Center[1], en compagnie de Layton et Ogden.

— Il faut que je te dise, Ogd ! À cause de River, j'ai foiré un plan *cul* de ouf, hier soir.

— Ah ! Dommage, répondit machinalement Ogden.

— Ouais ! Tu peux le dire. J'avais un rencard avec Elena et…

— Avec qui ? demanda-t-il plus par habitude que par intérêt.

— Elena ! L'infirmière du Community Hospital. La grande brune, avec des seins comme des obus.

Il fit un geste évocateur.

— Souviens-toi ! On avait l'impression qu'ils allaient jaillir de sa blouse ! Très courte sa blouse, d'ailleurs… vraiment très courte, continua-t-il d'un air rêveur. C'est elle qui soignait le type de l'Aryan Brotherhood[2] qui avait reçu une balle dans l'épaule. Pendant que tu prenais la déposition de ce type, moi, je faisais connaissance avec ma copine infirmière. *Putain*, mec, t'as pas pu oublier cette bombasse !

— Ah, elle !

— Quoi ? Seulement *ah, elle ?* C'est tout l'effet qu'elle t'a fait ?

— Bof ! C'est pas non plus Miss America.

— Ouais.

Il haussa les épaules.

— T'as peut-être raison, mec. Mais moi, les uniformes, ça m'a toujours fait rêver !

---

1. Quartier général du LAPD.

2. Fraternité aryenne, gang extrêmement violent prônant la suprématie blanche.

— Je croyais que tu étais avec Patty !

— Je suis avec Patty ! Mais tu comprends, elle est à Sacramento pour deux jours. Une formation pour devenir *manager*, il me semble. Toujours est-il que j'avais un trou dans mon agenda. Et, tu sais que si je passe une soirée et une nuit seul, je déprime. Alors, j'ai pensé à Elena. On avait échangé nos numéros et…

— On n'est pas restés plus de dix minutes à l'hosto. T'es rapide, mec !

— Pas tout le temps, mon pote, fit Layton avec un clin d'œil. Pas tout le temps. Bref, je l'ai invitée à dîner dans un petit resto italien que je connais. Ils ont un risotto aux cèpes fantastique et un chianti que le patron va lui-même chercher en Toscane. On a passé une pure soirée.

— J'comprends pas. Tu viens de me dire que t'avais foiré ta soirée.

— Laisse-moi finir ! Après le resto, on est allés chez moi. Tu me connais, j'avais bien fait les choses. Lumière tamisée. Bonne bouteille au frais. Marvin Gaye en sourdine…

— Ouuuui ! C'est bien, Marvin Gaye, pour *ken* ! approuva Ogden.

Ils se tapèrent dans la main.

— Donc, on boit un verre. On se bisouille un peu. On se pose sur le canapé. Mon pote Marvin attaquait le premier couplet de *Sexual Healing*. Il faisait chaud. J'avais ouvert la fenêtre. Une brise légère agitait les rideaux et caressait sa peau. J'avais…

— Mais t'es un *putain* de poète en fait !

— … ma main dans sa culotte…

— Je me disais aussi !

— … quand soudain…

Layton poussa un soupir, perdu dans ses pensées.

— Oui ? Continue, fit Ogden intéressé.

— … mon téléphone se met à sonner.

Layton secoua la tête, comme au sortir d'un rêve.

— Un cadavre dans les collines. Ma présence est requise. J'ai dû lui demander de partir.

Il marqua une pause et murmura, l'air songeur :

— Je ne suis pas certain qu'elle accepte de me revoir.

— Pourquoi tu dis ça ? fit Ogd en réfrénant un sourire.

— *Espèce de connard* furent ses derniers mots. Tu crois que j'ai une chance de la *baiser* un jour, mec ?

— Plus de chance que River. Ça, c'est certain !

Et ils éclatèrent de rire.

Mais qu'est-ce que je leur ai fait à ces deux types ?

— Débarrassons-nous vite de la corvée d'annoncer la mort de River à sa femme, reprit Layton. Je déteste faire ça.

Il étouffa un bâillement.

— En plus, je suis crevé. J'n'ai dormi que trois heures cette nuit. Alors, on va éviter le rap. Pour une fois.

Il régla la radio sur une station qui diffusait un bon vieux Portishead, se cala dans son siège, poussa un soupir de satisfaction en fermant les yeux et déclara :

— Ça, c'est de la musique !

Ils roulèrent en silence quelques minutes, pour le plus grand soulagement de mes oreilles.

Laissez-moi vous décrire ces deux comiques.

Layton était métisse. Il était le fruit d'un père blanc, natif de Cleveland et d'une mère noire, originaire de la Barbade. Ses parents s'étaient rencontrés au cours des Jeux panaméricains de 1971 à Cali, en Colombie, et le petit Layton vit le jour quelques années plus tard, ici même, à Los Angeles, où les deux tourtereaux avaient décidé de s'installer.

Ogden, lui, était blanc, issu de parents blancs depuis des générations. Il écoutait du rap. West Coast exclusivement. De préférence *underground* comme South Central Cartel et autres Celly Cel.

Il râla un peu, pour le principe, mais ne se risqua pas

à changer la station. Un accord tacite entre eux faisait de Layton le mâle dominant.

Tous deux avaient le même âge, une petite trentaine, la même taille, un mètre quatre-vingt-cinq et leurs musculatures étaient dues à des heures passées à soulever de la fonte pour l'un, à une très bonne génétique pour l'autre. Ogden avait des yeux bleus rapprochés qui lui donnaient un air perpétuellement étonné, des cheveux châtains coupés court et une barbe de trois jours qu'il entretenait avec soin. Il travaillait le plus souvent en costume qu'il portait avec des baskets, toujours blanches. Suspicieux et méfiant, il n'accordait que très rarement sa confiance et ne déléguait jamais rien, même si les autres étaient plus compétents que lui. Cependant, ne possédant pas une énorme capacité de concentration et étant incapable d'abattre un grand volume de travail, il menait rarement à terme ce qu'il entreprenait, dans sa vie professionnelle comme dans sa vie privée. Il était du genre borné et avait un mal fou à reconnaître ses erreurs. Quoi qu'il arrivât, il avait toujours raison et c'étaient les autres qui se trompaient. Ce trait de caractère lui valant l'inimitié de bon nombre de ses collègues.

Il habitait une petite maison héritée de ses parents, près de l'océan, à mi-chemin entre Pacific Palisades et Santa Monica. Peut-être était-ce dû à son physique ingrat, à un manque de confiance en lui ou à une véritable passion amoureuse, mais il était scrupuleusement fidèle à sa femme, son premier amour.

Tout le contraire de Layton, qui ne se gênait pas pour le traiter de dinosaure. Ce dernier pouvait sortir avec plusieurs filles en même temps. Il gérait son agenda de main de maître et ne s'était jamais trompé dans les dates ou les prénoms. Il n'avait aucune idée préconçue, sur aucun sujet, et se rattachait toujours à la dernière opinion exprimée, qu'il faisait sienne sans aucun scrupule. Les plus perspicaces parmi ses collègues le traitaient d'inconséquent, mais beaucoup l'appréciaient.

Il souffrait d'une maniaquerie confinant à l'obsession. Blanc du sol au plafond, son appartement situé près de MacArthur Park ressemblait à une galerie d'art aux murs tapissés de photos. Il avait une prédilection pour les grands formats de Robert Mapplethorpe et était capable de s'endetter pour enrichir sa collection. C'était lui, dans le binôme, qui rédigeait les rapports d'enquête. Il s'acquittait de cette tâche avec plaisir, malgré une syntaxe approximative et une orthographe défaillante. Côté look, depuis qu'il avait vu Samuel L. Jackson dans *Pulp Fiction*, il portait sa moustache et ses pattes improbables, même s'il n'avait pu se résoudre à se coiffer à la *Jheri curl* comme son idole. Il se rasait le crâne tous les matins, puis l'enduisait d'une crème nourrissante qui le faisait briller comme un œuf en chocolat. Son sourire charmeur, ses dents blanches et régulières, et ses yeux noisette largement écartés étaient fort appréciés par la gent féminine. Pour mettre sa musculature en valeur, été comme hiver et quelle que soit la température, il portait des tee-shirts qu'il choisissait toujours trop petits d'une taille et des jeans déchirés qu'il achetait à prix d'or dans les boutiques branchées d'Arts District, à une encablure de son (petit) loft.

Je connaissais leur pedigree sur le bout des doigts. Une enquête à la demande du chef. L'année dernière. Après que plusieurs types, qu'ils avaient arrêtés, avaient porté contre eux de graves accusations. Toujours la même chose. De l'argent liquide disparu. Quelques grammes de poudre envolés. Des pièces à conviction jamais enregistrées. Eux jurèrent leurs grands dieux qu'ils mentaient. Le chef ne voulant pas d'un nouveau scandale Rampart[1], m'avait demandé

1. Du nom de la division Rampart, dont plusieurs agents d'une unité antigang furent accusés de corruption vers la fin des années 1990.

d'enquêter en dehors de toute procédure officielle, avant d'en informer les affaires internes. Un avis de l'intérieur. Impartial. J'avais été bien emmerdé ! Au fond de moi, je savais qu'ils étaient coupables. Il y avait des signes qui ne trompaient pas. Mais, je n'avais trouvé aucune preuve de leur culpabilité et je n'avais pu me résoudre à anéantir leur carrière sur ma seule conviction et quelques rumeurs. La mort dans l'âme, je rendis un rapport favorable.

Pourvu que je ne le regrette pas !

Malgré leurs différences ou peut-être grâce à elles, ils formaient une équipe soudée. Une équipe de tocards, certes, mais unis comme les doigts de la main. On ne les voyait jamais l'un sans l'autre et s'ils ne se ressemblaient pas physiquement, leur allure et l'accent traînant de South L.A. émaillé de mots d'argot qu'ils prenaient avec affectation, étaient identiques et ils pouvaient aisément passer pour frères. C'était tout naturellement qu'ils avaient hérité du surnom d'Utah's Brothers.

Dès qu'ils atteignirent le Santa Monica Freeway, Layton sortit de sa poche une petite boîte ayant contenu autrefois des pastilles pour la toux. Il y préleva une pincée de poudre blanche qu'il déposa dans le triangle de peau entre le pouce et l'index. Il l'approcha de son nez. Boucha sa narine gauche. Renifla d'un coup sec et aspira toute la poudre.

Il fit le même rituel et présenta sa main à son partenaire. Celui-ci sniffa à son tour le petit tas de cocaïne.

Pour démarrer la journée, moi, je suis plutôt café. Chacun son kif.

Layton oublia aussitôt son envie de dormir et se mit à beugler en chœur avec Beth Gibbons :

— *Give me a reason... to be... a woman.*

En l'entendant massacrer *Glory Box*, Ogden partit d'un éclat de rire qui faillit projeter la voiture contre les glissières de sécurité. Il donna un coup de volant pour se remettre dans sa voie de circulation et faillit emboutir une camionnette de livraison. Alors que le chauffeur de la camionnette, entre deux coups de klaxon rageurs, leur déversait un torrent d'insultes, ils sortirent, sans se concerter, un bras à l'extérieur et tendirent haut leurs majeurs, dans un geste sans équivoque.

Ces deux-là n'avaient pas leur pareil pour faire respecter (quelquefois), comme pour contourner (plus souvent) la loi.

Après avoir roulé quelques minutes, ils quittèrent le Freeway, empruntèrent West Pico et s'arrêtèrent devant un Starbucks. Ogden quitta la voiture, entra dans la boutique et en ressortit avec deux cafés latte. Ils discutèrent de tout et de rien, en sirotant leurs boissons, le moteur continuant de tourner.

— Ogd ! Tu vois la boutique en face ?

Layton montrait un magasin aux vitrines crasseuses protégées par des barreaux d'acier. Une sorte d'épicerie qui vendait de l'alcool.

— Celle avec l'enseigne *Liquor* ?

— Yo ! C'est la seule boutique de la rue, mec ! À droite il y a un parking et à gauche une station-service. T'es *con* des fois !

— C'est qu'j'en ai rien à foutre de c'te boutique, bougonna Ogden.

— Je plaisante, frère. Te vexe pas ! Donc tu la vois ?

— Oui, je la vois ! Et alors ? Qu'est-ce qu'elle a cette boutique ? T'as *ken* la patronne ? explosa Ogden.

Layton partit d'un éclat de rire.

— Non, tu n'y es pas du tout. Je me souviens d'une histoire qui remonte à plusieurs années. À l'époque où je patrouillais en bleu. Avec mon Polack.

— Ton Polack ! Quel Polack ?

— Mais tu sais bien. J't'en ai déjà parlé. Mon premier partenaire. Dimitri Olenkof.

— Olenkof, c'est pas un Polack. C'est un Ruskof.

— Ouais. S'tu veux. J'suis pas calé en géo. En tout cas, c'était un Ruskof qui buvait comme un Polack !

— Et donc ?

— Eh bien, un matin, à peu près à cette heure-ci, on reçoit un appel pour un 211[1].

— Dans cette boutique, donc.

— *Putain*, mec ! Tu sais que t'aurais fait un super flic ?

— *Connard* !

— Te vexe pas, répéta Layon. Donc, on se pointe. On venait de s'avaler un bon petit *brownie*[2] et Dimitri, mon Ruskof donc, était chaud comme la braise. Il déboule dans la boutique en gueulant, le flingue à la main. Le proprio a failli faire une crise cardiaque. En bégayant, il nous raconte comme quoi, il y a une dizaine de minutes, un type, qu'il connaît de vue, passe devant lui, le salue et se dirige vers le fond du magasin. Trente secondes plus tard, le même type revient, une cagoule sur la tête, un *gun* à la main. Il le braque et lui demande la caisse.

— T'es sérieux ?

— Je te jure que oui. On visionne la vidéosurveillance. On voit tout, et en couleur ! On distingue parfaitement son visage quand il passe la première fois devant la caméra, ainsi que la cagoule rouge que ce gogol tenait à la main.

— Un vrai champion du monde celui-là.

— T'as raison. On l'a sauté le lendemain. Ici même. Dans la boutique.

— Il est revenu le lendemain ?

— Ouais ! Il venait tous les matins s'acheter son *six-pack*. Réglé comme une horloge.

— S'ils pouvaient tous être aussi stupides… les enquêtes seraient plus faciles.

---

1. Vol à main armée.
2. Amphétamine.

— T'as raison, mec. Quel pied ce serait ! T'imagines si les braqueurs perdaient leurs papiers dans les banques ou les tueurs près de leurs victimes ?

— Rêve pas ! Des idiots pareils ne sont certainement pas encore nés.

— Je sais pas… mais si c'est le cas, c'est bien dommage.

Ils restèrent silencieux quelques minutes, songeant à un monde idéal, rempli de truands stupides et de flics se la coulant douce, pas vraiment pressés de mener à bien leur mission.

Leurs cafés bus jusqu'à la dernière goutte, ils jetèrent les gobelets vides sur la banquette arrière où ils rejoignirent toutes sortes de détritus qui dégageaient une légère odeur de ménagerie. Puis ils reprirent la route. Une demi-heure plus tard, ils arrivèrent à Brentwood à proximité du Getty Center. Ils ne croisèrent plus que des 4x4 luxueux, des voitures de sport ou des grosses berlines, glissant silencieusement sur l'asphalte rose. C'était la première fois qu'ils s'aventuraient dans ce quartier. Ils se perdirent plusieurs fois, s'engagèrent dans des impasses. Ils finirent par trouver la rue qu'ils cherchaient. Ils la remontèrent à petite vitesse et s'arrêtèrent enfin devant un portail.

Mon portail.

7.

Samedi 22 mars – 08 h 31 – Brentwood

Ogden sortit du véhicule, l'interphone placé trop haut était inaccessible depuis le siège conducteur. Le message était clair : si vous n'êtes pas attendus, vous n'êtes pas les bienvenus.

Il sonna. Patienta. Poussa un soupir d'agacement. Appuya sur la sonnette dix longues secondes. Toujours rien. Ogden se tourna vers son Layton. Celui-ci lui lâcha :

— Montre ta plaque à la caméra. Soit quelqu'un nous ouvre, soit on défonce le portail !

— T'es sérieux ?

— Ben oui, il haussa les épaules. Mais montre-la quand même. Ta plaque, mec ! Pas ta queue, il se mordit les lèvres pour ne pas rire.

— Ce que t'es *con* ! murmura Ogden.

Il sortit pourtant son insigne et le colla à deux centimètres de l'objectif. À l'interphone :

— Police ! Ouvrez, je vous prie !

À Layton :

— J'espère que personne ne t'a entendu.

Layton pâlit légèrement. Puis il haussa les épaules. Qu'est-ce qu'il en avait à foutre de toute façon !

Souhaitons qu'ils aient davantage de respect quand ils annonceraient la triste nouvelle à Isa.

Le portail finit par s'ouvrir. Ogden s'engagea sur une allée pavée, séparée par un terre-plein central planté d'oliviers importés à grands frais de Provence – un caprice d'Isa, après un séjour en France –, qui serpentait au milieu des palmiers, des bougainvilliers et des hibiscus.

Je ne suis toujours pas jardinier, mais je sais reconnaître un palmier quand j'en vois un. Je ne suis pas complètement ignare !

Après un virage, ils arrivèrent en vue de notre hacienda. Un bâtiment majestueux sur deux niveaux aux murs d'adobe recouverts d'un enduit ocre et…

On s'en tape ! Je vous ferai la visite guidée un autre jour.

Layton et Ogden se regardèrent.

— Belle baraque ! Il se mettait bien River !

— T'as raison ! La dernière fois que j'en ai vu une aussi belle, c'était chez… quel était son nom ? Cet acteur… Travis quelque chose… tu t'en souviens ?

— Jarvis.

— C'est ça ! Jarvis Boyd !

— Tu parles si je m'en souviens ! On avait répondu à un appel pour agression. À notre arrivée, Jarvis baignait dans une mare de sang, à moitié défiguré.

— Il nous a alors raconté un mytho, comme quoi quelqu'un était entré chez lui pour le cambrioler, qu'ils s'étaient battus et qu'il avait réussi à le mettre en fuite.

— Il avait juste oublié le système de vidéosurveillance qui enregistrait H24.

— Tout le monde a vu qu'il était seul, défoncé et qu'il s'était précipité la tête la première dans la baie vitrée. Les bras à l'horizontale comme s'il voulait s'envoler.

— Qu'est-ce qu'on a ri ce jour-là ! Tiens, gare-toi là.

Ogden arrêta la voiture à l'ombre d'un flamboyant. Il

coupa le contact. Le moteur cliqueta. Ils se regardèrent, comme pour se motiver.

Il n'est jamais facile d'annoncer la mort d'un être cher. Croyez-en mon expérience !

Layton et Ogden descendirent du véhicule. Les parterres de fleurs exhalaient de subtils parfums dans l'air frais du matin. On entendait le pépiement des oiseaux et le murmure d'eau d'une fontaine proche. Ils s'étirèrent. Défroissèrent leurs vêtements de quelques chiquenaudes. Ils regardèrent autour d'eux, se demandant combien de millions de dollars coûtait une maison dans ce quartier.

— Écoute, chuchota Ogden, c'est toi qui annonceras la mauvaise nouvelle. Moi, j'en profiterai pour fureter à droite et à gauche. OK ?

— Mec, c'est toujours moi qui annonce les mauvaises nouvelles.

— Justement. On va pas changer aujourd'hui. Et puis… tu fais ça tellement bien.

Layton haussa les épaules, pas dupe.

— OK. Mais tu me revaudras ça.

Ogden ne promit pas. Layton s'en contenta. Ils se dirigèrent vers l'entrée. Layton repassant dans sa tête les phrases qu'il allait prononcer. Chaque fois les mêmes. Chaque fois tellement difficiles à dire.

La silhouette d'Isa se découpait en contre-jour dans l'encadrement de la porte. C'était la première fois que je la voyais depuis… vous savez quoi. Elle était pieds nus. Uniquement vêtue d'un short en satin bleu et d'un tee-shirt blanc trop grand qui dévoilait une épaule ronde et bronzée. Elle posa la tasse de café qu'elle tenait à la main. Avança d'un pas. Un rayon de soleil éclaira son visage. Elle plissa les yeux. Remit de l'ordre dans ses cheveux. Étouffa un bâillement. Derrière sa main en visière, son regard allait de l'un à l'autre. En découvrant leurs têtes de circonstances, elle devina l'objet de leur visite.

— River ?

D'un battement de cils, Layton confirma ses craintes.

— Il est mort ?

— Oui, madame. Je vous présente mes condoléances. En mon nom et au nom de la police de Los Angeles.

La respiration d'Isa s'accéléra, ses yeux se remplirent de larmes, elle demanda, dans un souffle :

— Que s'est-il passé ?

— Il a été abattu de deux balles dans la tête. Tirées à bout portant. Cette nuit. Dans une villa. À Laurel Canyon. Il est mort sur le coup. Il n'a pas souffert.

Isa étouffa le cri qui montait de sa gorge.

Pourquoi lui donnait-il ces détails sordides ? Et en quoi le fait que je n'aie pas souffert pourrait lui apporter le moindre soulagement ?

Layton continua :

— Nous ne connaissons pas encore l'enchaînement des événements ayant abouti à son décès. Nous pensons qu'il a pu surprendre un cambrioleur et que celui-ci l'aurait abattu.

NON ! Ce n'est pas un voleur ! Tu te trompes !

Je me mis à hurler, sachant qu'ils ne pouvaient pas m'entendre.

— Votre époux n'était pas armé. C'est étonnant. Avez-vous une idée de ce qu'il pouvait faire dans les collines ? Vous a-t-il dit si...

Isa fit demi-tour et se précipita à l'intérieur.

— Qu'est-ce qu'on fait ? On la suit ? demanda Ogden.

— Évidemment, qu'on la suit. Où veux-tu qu'on aille ?

Il continua, *mezza-voce :*

— J'ai toujours rêvé de voir où habitait River.

Ils traversèrent le vestibule et s'arrêtèrent net. Ils se crurent dans un de ces magazines de décoration sur papier glacé. Plafonds trop hauts. Pièce trop vaste. Surchargée de meubles de designers. Décorée d'une profusion d'objets hors de prix. Murs tapissés de tableaux abstraits et de photographies originales.

Le résultat était impressionnant. Sans doute exagéré. Limite prétentieux.

— Oh *putain* ! fut le commentaire plein d'à-propos de Layton.

Ogden se contenta de siffler doucement.

Isa, lovée sur un canapé, pleurait toutes les larmes de son corps. Ils s'approchèrent sur la pointe des pieds. Layton lui effleura l'épaule.

— Excusez-nous, madame River. Pouvez-vous répondre à quelques questions ? C'est la procédure. Nous n'en avons pas pour très longtemps et nous ne vous dérangerons pas plus qu'il ne sera nécessaire.

Ogden regarda Layton, l'air étonné. Il ne l'avait jamais entendu prendre une voix aussi mielleuse.

— Allez-y. Qu'on en finisse, bredouilla-t-elle.

Bon Dieu ! C'était à cause de moi si elle était dans cet état. Je m'en voulais. Son chagrin me brisait le cœur. Je n'avais qu'une envie, la serrer dans mes bras et la consoler.

— Madame River, votre mari a été tué, hier soir aux alentours de minuit, dans une maison inoccupée, dans les collines de Laurel Canyon. Savez-vous ce qu'il faisait là-haut ? Devait-il rencontrer quelqu'un ?

— Je n'en sais rien. Nous sommes séparés depuis plus de deux mois, fit-elle avec une lueur de colère dans les yeux.

Les détectives se regardèrent, interloqués.

Je dois avouer que je suis aussi étonné qu'eux.

Je n'avais gardé aucun souvenir de notre séparation, ni de la manière dont les choses s'étaient passées. Était-ce moi qui étais parti ou m'avait-elle foutu dehors ? Corollaire ; qui avait trompé l'autre ? Ce ne pouvait être que ça. J'en étais persuadé. Pourquoi l'aurais-je quittée sinon ? Cela n'avait aucun sens. Tout allait bien entre nous. Enfin… comme dans tous les couples… avec des hauts et des bas… rien que de très normal. Pour autant que je m'en souvienne.

— Séparés ? Que s'est-il passé ? Est-ce lui qui vous a quittée ou…

— Cela ne vous regarde pas, le coupa Isa.

Là, je la reconnais bien. Ne te laisse pas faire, ma chérie !

— Je ne veux pas être indiscret. Mais je suis obligé de vous poser la question. Pour mon rapport…

— Il m'a quittée. Du jour au lendemain. Sans explications. Tout simplement. Je suis rentrée un soir, il n'était plus là. Voilà tout, répondit Isa, les mâchoires crispées.

Je connais Isa depuis des années et je sais quand elle ment. Et là, elle ment !

Layton poursuivit son interrogatoire.

— Pourquoi ce départ ? Un problème dans son travail ? Une dispute dans votre couple ?

Pendant que Layton interrogeait Isa, Ogden déambulait dans le salon, les mains dans le dos. Il s'arrêta devant une photo de Julius Shulman. Un tirage signé, hors de prix, représentant les lumières de Los Angeles visibles à travers les baies vitrées d'une villa qui paraissait suspendue au-dessus du vide. Il haussa les épaules. Il n'aimait pas. Il continua son inspection. Il n'apprécia pas non plus les tableaux abstraits. Il secoua la tête devant un exceptionnel Soulages, se disant qu'un enfant pourrait peindre la même chose. Il soupesa ensuite un inestimable petit cheval chinois en terre cuite, le préféré d'Isa, qu'il faillit casser en le reposant un peu brusquement. Enfin, il se pâma d'admiration devant l'immense écran de télévision. Il fut à deux doigts de demander s'il pouvait l'allumer. Il se souvint soudain de la raison de leur visite et ferma sa grande *gueule*.

— Ce qui se passe dans mon couple ne regarde que moi, rétorqua sèchement Isa, avec ce regard noir que je ne connaissais que trop bien.

— Madame River, veuillez répondre à mes questions, répliqua Layton, encore plus sèchement.

Dis-moi, connard ! Tu vas parler autrement à ma femme. Sinon… oui au fait, sinon quoi ? Être impuissant est pire que tout.

— Rien à voir avec son job. Nous nous sommes disputés.

— Vous voyez, ce n'était pas compliqué.

Toi, si j't'attrape, tu vas maudire le jour où t'es né !

Isa lui lança un autre de ces regards dont elle avait le secret.

— Son départ n'est pas lié à son travail, continua-t-il imperturbable. Vous confirmez ?

— River ne me parlait jamais de son travail. Il mettait une barrière infranchissable entre sa vie professionnelle et sa vie privée. La porte de notre maison aussitôt franchie, son boulot, ses problèmes… et ses collègues (elle proféra le mot *collègues* avec tout le mépris dont elle était capable) n'existaient plus. Je ne peux rien vous apprendre, car je ne sais rien, conclut-elle.

Connaît-elle ma nouvelle adresse ? Pose-lui la question ! T'attends quoi ?

Comme s'il devinait mes pensées, Layton demanda :

— Savez-vous où il habitait depuis ?

— Non, je vous ai déjà dit qu'il ne m'avait donné aucune nouvelle depuis son départ.

Ogden, qui avait terminé son tour d'inspection intervint.

— Pourquoi n'avoir pas signalé sa disparition ?

— Il n'a pas disparu, il est parti. JUSTE PARTI.

— OK ! J'ai compris. Il est parti. Vous n'avez pas d'autres informations qui pourraient faire avancer notre enquête ? tenta Layton.

Isa ne prit même pas la peine de lui répondre.

— Où est-il ? Je veux le voir.

Layton se lança, tout en délicatesse et psychologie.

— Écoutez, c'est compliqué… River se trouve à la morgue, où l'on va procéder à son autopsie. On ne vous demandera pas d'identification visuelle. Ses empreintes digitales suffiront. Voyez-vous, son visage est… l'assassin lui a tiré dans la tête. On vous rendra son corps dans deux ou trois jours. Faites-nous confiance et gardez l'image que vous avez de lui.

Ogden, fin psychologue, enfonça le clou.

— Mon collègue a raison. N'allez pas le voir. C'est une horreur. Il est complètement défiguré et… aïe !

Le coup de coude de Layton arriva un peu tard.

Isa poussa un cri et se remit à pleurer.

— Oh, mon Dieu ! Pourquoi, River ? Pourquoi ? hoqueta-t-elle entre deux sanglots.

Ogden proposa à Layton de faire le tour des autres pièces. Si sa curiosité lui disait oui, la décence lui cria non. Layton secoua la tête et montra la porte dans un geste signifiant *viens, on se casse*.

Ils demandèrent à Isa de passer au poste, dans un jour ou deux, afin d'enregistrer sa déposition, et ils prirent congé de manière maladroite, en bafouillant des condoléances qu'elle n'entendit pas.

Layton et Ogden quittèrent la maison, montèrent en voiture et disparurent.

Je pensais les suivre, mais je ne bougeai pas. Qui décidait de mes mouvements ? Pourquoi, puisque nous étions arrivés ensemble, ne repartions-nous pas ensemble ? Je commençais à m'habituer à ces deux crétins. Et, en les suivant dans leur enquête, j'avais un but. J'étais frustré et énervé de devoir dépendre de… mais de qui, au fait ?

Je finis par me calmer, laissant mon esprit vagabonder. Ma vie d'avant remontait du tréfonds de ma mémoire, me remplissant de nostalgie. Je me souvins de nos discussions sur le choix de chaque meuble. Je me souvenais de tous les tableaux que nous avions achetés dans cette galerie sur Los Angeles Street. Je planais au-dessus du canapé où nous avions si souvent fait l'amour.

Je me dis que, tout compte fait, j'aimais cette maison. Malgré cet étalage de luxe qui me renvoyait à ma modeste condition et m'avait toujours intimidé. Je ne voulais garder que les bons moments. Et oublier les autres. Une heure plus tard, Isa se leva et traversa la pièce.

Je la suivis.

Elle poussa la porte de la cuisine. Elle ne put réprimer un léger frisson lorsque ses pieds nus effleurèrent le carrelage froid. Elle se servit un verre d'eau qu'elle but à petites gorgées, les yeux dans le vide, à mille lieues de Brentwood. Elle allait devoir gérer la suite, seule.

Je m'en veux de ne pas être à ses côtés.

Elle ressortit de la cuisine après avoir rangé son verre dans le lave-vaisselle. Son obsession de l'ordre et de la propreté. Elle emprunta l'escalier, gagna l'étage, traversa la mezzanine. Elle poussa une porte, entra dans notre chambre. La pièce baignait dans une douce pénombre. Sur sa table de nuit, un livre ouvert sur la tranche côtoyait une paire de lunettes qu'elle ne chaussait que très rarement en public. Les oreillers et les draps froissés avaient gardé l'empreinte et l'odeur de son corps. Le radio-réveil jouait en sourdine la longue introduction de *Prayers for Rain*[1] des Cure. D'un mouvement souple, elle ôta son tee-shirt et le laissa choir à ses pieds. Elle ne portait rien dessous. Ses seins, petits et fermes, étaient comme dans mes souvenirs.

Ça, je ne risque pas de l'oublier !

Elle fit ensuite glisser son boxer le long de ses jambes en se contorsionnant avec grâce. Elle était entièrement nue

1. Des prières pour la pluie.

quand Robert Smith attaqua : « *You shatter me. Your grip on me. A hold on me*[1]... » Je retins mon souffle, admirant son corps splendide, sa peau parfaite. J'en ressentais toujours la douceur sur les lèvres et le grain sur le bout des doigts.

Elle se dirigea vers la salle de bains. Sur la pointe des pieds. Comme une ballerine. Elle entra dans la douche. Régla la température et ouvrit l'eau en grand. Elle leva la tête et écarta les bras. Les yeux fermés. Offrant son corps aux aiguilles liquides tombant du plafond.

Une prière pour la pluie...

Je nous revis faisant l'amour dans cette douche et laissai ces souvenirs emplir doucement mon cœur.

Elle avait affirmé à Layton et Ogden que je l'avais simplement quittée. Mais je n'y croyais pas. Elle mentait. Je me souvins d'une scène qui s'était déroulée au début de notre relation. Elle avait eu ce même regard noir et cette même crispation de la mâchoire. Juste avant de se jeter, toutes griffes dehors sur une *pétasse* qui me branchait ouvertement. La jalousie d'une tigresse combinée avec l'attaque d'un cobra. J'étais persuadé que sa colère, tout à l'heure, n'était pas dirigée contre moi. Une autre protagoniste intervenait dans notre rupture, cela ne faisait pas l'ombre d'un doute.

J'étais le *salaud* de l'histoire. C'était évident. Elle avait dû me haïr. Pourvu qu'elle me déteste encore. Elle pourrait ainsi m'oublier et refaire sa vie.

Une vague d'émotion me submergea. J'eus envie de la serrer dans mes bras, de respirer l'odeur de ses cheveux, de sentir la chaleur de son corps.

Suffit ! J'aurais tout loisir de me lamenter après avoir retrouvé mon assassin.

C'est à cet instant que l'effet goulot se produisit à nouveau. Ma vue se brouilla, les murs et le sol tanguèrent et je

1. Tu me détruis. Ton emprise sur moi. Qui ne me lâche pas...

fus expulsé hors de la maison. La téléportation – ce que je ressentais s'apparentait davantage à une téléportation qu'à un véritable déplacement – débuta.

Je serais volontiers resté auprès d'Isa. Mais, ce n'était pas moi qui décidais. Pas encore !

8.

Samedi 22 mars – 10 h 04 – quelque part sur Santa Monica Freeway

J'étais en voiture avec Layton et Ogden. Nous roulions sur Sunset en direction de West Hollywood. Ils étaient silencieux, visiblement troublés par leur rencontre avec Isa.

Pendant qu'ils interrogeaient Isa, j'avais essayé de me déplacer. J'avais réussi à avancer de quelques mètres. Difficilement. J'en avais bavé. Heureusement que personne ne me voyait.

Imaginez un ver de terre de quatre-vingts kilos se contorsionnant dans une épaisse mélasse. Vous avez l'image ? Eh bien, c'est moi ! En plus ridicule !

Je me demandai ce qui s'était passé à Brentwood. Pourquoi étais-je resté avec d'Isa au lieu de suivre Layton et compagnie ? Serait-ce l'amour le responsable ? L'amour plus fort que la mort ! J'aimais bien cette idée et j'y souscrivais sans hésiter, même si je n'étais pas convaincu que ce soit la bonne.

Et ensuite, pourquoi avais-je quitté Isa pour les rejoindre ? Parce qu'ils étaient chargés de découvrir mon meurtrier ? Un lien se serait ainsi tissé entre nous et je serais tiraillé par cette alternative du diable ; choisir entre l'amour de ma femme et le désir de démasquer mon tueur ?

Peut-être. J'en doute. Il y a certainement une explication rationnelle. Mais je me demande bien laquelle. Rien n'est rationnel dans cette histoire. Attendons. Laissons du temps au temps. À la prochaine téléportation, on s'en reparle.

Le portable de Layton sonna.

— Allô ? … Salut Mark ! Ouais, c'est nous qui sommes chargés de l'enquête sur la mort de River. Mais pourquoi tu m'appelles sur mon téléphone perso ?

Il écouta, ouvrit de grands yeux. Tripota un ou deux boutons de la radio de bord.

— T'as raison. Elle ne fonctionne pas. Je me disais aussi que c'était bien calme. Je comprends mieux maintenant. Qu'est-ce que tu veux ma poule ? […] Non, rien pour le moment […] Quoi ? Vous avez son adresse ? Déjà ! Comment avez-vous fait ?

Il écouta un long moment en hochant la tête, puis il dit :

— Jamais entendu parler. Ça existe vraiment, ça ? On n'arrête pas le progrès ! Mais vous êtes certains que… ah oui ! Six fois !

Il leva le pouce à l'attention de son partenaire et continua :

— C'est chez lui, sans aucun doute […] Non, à environ vingt minutes […] Un serrurier ? Tu t'en occupes ? […] Merci. T'es un as !

Il raccrocha et expliqua :

— On a l'adresse ! Les techniciens du labo ont analysé son téléphone portable. Le soir de sa mort, il a commandé un UberCab[1]. C'est une sorte de taxi que tu peux réserver grâce à une application de ton téléphone qui mémorise les trajets et… bref, j'ai rien compris.

Il haussa les épaules.

— D'après eux, River habite près de Lennox Park. Au 16419, South Inglewood Avenue.

1. La société Uber s'appelait UberCab à ses débuts.

— Ouais, sauf qu'il pouvait très bien commander son taxi depuis un autre endroit que son domicile, répliqua Ogden.

— T'as peut-être raison, mais ne soyons pas négatifs. Six trajets débutent ou se terminent au pied de cet immeuble. C'est chez lui. Je suis prêt à le parier. Tu veux mettre un petit billet ?

— Pourquoi pas ?

— Vingt dollars ? Tu me suis ?

— Bien sûr, je te suivrai jusqu'au bout du monde, répliqua Ogden avec un grand sourire.

Ils se tapèrent dans la main.

Layton boucla sa ceinture de sécurité.

— Enclenche la sirène. Et à fond ! Nous n'avons pas de temps à perdre.

Ogden obtempéra, il adorait rouler vite. Brûler les feux rouges était un rêve de gosse et depuis qu'il était flic, il pouvait le faire aussi souvent qu'il le voulait. Il était même payé pour ça ! Il écrasa l'accélérateur. Sirène hurlante, gyrophare lançant des éclairs rouges et bleus, la voiture bondit dans un feulement sourd. Nous nous dirigeâmes plein sud sur Harbor Freeway, puis nous prîmes Hawthorne Boulevard. Aux abords d'Inglewood, nous entrâmes dans un autre monde. Les seuls commerces qui n'avaient pas fait faillite étaient des *pawnshops* aux vitres blindées protégées par des grilles d'acier, des laveries automatiques ou des supermarchés bas de gamme. Nous croisâmes quelques rares piétons, presque tous des SDF shootés au crack, poussant des caddies débordants de canettes vides et de haillons puants. Le 16419 était un bâtiment bas de trois étages à la façade rose dégueulis ayant grand besoin d'un ravalement, coincé entre un *fast-food* mexicain puant l'huile rance et un vendeur de voitures d'occasion.

Loin de Brentwood, mon ascenseur social vient de s'écraser au premier sous-sol !

Les deux flics se garèrent devant une bouche d'incendie hors d'usage, face à la porte d'entrée. Ils regardèrent autour d'eux, vérifiant qu'aucun individu menaçant ne se trouvait à proximité et jetèrent un coup d'œil vers les étages, on n'était jamais trop prudent. Ils informèrent le *dispatcher* de leur position et quittèrent le véhicule. Ils approchèrent tranquillement du bâtiment. Je leur emboîtai le pas… enfin, façon de parler.

Six sonnettes, qu'un coup de marteau rageur avait rendues inutilisables. Autant de noms qu'un grapheur en mal d'inspiration avait recouvert de tags. Ils allaient devoir passer en revue tous les locataires de cette résidence de standing. La porte ouverte nous invitait à pénétrer dans le hall. Nous y pénétrâmes. Un léger effluve de détergent mélangé à des relents d'ammoniaque, me chatouilla les narines.

Ça pue la pisse ! Mais le bon côté de la chose, c'est que je n'ai pas perdu mon odorat !

Au rez-de-chaussée, la loge d'un gardien licencié depuis des années et jamais remplacé servait à entreposer les poubelles. Les boîtes aux lettres, les deux ou trois qui n'étaient pas défoncées, ne comportaient que des numéros et ne nous furent d'aucune utilité.

L'ascenseur ne fonctionnant plus depuis la mort de Kennedy, Layton et Ogden prirent l'escalier. Ils atteignirent le premier étage sans rencontrer âme qui vive. Je les suivais, flottant le long d'un couloir sombre à la moquette élimée, dont les murs recouverts de peinture vert morve, s'ornaient des graffitis d'un éminent généalogiste, qui affirmait péremptoirement que « Tout les flics sont des batar », en cursives élégantes, fautes d'orthographe incluses.

9.

Samedi 22 mars – 10 h 52 – 16419 Inglewood Avenue

Ogden fit un geste en direction de son partenaire signifiant *à toi l'honneur*. Sans se faire prier, Layton écrasa son poing sur la porte en beuglant : « Police ! Ouvrez ! » Seul le silence lui répondit. Il tapa de nouveau. Attendit. Colla son oreille sur le panneau de bois. Patienta une bonne minute. Secoua la tête ; personne. Ogden haussa les épaules et se tourna vers l'appartement d'en face. Un homme en fauteuil roulant semblait les attendre. Âgé d'une cinquantaine d'années, les tempes grisonnantes, il était vêtu d'un bas de pyjama et d'un tee-shirt noir, la jambe droite plâtrée depuis la hanche jusqu'aux orteils étendue à l'horizontale. Les premières notes de guitare de *Karma Police* de Radiohead montaient des profondeurs de l'appartement.

— Bonjour messieurs, fit-il d'une voix joyeuse. Vous cherchez quelque chose ?

— Détectives Layton et Ogden, répondit sèchement Layton en dégainant son insigne. Police de L.A. Brigade criminelle. Quel est votre nom ?

Une lueur d'intérêt brilla dans ses yeux. *Enfin ! Un peu d'action*. Il répondit simplement :

— Je m'appelle Jeff Jefferies.

— Monsieur Jefferies, savez-vous qui habite ici ? fit Ogden en désignant la porte fermée.

— Appelez-moi Jeff. Ma voisine se nomme Eve Kendall. Mais là, il n'y a personne. Elle rentre généralement vers dix-huit heures.

— Est-ce que madame Kendall vit seule ?

— Il m'est arrivé deux ou trois fois de la voir accompagnée d'un homme. Jamais le même, ajouta-t-il d'un ton dédaigneux. Et il ne restait que quelques jours. Mais, quand cela arrivait, je l'entendais – les murs sont fins, voyez-vous – hurler de plaisir. Toutes les nuits. Plusieurs fois par nuit. De longues minutes. On ne peut humainement pas hurler aussi longtemps. Non ?

Layton se tourna vers son partenaire et murmura avec un sourire en coin :

— Avec moi, elle aurait hurlé toute la nuit.

À Jeff :

— Veuillez répondre à la question.

— Oui, elle vit seule la plupart du temps.

— Avez-vous déjà vu cet homme ?

Ogden appuya sur quelques touches de son téléphone et le mit sous le nez de l'homme au fauteuil.

— Qui est-ce ? Un voleur ? Un violeur ? Un tueur ? demanda-t-il avec gourmandise. S'il y a un tueur dans l'immeuble, je veux tout savoir. Qui a-t-il tué ?

— Écoutez, dit Layton avec un soupir de découragement, il n'a tué personne. Et les questions, c'est nous qui les posons. L'avez-vous vu ?

— Voyez-vous, je suis cloué dans ce fauteuil depuis près de quatre mois. Une fracture, suivie de complications. Bref ! L'ascenseur est hors service, comme vous avez dû le constater. Je ne peux plus sortir de chez moi, les distractions sont rares et…

Quatre mois ! Il était dans son fauteuil avant même que je quitte Brentwood. Il n'a pas pu me croiser dans l'immeuble.

Les deux détectives firent le même raisonnement et ils grimpèrent au second, après avoir rapidement pris congé de mon voisin.

Au deuxième, l'odeur de lessive avait disparu, remplacée par un remugle de choux cuits. L'odeur de pisse, elle, était toujours présente.

Ils frappèrent à la première porte sur leur droite. Un homme d'âge indéfini, petit et mince, à la limite de la maigreur entrouvrit la porte. Ses cheveux sales, raides comme des baguettes tombaient devant ses yeux vifs en une longue frange qu'il relevait régulièrement d'un coup de tête vers l'arrière. Avec son menton fuyant, son nez pointu, ses joues émaciées à la peau grêlée et ses lèvres minces comme deux traits de crayon, il avait l'air d'un vieux rat d'église.

Apercevant les badges dorés, il ôta la chaîne de sûreté et sortit sur le palier. Puis, sans faire de bruit, il tira la porte derrière lui en jetant un regard anxieux par-dessus son épaule. Il porta un doigt à ses lèvres et dit :

— Il… il ne f… faut pas… rév… réveiller ma… ma mère.

Personne ne surgissant derrière son dos, il poussa un soupir de soulagement et esquissa un maigre sourire qui dévoila une rangée de dents irrégulières.

— Que… vou… voulez-v… vous ? dit-il en battant rapidement des paupières.

Ogden posa les mêmes questions, montra la même photo. Le voisin secoua la tête, il ne me connaissait pas, ne m'avait jamais vu, n'avait que peu de contact avec ses voisins, qu'en fait il ne connaissait pas. Cela prit cinq minutes. Puis, avec un luxe de précaution, il fit demi-tour, ouvrit la porte et entra chez lui. Ils entendirent alors une voix chevrotante venant des profondeurs de l'appartement :

— Norman, qui est-ce ?

Norman se décomposa, il se tourna vers les flics et murmura :

— C'est m... ma mè... mère. El... elle est... rév... réveillée.

Il cria à destination de la vieille :

— Ce... ce n'est... ri... rien, ma... maman ! J'arr... j'arrive !

Il expliqua, très vite... enfin aussi vite qu'il le pouvait :

— Elle... elle est vi... vieille et imp... impotente.

La vieille rugit d'un ton impérieux :

— Norman ! Viens me coiffer. Dépêche-toi !

Norman bafouilla quelques mots incompréhensibles et claqua la porte au nez des policiers.

Nouveau voisin. Nouvelle tentative. La porte s'ouvrit sur une créature que personne ne s'attendait à trouver ici. Une femme. Âgée d'une trentaine d'années. Grande et mince. Aux cheveux dorés ramenés sur le haut du crâne en un chignon serré et aux lèvres pulpeuses partageant l'ovale parfait de son visage de deux traits rouge sang. Elle dévisageait les deux flics de ses yeux en amande bleu acier aux cils démesurément allongés, comme le loup observe l'agneau qu'il va dévorer. Elle portait un tailleur noir. Court à la limite de la décence. Avec des bas couleur chair. Elle était chaussée de stilettos noirs aux talons interminables. La créature de rêve se préparait à sortir, un sac à main calé au creux du coude.

Sublime, elle possédait l'élégance hautaine et le charme indéfinissable d'une princesse slave, ou d'une *pute* de luxe.

— Bonjour, mademoiselle.

Layton fit un pas en avant et se plaça devant son coéquipier.

— Nous sommes désolés de vous importuner. Détective Layton, pour vous servir, et euh... lui, c'est Ogden. Je vois que vous allez sortir. Pas d'inquiétude, nous n'allons pas vous retenir très longtemps…

Pour un peu, il s'excuserait !

— Nous n'avons qu'une question à vous poser. Connaissez-vous cet homme ?

La blonde jeta un rapide coup d'œil à la photo et déclara :

— Oui. C'est le voisin du dessus. Monsieur Springsteen. Porte 3A.

En entendant sa voix rauque, Ogd tomba immédiatement sous le charme. Layton était amoureux depuis la seconde où il l'avait vue.

— Vous êtes vraiment sûre ? Vous ne voulez pas regarder de plus près.

Et il s'approcha d'elle. À la toucher.

— Vous me confirmez, mademoiselle, qu'il s'agit bien de votre voisin, Springsteen ? C'est bien son nom ?

— Oui, je vous le confirme. Sans risque d'erreur, répondit-elle en faisant un pas en arrière.

— Merci mademoiselle… mademoiselle ?

— Mademoiselle me convient très bien, fit-elle d'un ton sec.

Comme un barrage qui se rompt, un flot de souvenirs inonda ma mémoire. Des images surtout. À ne pas mettre entre toutes les mains. Je ne la connaissais pas vraiment. Je me souvins que nous avions couché ensemble. Une fois. Une seule. Ce fut mémorable.

J'étais parti de Brentwood depuis trois semaines et, après avoir occupé un temps une chambre sordide d'un hôtel miteux d'Est L.A., j'avais emménagé dans cet immeuble. La première fois que je l'avais rencontrée, cinq heures sonnaient… en fait nulle part. Il n'y avait aucun clocher dans le quartier. Comme dans tout Los Angeles d'ailleurs. Il était donc cinq heures du mat' et nous rentrions nous coucher (je m'étais demandé, ce matin-là, quel métier elle exerçait pour finir si tard. Mais je n'osai pas lui poser la question). Nous nous saluâmes d'un rapide *bonsoir*. Nous empruntâmes l'escalier. Je passai le premier. J'avais le cerveau en ébullition et des papillons dans le ventre (et aussi un peu plus bas !). Je n'avais jamais connu de désir aussi intense et soudain. Avec aucune autre femme. J'avais envie d'elle. Envie de la toucher. De la prendre dans mes bras. De l'embrasser. Je devais lui parler. Il le fallait absolument. Je ne devais pas rater cette occasion. Sur le palier du deuxième étage, je me tournai vers elle. Nos regards se croisèrent et je me noyai dans le bleu de ses yeux.

Que lui avais-je dit ? Je ne m'en souvenais plus. Une banalité quelconque, certainement. Mais elle m'avait souri. Pas un sourire de convenance, les lèvres pincées. Non ! Un vrai sourire, avec les yeux, avec les dents. Son sourire me donna l'impression d'être le type le plus spirituel de la terre. Elle continua d'avancer. Elle était près de moi. Tout près. À quelques centimètres. Son parfum me chatouilla les narines. Son haleine sentait le tabac blond et la menthe. Son souffle s'accéléra. Mon cœur s'emballa. Une décharge électrique me traversa le corps. Emportant toute retenue. Toute pudeur. Toute réserve. Ce fut réciproque, car ensuite… ensuite, nous nous jetâmes l'un sur l'autre. Mes lèvres écrasèrent ses lèvres. Nos dents s'entrechoquèrent. Nos langues se cherchèrent, se trouvèrent et ne se quittèrent plus. Notre baiser fut sauvage, brûlant, interminable. Nous arrivâmes, j'ignorai comment, devant sa porte. Elle s'écarta de moi. Ôta son chemisier. Ses yeux plantés dans les miens, elle déboutonna son soutien-gorge. Le laissa tomber à ses pieds. Puis elle tira sur les pans de ma chemise, arrachant quelques boutons. Elle posa ses mains douces et chaudes sur ma peau, caressa lentement mon torse. Les miennes ne m'appartenaient plus. Dotées de leur propre volonté, elles exploraient. Caressaient. S'attardaient. Frôlaient. Titillaient. Elle eut un râle de plaisir.

Planta ses ongles dans mon dos. M'arrachant un grognement de douleur. Nous étions presque nus dans le couloir devant sa porte. Haletants. Excités. Il lui fallut un temps fou avant de trouver sa clef !

Une fois à l'intérieur, nous arrachâmes le peu de vêtements qu'il nous restait. Je la plaquai contre le mur. Sans hésitation, elle me guida en elle. Après… après nous nous retrouvâmes sur la moquette. Puis sur le canapé. Et dans la chambre. Enfin dans son lit. Nous fîmes l'amour toute la nuit. Ses lèvres douces et sa langue agile réveillèrent plusieurs fois mon ardeur. Même quand je pensais la chose impossible. Elle possédait une technique rare. Digne d'une professionnelle. Je lui fis une remarque à ce sujet. Elle m'avoua en riant que ce n'était pas son métier. Plutôt une passion. Et elle se jeta sur moi. Ce furent les seules paroles que nous échangeâmes.

Le soleil était déjà haut dans le ciel quand je rentrai chez moi. Je venais de vivre une nuit inoubliable. La plus étrange de ma vie. Dans les mois qui suivirent, nous nous croisâmes souvent. Mais nous ne recommençâmes jamais plus et aujourd'hui encore, je ne connais pas son nom.

Layton sortit une carte de visite de sa poche.

— Si quelque chose vous revient, n'hésitez pas à m'appeler.

Paume vers le haut, elle tendit la main. Layton s'en saisit et l'emprisonna dans sa grande paluche.

Je savais sa peau diaphane à la fois fraîche et brûlante. Ferme et soyeuse. Layton le découvrit à son tour. Il eut un début d'érection. Elle s'en aperçut et esquissa un sourire amusé.

Layton, rouge comme un collégien pris en faute, lâcha sa main à regret et y déposa sa carte.

— Euh… n'hésitez pas à me contacter. De jour comme

de nuit, bredouilla-t-il. Enfin… si vous vous souvenez de quelque chose…

Il continua très vite.

— Et même si vous ne vous souvenez de rien.

Avec un flegme étudié, elle détailla Layton de la tête aux pieds.

— Pourquoi pas… murmura-t-elle.

Puis elle s'éloigna dans le couloir glauque, laissant derrière elle flotter un parfum subtil de patchouli et de vanille. Layton, le bras toujours tendu, les yeux dans le vague, était loin d'Inglewood Avenue. Ogden lui planta son coude dans les côtes.

— Arrête de rêver, mec. Tu fais pas le poids face à cette meuf !

Layton soupira. Secoua la tête. Soupira de nouveau.

Ils grimpèrent jusqu'au troisième. Un violent coup de pied avait eu raison de la serrure du 3A. La porte entrebâillée pendait sur ses gonds. Les deux flics sortirent leurs armes et se mirent en position de part et d'autre du chambranle.

— Police ! Sortez les mains en l'air ! aboya Ogden.

Il jeta un rapide coup d'œil à l'intérieur et recula aussitôt. Pas de bruit. Aucun mouvement. D'un imperceptible mouvement de tête, Layton donna le top départ. Ils entrèrent en même temps. L'un se dirigea vers la gauche. L'autre vers la droite. Ils s'accroupirent et scannèrent les lieux, leurs armes balayant l'espace sur 180°. Personne. Ils s'en assurèrent en examinant les autres pièces. Ils n'oublièrent pas de regarder dans les placards et sous le lit. Chacun confirma à son équipier que tout était clair et vide. Ils rangèrent leurs armes, enfilèrent des gants et regardèrent autour d'eux, attentifs au moindre détail.

Un sol en lino gris, usé jusqu'à la trame. Des murs recouverts de peinture, autrefois blanche, devenue jaunâtre au fil du temps. L'auréole d'humidité qui envahissait progressivement le plafond de la salle de bains avait doublé de taille depuis la dernière fois où j'avais mis les pieds dans cet appartement composé de deux minuscules chambres réparties de part et d'autre d'une pièce à vivre. Une cuisine, jamais utilisée, complétait le décor. Un agent immobilier un peu gonflé l'aurait qualifié d'appartement coquet à la décoration minimaliste.

Moi, j'appelle ça un trou à rats !

Sinon, rien n'avait été dérangé. Le désordre ressemblait à celui que j'avais dû laisser en partant. Les types qui avaient défoncé la porte s'étaient dirigés droit sur le coffre-fort, sous l'évier et l'avaient ouvert sans effraction. De véritables pros ! Ou alors, connaissaient-ils la combinaison ? Je ne me souvenais pourtant pas l'avoir communiquée à qui que ce soit.

Layton envoya la main à l'intérieur du coffre. Il en sortit une arme. Mon arme. Il la glissa dans un sac plastique transparent. Au deuxième voyage il ramena plusieurs liasses de billets qu'il compta prestement.

— Trente mille dollars !

Il partagea la somme en deux parts égales. En empocha la moitié. Tendit l'autre à Ogden qui l'accepta sans discuter.

Les ordures ! Et dire que j'avais rendu un rapport en leur faveur !

Les cambrioleurs étaient venus récupérer quelque chose, s'en étaient emparés et étaient repartis, dédaignant une arme et une grosse somme d'argent liquide. Oui ! De véritables professionnels. Ou de vrais *cons* ! Je me demandai ce qu'ils étaient venus chercher.

Comme en écho à ma pensée, Layton apostropha Ogden :

— À ton avis, ils sont venus chercher quoi, les types qui ont défoncé la porte ?

— J'en sais rien, mec ! Que rangerais-tu dans ton coffre, si t'en avais un, en plus de ton arme et de ton fric ? demanda Ogden, en ouvrant les tiroirs d'une commode.

— Mes papiers et ma dope, répliqua Layton en haussant les épaules, quoi d'autre ?

— Exactement ! Et ses papiers, il les avait sur lui. Mais… qu'est-ce que tu fais ?

Layton à genoux, une minuscule lampe à la main, fouillait l'intérieur du coffre. Il se redressa, un rectangle de plastique à la main.

— Bingo ! Un permis de conduire.

Le document, au nom de Thom Springsteen comportait une photo me ressemblant à tel point que ce ne pouvait être que moi.

— Voilà le Springsteen de la bombasse du second.

— Une enquête sous couverture avec faux papiers. Rien que ça !

— C'est pour ça qu'il a quitté Brentwood pour ce taudis.

— Ouais ! Mais ça n'explique pas pourquoi sa femme n'était pas au courant.

— S'il ne lui a rien dit, c'était pour la protéger.

— Oui, t'as sans doute raison.

— Je me demande dans quel guêpier il est allé se fourrer.

— Si tu veux mon avis, c'était un *putain* de nid de frelons…

— Et il a sacrément dû les énerver.

10.

Samedi 22 mars – 11 h 12 – 16419 Inglewood Avenue

Dans la vraie vie, les missions sous couverture ne se déroulaient pas comme au cinéma. Devoir infiltrer pendant des mois un gang de narcos ou une famille mafieuse était extrêmement rare. Ces individus, d'une prudence extrême combinée à une méfiance confinant à la schizophrénie, n'hésiteraient pas à vous éliminer s'ils avaient le moindre doute.

Si malgré tout, vous parveniez à les approcher et à gagner leur confiance, vous ne seriez pas tiré d'affaire pour autant. Pour tester votre bonne foi ou en signe d'allégeance, ils vous réserveraient une épreuve qu'il vous serait impossible de refuser. Le plus souvent ils vous demanderaient de commettre un meurtre.

Comment gérer ça ? Impossible de refuser et tout aussi impossible d'accepter.

Le plus souvent, l'enquête se déroulait sur deux ou trois jours. Rarement plus. Vous pouviez vous immerger au sein d'une entreprise pour démasquer un employé indélicat ou confondre un patron malhonnête. D'autres fois, si vous étiez une femme, vous sollicitiez des types qui ne vous avaient rien demandé, pour leur proposer des relations sexuelles tarifées. Il se pouvait aussi que vous essayiez de vendre ou d'acheter de la drogue ou des marchandises volées à des individus peu recommandables. Une fois le contact établi, vous les rencontriez deux ou trois fois, jamais plus. Vos rendez-vous se déroulaient (rarement) dans la suite d'un hôtel luxueux ou (plus fréquemment) au fond d'un appartement sordide. Tout dépendait de l'individu que vous vouliez appréhender, ou du rôle que vous jouiez. Un gros dealer était crédible s'il paradait au bar du Beverly Hills Hotel, alors qu'un minable revendeur de téléphones volés était à sa place s'il se terrait dans une chambre d'un motel miteux d'East L.A.

Après leur avoir fait miroiter une longue et fructueuse collaboration, accompagnée de gros bénéfices, vous leur signifiiez votre qualité d'officier de police. Vous les mettiez en état d'arrestation. Et ils finissaient en prison. Pour de longues années.

Lors de ces missions, vous pouviez, par mesure de sécurité, vous procurer un jeu complet de faux papiers. C'était rare, mais envisageable.

Au cours de ma carrière, j'avais participé à deux ou trois enquêtes sous couverture. Rien de bien excitant. Et j'avais toujours tenu Isa informée de ce que je faisais. D'aussi loin que je me souvienne, aucune n'avait duré plusieurs mois et aucune ne m'avait obligé à quitter mon domicile.

Cette enquête sortait vraiment de l'ordinaire.

Ogden claqua des doigts.

— Je pense que River bossait en sous-marin pour la DEA1.

— River ! Bosser pour les stups ? J'y crois pas une seconde.

1. Drug Enforcement Administration, les stups américains.

— Je t'assure. Il y a quelques mois de cela, je suis monté voir le chef. Il n'était pas dans son bureau. Son secrétaire m'a dit que je le trouverais dans la salle de réunion au bout du couloir. Pas la grande, celle avec les fauteuils en cuir, où se réunissent les huiles. L'autre. La discrète. Là où se préparent les coups tordus. Tu comprends, je devais lui remettre un document en mains propres, alors j'y suis allé. Et là, je ne sais pas ce qui m'a pris, je suis entré sans frapper. Ils étaient trois : le chef, River et Grant, le boss des stups. Quand ils m'ont vu, ils ont tiré une de ces *gueules* ! Le chef m'a fusillé du regard, comme si je l'avais surpris en fâcheuse posture…

— Tu veux dire, un peu comme s'il était en train de se faire sucer ?

— Euh… oui. Si tu préfères.

— Ouais, je préfère largement.

— Mais tu penses qu'à *ça*, mec !

— C'est parce qu'il n'y a que *ça* qui en vaille la peine…

Ogden soupira.

— Je peux continuer ?

— Ouais, vas-y, gros !

— Il m'a hurlé de dégager et m'a claqué la porte au nez. Fin de l'histoire. Qu'est-ce que t'en penses ?

— C'était combien de temps avant que River disparaisse ? demanda Layton, redevenant sérieux.

— Attends…

Ogden calcula en comptant sur ses doigts.

— Si je ne me trompe pas… je dirais le 9 ou le 10 décembre. Soit environ un mois avant qu'il ne quitte son domicile.

Le brouillard commençait à s'éclaircir. J'avais été détaché auprès de la DEA. C'était la seule explication plausible. Bien que je n'en aie pas la certitude.

En effet, il ne me restait que de vagues souvenirs des

paroles que nous avions échangées et de la mission qui me fut confiée lors de cette réunion. Une enquête dans le milieu des stups évidemment. Mais pour endosser le rôle de quel personnage ? Acheteur ? Vendeur ? Acheteur, très certainement. C'était en adéquation avec mon pedigree et je me voyais assez bien dans le rôle du type plein aux as qui cherchait de la bonne came. J'aurais été en affaires avec un grossiste mexicain ou colombien. Nos rendez-vous se dérouleraient au bord de la piscine du Château Marmont. Un verre à la main. Entouré de pu… de jeunes filles de bonne famille.

Je m'égare, d'autant plus que la réalité doit être moins idyllique.

Étais-je parti de chez moi pour protéger Isa ? Possible. Si mon enquête se déroulait chez les narcos, le risque était grand qu'un petit curieux me prenne en filature et s'aperçoive que tous les soirs je rentrais dormir à Brentwood. Je ne pouvais pas lui faire courir ce risque. Nous aurions alors, d'un commun accord, décidé qu'il était sage que je quitte la maison. Temporairement, le temps de l'enquête. Mais alors, la réaction d'Isa face aux questions des Utah's Brothers aurait été tout autre et elle n'aurait pas déclaré n'avoir plus aucun contact avec moi. Elle n'avait aucune raison de mentir. L'enquête n'était pas la raison de mon départ. Isa n'avait pas menti sur un point : nous étions séparés.

Depuis notre mariage, pour autant que je me souvienne, je n'avais jamais trompé Isa. Enfin… excepté avec ma voisine du dessous. Mais puisque nous étions séparés, j'avais une excuse.

Une mauvaise excuse, je vous l'accorde.

Non, je voulais dire que depuis notre première rencontre et jusqu'à mon amnésie, je n'avais jamais été infidèle. Alors ? Que s'était-il passé ? Avais-je rencontré quelqu'un au cours de cette mission ?

Cela avait pu se produire. Oui. Peut-être. Pourquoi pas ? Je n'étais pas meilleur qu'un autre.

Pas pire non plus. Merci à ceux qui l'ont pensé.

Isa l'avait su, d'une manière ou d'une autre. Telle que je la connaissais, elle serait entrée dans une rage folle et m'aurait demandé de dégager. Ou alors… ou alors, c'était Isa qui avait rencontré quelqu'un. Je les avais surpris. J'avais cassé la *gueule* du type. Je m'étais embrouillé avec Isa. Les injures avaient volé. Peut-être une baffe ou deux. Non ! Je n'aurais jamais levé la main sur Isa. Même si elle…

J'espérais n'avoir jamais levé la main sur Isa.

De toute mon âme, je l'espère. Restons-en aux injures.

Les injures avaient volé. Je m'étais drapé dans ma dignité de mâle bafoué et je m'étais cassé. Quoi qu'il en soit, il s'agirait d'une banale histoire de cul. Mais peut-être était-ce préférable.

Revenons à cette réunion début décembre avec la DEA. Pourquoi me détacher auprès des stups ? Ils possédaient suffisamment d'agents rompus à ce genre de mission. Alors, pourquoi moi ? Je n'avais pas de contacts dans le monde des stups. Comme tout un chacun à L.A., je connaissais deux ou trois dealeurs. Mais uniquement du menu fretin. Personne capable de m'aider à infiltrer ce milieu.

— Mais River n'était pas un spécialiste des stups, pourquoi lui confier une mission de ce genre ? demanda Layton.

J'ai vraiment l'impression qu'il lit dans mes pensées. Ou alors il n'est pas aussi bête qu'il en a l'air !

— J'en sais rien, rétorqua Ogden en haussant les épaules, on ne connaît pas son ordre de mission et on n'est pas certains que…

— Qu'est-ce qu'il te faut de plus ?

— Comment ça ?

— La réunion dans la salle des coups tordus, Grant, le coup de *gueule* du chef quand tu les as interrompus. Je crois que cela ne peut pas être plus clair. River était sous couverture, dans le milieu de la came.

— Maintenant que j'y réfléchis…

— Ça t'arrive des fois ? Première nouvelle !

— *Connard* ! rétorqua Ogden, le visage fermé.

— Je plaisante, accouche !

— Je me souviens qu'un parent de River est un tox. Bien implanté dans le milieu. Son cousin ou son neveu ou…

— Son beauf, le frère de sa femme. Ouais ! Je m'en souviens moi aussi. Porter… quelque chose comme ça.

— Foster.

— C'est ça. Foster.

— On forme vraiment une super équipe tous les deux !

— Ouais, surtout moi ! fit Layton.

— Qu'est-ce que t'as aujourd'hui ?

— Rien. J'ai mal dormi.

— Ce ne serait pas plutôt ta soirée d'hier soir qui te travaille ?

— Non, c'est oublié. Je pense déjà à celle de ce soir.

— Et ?

— J'ai pas encore trouvé avec qui je vais passer la nuit. Et ça m'fait *chier* !

— Seul chez toi, tranquille, t'as jamais essayé ?

— Seul ? Tu veux ma mort, mec !

— J'aimerais juste que tu sois de meilleure humeur. Et je me dis qu'une bonne nuit de sommeil te ferait le plus grand bien.

— Oh ! T'es un amour. On dirait ma mère.

Layton s'approcha et embrassa Ogden sur la joue. Celui-ci se mit à rougir. Il tenta de masquer son trouble en envoyant un coup de poing dans l'épaule de son partenaire.

*

* *

Pendant que ces deux baltringues déconnaient, une nouvelle pièce s'emboîtait dans le puzzle de ma mémoire.

J'avais remarqué que quand on évoquait quelqu'un que je connaissais, mais dont j'avais oublié l'existence ou lorsque j'étais en présence de cette personne, la mémoire me revenait. Il en allait de même si je me trouvais dans un lieu que j'avais fréquenté jadis ; la mémoire me revenait. Il y avait une corrélation entre le présent et le passé. Le passé pouvait surgir du plus profond de ma mémoire et s'afficher dans mon esprit seulement s'il était *activé* par le présent.

Je me souvenais vaguement de Foster. Comme dans un vieux film super 8, je vis qu'avant la disparition de ses parents, il suivait des études de droit dans une université réputée de la côte est. Après l'obtention de son diplôme, il devait prendre la succession de son père à la tête de ses sociétés. Sa voie était déjà toute tracée. Il n'avait qu'à se laisser porter. Mais la mort brutale de ses parents avait changé la donne. Après le drame, Foster décida de rester à L.A. Il abandonna ses études, rompit avec sa fiancée et commença à fréquenter le milieu de la nuit. Un soir, il fuma un joint ou sniffa un rail de coke, peu importe. C'était arrivé à tout le monde, sans prêter à conséquence. Mais Foster y prit goût et ne s'arrêta pas en si bon chemin. Il enchaîna les expériences et les défonces avec toutes les substances qu'il pouvait se procurer. L'argent n'étant pas un problème, il put se procurer de tout.

À de nombreuses reprises, à la demande d'Isa, je l'avais obligé à suivre des cures de désintox. Mais une fois sorti, il replongeait de plus belle. Aussi, j'avais fini par baisser les bras. Cela faisait plus d'un an que je ne l'avais pas revu.

Même si, pour faire plaisir à Isa, je gardais toujours un œil sur lui. Aux dernières nouvelles, à court d'argent – son héritage avait été mis sous séquestre – il squattait, avec une vingtaine d'autres paumés, un entrepôt désaffecté dans Skid Row.

Foster aurait pu être mon informateur ou mon point d'entrée dans le monde de la drogue. Mais quelque chose clochait…

*
* *

— Il y a quelque chose qui ne colle pas, fit tout à coup Ogden.

J'ai trouvé ! Mes fringues, celles que je portais le jour de ma mort et celles qui se trouvaient dans la penderie de ma chambre, n'étaient pas celles d'un toxico. Des costumes de bonne coupe, des chemises monogrammées, des chaussures cirées, bien rangées avec leurs embauchoirs, certainement pas les vêtements portés par un toxico rôdant dans les squats d'Inglewood ou de Compton. Plutôt les tenues d'un type fréquentant les soirées chics et branchées de Brentwood ou de Beverly Hills.

— Quoi ? demanda Layton. Qu'est-ce qui ne colle pas ?

— Ses fringues, elles sont trop belles, trop chères, ce ne sont pas celles d'un tox, fit Ogden, en sortant un costume de la penderie.

Il le regarda de haut en bas, entrouvrit la veste, découvrit la marque cousue en fils d'or sur la doublure de satin bleu, et lâcha entre ses dents :

— Regarde ! Ça coûte un braquage, un costume Saint-Laurent, et il le remit en place avec déférence.

Incroyable ! Ogden lit dans mes pensées… ou c'est moi qui parviens à lui suggérer les miennes. Je dois en avoir le cœur net.

Je devais instiller dans l'esprit d'Ogd un mot ou une phrase incongrue, sans lien avec l'enquête. J'étais en train d'y réfléchir quand j'aperçus sur la table, la carte d'un resto asiatique. Je m'approchai alors d'Ogdenn à le toucher. Je le regardai droit dans les yeux et lui répétai comme un mantra : *j'ai envie de manger des sushis.*

Il fronça les sourcils, comme s'il réfléchissait intensément, laissa tomber une chemise qu'il venait de décrocher de la penderie, sans entendre la question que lui posait Layton.

Après quelques secondes, il murmura :

— J'ai faim.

Layton le regarda avec des yeux ronds.

— Moi aussi. Mais ce n'est pas ce que je t'ai demandé.

— J'ai envie de manger...

Des sushis ! lui hurlai-je à quelques centimètres de son visage.

— Des... des sushis, balbutia-t-il.

— Mais qu'est-ce que tu racontes, mec ? Depuis quand t'aimes les sushis ? Je croyais que tu détestais le poisson cru !

— Non... euh oui... je déteste ça. Je ne sais pas pourquoi... c'est bizarre, répondit Ogden, en se frottant les tempes. C'est comme si j'entendais une petite voix dans ma tête.

— Tu pars en *couilles*, frère ! Grave !

— Oublie ! C'est fini, fit-il en s'ébrouant.

Layton haussa les épaules.

— Tu me fais peur. Tu tapes trop dans la poudre. Je te l'ai déjà dit. Fais gaffe !

Ogden lui tourna le dos et s'éloigna de quelques pas. Layton ne l'entendit pas murmurer : « Mais qu'est-ce qui m'arrive ? »

Bien. Cela fonctionne. Plus ou moins. Je tente la même expérience avec Layton. Échec total !

Il était réfractaire à mon *pouvoir*. Mais j'essaierais encore. Que ce soit avec Ogden ou un autre. Je finirais par trouver la bonne personne et je pourrais communiquer avec les vivants. J'étais confiant, assuré de réussir.

Dans la seconde chambre, la penderie croulait sous des vêtements en haillons. Pantalons déchirés, tee-shirts froissés, baskets éculées, le tout dégageant une odeur de ménagerie. Les fringues d'un type vivant dans la rue et s'enfilant n'importe quoi dans le pif ou dans les veines.

Les deux faces antinomiques du monde de la drogue : la zone et les soirées chics.

D'un côté, la rue. Les squats, la crasse. Le crack ou l'héroïne. Avec le côté sordide que cela impliquait ; dépendance, désocialisation, vol ou prostitution, sida, violence et mort prématurée. De l'autre, les soirées branchées. Où la cocaïne et les drogues de synthèse alimentaient les stars de la chanson ou du cinéma, les jet-setters désœuvrés, les cadres en mal de sensations fortes ou la jeunesse dorée de L.A. Bref, deux populations aux antipodes l'une de l'autre, qui ne se côtoyaient jamais, mais qui enrichissaient les mêmes ordures.

— Regarde, on dirait qu'il est monté en grade, remarqua Ogden. Il commence par dealer dans la rue…

Il montra la penderie avec les vêtements sales.

— Puis son statut change. Il gagne du fric. Il fréquente du beau monde. Il se fringue comme eux, fréquente les mêmes soirées, dîne dans les mêmes restaurants, baise les mêmes femmes. Et là – il claqua des doigts – il est accepté, reconnu comme un des leurs et il peut mener à bien sa mission.

— Je ne suis pas certain que ton analyse soit juste, répliqua Layton, les toxs de la rue et les riches ne se rencontrent pas et ne se mélangent jamais. Je pense que c'est pour retrouver son beau-frère qu'il s'est fringué comme un SDF. Mais je ne pense pas qu'il dealait dans la rue. Il jouait dans la cour des grands. Dès le début. Avec la DEA dans la boucle, River devait disposer de toute la came qu'il voulait. En quantité et qualité. Mais il lui fallait quelqu'un pour amorcer la pompe. D'où l'intervention du fameux Gasper…

— Foster.

— Ouais, si tu veux.

— Tu sais, moi j'm'en *branle*, c'est juste que c'est son nom.

— Non, quand j'ai dit *si tu veux*, cela ne signifiait pas… c'est une figure de style pour dire…

— Et *tu me casses les couilles*, c'est quoi ? C'est une figure de style ou c'est la réalité selon toi ?

— Si c'est la faim qui te rend hargneux, fit Layton avec un petit sourire, je te paierai un plateau de sushis, dès qu'on en aura fini ici.

— Tu sais où tu peux te les carrer tes sushis ? Lâche-moi avec ça, *putain* ! beugla Ogden en quittant la pièce.

J'avais fait le même raisonnement que Layton. Foster avait dû réactiver son réseau afin de me faire rencontrer les bonnes personnes.

Qu'est-ce qu'ils attendent pour l'interroger ?

Ils poursuivirent la fouille. Ils tombèrent sur un coffret en bois de palissandre contenant mes montres. Ils se les partagèrent, se disant que là où j'étais, je n'avais plus besoin de connaître l'heure. Grand éclat de rire. Mais ils déchantèrent en examinant mes chaussures. *Il ne peut pas chausser du quarante-cinq comme tout le monde !* Et les abandonnèrent à regret.

Layton contacta le Central. Il signala la violation de domicile et demanda une équipe de la scientifique. Dans l'escalier, nous croisâmes un petit homme bedonnant, prématurément chauve, aux lèvres humides et boudeuses sous un nez aquilin qui nous interpella avec un fort accent british :

— Bonjour, est-ce vous qui avez demandé un serrurier ?

Nous remontâmes en voiture. Layton prit le volant, je me posai sur la banquette arrière. La radio jouait en sourdine *Landfill* de Daughter. Les deux flics, perdus dans leurs pensées, paraissaient inquiets. En quittant l'immeuble, après avoir remercié et congédié le serrurier, ils avaient reçu un coup de téléphone ; une convocation. À 13 h 30 précises. Toutes affaires cessantes. Dans le bureau de chef. *Et ne soyez pas en retard !* Ogden faillit se pisser dessus.

Ils avaient plus d'une heure à tuer. La circulation était fluide, la température agréable et la pollution à un niveau acceptable ; ils baissèrent leurs vitres et augmentèrent le niveau de la radio.

— Qu'est-ce qu'il nous veut, le vieux, à ton avis ? demanda Ogden, plus inquiet qu'il voulût l'admettre.

— Tu sais que River était comme un fils pour lui ?

— Oui, comme tout le monde, et alors ?

— Toi et moi, par contre, il ne nous connaît pas. Il ne nous a jamais vus. Et c'est nous qui sommes chargés de l'enquête.

— Oui, et alors ?

— T'es long à la détente des fois…

— Tu crois qu'il veut faire notre connaissance ?

— Pas notre connaissance. Qu'est-ce qu'il en a à foutre de faire notre connaissance. On ne va pas devenir amis. Non, il veut voir à quoi on ressemble et si on fait le poids. Plus j'y pense, plus je crois que cette enquête est la chance de notre vie.

— La chance ?

— Oui, parfaitement. La chance de notre vie. L'enquête dont rêvent tous les flics.

— Je pense que tu te trompes, mec.

— Pourquoi ? Mais il va bouger son *cul*, celui-là !

Layton envoya un coup de sirène pour faire dégager un minibus rempli de Japonais.

— Parce qu'elle pue cette enquête et qu'il y a plus de coups à prendre que de louanges à recevoir.

— C'est beau ce que tu viens de dire, mec, fit Layton d'un ton sarcastique. C'est une phrase qu'on pourrait trouver au fronton de tous les postes du LAPD.

Il réfléchit.

— Ça claquerait moins que la devise officielle, cependant.

— Mais ce serait plus réaliste.

— T'as sans doute raison. Quoi qu'il en soit, à nous d'être malins et d'éviter les coups et les louanges tomberont d'elles-mêmes.

— Facile à dire.

— Facile à faire. N'aie pas peur. Fais-moi confiance !

— Je n'ai pas peur !

Ogden demanda soudain :

— T'as déjà eu peur dans la rue ?

— Jamais. Et toi ?

— Moi non plus. Sauf peut-être une fois ou deux. Mais rétrospectivement. Jamais dans l'action.

— C'est l'adrénaline, ça.

— Oui. Ou l'inconscience. Alors si tu crois qu'un vieux type, incapable de lever son gros *cul* de la chaise où il passe huit heures par jour, va me faire peur… tu te trompes.

Il continua après une pause.

— On doit avoir l'air compétents, cool et sûrs de nous. C'est important.

— Cool et sûrs de nous… Un peu comme Crockett et Tubbs[1] ?

---

1. Personnages principaux du feuilleton *Deux flics à Miami*.

— Exactement ! Tu fais *Quéquette*, je fais *Teube.*

— Mais qu'est-ce que t'es *con* !

Et ils éclatèrent de rire, faisant redescendre la tension. Redevenant sérieux, Layton expliqua comment faire bonne impression auprès du chef. Ogden écoutait à moitié, préoccupé par un problème autrement plus sérieux.

— Écoute mec ! Quand j'ai faim, je suis à 50 % de mes capacités. Et là, j'ai une faim de loup. Mais pas question que je mange des sushis. Du poisson cru ! Quelle horreur ! Je ne sais pas ce qui m'a pris tout à l'heure. C'était vraiment bizarre. J'avais l'impression d'entendre une voix dans ma tête.

— Tu as trop tapé dans la coke, je te l'ai déjà dit. Ralentis, frère. Un jour, ça te jouera des tours, fit Layton.

— Non, ça n'a rien à voir ! Je suis clean depuis plus d'une semaine. J'ai plus de matos. Mon dealer a disparu.

— Disparu ? Il est mort ?

— Aucune idée.

— En taule ?

— J'en sais foutre rien !

— T'as pas cherché à savoir ce qui lui est arrivé ?

— Non. Je m'en tape ! Je lui dois un max de tunes et mes finances sont au plus bas. Alors, s'il est mort, c'est royal. Et s'il est à l'ombre pour quelques mois, c'est cool, répondit Ogden avec un sourire. Prends la prochaine, sur Pico. Au niveau du grand magasin de chaussures, sur le trottoir d'en face, on m'a indiqué un *food truck* d'enfer. Je vais me taper un double hamburger au cheddar fondu avec un supplément d'oignons frits.

Il en salivait d'avance.

— Un *food truck* ! Un double hamburger ! Ton cholestérol va exploser ! Et je ne te parle pas de l'hygiène. Non. Je connais un bar à salades sur North Alameda, à côté d'Union Station. Ils te préparent à la demande un jus bio à se damner. Mon préféré : mangue, concombre, épinard et graines de chia.

Ogden s'enfonça deux doigts dans la bouche et simula un vomissement.

— J'suis pas une vache pour bouffer ça !

— Non, mais t'as grossi comme une vache ces derniers jours, fit Layton en lui tapotant le ventre. Ça te ferait le plus grand bien de manger sainement... et de faire un peu de sport.

— Mon prof de fitness a disparu lui aussi, répondit Ogden en souriant. Non, sérieusement. Un bar à salades ! T'exagères ! J'ai besoin de nourriture consistante, moi. Je dois entretenir la bête !

Il se frappa la poitrine.

— Il me faut ma dose quotidienne de protéines. Sinon...

Il pensa soudain à quelque chose et demanda :

— Au fait, comment t'as connu ce resto ? Ce n'est pas le genre d'endroit que tu fréquentes d'habitude. C'est une fille ? Je me trompe ?

— Non, frère. Tu me connais bien, fit Layton. Pour tout te dire, j'ai un plan *cul* prévu demain soir. Avec Natasha. Une serveuse qui taffe dans ce resto. Grande. Brune. Longs cheveux bouclés. Bouche pulpeuse et seins énormes. Je veux savoir si la réalité est conforme aux photos qu'elle a postées sur son mur.

— Son mur ? Quel mur ? demanda Ogden. Elle travaille dans un bar ou elle est maçonne ?

Layton éclata de rire.

— Mais, non ! Son mur Facebook. T'as quand même entendu parler de Facebook ?

— Oui, bien sûr ! Je ne vis pas sur la planète Mars. Mais je ne suis pas assez débile pour raconter à tout le monde le moindre de mes faits et gestes. Quand je pense que la plupart des gens rechignent à montrer leurs papiers lors d'un contrôle d'identité, alors qu'en même temps, ils dévoilent tout de leur vie privée sur Internet. Je ne les comprendrai jamais, se désola-t-il.

— Écoute, je te propose un marché. On passe en code 7[1]. On commande vite fait quelque chose chez ma copine. Une salade de quinoa par exemple (grimace d'Ogden). Ensuite, on va discuter avec le *big boss*, et après, si t'as toujours faim (hochement affirmatif d'Ogden), je t'inviterai dans une crêperie sur Silver Lake. Je connais la patronne. Une Française. Avec une pointe d'accent sexy à faire dresser les poils des bras. Physiquement, c'est un avion de chasse, et au lit… elle m'a fait découvrir des choses.

— Des choses ? À toi ? Le plus grand *queutard* de L.A. !

— Oui monsieur ! Imagine un peu le niveau.

— J'imagine aisément.

— Si tu veux, je te donnerai son tél.

— Tu *t'emmerdes* pas, mon *salaud*, grinça Ogden, partagé entre jalousie et admiration. Je me demande comment tu fais.

Layton esquissa un demi-sourire, modeste. Sa réputation n'était plus à faire et la liste de ses conquêtes, longue comme le bras, faisait des envieux depuis les cadets de l'académie de police jusque dans les étages élevés de Parker Center.

Après un arrêt dans le bar à salades, où le canon à forte poitrine se révéla n'être qu'un boudin pourvu d'un soupçon de moustache et aussi plate qu'une limande.

J'exagère un peu, mais bon, il l'a bien mérité.

Nous arrivâmes en vue de Parker Center. J'avais hâte d'entendre ce que le chef allait leur dire. J'espérais que cela me permettrait de comprendre ce qui s'était passé les jours précédant ma mort et de combler les trop nombreux vides qui émaillaient encore mon histoire.

---

1. En pause déjeuner.

11.

Samedi 22 mars – 13 h 27 – Parker Center, dans le bureau du chef

Il était inconcevable d'arriver en retard lorsque le grand patron vous convoquait. Pourtant, lorsqu'ils arrivèrent au pied de Parker Center, Layton et Ogden n'avaient que trois minutes avant de passer en zone rouge. Ils se garèrent n'importe où et traversèrent l'esplanade au pas de course. Ils déboulèrent dans le hall, hors d'haleine. Un ascenseur les attendait. Ils prirent cela pour un heureux présage et s'y engouffrèrent. Ils le quittèrent au dernier étage. Toujours en courant, ils passèrent le barrage de la secrétaire et se présentèrent devant l'officier de liaison. Connors, un Irlandais pur jus. Celui-ci leur intima l'ordre de s'asseoir et d'attendre. Ils s'affalèrent sur un canapé qui manqua de s'effondrer sous leurs poids. Regardèrent leur montre : 13 h 31. Ouf ! de justesse. Derrière son bureau, Connors, droit comme un I, les pieds joints et parallèles, les mains posées à plat et les yeux fixant un point à l'infini, semblait avoir inventé le garde-à-vous assis. Il resta dans cette position, immobile et silencieux, près de vingt interminables minutes. Soudain, une lumière clignota sur son téléphone. D'un geste, il les invita à entrer. Layton et Ogden se levèrent, se regardèrent. Pas vraiment cool et plus du tout sûrs d'eux.

Le chef occupait un bureau à l'angle sud-est du bâtiment. Moquette épaisse. Murs recouverts de panneaux de bois clairs. Luminaires design. Table au plateau de verre sur empiétement d'acier. Ordinateur dernier cri. Photos de paysages urbains, en noir et blanc, format 24x30 sur les murs. On s'attendait plus à rencontrer le patron jeune et dynamique d'une entreprise high-tech de la Silicon Vallée que le vénérable chef de la police dont le dynamisme avait été dépensé sans compter dans les rues de L.A. Désormais, depuis le dernier étage de Parker Center, il affichait ses rides et son (léger) embonpoint comme autant de trophées. Malgré un physique de quarterback, il s'exprimait d'une voix posée et affectait auprès de ses hommes un paternalisme non feint et une nonchalance étudiée que démentaient ses coups de *gueule* devenus légendaires.

Le chef leur tournait le dos. Le front appuyé contre la vitre. Perdu dans la contemplation des buildings au-delà de Pershing Square. Layton et Ogden se regardèrent, surpris. Personne n'était sorti de la pièce et il n'existait pas d'autre issue. Depuis plus de vingt minutes, le chef était donc seul dans son bureau et, d'après la large tache de buée qui s'étalait sur la vitre, il n'avait pas bougé. Depuis, il réfléchissait. Je reconnus là sa façon de faire. Depuis notre première rencontre, depuis toujours, il agissait de la sorte. Il était capable de foncer comme un taureau, il en avait la détermination, la puissance et le courage, mais uniquement après avoir longuement réfléchi et envisagé toutes les options qui s'offraient à lui.

Je savais déjà que ses paroles seraient déterminantes pour mon avenir.

Ignorant ces détails, les deux détectives jetaient des regards furtifs de tous côtés. S'ils connaissaient, comme tous les flics, les légendes se rattachant à ce bureau, c'était la première fois qu'ils pénétraient dans le Saint des Saints et ils eurent la sensation grisante de faire désormais partie de l'Histoire de Parker Center.

Soudain, sa décision prise, le chef leur fit face. Il les regarda droit dans les yeux. Sans les saluer ni les inviter à s'asseoir, il attaqua :

— Après vous avoir convoqués, je me suis demandé et je me demande encore si vous avez, disons… – il marqua un temps d'arrêt – les compétences requises pour résoudre l'enquête sur la mort de River. Je me suis fait communiquer vos états de service.

Il montra deux minces dossiers posés sur son bureau.

— Rien de transcendant ! Vos taux d'élucidation au cours des six derniers mois vous classent en queue de peloton. Et je vous fais grâce des nombreux rappels à l'ordre pour insubordination ou violence.

Il poussa les dossiers sur le côté, comme pour s'en débarrasser et continua :

— Il n'est pas certain qu'au prochain transfert vous fassiez toujours partie de la criminelle. Et j'ai envisagé de confier cette enquête à quelqu'un d'autre.

Layton ouvrit la bouche pour se défendre, mais le chef leva la main, signifiant *taisez-vous, je n'ai pas fini !*

— Pourtant, après avoir longuement réfléchi, j'ai décidé de vous faire confiance. Considérez qu'il s'agit de votre dernière chance. À vous de la saisir. Vous n'en aurez pas d'autres. Est-ce clair ?

— Oui, chef, répondirent-ils en chœur.

— Bien. Je vais vous expliquer de quoi il retourne. C'est long, compliqué, avec des ramifications imprévues. Bref, taisez-vous et écoutez-moi ! Je répondrai à vos questions quand j'en aurai terminé. Avez-vous compris ?

Ils acquiescèrent en silence.

— Et ne restez pas plantés là comme des piquets. Asseyez-vous, bon Dieu ! grommela-t-il en se laissant tomber dans son fauteuil.

Il inspira profondément et attaqua.

— Il y a un peu plus de trois mois, début décembre, j'ai chargé River d'une enquête sensible. Tellement sensible que je pourrais la qualifier de *secrète*.

Les deux détectives se regardèrent ; une mission secrète ! Ils eurent la confirmation qu'ils venaient de mettre les pieds dans un gros tas d'*emmerdes*.

— Une mission secrète, chef ? Quelle mission secrète ? demanda Layton.

— Je vais y venir. Mais avant, je veux que vous compreniez une chose. Tout ce que vous allez entendre à partir de maintenant est confidentiel. Est-ce clair ?

Acquiescement étonné des Utah's Brothers.

— Personne ne devra connaître le moindre détail de ce que je m'apprête à vous dire.

Il saisit un malheureux trombone qui traînait sur son bureau et commença à le triturer. Il continua en regardant le plafond, comme s'il réfléchissait encore.

— Je ne sais pas si j'ai fait le bon choix, on verra bien. Mais je le répète : si vous relatez quoi que ce soit de ce que je vais vous dire, vous m'entendez, quoi que ce soit, les conséquences seront terribles. Pour vous comme pour moi.

Une goutte de sueur perla au front de Layton, qu'il s'interdit d'essuyer. Le chef poursuivit :

— Je serai atteint dans mon honneur et je n'aurai d'autre choix que de démissionner. Mais avant, je vous détruirai. Faites-moi confiance…

Il marqua une pause.

— J'en ai le pouvoir, les moyens et je n'aurai aucun scrupule.

Il fixa Layton, puis Ogden, jusqu'à ce qu'ils baissent les yeux. Le message était clair. La menace précise. Ils l'avaient entendue. Sauraient-ils s'en souvenir ? Rien n'était moins sûr avec ces deux *branleurs*.

Il continua, d'un ton plus cordial :

— Mais si vous faites correctement votre job, alors je vous serai redevable d'un service. Imaginez les avantages, raisonnables évidemment, que vous pourriez tirer de cette situation. Réfléchissez vite et bien. Car avant d'en dire plus, je veux que vous me donniez votre parole.

Layton et Ogden se regardèrent, interloqués. Le chef soufflait le chaud et le froid avec une facilité déconcertante. Après les avoir traités d'incompétents et menacés des pires sanctions, il leur proposait un marché qu'ils ne pouvaient refuser. En effet, être dans les petits papiers du chef était le rêve inespéré de tous les flics. À eux les enquêtes les plus cool, l'avancement le plus rapide, qui sait. Ils ne saisirent pas toutes les implications du marché qu'on venait de leur proposer, mais ils eurent l'impression d'avoir gagné au Powerball[1].

— Je parle en notre nom à tous les deux, fit Layton, la main sur le cœur. Chef, nous ne dirons rien de ce que nous allons entendre aujourd'hui. Vous avez ma parole.

— Je veux que lui aussi me donne sa parole, bougonna le chef, désignant Ogden du menton.

Celui-ci leva la main et déclara d'un air solennel :

— Vous avez ma parole, chef. Je serai muet comme une tombe.

Si ces deux crétins pensaient, ne serait-ce qu'une seule seconde, qu'ils venaient de passer un marché avec le chef, ils se fourraient le doigt dans l'œil. Les dix doigts en réalité, et jusqu'au coude. Le chef était la personne la plus incorruptible qui puisse exister. Je le connaissais depuis mon entrée au LAPD. Il fut mon premier partenaire puis mon mentor et enfin mon ami. Durant toutes ces années, je ne l'avais jamais vu accepter quoi que ce soit, ni accorder la

1. Loto américain dont les plus gros jackpots dépassent le milliard de dollars.

moindre faveur à qui que ce soit. Un véritable Eliot Ness ! Incorruptible ! Je me souvins de ce jour, au début de ma carrière, où nous nous arrêtâmes pour déjeuner dans un resto coréen sur Alpine Street. À la fin du repas, le chef demanda la note. La serveuse agita les mains en signe de dénégation et bafouilla : « Vous pas payer. Vous pas payer. » Comme il insistait, elle alla trouver sa patronne. Visiblement, régler leurs repas n'était pas la préoccupation première des flics du quartier. Bref, l'addition finit par arriver. Le chef paya avec un billet de cinquante. La petite serveuse lui rendit la monnaie. Il y avait cent dollars en billets de vingt ! Il entra alors dans une rage folle. Entendant des cris, le cuistot sortit des cuisines, un grand couteau à la main. Le chef fit alors un discours de plusieurs minutes, où il fut question de grands principes tels qu'honnêteté et droiture, auquel ils ne comprirent presque rien. Puis, il prit la monnaie qui lui était due, laissa un bon pourboire et quitta le restaurant, sous les regards éberlués des clients. Le lendemain, il rédigea un rapport sur la probité et l'honneur dans la police qui fit du bruit jusqu'au sommet de la hiérarchie. Rapport qui fut la première pierre d'une carrière exemplaire qui devait le mener jusqu'à son poste actuel.

Ils pouvaient se bercer d'illusions. Malgré ce qu'il venait de dire, jamais ils n'obtiendraient de lui le moindre avantage ni le plus petit privilège.

Ou alors, c'est qu'il a bien changé.

12.

Samedi 22 mars – 14 h 04 – Bureau du chef

— Le 10 décembre de l'année dernière, j'ai chargé River d'une enquête touchant quelqu'un qui m'est cher. Ma fille. Anna Molly. Elle a… elle a été… elle a eu un problème…

Anna ! Ma petite Anna ! Je me rappelai que la dernière fois que je l'avais vue, c'était le jour de son dix-huitième anniversaire. Pour l'occasion, son père avait organisé un barbecue. En plus de sa sœur, la tante d'Anna, son unique parente et d'un très petit nombre de flics – en civil, avait-il précisé –, tous les amis d'Anna Molly étaient présents. Ainsi que ses amies. Une douzaine de filles plutôt mignonnes. Habillées comme pour aller au bal. Des coiffures apprêtées. Des jupes indécentes. Des hauts transparents. Un maquillage appuyé et des parfums entêtants. Elles minaudaient beaucoup. Riaient fort. Parlaient trop. Tout en elles sonnait faux. Je ne les aimais pas. Anna, elle, était simplement vêtue d'un jean et d'un chemisier blanc, et le seul parfum que je respirai quand elle me serra dans ses bras était celui de son savon. Elle respirait la joie de vivre et son bonheur éclaboussait tout le monde. Elle n'était sans doute pas la plus jolie, mais on ne remarquait qu'elle.

Je n'étais pas anniversaire, mariage. Le bonheur des

autres, même s'ils étaient chers à mon cœur, m'ennuyait prodigieusement. Aussi, je bus une bière, mangeai un hot-dog et pris congé sans même attendre le gâteau. Néanmoins, je n'oublierais jamais le sourire rayonnant d'Anna lorsque je lui offris l'appareil photo de ses rêves. Elle se pendit à mon cou, m'embrassa sur les deux joues et me souffla à l'oreille un *je t'aime, oncle River !* qui me fit monter les larmes aux yeux.

J'aurais pu tomber amoureux d'elle, ce jour-là...

Le chef retrouva une contenance plus digne, avant de poursuivre :

— Les faits se sont déroulés pendant la nuit d'Halloween, dans une de ces stupides fêtes costumées dont raffolent les jeunes. Anna Molly et Elena, sa meilleure amie, étaient invitées à une soirée à Bel-Air. Tous les détails sont là.

Il ouvrit un tiroir, en sortit une feuille de papier pliée en quatre, la posa sur le bureau et mit sa grosse patte dessus.

— Elle était excitée à l'idée de participer à cette fête. Sa première, si l'on excepte quelques surprises-parties l'après-midi. Je l'ai accompagnée jusque devant la porte. Je voulais savoir où cela se passait et qui y participait. Mais tous les gamins étaient déguisés. Comment savoir si le zombie ou le Dracula qui franchissait la porte était un type bien ou un immonde *salaud* ? Impossible... Un peu à contrecœur, je l'ai laissée et je suis reparti. Elle avait prévu de dormir chez son amie. Nous ne devions nous revoir que le lendemain soir. Et là, quand...

La voix brisée, les yeux embués de larmes, il fixait Layton et Ogden, qui comprirent que la suite de l'histoire allait être aussi pénible à entendre qu'à raconter.

— Quand elle est rentrée, j'ai vu que quelque chose n'allait pas. Je lui ai posé deux, trois questions auxquelles elle n'a répondu que par monosyllabes. Elle m'a assuré que tout allait bien. Qu'elle était fatiguée. Que je n'avais aucune raison de m'inquiéter. Je ne l'ai crue qu'à moitié. Mais j'étais préoccupé et j'ai laissé courir. Combien j'ai été stupide ! Je ne me cherche pas d'excuses, mais j'étais la tête dans le guidon. Je gérais l'affaire du *tueur de Santa Monica*. Souvenez-vous. Cette ordure venait de commettre son quatrième assassinat. Les médias étaient hystériques. Le maire ne me laissait pas une minute de répit. J'avais fait revenir de congés tous les hommes qui n'avaient pas quitté la ville et j'enchaînais les réunions, les interviews, etc. Je devais boucler cette affaire au plus vite. J'étais sur le pont H24 et j'ai dormi dans mon bureau plusieurs nuits d'affilée. Bref, je n'ai revu ma fille qu'une dizaine de jours plus tard, le lendemain de l'arrestation du tueur. Et là, quand j'ai vu Anna, j'ai eu un choc. Elle avait perdu plusieurs kilos et avait une tête de déterrée. Vous savez que j'élève seul ma fille ?

Ils acquiescèrent en silence. Ils savaient, comme tous les flics de la ville, que son épouse était morte d'un cancer, peu de temps après sa nomination au poste suprême. Je savais, comme tous ses amis, que le chef ne s'en était jamais remis.

Il se pencha et attrapa d'une main une bouteille posée à même le sol. *De la vodka*, remarqua Layton. De l'autre, il saisit un mug portant l'inscription *Best Dad*, rempli de stylos, le vida sur son bureau, souffla dedans et y versa une large rasade d'alcool. Il en avala une gorgée. Fit la grimace. Il se leva et se mit à marcher de long en large. Il continua :

— J'ai compris que c'était plus grave que ce que je pensais. Je l'ai interrogée. Elle est restée évasive. Elle m'a raconté que ses études lui demandaient beaucoup de travail, qu'elle manquait de sommeil et qu'elle négligeait de se nourrir convenablement… Je ne l'ai pas crue. Évidemment. Instinct de flic, déformation professionnelle, appelez ça comme vous voulez. Mais je sais quand quelqu'un me ment. Surtout quand je connais la menteuse depuis qu'elle est née. J'ai insisté. Lourdement. Trop lourdement… Je l'ai peut-être attrapée par le poignet. Je l'ai certainement secouée. Je ne m'en souviens plus…

Il poussa un soupir.

— J'ai eu droit à tout : cris, pleurs, suppliques. Elle m'a reproché d'agir avec elle comme, je cite : *avec les voyous que tu côtoies tous les jours…* Elle m'a assuré que je ne devais pas m'en faire, que tout allait s'arranger…

Il eut un geste d'impuissance, avala une autre gorgée et continua :

— Je me suis laissé convaincre. Et j'ai laissé passer quelques jours. Un mois en fait. Début décembre, l'état d'Anna ne s'étant pas amélioré, j'ai changé de méthode. Je suis allé trouver Elena, l'amie chez qui elle avait dormi après cette maudite de soirée. J'y suis allé en uniforme. Pour l'impressionner. J'ai pris ma voix la plus grave. Mon regard le plus noir. À ma première question, elle s'est effondrée en larmes et m'a tout raconté.

13.

Samedi 22 mars – 14 h 28 – Bureau du chef

Le chef attrapa son verre, le vida d'un trait et déclara d'une voix blanche :

— Anna Molly a été violée.

Quoi ? Non ! Pas Anna ! Je ne le veux pas ! Il se trompe !

Il poussa un profond soupir et continua.

— Entre deux sanglots, deux excuses, Elena m'a relaté le déroulement de cette maudite soirée. La maison était magnifique, la musique bonne, l'ambiance sympa. Il y avait de l'alcool. Elles ont bu modérément, m'a-t-elle assuré. Un ou deux verres, pas plus. De la drogue circulait, elles refusèrent de toucher à quoi que ce soit. Bref, une soirée normale. Vers vingt-trois heures, elles ont fait la connaissance de deux garçons, Blancs, environ un mètre quatre-vingt-cinq, de corpulence moyenne, âgés d'une vingtaine d'années. Comme la majorité des gamins présents ce soir-là. L'un était déguisé en vampire et l'autre en mort-vivant. Ces deux *salopards* avaient le visage maquillé et portaient des lentilles de contact rouges. C'est la seule description que nous avons d'eux. Elena m'a dit qu'ils suivaient les mêmes études. Écoutaient la même musique. Avaient les mêmes centres d'intérêt. C'est pas avec ça qu'on va pouvoir les retrouver… – il soupira. Les garçons n'étaient pas *relous*, m'a-t-elle précisé. Je ne sais pas trop ce que cela signifie. Comme la musique était assourdissante, ils allèrent s'asseoir au bord de la piscine. L'un des types proposa d'aller chercher à boire. Les filles acceptèrent. Je suis convaincu que ces ordures ont versé du GHB dans les boissons. Elena avait une légère migraine et elle n'a pas touché son verre, m'a-t-elle dit. Malgré l'insistance pressante des garçons. Mais elle est certaine que ma fille a bu le sien. Entièrement. Quelques minutes plus tard, Anna Molly a déclaré qu'elle ne se sentait pas bien et qu'elle voulait se reposer quelques instants à l'intérieur. Elena flirtait avec un des garçons. Elle ne l'a pas accompagnée. Elena est alors tombée dans mes bras et s'est mise à sangloter. J'ai dû attendre de longues minutes avant qu'elle soit en état de reprendre son récit. Elle m'a alors avoué qu'elle se sentait coupable de ce qui était arrivé à ma fille. Je n'ai pas pu l'assurer du contraire. Je lui en ai voulu et j'ai failli être violent. Je me suis retenu. Difficilement.

Ses mâchoires se contractèrent et il serra si fort les poings que ses jointures devinrent blanches.

— Je pense que si j'avais eu un de ces types en face de moi, j'aurais été capable de le tuer de mes propres mains.

Et moi donc !

Il se servit un autre verre.

— Bon, vous avez compris la suite ? Pendant que son amie roucoulait avec un des types, l'autre est monté avec ma fille dans une des chambres. Elle devait déjà être sous l'emprise de la drogue, car elle n'a opposé aucune résistance. Elle ne s'est pas débattue. Elle n'a pas crié. Elle n'a même pas protesté. Elle ne s'est sans doute rendu compte de rien. Et cette ordure l'a violée. Elena ne l'a revue que plusieurs heures plus tard, à moitié nue, errant dans le jardin, rien que d'y penser…

Layton et Ogden n'osèrent rien dire, mais je lus dans leur regard : « Quelle histoire ! C'est terrible ! »

Le chef se laissa tomber dans son fauteuil, les yeux dans le vague. Après quelques secondes, il poursuivit :

— Je voulais retrouver ces deux ordures. Mais il n'était pas question d'une enquête officielle. J'aurais dû ouvrir un dossier. Donner des explications. Il y aurait eu des fuites. C'est inéluctable. Et le nom de ma fille aurait été jeté en pâture à tous les médias du pays. Je voyais déjà les gros titres s'étaler à la une de la presse ou faire l'ouverture des journaux télévisés : « La fille du chef de la police violée pendant la nuit d'Halloween ! » Ou encore : « Après avoir consommé de la drogue, la fille du chef de la police a été violée ! » Elle ne l'aurait pas supporté. Sa réaction aurait pu être... excessive.

Il n'osa pas prononcer le mot suicide.

— Égoïstement, reprit-il, j'ai aussi pensé à ma carrière ; après s'être repus des malheurs d'Anna, les médias s'en seraient pris à moi sur le thème : « Comment le chef de la police espère-t-il protéger ses concitoyens, s'il est incapable de protéger sa propre fille ? » Vous savez que les élections auront lieu le mois prochain, et une affaire comme celle-ci pourrait avoir des conséquences désastreuses sur la réélection du maire actuel. Et le nouveau ne m'aurait pas accordé un second mandat[1]. Aussi, je devais agir le plus discrètement possible. J'ai contacté River. Vous connaissez la relation particulière que j'entretiens... que j'entretenais avec lui ?

Acquiescement silencieux des deux bourrins.

— Nous pourrions instaurer le même genre de relation vous et moi. Pour cela, nous devons nous faire confiance. Une confiance réciproque et totale. Avez-vous compris où je voulais en venir ? Vous pouvez parler, maintenant.

— Oui, chef ! fit Ogden, nous allons enquêter sur le viol

1. Le chef de la police de Los Angeles est nommé par le maire de la ville pour un mandat de cinq ans.

de votre fille. Nous allons arrêter les coupables et les déférer devant la justice.

— Non ! Vous n'avez rien compris ! hurla-t-il en tapant du poing sur la table.

Layton et Ogden sursautèrent.

Il continua dans un murmure :

— Vous allez retrouver ces salopards et me communiquer leurs noms et leurs adresses. Ensuite, je m'occuperai d'eux. Moi ! Moi seul ! Je les écraserai, comme les cafards qu'ils sont ! Je les...

Il laissa sa phrase en suspens. Sa colère froide effraya Ogden, qui réprima un frisson. Le chef poursuivit :

— Vous ne rendrez compte qu'à moi seul de l'évolution de vos investigations. Rien ne devra être consigné par écrit. Pas de rapport d'enquête, pas de mémo, pas de note. Rien. C'est bien compris ? Je serai votre seul et unique interlocuteur. Vous m'appellerez tous les jours, sur ma ligne personnelle.

— Tous les jours ?

— Oui ! Pourquoi, ça vous pose un problème ?

— Non, pas du...

— Alors, c'est parfait. Voilà comment ça va se passer : tous les soirs, à vingt et une heures, vous me ferez votre rapport. Vous avez bien entendu ? Tous les soirs, à vingt et une heures précises, où que vous soyez, quoi que vous fassiez et même le dimanche. Cette enquête n'a que trop duré, il faut la boucler au plus vite, alors vous allez vous bouger. À partir d'aujourd'hui, plus de week-ends, pas de grasse matinée. Vous travaillez vingt-quatre heures sur vingt-quatre sur cette affaire. Je vous donne une semaine pour la résoudre.

— Une semaine ?

— C'est plus qu'il n'en faut. Ne me dites pas qu'il vous faut plus d'une semaine pour retrouver deux fils à papa. Parce que cela voudrait dire que je me suis trompé sur vous.

— Non, chef ! Une semaine, c'est amplement suffisant.

— Voilà ce que j'aime entendre. Bien ! Vous êtes détachés de vos enquêtes en cours. Je me suis occupé de tout. J'ai contacté votre lieutenant. Bien entendu, officiellement vous enquêterez sur l'assassinat de River. Mais ce ne sera pas votre priorité.

Le chef m'avait expliqué en détail le drame qui touchait sa fille. Dans ce même bureau, avec les mêmes mots, quelques jours avant la réunion avec Grant. Je m'en souvenais à présent. Mais certains détails étaient différents. En effet, dans mes souvenirs les agresseurs portaient des masques, ils n'étaient pas maquillés. Il me semblait également qu'Anna Molly avait été retrouvée dans la maison et non dans le jardin. Pourquoi ces disparités ? Cela n'avait aucun sens. Étaient-ce mes souvenirs qui me jouaient des tours ? Certainement. Quoi d'autre ? La mémoire du chef serait-elle défaillante ? Une défaillance causée par le traumatisme qu'il vivait depuis des mois ? Oui. C'était possible. Mais en quoi les déguisements des violeurs et l'endroit où fut découverte Anna Molly changeaient-ils quelque chose à l'affaire ? Ce n'étaient que des détails insignifiants. Et c'était sans doute ma mémoire qui déconnait. Mes souvenirs étaient comme les pièces d'un puzzle que je tentais d'assembler. Il en manquait beaucoup et celles que je possédais ne s'emboîtaient pas parfaitement les unes dans les autres. Il n'y avait pas de quoi s'inquiéter.

Le chef poursuivit :

— Début décembre, j'ai chargé River de démasquer les violeurs de ma fille. Il s'est proposé de leur régler leur compte lui-même...

Je l'aurais fait sans la moindre hésitation. Ma petite Anna !

— Mais j'ai refusé. C'est mon rôle de père. Et je ne voulais pas qu'il risque sa carrière, ou pire encore.

— Savez-vous si...

— Non. Il ne les avait pas encore trouvés. Pour tout le monde, il était chargé d'une mission officielle. C'est pour cela que j'ai organisé cette réunion avec Grant.

Il regarda Ogden et lui demanda en le tutoyant :

— Tu t'en souviens de cette réunion ?

Ce dernier hocha la tête en silence.

— J'avais besoin de son aide logistique. Grant est un ami de longue date à qui je fais entièrement confiance. Pourtant, quand il a su ce que j'attendais de lui, il a commencé par refuser. Il m'a dit que ce n'était pas une bonne idée. Trop risqué. Trop aléatoire. Trop de paramètres que nous ne maîtrisions pas. Mais j'ai insisté. Comme il me devait un service, il a finalement accepté. Voici ce que je lui ai vendu.

Il se leva et se mit à faire les cent pas.

— C'est un fait établi que la drogue circule librement lors des soirées, des fêtes, des réceptions, appelez ça comme vous voulez, qui se déroulent dans les beaux quartiers. Cela a toujours existé. Tout le monde le sait. Tout le monde le condamne. Mais tout le monde s'en fout et personne n'a réussi à y mettre un terme. Impossible, en effet, de faire une descente chez un notable de Pacific Palisades ou de Holmby Hills. Ils ont des relations haut placées, des avocats efficaces. Aucun juge n'acceptera de délivrer un mandat si nous ne pouvons fournir des preuves irréfutables. Et comment en obtenir si nous n'avons pas de mandat ? C'est le serpent qui se mord la queue. Nous avons alors tenté de nous attaquer à leurs dealers. Ce ne fut pas une réussite. En effet, ces *fournisseurs*, comme ils aiment se désigner, ne sont pas les mêmes que ceux qui alimentent les camés de la rue. Ils sont discrets. Ils portent des costumes plutôt que des manteaux de fourrure, roulent en berline sombre plutôt qu'en 4x4 rose aux roues démesurées et pour la plupart, ils sont inconnus de nos services. J'ai donc proposé à Grant de confier à River une enquête sous couverture.

Regard entendu entre Layton et Ogden. Ils avaient vu juste. Semblant ne rien remarquer, le chef poursuivit :

— Je pensais dans un premier temps lui faire jouer le rôle d'un consommateur. Mais il courait le risque de devoir goûter la drogue qu'il achèterait. Alors, d'un commun accord nous décidâmes que River jouerait le rôle de revendeur. Vous connaissez son pedigree, vous savez où il habite ?

Acquiescement des deux prix Nobel.

— Très sympa sa maison, n'est-ce pas Ogd ?

— Très ! J'ai surtout aimé…

— Suffit !

Le chef les fusilla du regard. Il secoua la tête, désespéré devant tant d'ineptie.

— Vous ferez vos commentaires un autre jour. OK ?

— Oui, chef, répondit Ogden, dans ses petits souliers.

— Comme nous le pensions, River s'est plutôt bien acquitté de sa mission. La présence d'un nouveau venu, sur ce marché lucratif, a agacé les dealers habituels. Quelques-uns se sont manifestés auprès de lui. Ils ont été bien reçus, et nous nous sommes occupés des autres.

Effectivement. Je me souviens de quelques soirées passablement agitées…

Le chef marqua une pause, il regarda alternativement Layton et Ogden.

— Bon. Je vous raconte tout ça, mais je n'en ai rien à foutre de cette enquête. Ils peuvent se farcir les narines ou les veines avec tout ce qu'ils veulent, depuis Beverly Hills jusqu'à South Central. Ça ne m'empêchera jamais de dormir. Cette mission n'était qu'un prétexte. River devait démasquer les *salopards* qui ont abusé de mon enfant. Nous espérions qu'il tomberait sur eux, tôt ou tard. Ces gens-là font partie d'un microcosme qu'il est difficile de pénétrer. Ils ne sortent qu'entre eux. Ne s'amusent qu'entre eux. Ne *baisent* qu'entre eux. Il était le seul à pouvoir franchir les barrières de la jet-set locale. Avec la DEA dans la boucle, tout était officiel. Carré. Irréprochable.

Il retourna s'asseoir derrière son bureau.

— Voilà, conclut-il, vous en savez désormais autant que moi. À vous de jouer maintenant. Trouvez ceux qui ont abusé de ma fille. Essayez aussi de trouver l'assassin de River. Nous avons sous-estimé les gens qu'il a dérangés. Il doit y avoir de belles crapules dans ces costumes sur mesure. Creusez cette piste.

Layton leva la main.

— Chef, pourrions-nous connaître l'état d'avancement de ses enquêtes ? J'avoue que je m'y perds un peu entre l'officielle, l'officieuse… Il n'aurait pas laissé un topo, sur lequel nous pourrions nous appuyer ?

— Cela fait plus de deux mois que je n'ai pas vu River. Nous n'avions que de brèves conversations téléphoniques. Il m'a dit, la dernière fois que nous nous sommes parlé, qu'il était sur le point de démasquer les coupables. Mais il m'a demandé plus de temps. Des pistes prometteuses qui s'ouvraient… Je n'en sais pas plus. Il m'a avoué, malgré mes recommandations, avoir rédigé un rapport. Un rapport non officiel s'entend. Retrouvez-le et apportez-le-moi.

— Nous sommes allés dans l'appartement de River, chef. Pas à Brentwood, l'autre…

— Oui, je connais.

— Eh bien, nous n'avons rien trouvé. Quelqu'un était passé avant nous. Sa porte était fracturée, son coffre était ouvert et vide.

— *Merde* !

Il se leva et recommença à marcher de long en large, comme un ours en cage.

— C'est la tuile.

— On va le retrouver, chef, promit Ogden.

Il le regarda, l'air dubitatif.

— Je l'espère ! Il me faut ce rapport. Vous entendez ? C'est important pour… je veux dire que si jamais vous le retrouvez, l'assassin de River ne devrait pas être loin.

Un sourire fugace illumina son visage.

— La dernière fois qu'il m'a contacté, River semblait confiant. Sûr de sa réussite. C'était le meilleur !

Je le sais. Mais ça fait toujours plaisir à entendre ! Et oui, mes chevilles vont toujours aussi bien. Merci !

Les éloges que me tressait le chef commencèrent à énerver quelque peu Layton et Ogden. Il enfonça le clou.

— Ce n'est pas comme vous. Question taux d'élucidation, vous seriez plutôt en queue de peloton.

Layton ouvrit la bouche, mais le chef l'interrompit d'un geste.

— Stop ! N'essayez pas de vous justifier, je me fous complètement des balivernes que vous pourriez me servir. Je veux que vous retrouviez les violeurs de ma fille. C'est votre mission prioritaire, je vous le répète. Et, en remontant les pistes qu'il avait ouvertes, qui sait, vous découvrirez peut-être l'assassin de River.

Le ton employé par le chef laissait entendre qu'il ne croyait que très modérément à cette possibilité.

Il tendit à Layton la feuille pliée. Ils se levèrent, l'entretien était terminé. Le chef avait retrouvé son regard impénétrable. La séquence émotion était bel et bien finie. Il était redevenu l'homme que tous craignaient ou respectaient. Avec tout le poids de son autorité, il gronda :

— Surtout, ne me décevez pas ! Je peux compter sur vous ?

Layton et Ogden se mirent au garde-à-vous et beuglèrent d'une seule voix :

— Non, chef ! Oui, chef !

Avant de partir, ils posèrent quelques questions, avait-on des noms, des portraits-robots, bref quelque chose à se mettre sous la dent. Mais le chef doucha leur enthousiasme ; le maquillage et les lentilles interdisaient toute identification, les prénoms n'étaient certainement pas les vrais et les déguisements étaient des plus courants : un vampire et un mort-vivant. Durant Halloween, il devait y avoir des centaines, peut-être des milliers de personnes, portant ces déguisements.

Layton et Ogden digérèrent ces mauvaises nouvelles. Ils promirent de se mettre au travail sur-le-champ et de ne pas compter les heures. Bref, le baratin que l'on sert habituellement à son supérieur.

Le chef les congédia d'un geste, sans leur serrer la main.

Ses visiteurs partis, il se pinça l'arête du nez entre le pouce et l'index. Une réunion dont il avait complètement oublié le sujet commençait dans dix minutes. Il regarda le dossier épais d'un bon centimètre en poussant un soupir de lassitude.

Layton et Ogden quittèrent le bureau, le cerveau en ébullition, se demandant si l'enquête qui venait de leur être confiée était la chance de leur vie ou une grenade dégoupillée pouvant à tout moment leur exploser à la figure. Une enquête interservices. Associée à une mission secrète. Des stupéfiants comme s'il en pleuvait. Le meurtre d'un flic... Ils n'avaient jamais été de fins politiques, mais ils comprirent qu'ils venaient de mettre les pieds dans un véritable nid de vipères. Toutefois, ils n'étaient pas en position de refuser. Parce qu'on ne refuse jamais une enquête, et d'autant moins quand celle-ci vous est confiée par le chef en personne.

Pour autant, j'avais du mal à comprendre ses motivations. Pourquoi avait-il chargé ces deux minables d'investiguer sur le viol de sa propre fille ainsi que sur ma mort ? Des flics plus compétents ne manquaient pas au sein du LAPD. Alors, pourquoi eux ?

Néanmoins, cette réunion eut des conséquences

heureuses sur ma mémoire. Je me souvenais à présent de ma première incursion dans le monde de la nuit. Dans ses moindres détails et avec un luxe de précision inouï.

Les lieux. Les gens. Les lumières. Les odeurs. Les sons. Toutes les pièces s'emboîtaient à la perfection. J'étais de retour à Beverly Hills. Le 20 décembre de l'année dernière.

14.

Vendredi 20 décembre de l'année dernière – 21 h 09 – Beverly Hills

La soirée, organisée chez un ancien correspondant de guerre, homosexuel et cocaïnomane, ayant fait fortune en créant une agence de presse, se déroulait à un jet de pierre du Beverly Hills Hotel. Le déroulement de la soirée, toujours le même, ne laissait pas de place à l'improvisation. Dès l'entrée, nous serions accueillis avec une coupe de champagne français (si les organisateurs avaient du savoir-vivre) ou de mousseux américain (dans le cas contraire). Après les petits-fours et de nombreuses autres coupes, lorsque les invités seraient passablement éméchés, mais pas complètement bourrés, notre hôte donnerait le coup d'envoi d'une vente aux enchères dont les bénéfices (généralement des chiffres à six zéros) seraient reversés à une association caritative quelconque. Après cet intermède, la fiesta proprement dite pourrait alors commencer.

Beaucoup parmi les invités consommaient des substances illicites. Oui, dans ce milieu, on ne se drogue pas, on consomme ! Différence subtile pour des résultats identiques. Aussi, les convives devaient pouvoir se procurer un large choix de produits prohibés. De la cocaïne, évidemment, mais aussi les nouveaux produits de synthèse (les NPS si vous voulez paraître branchés) : amphètes, psychotropes ou ecstasy. Dans ces soirées, les consommateurs n'amenaient pas leur came avec eux. Ils l'achetaient sur place. Sans prendre le moindre risque. La police ne se risquant pas à intervenir dans les beaux quartiers où la jeunesse dorée de L.A. frayait avec le gratin de la jet-set, du sport ou des affaires.

Et c'était là que j'entrai en scène. Les poches débordantes de poudres diverses et de cachets multicolores. Un véritable petit supermarché de la défonce à moi tout seul !

Bien entendu, mes tarifs exorbitants seraient à la hauteur du portefeuille de mes futurs acheteurs. Ce soir, personne ne me connaissait, mais je savais pouvoir me créer une clientèle fidèle en peu de temps. Ma prestance, ma belle *gueule* (encore tant pis pour mes chevilles !), mes costumes et mes pompes ne détonnaient pas dans ce milieu où, si tout le monde ne se connaissait pas, tout le monde se reconnaissait. Je portais un costume Dior bleu nuit, des sneakers Vuitton et au poignet une GMT Batman. Le minimum syndical pour se fondre dans la masse.

À l'extérieur, sous une tente blanche, des hôtesses roulées comme des top-modèles checkaient les invitations. Deux colosses à l'air patibulaire, se prenant pour des agents du *Secret Service*, oreillette bien visible, talkie-walkie crépitant et protubérance cachant mal leur arme de poing, patrouillaient non loin. Force de frappe dissuasive autant que rassurante.

Je patientai derrière deux couples. Les filles, longs cheveux blonds, traits réguliers et yeux bleus légèrement bridés. Leurs dents trop blanches et leurs poitrines trop parfaites trahissaient un recours à la chirurgie esthétique. Minces à la limite de l'anorexie, elles étaient vêtues de microshorts de cuir souple et de chemisiers de soie diaphane laissant deviner de leurs anatomies plus de choses qu'ils n'en cachaient. Leurs jambes interminables et bronzées, chaussées d'escarpins noirs aux talons démesurément hauts, frémissaient comme celles d'une pouliche. Lunettes de soleil (malgré la nuit) et sacs Chanel au creux du coude pour parachever le tableau. Seize, dix-sept ans au max. Slaves. Certainement natives d'Ukraine. Sexy. Dans leur genre. Deux *putes* de luxe.

Les types qui les accompagnaient frisaient la quarantaine. Leurs carrures de déménageurs de piano, les tatouages qu'ils tentaient de dissimuler sous leurs cols de chemises fermés et leurs visages couturés de cicatrices, en faisaient les archétypes des tueurs de la mafia russe, ukrainienne… ou tchétchène. Un pays de l'Est à coup sûr. Ils portaient tous deux des costumes sur mesure, des barbes de trois jours et au poignet, une montre valant le prix d'un petit appartement à Studio City.

Ils passèrent le contrôle et s'éloignèrent en parlant et en riant trop fort, laissant flotter derrière eux des fragrances de jasmin combinées à une légère odeur de transpiration.

À mon tour ! La première hôtesse se saisit de l'invitation imprimée en relief sur papier gaufré que je lui tendais. Elle chercha mon nom sur sa liste. Le manqua deux fois, finit par le trouver, quand je posai le doigt dessus. Le surligna avec application d'un trait de marqueur fluo, un bout de langue rose à la commissure de ses lèvres carmin. Fière du résultat, elle déclara :

— Monsieur Springsteen. Bracelet blanc.

Sa collègue m'attacha un mince bracelet autour du poignet. Il n'en restait qu'une vingtaine. Blancs pour la plupart, une demi-douzaine gris argent et un unique bracelet noir. Je lui demandai, le plus innocemment du monde :

— Quelle est la signification des couleurs, mon trésor ?

Elle me rendit mon sourire et expliqua :

— C'est simple, la couleur blanche orne le poignet des invités n'ayant pas encore fait de chèque d'un montant significatif. Vous pourrez obtenir le statut de membre donateur et un bracelet argent à partir de cent mille dollars de don. Et enfin – ses yeux brillaient d'excitation –, vous accéderez au Graal – elle saisit délicatement le bracelet noir comme s'il s'agissait d'une sainte relique – dès que votre contribution dépassera le million. Cela vous conférera le statut VIP de membre fondateur et vous pourrez alors vous prévaloir de tous les privilèges qui y sont attachés et que vous découvrirez à ce moment-là. Soyez généreux ! Il ne tient qu'à vous de changer de catégorie.

Elle me regarda droit dans les yeux et fit, avec un clin d'œil coquin :

— Nous acceptons toutes les cartes de crédit, les chèques certifiés et le cash jusqu'à dix mille dollars.

Je l'assurai que je saurais m'en souvenir, lui rendis son clin d'œil et me dirigeai vers l'entrée.

Soudain, l'un des gorilles, avec une rapidité que ne laissait en rien présager sa corpulence, me barra la route. Sans un mot, il me tendit un plateau. Devant mon air interloqué, l'hôtesse expliqua :

— Monsieur Springsteen, veuillez avoir la gentillesse de nous confier votre téléphone. Nous le conserverons jusqu'à votre départ. Voyez-vous, les téléphones sont interdits à l'intérieur. Simple mesure de précaution. Vous ne pourrez pas prendre de photos et personne ne vous prendra en photo. Ainsi la confidentialité de la soirée sera garantie et l'anonymat des invités préservé.

J'obtempérai et me délestai de mon téléphone. Je traversai la cour et entrai dans la maison.

À droite, la partie privative, interdite aux invités, surveillée par le clone des deux costaux de l'entrée. Je me dirigeai donc à gauche et débouchai dans une salle de réception grande comme un terrain de tennis et largement ouverte sur le jardin.

Un disc-jockey diffusait une musique d'ambiance. Des spots, pulsant au rythme de la musique, projetaient des taches de couleur sur les murs et le sol. Les gens discutaient entre eux, un verre à la main. Le champagne était français (un bon point pour le maître de maison) et glacé à souhait (un bon point pour le traiteur). On se saluait, on se faisait la bise, on prenait des nouvelles, on échangeait les derniers potins. Quelques éclats de rire cascadaient au-dessus des têtes. Les femmes portaient des robes de cocktail de couturiers français ou italiens achetées à prix d'or dans les boutiques de Rodeo Drive et assez de bijoux pour éponger la dette d'un petit pays africain. Les hommes, en costumes de grands faiseurs, se pavanaient au bras de leurs légitimes ou de leurs maîtresses, quelquefois plus jeunes que leurs propres filles.

J'entrerais en action plus tard dans la soirée. En attendant, aussi désœuvré qu'un vendeur de maillots de bain sur une plage naturiste, je rôdais autour de la piscine, un verre à la main. Je m'accroupis au bord du bassin et trempai la main dans l'eau (celle qui ne tenait pas le verre, évidemment !), lorsque j'entendis une voix féminine m'interpeller :

— Elle est bonne ?

Aveuglé par un projecteur, je ne distinguai qu'un corps longiligne vêtu d'un tailleur clair. Je me levai. J'aperçus alors une femme d'une cinquantaine d'années, voulant en paraître vingt de moins si j'en juge par l'usage immodéré qu'elle avait fait de la chirurgie esthétique. Le résultat était réussi si l'on aimait les bouches de canard, les joues gonflées à la graisse et les yeux en amande, étirés comme ceux d'un alien.

Je lui fis mon plus beau sourire et lui répondis :

— Chaude ! Entre vingt-huit et trente degrés.

— Êtes-vous le maître-nageur ?

— Non, pas vraiment. Voyez-vous, je n'aime l'eau que sous forme de glace, de préférence dans ma vodka.

— Dommage !

— Pourquoi ? Vous ne savez pas nager ?

— Je suis une excellente nageuse. Mais je ne serais pas contre un cours particulier, afin de parfaire ma technique.

— J'ai une technique très éprouvée.

C'est nul ! J'ai l'impression d'être dans un mauvais James Bond !

— Je n'en doute pas, minauda-t-elle.

— Mais, je ne donne de cours particulier qu'à mes amies.

Je me relevai, et lui tendis la main.

— Thom.

— Victoria, Vic pour les amis.

— Ravi de vous connaître, Vic.

— Vous m'avez appelée Vic. Sommes-nous amis ?

Elle n'avait pas lâché ma main. Elle était vraiment trop moche. J'hésitai.

— C'est-à-dire...

Je ne dois penser qu'à la réussite de ma mission.

— Il ne tient qu'à vous...

Elle sourit comme le tigre devant le chevreau (j'avais déjà employé la comparaison du lion et de l'agneau... souvenez-vous !) qu'il s'apprêtait à dévorer et murmura :

— Je retiens votre proposition, minauda-t-elle. Car il s'agit bien d'une proposition ?

Au point où j'en suis.

— Considérez que c'en est une.

Elle regarda sa montre, fit la moue.

— Il est encore un peu tôt pour se baigner, elle haussa les épaules. Mais c'est tentant. Alors qui sait... peut-être plus tard, Thom.

— Ce sera avec plaisir, Vic, lui répondis-je avec un léger frisson.

Elle tordit les deux saucisses qui lui servaient de lèvres en un simulacre de sourire, fit demi-tour et se fondit dans la foule.

Je pousse un (gros) soupir de soulagement.

Le cocktail battait son plein désormais. Une horde de serveurs jaillirent des cuisines avec des plateaux débordants de mets raffinés que les invités dévorèrent plus vite que ne l'auraient fait des criquets africains. C'était à se demander depuis combien de temps ils n'avaient pas avalé la moindre nourriture. Ils n'avaient sans doute pas bu depuis aussi longtemps, car les bouteilles de champagne se vidaient avec une telle rapidité que les barmen chargés de les ouvrir durent demander de l'aide.

Je savais que l'ambiance festive et chic, toute en retenue, de ce début de soirée allait voler en éclats dans peu de temps sous l'action de l'alcool et de la drogue. Les invités allaient alors se lâcher et montrer leurs vrais visages. Les limites de la bienséance n'y résisteraient pas.

Faites-moi confiance !

Comme un acteur se préparant à entrer dans la lumière, j'étais tendu. À la fois impatient et nerveux. Aussi, pour me détendre, j'avalai un verre de vodka. La brûlure glacée de l'alcool m'apaisa. Après le second, j'étais comme un lion en cage ; capable de bouffer tous ceux qui se dresseraient sur mon passage, et aussi à l'aise qu'un poisson dans l'eau.

C'est fou le nombre de bestioles qui traversent mes pensées !

La partie caritative de la soirée fut promptement expédiée. Le maître de cérémonie s'empara d'un micro, demanda à tout le monde de le rejoindre et les enchères débutèrent. Une ou deux raquettes de tennis du vainqueur d'un grand chelem, quelques maillots de basket dédicacés par des vedettes de la NBA et d'autres fadaises du même genre, permirent de récolter plusieurs dizaines de milliers de dollars. Je n'y assistai pas. J'étais occupé ailleurs. Une discussion sérieuse qui me tint éloigné du reste des invités. J'y reviendrais plus tard.

Le niveau sonore de la musique augmenta soudain. Le disc-jockey diffusa *Dance this Mess Around* des B-52's. Les notes cristallines égrenées par le synthé et la voix sensuelle et pleine de rage de la chanteuse montèrent dans le ciel étoilé. Les serveuses abandonnèrent alors leurs plateaux et se mirent à danser, aussitôt rejointes par les invités dans une ambiance très *Club Med.* Il était temps pour moi de me mettre au taf. Je me frayai un chemin à travers les danseurs et retournai à l'intérieur où régnait une pénombre propice à tous les dévergondages.

De nombreux invités se prélassaient dans de profonds fauteuils.

Maintenant que nous sommes là, divertissez-nous, semblaient-ils me dire.

Avec les lumières éteintes, c'était moins dangereux.

Et parfait pour le business.

15.

Samedi 21 décembre de l'année dernière – 01 h 12 – Beverly Hills

Je repérai un couple, semblant attendre quelqu'un. Je tentai une approche directe. Je m'assis près d'eux et leur dis d'une voix de conspirateur :

— Bonsoir, vous cherchez de quoi passer une bonne soirée ?

L'homme, qui espérait son dealer, me regarda d'un air suspicieux. Je le rassurai :

— Je remplace Steve. Il a eu un... disons... un léger empêchement...

J'eus un petit sourire.

— Ne vous inquiétez pas, j'ai tout ce qu'il vous faut et mon matos est top.

Ils se regardèrent et hochèrent la tête en même temps. Ils avaient trop envie de se défoncer, alors moi ou un autre, tant que la came était bonne...

La discussion fut brève. Ils optèrent pour un gramme de coke. J'annonçai le prix prohibitif de cent vingt dollars qu'ils payèrent sans sourciller. Je leur donnai leur parachute. Devant tout le monde. Je n'essayai pas d'être discret. Bien au contraire.

La femme ouvrit le sachet d'un coup d'ongle carmin. Elle versa la poudre blanche sur la table basse, et utilisant une Amex Platinum, elle fit quatre lignes parallèles. Dans le même temps, son compagnon enroulait un billet de cent dollars en un mince tube. Tremblants d'excitation. Ils sniffèrent leurs rails de coke, l'un après l'autre, partageant le même billet, jusqu'à nettoyer la table. Le gars ramassa ensuite les quelques particules de cocaïne qui avaient échappé à leurs narines avides, d'un index gourmand, qu'il frotta sur ses gencives. Il se pinça ensuite plusieurs fois le nez en reniflant, poussa un soupir de satisfaction et se laissa aller en arrière dans le canapé, les yeux révulsés. Je me levai et déclarai, suffisamment fort pour être entendu de tous :

— Je vous l'avais dit, c'est de la bonne !

Ils ne répondirent pas, mais les sourires béats dessinés sur leurs visages étaient la meilleure pub qu'ils pouvaient me faire.

En l'espace de quelques minutes, je réalisai plusieurs autres transactions.

J'avais, sans avoir l'air d'y toucher, demandé aux plus jeunes s'ils avaient participé à la soirée d'Halloween du mois dernier. Aucun d'eux n'y était. « Soirée de merdeux », ou « qu'est-ce tu veux que j'aille foutre chez ces ploucs ? » furent en substances les seules réponses que j'obtins. À l'avenir, je choisirais des soirées moins sélectes et avec des participants plus jeunes.

Je décidai de rester encore une heure. Un shot de vodka à la main, je me posai dans le coin le plus calme de la pièce. Assis entre une statue maorie polychrome et un bronze de Paige Bradley, je continuai mon business. Près de moi, oubliant toute pudeur, un couple excité au-delà du raisonnable était sur le point de faire l'amour. Pour leur défense, ils venaient de gober deux *Blue Sky*, une ecsta surdosée capable de transformer le religieux d'un ordre contemplatif le plus austère en bête de sexe. Ils me firent, eux aussi, une excellente publicité.

Soudain, des cris retentirent à l'extérieur. Plusieurs couples venaient de plonger dans la piscine, sous les vivats de la foule.

À l'intérieur, la tension érotique atteignit désormais son paroxysme. J'aperçus, à l'extrémité de la pièce, les deux couples de Ruskofs. Les filles, chemisiers largement ouverts sur leurs seins refaits, montaient et descendaient en rythme syncopé sur le sexe de leurs cavaliers. Ces derniers, visages extatiques et pantalons aux chevilles, poussaient des cris de cow-boys, dans un rodéo obscène et sauvage, pour la plus grande joie de leurs voisins.

Je comprends pourquoi les téléphones sont interdits !

J'eus soudain envie d'un autre verre. Je le descendis d'un trait et allai faire un tour près de la piscine. Quelques baigneurs avaient gardé leurs vêtements, mais la plupart étaient intégralement nus. Une brume flottait au-dessus de l'eau chaude, comme un voile pudique estompant les silhouettes et masquant les corps trop blancs, trop gras. Deux filles en string, les seins siliconés et les yeux vitreux, ayant manifestement abusé de substances prohibées, s'embrassaient à pleine bouche. Près d'elles, un couple faisait l'amour sous l'eau. Ils remontaient respirer toutes les minutes, puis retournaient forniquer dans les profondeurs du bassin. Certainement des apnéistes. Dans le cas contraire, ils n'allaient pas tarder à se noyer.

Les invités les plus sages, ceux qui avaient gardé leurs vêtements et qui n'étaient ni complètement saouls ni totalement drogués, dansaient sur un tube quelconque de Madonna ou de Beyoncé – impossible pour moi de les différencier –, sans se préoccuper de ce qui se passait à quelques mètres d'eux.

Je n'avais plus rien à vendre. Les consommateurs avaient

apprécié mes produits et tous me connaissaient désormais. J'étais certain d'être invité la prochaine fois. J'estimais qu'après quelques nuits comme celle-ci, des gens haut placés dans le narcotrafic allaient entrer en contact avec moi. Afin de me proposer une association ou pour tenter de m'éliminer. D'autant que j'avais eu maille à partir avec le dealer habituel.

*

*   *

Plus tôt dans la soirée.

Alors que la musique venait de s'interrompre, que tous les invités s'étaient regroupés, et qu'un commissaire-priseur hystérique faisait monter les enchères d'un objet inutile qu'il parviendrait à vendre une véritable fortune, je remarquai un type qui n'arrêtait pas de me mater. Je savais qui il était et ce qu'il voulait. Nous devions avoir une conversation sérieuse dans un endroit tranquille.

Je décidai d'aller pisser. Je passai près de lui et lui fis un clin d'œil appuyé. Il m'emboîta le pas et entra dans la salle de bains derrière moi. Il vérifia que nous étions seuls, ferma la porte à clef et alla s'adosser à un lavabo, pendant que je me soulageais en sifflotant. Je finis mon affaire et tandis que je me lavais les mains, il m'interpella d'une voix haut placée, déformée par l'excitation :

— Dis-moi ! Tu t'crois chez toi, ici ? Ça fait un moment que j'te regarde. J't'ai vu faire et j'ai compris qui t'es. Tu crois qu'tu vas débarquer ici, tranquille, et qu'tu vas dealer ta came. *Putain* ! C'te soirée, c'est chasse gardée. Ici, c'est moi qui deale et moi seul. Toi, tu t'casses vite fait. Sinon tu vas avoir de gros problèmes.

Je me tournai vers lui et demandai, en prenant mon air le plus innocent :

— Et les problèmes, c'est toi qui vas me les causer ?

Il était tout près de moi, devant la double vasque. Je le dominai d'une bonne tête. Mais il était sec et nerveux. Certainement plein de coke. Il avait une vraie *gueule* de petite frappe. Costume clair, chemise en soie, grosse montre, certainement fausse, cheveux rasés sur les tempes, longs sur le dessus, coiffés en arrière et abondamment gominés.

Je ne devais pas faire d'esclandre. Pas lors de ma première soirée. Un scandale étant la pire chose qui puisse arriver, il me fallait régler ce contretemps avec le maximum de discrétion.

— Oui, pourquoi, tu crois qu'j'en suis pas capable ? Je vais t'défoncer si tu continues, dit-il en penchant la tête sur le côté, comme il avait vu faire les méchants dans les films.

— Écoute-moi bien, minus !

Je m'approchai et le coinçai contre le lavabo.

— Le mieux serait que tu dégages d'ici. Sans faire d'histoire. C'est un conseil d'ami que je te donne. À partir d'aujourd'hui, c'est moi qui reprends le business. Pour toi, c'est terminé. Mais, je vais être sympa. Je vais te laisser rentrer chez toi en un seul morceau. Prends la meilleure décision de toute ta *putain* de vie et casse-toi ! Tu ne fais pas le poids. Regarde comme tu transpires !

Manque d'expérience ou connerie congénitale, il fit exactement ce que j'espérais. Il se tourna et observa son reflet dans le miroir. Aussitôt, je l'empoignai par les cheveux et lui fracassai le visage contre la glace. Sous le choc, le verre se fissura et son nez éclata comme un fruit trop mûr, projetant des myriades de gouttelettes écarlates. Il poussa un grognement de douleur. Son nez pissait le sang désormais et il vit sa chemise se teinter de rouge. Puis, levant les yeux, il aperçut son visage déconstruit comme un tableau de Picasso. Il répéta alors, comme un mantra :

— Mon nez ! Mon nez ! Il m'a cassé le nez !

Un cran d'arrêt apparut dans sa main. Rapide, le gars ! Je ne devais pas commettre l'erreur de le sous-estimer. Il fit un pas dans ma direction. La main tendue. La lame brillant d'un éclat froid. Ses yeux irradiaient de haine meurtrière. Je ne lui laissai pas le temps de me planter. Comme un ninja, rapide et silencieux, je bondis et lui écrasai le visage contre la faïence du lavabo. Il me sembla même entendre cliqueter une ou deux dents qui disparurent dans le siphon. J'avais mis toute ma force dans ce second coup. Au bruit que fit son crâne en embrassant la vasque, je compris que le trauma crânien que je venais de lui offrir allait le tenir éloigné des affaires pour plusieurs semaines. Il s'effondra sur le sol, sans un bruit.

Je vérifiai que je n'avais pas de traces de sang sur mes vêtements. Puis, je me lavai les mains poisseuses de gel. Je passai mes doigts mouillés dans mes cheveux et essuyai une minuscule goutte de sang sur mon front. Ensuite, je lui fis les poches. Je cherchais sa dope, il n'en avait pas. Peu importe, j'en avais suffisamment. Je vis sur son permis de conduire qu'il s'appelait Steve. Je mémorisai son nom et son adresse pour mon rapport.

Steve était toujours étendu sur le sol, face contre terre. Il n'avait pas bougé. Je le mis sur le côté et vérifiai qu'il respirait toujours.

Ce n'est pas que j'en ai quelque chose à foutre de ce type, mais un mort est toujours une source de complications.

Puis, je quittai la salle de bains. J'avisai un serveur et lui indiquai que quelqu'un avait eu un léger malaise. Steve fut exfiltré discrètement par le service d'ordre.

Après cette conversation amicale, je retournai me mêler aux invités.

*

* *

Il était tard. La soirée tirait à sa fin.

Les gens parlaient haut, riaient fort. J'étais fatigué. Je me levai et me dirigeai vers la sortie. En chemin, je repoussai mollement Vic, ma copine au tailleur blanc, totalement ivre, qui voulait me faire des choses que la morale réprouve… *si tu me donnes un de ces petits cachets, Thom, mon chou. Le même que celui que tu as donné à ma copine, tu sais la rousse…* me souffla-t-elle au visage, l'haleine empestant l'alcool et les pupilles dilatées comme des soucoupes. J'attrapai son bras. Le serrai juste un peu trop. Et l'écartai de mon chemin.

— Espèce de *connard*, me lança-t-elle en guise d'au revoir.

Elle vacilla sur ses hauts talons et tomba dans les bras d'un type qui n'en demandait pas tant et qui entreprit de la peloter.

Il était pour moi temps de partir…

Je suis de retour dans le bureau du chef. Je suis épuisé. Le son des enceintes vibre encore à mes oreilles. Les parfums entêtants des femmes chatouillent mes narines. Je ressens la brûlure de la vodka sur ma langue et le poids des billets roulés serrés au fond de ma poche. Ces sensations sont palpables. Bien plus précises qu'un rêve. Effrayantes de réalité. Un peu comme si je venais de vivre cette soirée pour la deuxième fois. Mon cerveau me l'a restituée avec un luxe de détails inouï. Et sans la moindre erreur ou approximation. C'est plutôt bon signe. Cela signifie que mes souvenirs n'ont pas tous disparu.

Il était tard. Le chef était toujours là. C'était pourtant l'heure où les bureaux se vidaient, où les flics rentraient chez eux. Retrouver leur famille pour les plus chanceux. La solitude et de sombres pensées pour les autres. Je compris qu'il retardait le moment de partir. Quitter les problèmes de son boulot pour retrouver ceux de sa vie privée. Quel programme alléchant !

Il n'avait pas bougé depuis tout à l'heure. Son bureau était plongé dans la pénombre, mais je vis que le niveau dans la bouteille de vodka avait fortement baissé. Il ne buvait jamais autant. Avant. Je me laissais envahir par la mélancolie, la tristesse ou l'abattement qui émanait du chef. Et je pourrais trouver des dizaines d'autres synonymes. Plus noirs les uns que les autres. Car c'était l'heure à laquelle, moi aussi, dans une autre vie, dans ma vie, je rentrais chez moi, retrouver Isa. Je donnerais tout ce que j'avais pour revenir quelques mois en arrière. J'ignorais alors combien j'étais heureux.

Pourquoi faut-il qu'on se rende compte de notre bonheur une fois qu'on a tout perdu ?

J'étais au bord de la dépression quand les prémices d'une téléportation débutèrent. Je quitterais le bureau du chef dans quelques secondes. Sans regret. Je n'aimais pas m'apitoyer sur mon sort ni me faire plaindre.

Et je sens que si je continue dans cette voie, vous allez verser une petite larme.

La téléportation arrivait donc à point nommé.

Je pensai en avoir compris le fonctionnement. Lorsque quelqu'un prononçait mon blaze, où qu'il se trouve, je me *matérialisais* instantanément à ses côtés et je restais avec lui jusqu'à ce que quelqu'un d'autre m'appelle. Et le cycle recommençait.

Il m'était impossible de résister à une téléportation. Aussitôt qu'elle débutait, j'étais emporté comme un fétu de paille dans une tempête. Pourrais-je un jour les contrôler ? Les refuser ? Peut-être qu'en me concentrant suffisamment… comme lorsque l'on refusait de se laisser hypnotiser.

Je l'espérais de tout mon cœur ! J'essaierais. Je me battrais.

Pour l'heure, je ne pouvais que subir. Une fois de plus.

16.

Samedi 22 mars – 17 h 54 – Brentwood

Me voilà de retour à Brentwood. Isa, enlacée dans les bras d'un homme, pleurait à chaudes larmes. Ils s'écartèrent l'un de l'autre. Isa murmura :

— Merci, pour vos condoléances. La disparition de River a été un choc terrible. Je n'arrive toujours pas à m'en remettre.

J'avais vu juste. Mon nom venait d'être prononcé. *River* égale téléportation.

L'homme posa ses mains sur les épaules d'Isa et la regarda dans les yeux, la tête inclinée, pour donner plus de poids à ses paroles.

— Tu pourras toujours compter sur moi. Tu le sais. Je ne vous laisserai jamais tomber, toi et ton bon à rien de frère.

Isa voulut protester, l'inconnu posa son index sur ses lèvres pour la faire taire et continua :

— River ne m'aimait pas beaucoup. Ce n'est pas la peine de le nier. Nous le savons l'un comme l'autre. Moi non plus je ne l'appréciais pas. Pourtant, cela ne m'a jamais empêché de garder un œil ouvert et une oreille attentive sur ce qui se passait chez toi. Parce que je t'aime.

Il serra Isa contre son cœur et lui embrassa les cheveux.

Il va arrêter de tripoter ma femme, celui-là ! Je ne sais pas qui il est, mais il a raison sur un point, je ne l'aime pas.

Une pointe d'accent hispanique transparaissait dans sa voix tranchante comme un rasoir, mais qui pouvait se faire chaude et caressante la seconde suivante. Un orateur né. Et certainement un manipulateur de premier ordre.

Isa fit un pas en arrière en fronçant les sourcils. L'homme la rassura d'un geste.

— Je veux dire que s'il avait tenté de te faire du mal…

— River n'a jamais levé la main sur moi, le coupa Isa. Il avait des défauts, certes, mais pas celui-là, Tio Pablo !

L'homme se tourna. J'aperçus enfin son visage.

Pablo Del Mora ! L'oncle d'Isa. Le *Carlin de Tijuana*, comme l'avaient surnommé ses détracteurs. Il y avait en effet quelque chose du carlin dans ses yeux globuleux légèrement strabiques et dans son visage plat au nez cassé. Sa petite taille, ses jambes arquées, à la suite d'une maladie contractée dans les bidonvilles de Tijuana il y avait un demi-siècle, renforçaient l'analogie.

Avoir commencé avec aussi peu d'atouts et tout en bas de l'échelle sociale, pour parvenir au sommet de la chaîne alimentaire, donnait une assez bonne idée de la volonté implacable et de la détermination féroce qui l'animaient. La première fois qu'il fit parler de lui, il n'avait qu'une dizaine d'années. Des témoins affirmèrent l'avoir vu casser la jambe d'un type plus âgé et plus costaud que lui à coups de batte de baseball. Ce dernier, contre toute attente, jura que Pablo était innocent, qu'il était tombé d'un arbre et l'affaire fut classée sans suite. En grandissant, il fut soupçonné de nombreux crimes tels que : extorsion de fonds, corruption de fonctionnaires, trafics en tous genres, des armes jusqu'aux stupéfiants, mais aussi traite des Blanches afin d'alimenter les *bordels* de la frontière, depuis Ciudad Juárez jusqu'à Tijuana. Certains parlèrent même, du bout des lèvres, de meurtres. Mais après que leurs cadavres eurent été retrouvés la langue tranchée, de telles accusations ne furent plus proférées. Et même s'il avait été quelquefois inculpé, il ne fut jamais condamné.

Aussi, lorsqu'il arriva à l'âge de vingt ans sur le sol des États-Unis après avoir obtenu une *green card* à la loterie, son casier judiciaire était vierge. Et il l'était toujours. Del Mora n'était pas devenu honnête. À l'impossible nul n'est tenu. Mais pendant les dix années qui suivirent, il ne fit jamais parler de lui. Comment gagnait-il sa vie ? Où vivait-il ? Qui fréquentait-il ? Aujourd'hui encore, personne ne le savait ! Toujours est-il qu'il gagna beaucoup d'argent. Il acheta une maison et fit venir du Mexique le reste de sa famille. Sa sœur, la mère de ma femme, une jeune fille innocente et totalement ignorante des agissements de son frère, fut du voyage.

À trente ans, il acheta pour une bouchée de pain une (petite) chaîne de restaurants qui périclitait. Il devait avoir le sens des affaires, même si de mauvaises langues dirent qu'il blanchissait les revenus de ses activités illicites. Toujours est-il que sa société fit rapidement de confortables bénéfices. Il devint riche. Il se diversifia alors en lançant une OPA sur une chaîne (plus importante) de supermarchés *low cost*. En peu de temps, il multiplia le chiffre d'affaires par dix et les bénéfices par quatre en proposant des denrées mexicaines, cashers ou asiatiques à des prix imbattables. De riche il devint millionnaire. Sa notoriété explosa l'année suivante quand il annonça que le jour de l'inauguration de chaque nouveau magasin, pendant une heure, les achats de tous les clients seraient offerts. Les médias se bousculèrent, les consommateurs devinrent hystériques. Il parvint à accroître sa fortune en se forgeant une réputation d'honnête homme, politiquement orienté à gauche. Peu de temps après, il vendit ses supermarchés et réinvestit son cash en créant une chaîne de télévision. Cette dernière proposait des séries mexicaines sous-titrées en anglais et des films américains sous-titrés en espagnol. Le succès fut immédiat. Les deux communautés s'abonnèrent en masse et la chaîne ouvrit des franchises en Arizona, au Nouveau-Mexique et au Texas. La consécration vint avec l'ouverture de l'antenne de Miami. De millionnaire, il devint multimillionnaire.

Tout naturellement, il s'essaya ensuite à la politique. Il fut facilement élu maire de La Mesa, une ville du comté de San Diego, où il apprit les ficelles du métier. Son ambition paraissait sans limites, sa fortune inépuisable. Avec l'appui de sa chaîne de télévision, il briguait désormais la mairie de Los Angeles ; avec le secret espoir d'occuper un jour la Maison-Blanche.

Vous comprenez pourquoi j'ai tout fait pour tenir cet homme à l'écart de ma famille.

Del Mora se dirigea vers une commode en palissandre. Il l'ouvrit, choisit soigneusement un rhum parmi la douzaine de bouteilles et s'en servit un verre. Il en proposa un à Isa, qui refusa.

Mes obsèques n'avaient pas eu lieu qu'il se comportait déjà en maître de maison. *Je le hais, ce salopard* ! Il était comme chez lui, il s'était dirigé droit vers cette commode, comme s'il savait où je rangeais mes meilleures bouteilles. Or, nous l'avions achetée il y a moins d'un an et cela faisait plus de deux ans que Del Mora n'avait pas mis les pieds à Brentwood. Était-il venu en mon absence ? Je ne le pensais pas. Isa m'en aurait parlé. Comment alors avait-il su pour le rhum ? Le personnel de maison était-il à son service ? Ou alors… Je me rappelai soudain ses propos. Il avait déclaré avoir *gardé un œil ouvert et une oreille attentive*. Ce n'était pas une façon de parler. Il avait installé des caméras de surveillance. Chez moi ! Sans que je m'en aperçoive !

Del Mora fit tourner le liquide ambré, il en avala une gorgée. Il eut un hochement de tête appréciateur. Tu parles, un rhum HSE de 1959, à deux mille cinq cents dollars la bouteille ! Il déclara, avec un claquement de langue :

— Ah ! Il sait vivre ton mari !

Quel con !

Il se rendit compte de sa bévue et s'excusa d'un geste auprès d'Isa dont les yeux s'étaient embués de larmes. Je savais que les condoléances de Del Mora n'étaient qu'un prétexte. Il était venu seul, sans son épouse et ses filles, qu'Isa aimait tant. Il voulait obtenir quelque chose et il n'allait pas tarder à entrer dans le vif du sujet.

Sur le ton de la conversation, tout en dégustant mon rhum, il demanda :

— Dis-moi, ma chérie, River possède quelque chose qui m'appartient. Un objet auquel je tiens et que je lui ai confié. Je souhaite le récupérer, il n'en aura pas besoin là où… excuse-moi.

Il écarta les bras de quarante centimètres.

— Cela pourrait tenir dans une mallette ou un sac de sport. Peut-être l'aura-t-il mis dans le coffre…

— Je ne suis au courant de rien.

— Je ne dis pas cela. Peux-tu regarder dans votre coffre-fort ?

— Il n'y a rien dans le coffre.

— J'insiste. Peut-être l'a-t-il rangé sans t'en parler.

— Impossible.

— Isa…

— Tu ne comprends pas, Tio. River n'a pas pu mettre quoi que ce soit dans le coffre. Il y a longtemps qu'il n'a pas mis les pieds à Brentwood. Nous sommes séparés.

— Séparés ?

— Depuis plusieurs mois.

Isa répéta, presque mot pour mot, le récit qu'elle avait fait ce matin aux Utah's Brothers.

Del Mora n'était pas au courant de notre séparation. J'en

vins à me demander s'il avait installé des caméras comme je le pensais, ou s'il ne possédait finalement pas un espion parmi notre personnel – une femme de ménage et un jardinier qui venaient deux ou trois fois par semaine, rien de somptuaire. Non, eux savaient que je ne vivais plus à Brentwood. Et la surprise de Del Mora n'était pas feinte. Il y avait donc des caméras, plus certainement des micros. Mais la surveillance ne devait pas être continue. Il les avait installées. *Au cas où.*

Del Mora poursuivit son idée.

— Je suis désolé de l'apprendre. Mais je dois récupérer ma… cet objet. Connaîtrais-tu la nouvelle adresse de River ?

— Non, je ne la connais pas, Tio. Il ne m'a donné aucune nouvelle depuis qu'il est parti.

— Allons, allons, j'ai du mal à le croire, fit Del Mora en haussant le ton.

Il s'approcha d'Isa, la saisit par le bras et la tira vers lui en grondant :

— Je suis certain que tu sais quelque chose.

— Je t'assure que non, répondit Isa, déroutée par la violence émanant soudain de son oncle. Je ne sais pas où habitait River, je te le jure ! Lâche-moi, s'il te plaît ! Tu me fais mal.

Del Mora prit alors conscience qu'Isa n'était pas un des hommes de main qui lui obéissaient au doigt et à l'œil et qu'il pouvait brutaliser à loisir. Il la lâcha et s'excusa.

— Pardonne-moi. Vois-tu, nous faisions des affaires tous les deux…

Première nouvelle !

— Et il faut absolument que je récupère cet objet qui m'appartient.

Après la manière forte, il tenta de l'amadouer.

— Si les flics le trouvent avant moi, cela pourrait avoir des conséquences fâcheuses. Pour moi bien sûr, mais également pour toi. Tu étais sa femme et…

— Je ne suis pas au courant de vos magouilles. Quel est cet objet que tu dois récupérer ? C'est quelque chose d'illégal ? s'inquiéta Isa. Si c'est le cas, je ne veux rien savoir.

Se rendant compte qu'il en avait peut-être trop dit, il se fit rassurant.

— Non, rien d'illégal. Ne t'en fais pas. Oublie ce que je viens de dire. Je vais me débrouiller autrement. Sais-tu si River avait donné son adresse à quelqu'un ? À ton frère par exemple ?

— Je n'en ai aucune idée. Ils ne se voyaient plus depuis une éternité. Mais je sais que River avait essayé de reprendre contact avec lui, peu de temps avant de me quitter. Foster est quelqu'un d'adorable en temps normal, mais tu sais comme il peut être ingérable lorsqu'il est sous l'emprise de médicaments ou de substances illicites.

— Que ton frère est un drogué ? Oui, je le sais.

— Non. Ce n'est pas un drogué. Il lui est arrivé de prendre des substances, pour se détendre ou pour soigner sa dépression après la mort de papa et maman, mais il m'a assuré qu'il pouvait décrocher quand il le voulait. Il a suivi une cure de désintoxication, il y a quelques années. Depuis, il est *clean*.

— Ma pauvre fille. Tous les drogués disent cela.

Isa tenta sans conviction de défendre son frère. Del Mora ne l'écoutait pas.

— Libre à toi de le croire, continua-t-il, mais tu ne me feras pas changer d'avis.

Il regarda sa montre.

— Il faut absolument que je parte, je dois inaugurer mon nouveau QG de campagne. Tu sais ce que c'est... la presse, la télé... je ne dois pas être en retard. Je vais le contacter directement et lui demander s'il connaît l'adresse de River. Où puis-je le trouver ?

— Tu sais, Tio Pablo, je ne pense pas que Foster sache

quoi que soit au sujet de River. Je veux bien te donner son adresse, mais promets-moi d'être gentil avec lui.

Gentil... le mot ne faisait pas partie du vocabulaire de Del Mora. Mais il promit, et Isa lui donna l'adresse de Foster. Satisfait, Del Mora lui planta sur la joue un baiser qui la fit frissonner et partit sans ajouter un mot, la laissant seule. Nous laissant seuls.

Je la regardai tendrement. Je n'avais pas envie d'essayer mes nouveaux pouvoirs sur Isa. J'aurais l'impression de violer son intimité. Je concevais de le faire pour m'aider dans ma quête de la vérité, mais pas pour m'immiscer dans le cerveau de ma femme.

Isa ferma la porte à double tour, puis elle saisit entre deux doigts le verre dans lequel avait bu Del Mora et le mit à la poubelle. Elle regarda autour d'elle, prenant conscience que la maison était trop grande, trop vide. Elle hésita, fit un pas en direction de l'étage, se ravisa, fit demi-tour et se dirigea vers le meuble en palissandre que Del Mora avait laissé ouvert. Elle eut un temps d'hésitation, tendit la main. Se ravisa. Haussa les épaules. Elle se servit un verre qu'elle avala d'un trait. Elle toussa, manquant de s'étouffer. Elle se resservit et emporta le verre avec elle. Elle alla jusqu'à la chaîne stéréo, appuya sur quelques touches, mit son téléphone sur silencieux et se lova sur le canapé. Quelques notes cristallines s'échappèrent des enceintes.

Je reconnus les premières mesures de *Tales of us*, son disque préféré. La voix chuchotée et caressante d'Alison Goldfrapp l'enveloppa dans un doux cocon hypnotique, lui tirant les dernières larmes du corps. Elle finit son verre. Le laissa tomber sur la moquette. La tension nerveuse qui l'habitait depuis l'annonce de ma mort se relâcha et Isa s'endormit.

Je restai près d'elle pendant son sommeil. J'avais l'impression d'être relié, par une sorte de fil invisible, à la dernière personne qui énonçait mon nom, mais je pouvais évoluer dans un périmètre de quelques mètres autour d'elle. Si mes progrès étaient minces, ils avaient le mérite d'exister. Désormais, j'arrivais à me déplacer avec plus de facilité, ondulant de tout mon corps, comme un nageur ou une sirène.

Une grosse anguille est une comparaison plus adéquate, bien que moins flatteuse.

À son réveil, une heure plus tard, Isa se rendit dans la cuisine. Elle décongela un plat au micro-ondes dont elle n'avala que quelques bouchées. Debout. Mangeant à même le plat. Elle but deux ou trois verres de vin. Elle sortit ensuite sur la terrasse et contempla de longues minutes le ciel qui prenait des teintes roses dans le soir qui étendait son manteau d'ombre. La température était agréable, pourtant Isa s'enroula dans une couverture et alla s'asseoir sous une lampe, tenant entre ses mains un livre ouvert dont elle ne tournait pas les pages.

Elle but encore un verre. Un de plus. Un de trop.

Tout était ma faute.

Soudain, un frisson la parcourut de la tête aux pieds. Isa lâcha son livre, finit son verre et retourna à l'intérieur. Elle ferma les volets, enclencha l'alarme et regagna notre chambre. Elle se déshabilla, passa une chemise de nuit diaphane.

La bleue. Celle que je préfère.

Sa tristesse était contagieuse et ce soir, empreint de mélancolie, aucune pensée grivoise ne me vint à l'esprit.

Isa se glissa entre les draps. Elle se tourna sur le côté et éteignit la lumière. Je descendis lentement et me posai délicatement à ses côtés, sur le couvre-lit. Mais là, je ne sentis ni la douceur de sa peau ni la chaleur de son corps.

C'est à cet instant précis que je réalise que je suis mort.

La vérité m'explosa au visage. Implacable, cruelle,

définitive. J'étais mort et je ne reviendrais jamais plus. C'était aussi frustrant que rageant. Et, même si aucun son ne sortit de ma gorge, je me mis à hurler de désespoir…

Vingt-deux heures s'affichèrent en chiffres bleus sur le radio-réveil de la table de nuit. J'espérais passer une journée entière auprès d'Isa, à la regarder vivre loin de l'agitation de Los Angeles et du cirque médiatique qui ne tarderait pas à s'emballer et l'entraîner dans un *maelstrom* que j'aurais le plus grand mal à maîtriser ; quand les prémices d'un déplacement se firent sentir. Je tentai de toutes mes forces de m'y opposer.

Je m'agitai dans tous les sens, comme pris de folie. J'essayais de m'accrocher à la tête du lit. Mes mains se refermèrent dans le vide. Je hurlai ! *Non ! Je ne veux pas ! Laissez-moi tranquille* !

La séquence, que je ne connaissais que trop bien, débuta. Vision floue. Déplacement. Atterrissage. Ma vision redevint nette. Je regardai autour de moi…

17.

Samedi 22 mars – 22 h 01 – Marina del Rey

L'homme marchait de long en large. Visage fermé. Mâchoires contractées. Il secouait la tête tous les trois pas, en proie à un sentiment d'impatience, d'inquiétude ou les deux à la fois. Assis dans un profond canapé, costumé lui aussi, mais sans cravate, un autre homme le suivait du regard en faisant tourner un glaçon dans son verre. Lui était calme et détendu. Son visage poupin ne laissait rien transparaître, excepté une légère contrariété : son verre était presque vide. Et le whisky de première qualité. Il hésitait à se resservir. Il devait rester sobre. Le marcheur s'arrêta devant lui, tapota d'un doigt impatient le cadran de sa montre et poussa un soupir.

Lumières tamisées. Meubles en verre et en métal brossé. Tableaux abstraits aux murs. Free-jazz distillé en sourdine par des enceintes invisibles. Orchidées blanches à profusion. Vastes tapis de laine posés sur du parquet en bois blond. Décoration chic et de bon goût. Conçue pour plaire au plus grand nombre ; j'étais dans la suite d'un hôtel de luxe.

Une baie vitrée ouverte donnait sur une vaste terrasse et au-delà sur l'océan. Depuis le dernier étage de la tour, la vue devait être à couper le souffle.

Les deux types se regardaient en chiens de faïence sans échanger un mot. Deux clones. La cinquantaine. Plutôt plus grands que la moyenne. Légèrement empâtés par l'absence d'exercice et la répétition des repas d'affaires. Le cheveu blond et rare. Le teint rose. La mâchoire carrée et volontaire. La dentition parfaite. Ils arboraient tous deux l'air arrogant des gens sûrs de leur réussite et persuadés que l'avenir ne serait qu'une longue suite de succès éclatants.

Ils attendaient quelqu'un. Je ne les connaissais pas.

Soudain, un *ding* discret retentit. La porte d'un ascenseur, habilement camouflée en miroir, s'ouvrit dans un soupir. Personne n'en sortit. L'arrivant examinait attentivement les lieux depuis l'intérieur de la cabine. Son regard scrutait la pièce, comme le ferait un rayon laser. Il détailla les deux types de la tête aux pieds. OK ! Puis il repéra et mémorisa l'emplacement des portes et des fenêtres. OK ! L'analyse des lieux ne déclencha aucune alerte dans son cerveau ; il fit un pas en avant.

Del Mora !

Le cravaté s'avança la main tendue. En parfait hôte, il déclara d'un ton enjoué :

— Nous n'attendions plus que vous, monsieur Del Mora. Merci d'avoir fait si vite. L'heure est grave. Vous avez tous appris la mort de ce type, River et…

Del Mora acquiesça, la mine grave. Il tenait un journal qu'il posa sur une console.

— Vous savez que nous devons prendre des décisions. Des décisions difficiles, certes, mais nécessaires et qui nous permettront de mener à bien notre entreprise.

Un titre barrait la une : « Meurtre dans les collines », en sous-titre : « L'officier River du LAPD, sauvagement assassiné dans une maison de Laurel Canyon », dessous, souriant, bronzé, toujours aussi beau : moi. Photographié le jour de la remise de mon diplôme de détective.

L'orateur continua, protocolaire, un rien pompeux...

— Mais avant tout, permettez-moi de faire les présentations. Monsieur Del Mora, je vous présente Mitch McNamara, le grand promoteur immobilier dont je vous ai beaucoup parlé. Mitch, permets-moi de te présenter Pablo Del Mora, propriétaire de la chaîne de télévision Mix Channel et futur maire de Los Angeles.

Limite *suce-boule.*

Del Mora agita les mains, d'un air faussement modeste.

— Enchanté, appelez-moi Pablo.

— Ravi, Pablo, appelez-moi monsieur McNamara, rétorqua ce dernier, les mâchoires serrées.

McNamara n'aimait pas Del Mora. Par principe, parce que celui-ci était mexicain et qu'il détestait les étrangers, mais aussi à cause des rumeurs inquiétantes qui couraient sur son compte. Il broya la main de Del Mora qui réprima une grimace de douleur en lançant un regard noir à son tortionnaire.

Le troisième quidam se hâta d'intervenir avant que cette démonstration de testostérone ne tourne mal.

— Mitch ! Pablo ! Du calme ! Je sais que vous ne deviez jamais nous rencontrer. Cette situation vous préoccupe, j'en suis conscient. Mais les événements l'exigent et je vous rappelle que mes prérogatives, en tant que conseil...

— Pas d'inquiétude, Tim, le coupa Del Mora avec un sourire crispé. Tu as toute ma confiance. Je ne la remets aucunement en question. Pour tout dire, je ne suis pas mécontent de rencontrer ce lascar.

Il regarda McNamara dans les yeux.

— Nous allons prendre les bonnes décisions, j'en suis persuadé. Ne m'en veuillez pas de vous avoir traité de lascar, continua-t-il avec un sourire carnassier. Dans ma bouche, ce serait plutôt un compliment. Vous avez dû entendre tout un tas de ragots sur mon compte...

— Un sacré tas, en effet.

— Les pires sont certainement fondés, il eut un sourire forcé, et vraisemblablement en dessous de la vérité.

McNamara manqua de s'étouffer.

— Ah !

— Je plaisante, rétorqua Del Mora avec un regard qui démentait ses propos et inquiéta quelque peu McNamara, moi aussi, je connais votre réputation.

— Flatteuse ?

— Il va sans dire.

— C'est mieux quand on le dit.

— C'est toujours mieux quand on dit les choses.

Cette fois, la poignée de main fut franche, à défaut d'être cordiale.

Si j'étais McNamara, je recompterais mes doigts. On ne sait jamais.

*

* *

Bon. Ils étaient sympas ces trois types. Mais qu'est-ce que je faisais là ?

Étais-je partie prenante dans leurs affaires ? J'avais du mal à le croire. Je me verrais plutôt comme le caillou dans leurs chaussures. L'empêcheur de tourner en rond. Est-ce que j'enquêtais sur eux ? Si c'était le cas, ils auraient dû être heureux de ma disparition. Mais ils semblaient contrariés. Juste contrariés. Pas prêts à tout stopper. Non. En aucune façon. Même s'ils devaient modifier leurs plans, ils paraissaient décidés à continuer coûte que coûte.

Ils étaient censés ne jamais se rencontrer. Question : pourquoi des associés évitaient-ils de se rencontrer ? Parce que les affaires qu'ils menaient ensemble étaient malhonnêtes. Un avocat, certainement véreux. Un promoteur immobilier que je ne connaissais pas, mais qui ne m'inspirait qu'une confiance limitée – et mon flair me trompait rarement. Et Del Mora, qu'il n'était plus nécessaire de présenter. J'imaginai facilement dans quelles affaires louches ils pouvaient tremper tous les trois.

Mais quel était mon rôle dans cette histoire ? Saleté de mémoire ! Je me demandai si l'un d'eux était impliqué dans mon assassinat. J'avais hâte d'entendre la suite.

*

*   *

Les tensions semblant désamorcées, Murray commença ses explications.

— Chacun de vous ne connaît que la partie le concernant, pour laquelle il a investi beaucoup de temps et pas mal d'argent.

Del Mora et McNamara hochèrent la tête.

— Mais, vous n'avez pas une vue d'ensemble de notre projet. Je vous propose de tout mettre à plat. Nous prendrons ensuite les décisions qui s'imposent. L'heure est grave, mais vous savez qu'il nous est impossible de faire machine arrière.

Murray était mal à l'aise. Il préférerait être ailleurs.

Je crois que moi aussi.

— Il y a huit ans, la décision fut prise de fermer le *Saint-Michel General Hospital*, après soixante-dix ans de bons et loyaux services. N'étant plus aux normes, la réfection des bâtiments et la modernisation des installations auraient coûté trop cher. Aussi le propriétaire décida d'en bâtir un plus grand, plus moderne, mieux équipé, plus proche du centre-ville. La construction du *New Saint-Michel* débuta peu après et se passa sans anicroche. Quand le dernier patient fut évacué, on procéda au démantèlement de l'hôpital. On récupéra ce qui avait de la valeur, on enleva ce qui était dangereux et on condamna toutes les issues. Quelques mois passèrent…

*

* *

Je me souvenais de cette histoire à présent. Aussitôt le dernier ouvrier parti, une petite centaine d'individus, mélange d'altermondialistes et de hippies *New Age*, décrétèrent qu'ils s'accommoderaient facilement de la vétusté des installations et s'y installèrent sur-le-champ. L'hôpital étant entouré d'un immense parc, ils purent cultiver quelques légumes et élever deux, trois volailles. Grâce à des branchements pirates, ils disposèrent d'eau et d'électricité.

Au cours des mois suivants, ces marginaux furent rejoints par des vétérans de la guerre du Golfe en rupture de ban. De quelques-uns, ces derniers devinrent vite majoritaires. L'ambiance écolo bon enfant des débuts se tendit petit à petit. Les drogues dures firent leur apparition et les relations entre les deux communautés se détériorèrent rapidement. Les écolos et leurs familles quittèrent les lieux. Restèrent les plus extrémistes ou les plus barges. Ils s'érigèrent alors en communauté à la discipline militaire, dirigée par un ancien *marine* autoritaire et schizophrène. *Le camp de l'hôpital*, comme l'avait surnommé la presse, était né.

Mais quel rapport avec moi ?

*

* *

Murray poursuivit ses explications.

— Le terrain fut mis en vente. Un bien rare, d'une vingtaine d'hectares, près de Wattles Garden Park, au nord de

Hollywood Boulevard... Les estimations les plus basses tournaient autour de vingt millions de dollars. Les propriétaires espéraient une vente aussi rapide que fructueuse. Mais, les uns après les autres, tous les acheteurs renoncèrent.

*

* *

Les squatteurs, farouchement attachés à leur tranquillité et fermement décidés à la préserver, refusèrent de quitter les lieux. Ni les menaces ni les promesses d'être relogés ailleurs ne les firent changer d'avis. On raconta, à l'époque, qu'une compagnie immobilière de New York, acoquinée à la mafia, engagea quelques gros bras pour chasser les indésirables. La rumeur dit qu'ils furent accueillis à coups de pierres et de battes de baseball. On parla même d'échange de tirs. En fin de compte, rien de bien méchant. Une ou deux commotions cérébrales, un bras cassé, quelques genoux explosés. Peut-être un mort, vite escamoté. Pas de quoi envoyer la troupe. Juste quelques articles en quatrième page des journaux et une brève sur les chaînes locales. Le lendemain, tout le monde était passé à autre chose. Personne n'en avait rien à foutre d'un vieil hôpital. Excepté les acheteurs potentiels, refroidis par ce déchaînement de violence.

*

* *

Il eut un geste évasif et continua :

— Toujours est-il que les pouvoirs publics ne se mêlèrent pas de l'affaire. Les squatteurs étaient sur un terrain privé et, quand on les laissait tranquilles, ils ne créaient aucune nuisance. Il paraîtrait même que le propriétaire, un ancien combattant lui aussi, n'était pas fondamentalement opposé à l'occupation des lieux ; il était richissime et quelques millions de dollars de plus ou de moins n'allaient pas changer sa vie... Toujours est-il qu'il ne porta pas plainte. Pourquoi se compliquer l'existence avec de vieux bâtiments désaffectés ? La vente de l'hôpital n'étant plus une priorité, l'idée fut abandonnée. Et le temps passa.

Murray marqua une pause. Regarda sa montre. Soupira. Enchaîna :

— Sept ans plus tard, l'année dernière donc, je reçus un appel d'un avocat de Boston que je connaissais de longue date. Il m'apprit que le patriarche était mort. Il me proposa de me charger de la vente de l'hôpital. Il va sans dire que j'acceptai son offre. L'unique exigence de la famille était, je cite « de vendre cette ruine, aussi vite que possible et à n'importe quel prix ». Avant de raccrocher, il éclata de rire et me souhaita bien du plaisir. Je savais que la tâche serait compliquée, mais je ne pouvais refuser plusieurs dizaines de milliers de dollars d'honoraires. Les affaires étaient calmes à l'époque... Puis, je me mis à réfléchir. N'y avait-il pas la possibilité de gagner plus ? Beaucoup plus. Une affaire m'est alors revenue à l'esprit. Une succession, presque analogue à celle-ci. Tu t'en souviens, Mitch ?

Ce dernier hocha la tête sans rien dire. Murray poursuivit :

— Nous avions gagné un beau paquet d'argent sur le dos d'une famille de bouseux du Montana, à qui nous fîmes croire que la maison de Pacific Palisades, qu'ils venaient d'hériter d'un lointain parent, valait quatre cent mille dollars. Ils furent fous de joie d'encaisser le chèque de Mitch. Cela représentait beaucoup d'argent. Plus qu'ils n'en avaient vu de toute leur vie. Ils ne surent jamais que cette même maison fut revendue trois mois plus tard, près de cinq millions. Mes honoraires s'élevèrent à cent mille dollars. Une coquette somme pour une superbe affaire rondement menée. Je me suis dit que nous pourrions réitérer cette...

Cette escroquerie ! Vas-y, n'aie pas honte de le dire !

— Ce tour de passe-passe.

Il éclata d'un rire sans joie. Puis il donna la parole à McNamara.

— À toi, Mitch.

Lui, sa *gueule* ne m'était pas totalement inconnue. Je l'avais déjà vu au moins une fois, sans me souvenir où ni en quelles circonstances. Mais pour s'être acoquiné avec les deux autres enflures, ce ne devait pas être quelqu'un de très recommandable.

Murray, qui avait beaucoup parlé se dirigea vers le bar. Il se saisit d'une bouteille de scotch, se servit copieusement et ajouta deux glaçons. Il avala une gorgée de son verre, avec un soupir d'aise.

Mitch attaqua ses explications :

— Comme tous les promoteurs de la ville, je connaissais ce projet. J'avais même commencé à y travailler sérieusement. J'avais tout imaginé, tout calculé, tout prévu.

Il alla à son tour se servir un verre. Il trempa les lèvres dans son breuvage, puis il commença à énumérer :

— Imaginez un terrain de vingt hectares, plat, arboré, idéalement placé. Sur cinq hectares, j'aurais construit deux tours. Hautes de quarante étages. Environ quatre cents logements. Les plus petits se seraient vendus un million de dollars. Les deux penthouses de cinq cents mètres carrés, au dernier étage, plus de dix millions chacun.

Ses yeux brillaient. Je me demandais s'il allait chialer d'émotion ou saliver de plaisir.

— Sur les quinze hectares restants, j'aurais bâti une centaine de villas. Un domaine exclusif. Surveillé vingt-quatre heures sur vingt-quatre. Prestations haut de gamme. Normes antisismiques de dernière génération.

Dans une minute, il va sortir un bon de commande !

— J'avais déjà l'accroche : « Attendez le Big One[1] en dormant sur vos deux oreilles, dans le luxe et le raffinement. » Vous voyez le genre ?

— Oui, raffinement est le terme qui convient, fit Del Mora à mi-voix.

McNamara, porté par son enthousiasme ne l'entendit pas. Il poursuivit :

— Je prévoyais de bâtir un véritable village. Avec club-house, piscines, tennis, boutiques de luxe. Tout cela dans un domaine ultra-sécurisé et idéalement situé. J'avais en tête le programme immobilier le plus ambitieux jamais imaginé à Los Angeles au cours de ces cinquante dernières années !

Il s'arrêta. Regarda les deux autres. Il ne s'attendait tout de même pas à des applaudissements ?

Il avala une gorgée d'alcool et regarda son verre aussi vide que sa moralité était dénuée de scrupules.

— Mon chiffre d'affaires aurait dépassé le milliard de dollars. Pour un investissement initial de moins de quatre cents millions. Exceptionnel ! Ce projet allait être l'apothéose de ma carrière. Je ne devais le laisser passer sous aucun prétexte. J'étais prêt à tout pour le mener à bien. À tout !

*

* *

Je connaissais ce genre de type. Sous des dehors nonchalants, voire flegmatiques, McNamara était un tueur qu'il ne fallait pas sous-estimer. Avec son teint rose de bébé bien nourri, son regard doux presque bovin lorsqu'il négociait avec un client ou son banquier, sa grande carcasse de bêta un

1. Séisme dévastateur, redouté de tous et pouvant survenir à tout moment.

peu niais sans beaucoup d'éducation et sans trop de finesse, ne vous méprenez pas, McNamara cachait bien son jeu. Le sous-estimer aurait été une faute. Pire. Une erreur. Fatale.

Ce soir, ici, il montrait son véritable caractère, tendu par une ambition démesurée avec la volonté farouche d'arriver à ses fins. Quels qu'en soient les moyens. Dans son activité professionnelle, et au sens figuré, oui, cet homme était un véritable tueur.

Au sens propre du terme, je n'en étais pas encore certain.

*

* *

— Je vous laisse imaginer ma déception, continua-t-il, quand j'ai appris que *mon terrain* allait être mis en vente aux enchères avec une mise à prix initiale de vingt millions de dollars. Tous les grands groupes du BTP étant sur les rangs, je ne pouvais pas lutter. Je n'avais pas les moyens de mes ambitions, aussi je renonçai à ce projet.

Il fit la grimace, ce renoncement était toujours une plaie à vif.

— J'étais passé à autre chose quand Murray me contacta, l'année dernière. Il me rappela l'affaire de Pacific Palisades. Me demanda si j'étais prêt à passer à la vitesse supérieure. Intrigué, j'ai accepté et nous nous sommes rencontrés ici même, dans cette suite. Il m'a alors expliqué son plan. Le succès n'était pas garanti, mais je me suis mis à y croire. Mon rêve pouvait devenir réalité.

Il leva son verre en direction de l'avocat véreux.

— Le bien devait être mis en vente aux enchères sous pli fermé. Le plan était d'une simplicité biblique. Grâce à Murray, je connaîtrais à l'avance les offres de tous les acheteurs. Je me positionnerais un dollar au-dessus du plus offrant, et le terrain serait à moi.

— Il fallait qu'il y ait très peu d'enchérisseurs, précisa Murray. Pour cela les annonces légales furent publiées dans d'obscures feuilles de chou, que personne ne lisait. Entre ceux qui savaient, mais n'étaient pas intéressés et ceux qui étaient intéressés, mais ne savaient pas, les acheteurs ne se bousculèrent pas.

— Il fut facile de remporter l'adjudication. Pour un peu plus de deux millions de dollars.

Il eut un maigre sourire, comme s'il s'excusait.

— Quel est ton intérêt, Murray ? intervint Del Mora. Je te connais, tu ne fais rien pour rien.

Murray prit son air le plus innocent.

— Mon cabinet aura l'exclusivité sur les ventes[1]. Quatre cents appartements, une centaine de maisons individuelles, de nombreuses boutiques... Cela représente plusieurs millions de dollars d'honoraires.

— Plus une villa avec piscine, ajouta McNamara avec un rictus amer.

— Plus une villa avec piscine, acquiesça Murray avec un grand sourire.

Ils se regardèrent, pas certains de ne pas s'être fait *baiser*.

— C'étaient les économies de toute une vie, continua McNamara, et j'avais des larmes aux yeux, je n'ai pas honte de le dire, quand j'ai signé le chèque. Mais le plus dur restait à faire : évacuer les squatteurs. Car, pourquoi payer une fortune pour un terrain, même idéalement situé, si on ne pouvait rien y construire ? Mais j'étais serein. Murray avait un plan. Et, c'est là que vous entrez en scène, Pablo.

Quelle bande d'escrocs ! Malversation, corruption, escroquerie en bande organisée et autres forfaitures. Au bas mot dix années de prison pour chacun d'eux. Je n'arrivais

1. Aux États-Unis ce sont les avocats, plutôt que les notaires, qui se chargent des formalités lors de l'achat d'un bien immobilier.

toujours pas à comprendre quel était mon rôle au sein de ce trio infernal et j'attendais les explications de Del Mora avec impatience.

Oubliant ses bonnes résolutions, le promoteur brandit la bouteille en interrogeant ses associés du regard. Murray accepta d'un hochement de tête, et tandis que McNamara remplissait son verre, je vis l'avocat attraper une petite pilule bleue qu'il cachait au fond d'une de ses poches. Il la porta à ses lèvres et, simulant une quinte de toux, il la fit passer avec une gorgée de scotch.

Del Mora, lui, déclina l'offre. Il se leva et marcha en direction des baies vitrées, leur tournant ostensiblement le dos. Arrivé devant la fenêtre, il resta silencieux un long moment. McNamara et Murray se regardèrent, interloqués, sans comprendre ce qui se passait.

Soudain, Del Mora se retourna et se dirigea à grands pas vers ses associés. Arrivé à deux mètres d'eux, il dégaina un revolver et le pointa alternativement sur la poitrine de Murray et de McNamara, le doigt sur la détente, le visage impassible.

Ces derniers poussèrent un cri de stupeur et lâchèrent leurs verres qui s'écrasèrent au sol.

18.

Samedi 22 mars – 22 h 30 – Marina Del Rey

— Pour qu'il n'y ait pas de malentendu, je tiens à préciser quelques points, murmura Del Mora. Cette réunion n'a jamais eu lieu. Nous ne nous sommes jamais rencontrés, nous ne nous sommes jamais parlé. Ce que nous avons déjà fait et ce que nous allons décider de faire ce soir peut nous envoyer pour de longues années derrière les barreaux. Il faut que vous en soyez conscients.

Un frisson traversa McNamara. Murray, lui, était blanc comme un *cul*. Del Mora continua d'une voix coupante :

— N'oubliez jamais ce que je vais vous dire ; si une seule parole échangée ce soir fuite hors de cette pièce, alors la terre sera trop petite pour que vous réussissiez à vous cacher. Je vous retrouverai où que vous soyez ! Et après…

Il se passa l'ongle du pouce sous la gorge, dans un geste sans équivoque.

Ils hochèrent la tête en silence, terrorisés. Del Mora avait réussi son coup.

Je compris alors que tout ce que j'avais entendu sur lui était en dessous de la réalité. Il n'avait jamais arrêté ses activités illégales. Au contraire, il était passé à un niveau supérieur, genre chef de gang ou parrain.

Je dois reconnaître qu'un léger frisson me parcourt l'échine.

Il rangea son arme, puis aussi promptement qu'il avait été menaçant, il redevint l'homme politique qui briguait le poste de maire et soulevait l'enthousiasme des foules ; il continua d'une voix caressante :

— J'avais déjà utilisé les services du cabinet de notre ami Murray, il y a quelques années et j'avais remarqué qu'il ne s'embarrassait pas de scrupules. Pour lui, comme pour moi, seule la victoire compte. La déontologie, on s'en accommode, si elle peut nous servir. Sinon on passe outre.

Désignant McNamara du menton, il poursuivit :

— Je vais te raconter quelque chose que peu de personnes, *de personnes vivantes* je veux dire, connaissent. Je veux que tu comprennes qui je suis.

McNamara déglutit avec difficulté. Del Mora poursuivit :

— Cette histoire s'est déroulée il y a de nombreuses années. J'étais installé dans notre – il insista sur *notre* – beau pays depuis peu de temps. Je débutais dans les affaires. Un concurrent jaloux m'a balancé aux flics. Il était question, pour faire simple, de quelques kilos de poudre oubliés par leur propriétaire dans la voiture que je conduisais. Les flics m'arrêtèrent, fouillèrent le véhicule et trouvèrent la marchandise. J'étais jeune, je ne connaissais personne. Murray débutait lui aussi. C'est lui qui fut chargé de me défendre. La plupart des avocats commis d'office ne consacrent à leurs clients que le strict minimum. Murray ne faisait pas partie de ceux-là. Il prit le temps d'étudier mon dossier. Il trouva une faille ; la perquisition n'avait pas été faite dans les règles. Le proc abandonna les charges et je sortis du tribunal, libre comme l'air.

McNamara allait intervenir. Del Mora ne lui en laissa pas le temps.

— Une fois dehors, j'ai mené mon enquête. Ce fut rapide. Deux, trois discussions rondement menées. Autant de bras cassés. J'ai vite appris le nom de ma balance. Un jeune très prometteur et sur qui *on* fondait de grands espoirs.

Il haussa les épaules et conclut :

— Les flics l'ont retrouvé le lendemain, dans une décharge, la gorge tranchée d'une oreille à l'autre.

Il se planta à moins d'un mètre des deux autres, et pour la seconde fois de la soirée il se passa l'ongle du pouce sous la gorge.

— Ce jour-là, je me suis débarrassé d'un concurrent redoutable et j'ai fait la connaissance de Tim. Ce fut une excellente journée !

Et il éclata d'un rire bref et sans joie.

McNamara et Murray eurent froid dans le dos. Del Mora venait de leur avouer le meurtre d'un homme. Son message fut reçu cinq sur cinq.

Je savais qu'il n'était pas très net, mais je n'avais jamais envisagé qu'il puisse commettre un meurtre de sang-froid. Le vernis de respectabilité qui recouvrait la crapule qu'il était commençait à se fissurer de toutes parts. Il continua de s'en débarrasser, sans état d'âme.

— Ce que je veux dire, c'est que lorsque Murray est venu me trouver, il savait à qui il avait affaire. Il sait que je ne m'embarrasse jamais de scrupules, que je vais au bout de ce que j'entreprends. Quelles qu'en soient les conséquences. Est-ce clair ?

McNamara hocha la tête.

— J'ai beaucoup réfléchi. Comment faire pour se débarrasser de ces parasites ? La mafia new-yorkaise n'y était pas parvenue. Une attaque frontale ne pourrait que se transformer en échec cuisant. Trop d'armes en circulation, trop d'anciens combattants sachant s'en servir, trop de drogue…

Et c'est là que j'ai eu une idée de génie ; nous allions combattre le mal par le mal.

Del Mora revint vers le centre de la pièce. Il voulait les regarder dans les yeux, sonder leur âme et savoir s'il pouvait leur faire confiance.

— Nous allions les inonder de drogue. De la came d'excellente qualité, et à un prix défiant toute concurrence.

— Je ne comprends pas, fit McNamara.

Del Mora eut un rictus.

— Mon objectif était de devenir leur seul fournisseur. J'estimais à deux ou trois mois le temps nécessaire pour y parvenir. J'ai appelé cette partie du plan : la *phase une.*

— Je ne comprends toujours pas.

Soupir de Del Mora.

— Moi non plus, renchérit Murray.

Autre soupir de Del Mora.

— Vous allez comprendre. La *phase une* devait nous permettre d'avoir la mainmise sur l'approvisionnement de l'hôpital. Une fois cette phase menée à bien, la *phase deux* devait nous libérer des indésirables. Mais pour l'instant, permettez-moi de ne pas en dire plus. Nous en reparlerons ultérieurement.

Del Mora s'adressa à McNamara.

— Sans me vanter, mon plan était parfait. Je n'avais qu'une seule inconnue à trouver afin de pouvoir résoudre mon équation ; qui allait vendre la came aux squatteurs du *Saint-Michel* ?

Vous le voyez venir avec ses gros sabots ?

— Il nous fallait quelqu'un qui ne pourrait en aucun cas être relié à l'un de nous. Quelqu'un que nous pourrions manœuvrer à loisir. Un pion. Un type sans envergure. Un nouveau venu, appâté avec un pourcentage sur les ventes. Un pourcentage que personne ne refuserait. En contrepartie, il devait être sérieux, travailleur et obéissant. Bref, un lampiste qui prendrait tous les risques et que nous pourrions sacrifier aussitôt après.

Il se tourna vers McNamara et hurla :

— Avec tous les dealers que compte cette ville, il a fallu que tu choisisses le mari de ma nièce, un flic de surcroît !

19.

Samedi 22 mars – 22 h 53 – Marina Del Rey

Les pièces de mon puzzle commençaient gentiment à s'emboîter les unes dans les autres. J'avais donc servi les intérêts de ce trio de pourris. J'étais abasourdi. Je pensais être un homme honnête et j'avais du mal à croire ce que je venais d'entendre. Mais il fallait se rendre à l'évidence ; je bossais pour eux. *Merde* alors ! Comment m'avaient-ils recruté ? Avec quelles promesses ou quelles menaces ? Je dealais à l'époque, mais sous couverture. Pourquoi aurais-je accepté leur offre ? Pour de l'argent ? Je n'en manquais pas. Ou plutôt… ma femme n'en manquait pas.

Oubliez ce que je viens de dire !

Je le vivais plutôt bien et, je devais lui rendre justice, elle ne m'avait jamais fait ressentir que c'était *son* argent. Nous avions un compte commun, les mêmes cartes de crédit aux plafonds quasi illimités et j'en profitais largement. Sans compter, mais sans faire de folies non plus. Car, bien qu'elle n'ait jamais fait le moindre commentaire sur une seule de mes dépenses (elle ne regardait jamais nos relevés bancaires), un reste de fierté mal placée me retenait d'exagérer. Et inconsciemment, lorsque je devais faire un choix, j'optais toujours pour le moins onéreux. Ainsi c'était Isa qui avait choisi la voiture que je conduisais. Moi, j'en aurais acheté une moins cher et avec moins d'options.

Aurais-je voulu m'émanciper de la fortune de ma femme en travaillant avec ces types ? Tout en moi criait *non*. Pourtant, après réflexion, c'était envisageable… Je n'aimais pas du tout ce que j'étais en train de découvrir sur mon compte. De tout mon cœur, j'espérais me tromper.

Bon, faisons la supposition suivante : je travaillais pour ces types. Ils avaient parlé d'une somme d'argent que personne ne refuserait. OK ! Je me laissai tenter. Un moment de faiblesse, cela pouvait arriver à tout le monde. Mais alors, pourquoi m'auraient-ils tué avant d'avoir mené à bien leur affaire ? Cela n'avait aucun sens puisque ma mort contrecarrait leur projet. Ou peut-être… Je pensai avoir trouvé la solution : je leur faisais croire que je travaillais pour eux alors que j'étais sous couverture. Encore une… cela commence à faire beaucoup pour un seul homme ! Non. Au début, je travaillais vraiment pour eux. Je vendais leur dope, je gagnais du fric, beaucoup de fric, et soudain, j'étais tiraillé par deux désirs opposés : continuer avec ces *salopards* ou être en paix avec ma conscience. Je décidai alors de les dénoncer. J'en parlai au chef. On mit au point un plan de bataille afin d'obtenir suffisamment de preuves pour envoyer ces raclures de *chiottes* derrière les barreaux. Et là, ils apprirent, j'ignorai comment, sans doute grâce aux caméras installées chez moi, que j'étais en train de les doubler. Ils décidèrent alors de m'éliminer. Del Mora décida de m'éliminer. Il fallait avoir des *couilles* pour assassiner un flic ! Et lui seul en serait capable. J'avais hâte d'entendre la suite.

— Le mari de ma nièce ! répéta Del Mora, fou de rage. Avec tous les dealers qu'il y a à Los Angeles… il a fallu qu'il choisisse le MARI DE MA NIÈCE !

Il s'approcha soudain de McNamara, le saisit par les revers de sa veste et l'attira brusquement à lui. Bien campé sur ses pieds, il recula le haut du corps. Il allait lui assener un coup de tête sur l'arête du nez et le lui casser. Mais Murray, avec une rapidité que ne laissaient pas deviner ses petites jambes et son embonpoint, s'interposa entre les deux hommes. En bon orateur, il parvint à apaiser les esprits échauffés de ses associés. L'avocat ne voulait pas que la réunion dégénère. Il savait Del Mora capable de massacrer un homme à mains nues. Or, Murray ne voulait à aucun prix d'un esclandre dans cet hôtel où il avait ses habitudes, surtout dans cette suite, et particulièrement ce soir.

D'une part parce qu'un homme quittant le penthouse, la *gueule* en sang, n'aurait pas manqué d'attirer l'attention des nombreux agents de sécurité de l'hôtel. Des questions insistantes auraient été posées. Des réponses peu crédibles auraient été données. Murray connaissait les consignes de la direction ; au moindre problème, on appelle la police. Ce qui n'était pas envisageable.

Et d'autre part, parce que Murray, qui avait une peur bleue du scandale, aurait dû quitter l'hôtel. Définitivement. Or, il adorait cette suite du dernier étage du Mondrian avec son immense terrasse et son jacuzzi chauffé. Ne plus y revenir aurait été un crève-cœur.

— Allons, messieurs, gardons notre sang-froid, tempéra Murray. La mort de River est certes un contretemps fâcheux, mais pas irrémédiable. Essayons d'en déterminer les conséquences et trouvons les solutions adéquates.

Eh merde, cette réunion va encore durer un temps fou, pensa-t-il en soupirant. Il demanda pourtant à McNamara :

— Explique-nous comment tu as recruté River ?

Ce dernier raconta :

— Tu m'as téléphoné, un jour, pour me dire que nous avions besoin de recruter un dealer.

— Je m'en souviens. J'ai entendu ta mâchoire se décrocher, fit Murray avec un sourire en coin.

— Oui. Je dois avouer que je suis resté sans voix. Je t'ai répondu que je n'avais aucune relation dans ce milieu et je ne voyais pas comment je pouvais faire. Mais le hasard s'en est mêlé. Quelques jours plus tard, j'avais organisé une soirée chez moi, pour fêter la fin d'un chantier. J'avais convié une centaine de personnes ; le gratin de l'immobilier, de potentiels clients, quelques architectes, etc. Mais vous savez comment ça se passe dans ces soirées ; il y a toujours des pique-assiette qui arrivent à se faufiler. Et, River en faisait partie. Il se pavanait au milieu de mes hôtes. Je ne le connaissais pas, aussi je l'ai vite remarqué.

Il continua :

— J'ai aussi remarqué qu'il n'était pas venu uniquement pour la musique et les petits-fours. Il dealait ouvertement et sans la moindre gêne. J'avais l'impression de voir un gourou dispensant la bonne parole à ses disciples. Mais lui, en guise de bonne parole, il vendait de la drogue. À l'évidence, c'était notre homme ! Je suis allé lui parler. Le courant est vite passé. Il m'a alors raconté son histoire, totalement inventée, je le sais maintenant, mais crédible lorsque je l'ai entendue. Il m'a expliqué l'armée, la démobilisation, la difficulté de se réinsérer dans une société qui se fout totalement des anciens combattants. Les petits boulots d'agent de sécurité. Les horaires démentiels, les appels de nuit pour sécuriser un site cambriolé, tout cela pour un salaire de misère… Les petites combines sordides pour arrondir les fins de mois, une réduction d'effectif qui lui fait perdre son job. La descente aux enfers, les rencontres qui lui font faire les mauvais choix et enfin le trafic de drogue.

*

*   *

Pendant que McNamara parlait, de nouvelles pièces du puzzle commençaient à se mettre en place… Je me souvenais de cette soirée... Dans une villa ne lui appartenant pas, mais qu'il faisait passer pour sienne, auprès de ses invités, pour leur en mettre plein la vue... Je me remémorai notre discussion... L'impression qu'il m'avait laissée. Celle d'un homme cultivé, raffiné et brillant. Nous avions échangé quelques propos anodins, puis il m'avait soumis à un feu roulant de questions sur mon passé, ma vie actuelle, mes attentes et mes espoirs. J'avais compris qu'il me faisait subir un entretien d'embauche et j'avais joué le jeu en racontant ce qu'il avait envie d'entendre. Sur le coup, j'avais pensé qu'il faisait partie d'un cartel ou d'un réseau et qu'il cherchait à me recruter. Je ne savais pas dans quoi je m'engageais !

*

* *

— Après avoir écouté ses propos, qui semblaient parfaitement sincères, je lui ai parlé de notre affaire, sans donner trop de précisions. Il continuerait à faire son métier pour un temps limité et contre une somme d'argent indécente. J'ai pris le maximum de précautions. Je vous assure ! Il paraissait intéressé, mais il a demandé à réfléchir. Puis, il m'a déclaré qu'il avait du bonheur à distribuer, et il est parti continuer son business. Vers la fin de la soirée, il est venu me trouver. Il m'a dit qu'il s'appelait Springsteen. Qu'il était intéressé, mais qu'il voulait plus de détails. Qu'il était prêt à prendre des risques, mais n'était pas kamikaze. Je lui ai proposé cent mille dollars pour deux, maximum trois mois de travail. J'ai indiqué l'hôpital. Il a alors hésité une bonne minute, puis il m'a tendu la main. Il était partant. J'ai pris son numéro de téléphone, pour lui communiquer les détails. Le lendemain, je t'ai contacté, Tim, et je t'ai dit, souviens-toi, que j'avais trouvé le type parfait pour notre affaire. Et je ne m'étais pas trompé... enfin jusqu'à ce qu'il...

— Tu aurais dû te renseigner sur son compte. On ne bâtit pas un plan aussi ambitieux que le nôtre sur les épaules d'un type que personne ne connaît.

Murray acquiesça. McNamara supplia presque :

— Mais enfin, comment pouvais-je savoir que ce Springsteen était un flic sous couverture et que de surcroît il était le mari de votre nièce ?

Del Mora éluda la question d'un haussement d'épaules, il fit :

— Il t'a affirmé être un ancien combattant. Tous les militaires possèdent des dossiers. Il était facile de vérifier ses dires. On aurait su tout de suite que Springsteen était un nom d'emprunt. Tu es d'une naïveté effrayante !

— Je suis désolé. Je vous présente mes excuses.

— On s'en *branle* de tes excuses ! Qu'est-ce que tu veux qu'on en fasse de tes excuses ?

Del Mora tournait comme un lion en cage. McNamara baissa les yeux et se tut. Ce qu'il avait de mieux à faire.

Sentant que Del Mora pouvait exploser à tout moment, Murray tenta de désamorcer la situation.

— Messieurs, calmons-nous ! Ne pouvant pas faire machine arrière, nous devons poursuivre notre plan. Continue, Pablo.

Del Mora se servit un verre qu'il avala d'un trait. Quand il se tourna vers ses complices, un grand sourire barrait son visage.

— Comme je viens de le dire, je fournissais à… comment dois-je l'appeler ? Springsteen ? River ?

— Évitons peut-être de prononcer son nom, fit McNamara.

Non, vous devez le prononcer ! Comment vais-je faire sinon ?

— Pourquoi ? Nous sommes entre nous. Quel risque y aurait-il ?

— Aucun, c'est juste que…

— De la superstition ?

Del Mora éclata de rire.

— Ce sont les Mexicains qui sont superstitieux. Pas les *gringos*.

— Non, ce n'est pas ce que je voulais dire.

— Je me fous de ce que tu voulais dire. Si tu te laisses impressionner aussi facilement, tu vas commencer à me faire douter de toi. Et si je doute de toi…

Murray intervint.

— Arrêtez ! On se calme ! On respire un bon coup ! Personne ne doute. Personne n'est impressionné. Tout va bien se passer.

Del Mora écarta les bras, les mains ouvertes pour signifier qu'il était d'accord et que le sujet était clos. McNamara se contenta de hocher la tête, mais il bouillait intérieurement.

— Reprenons, je vous prie.

— Bien, fit Del Mora. River… – il jeta un regard en coin à McNamara – devait vendre uniquement la drogue que je lui fournissais. Il était prévenu ; s'il essayait de nous doubler en proposant sa propre came, il allait au-devant de graves ennuis. Mais il a joué le jeu et il a réussi à se débarrasser des dealers gravitant autour de l'hôpital en moins de trois semaines. Certains ont été plus difficiles à convaincre que d'autres…

Il se passa de nouveau l'ongle du pouce sous la gorge.

— Mais la plupart comprirent où était leur intérêt. Les gens de l'hôpital furent faciles à convaincre. Ses prix étaient les plus bas de la ville et sa dope la meilleure. Il était désormais le seul revendeur. Pour notre sécurité, il n'avait de contact qu'avec mes hommes, uniquement des seconds couteaux, tous facilement remplaçables…

Il se dirigea vers les boissons, marqua une pause et soudain sans préavis, il tapa du poing sur le meuble en hurlant :

— JE N'AVAIS JAMAIS VU LE VISAGE DE CE SPRINGSTEEN !

Il secoua la tête et murmura :

— Comme je le regrette... Si j'avais su que c'était River... Les choses se seraient passées autrement, je vous le certifie. Neveu ou pas, j'aurais coupé court !

Il refit, une fois de plus, le même geste ; l'ongle du pouce sous le menton.

Quel enfoiré ce Del Mora ! Je le savais capable de beaucoup de choses, mais l'entendre le dire avec autant de désinvolture me fit froid dans le dos.

Mais si ce qu'il racontait était vrai, il n'était pas responsable de ma mort. Aussi, je pouvais l'exclure de ma liste des suspects. Ou pas...

Supposons que Del Mora, pour une raison que j'ignore, souhaitait faire capoter le plan. Peut-être voulait-il doubler ses comparses et acheter seul l'hôpital. Ou alors un imprévu empêchait la mise en œuvre de la *phase deux*. Quoi qu'il en soit, il décida d'éliminer *Springsteen*. Quand il apprit qu'il avait tué *River*, il laissa éclater sa colère. Il ne s'agissait pas de tristesse ou de regrets, ce sont des sentiments qu'il n'avait jamais éprouvés. Non, il était juste contrarié. J'étais de sa famille (si peu...) et j'étais flic (plus emmerdant...). Aussi, je ne devais pas l'éliminer trop vite de ma liste de suspects.

Je me perdais en conjectures. Écoutons ce qu'il avait à dire.

— Enfin, on ne peut pas revenir en arrière.

— Et c'est bien dommage, intervint McNamara.

— Je le regrette moi aussi, renchérit Murray.

— Arrêtez de vous lamenter, fit Del Mora d'une voix coupante, et ne vous faites pas plus naïfs que vous l'êtes. On savait dès le début qu'il y aurait des dommages collatéraux.

— Il n'avait jamais été question de meurtre ! se récria McNamara.

— Mais qu'est-ce que tu crois ? Que River sera le dernier ? Tu es bien naïf, répéta Del Mora, dédaigneusement.

— Il n'est pas question que cela se reproduise. Sinon…

— Sinon quoi ? Tu vas aller trouver les flics ?

— Non, je…

— Sinon quoi ?

— Sinon, je laisse tomber.

— Non ! Non ! C'est trop tard. C'est trop tard parce que tu as déjà investi tout ton fric dans cette affaire. Et c'est trop tard parce que tu es impliqué jusqu'au cou.

— Mais je n'ai rien fait de mal ! se récria McNamara.

— Ah non ? Qui a recruté River-Machinchose ? Qui a été vu en sa compagnie ? Qui pourrait être le principal suspect ?

— …

— Je vois que tu as compris ! Tu ne vas rien laisser tomber, gringo ! Tu vas continuer comme avant, à faire des courbettes devant la commission d'urbanisme et à lécher le *cul* de toutes les associations qui vont vouloir faire capoter notre projet. Bref, tu vas faire ton job !

Il conclut :

— La mort de River est un contretemps. Fâcheux, je vous l'accorde, mais un simple contretemps. La *phase une* était quasiment terminée. C'est une réussite totale, au-delà même de mes espérances.

Del Mora guetta l'approbation de ses associés qui tarda à venir. Il en rajouta une couche.

— Et je n'en suis pas peu fier.

Il marqua une pause. Murray percuta enfin.

— Nous ne t'avons pas encore remercié ni félicité pour ton implication…

— Inutile. J'ai œuvré pour le bien commun, fit-il modestement. Et je suis payé pour ça. Tout était prêt. Calé. Et la phase *deux* allait pouvoir commencer. Malheureusement…

Ce mec avait toujours un coup d'avance. Je comprenais

maintenant comment il avait réussi à faire fortune en aussi peu de temps. Ambition démesurée. Absence de scrupules et de moralité. Travail acharné. Un véritable homme d'affaires en somme.

Pourtant, alors qu'il pensait avoir tout anticipé, un grain de sable s'était immiscé dans la mécanique bien huilée de son plan et malheureusement, j'étais ce grain de sable.

Il poursuivit :

— Depuis une semaine, nous n'avions plus de nouvelles de… – il marqua un temps – de notre ami. Il a disparu des écrans radars, après avoir pris livraison de… – il hésita, pesant le pour et le contre – d'une importante quantité de drogue. Personne ne l'a revu depuis. J'ai beaucoup réfléchi. J'ai interrogé tous mes contacts dans la rue comme chez les flics. Je ne vois que deux possibilités à la défection de ce petit *salopard*. Premièrement, il avait décidé de nous doubler. Cinq kilos de méthamphétamine de première qualité, de cocaïne et d'héroïne pures à 90 %, c'est cent mille dollars au prix de gros, mais dans la rue, cela représente un chiffre d'affaires de plus de deux millions. Une somme capable de faire perdre la tête à un flic sous couverture. Deuxième possibilité, il est allé tout balancer à ses collègues. Mais pourquoi à ce moment-là ? Je ne comprends pas… Il n'y a aucune raison et je l'aurais su… Je les arrose suffisamment ! Les stups ne sont jamais intervenus à l'hôpital.

Il répéta :

— Je ne comprends pas pourquoi il a disparu.

Il se tourna vers les deux autres qui secouèrent la tête, signifiant qu'eux non plus ne comprenaient pas.

— Quoi qu'il en soit, nous sommes dans une *merde* noire, conclut Del Mora. River a dû rédiger un rapport détaillé. Vous savez comme les flics sont procéduriers. Ton nom doit apparaître en bonne place, McNamara. Tu es le seul d'entre nous qu'il connaissait. Je parierais que le tien, Murray, apparaît aussi. Je n'appréciais pas beaucoup River…

Moi non plus, connard, je ne t'apprécie pas !

— Mais il connaissait son métier et je suis certain qu'il a dû découvrir ton implication dans cette affaire.

La *gueule* de Murray et McNamara en entendant ces paroles était à mourir de rire. Et Dieu sait que je n'avais aucune envie de rire.

— J'ai essayé de récupérer ce rapport, poursuivit Del Mora. Mes hommes ont cherché partout. Ils ont interrogé toutes les *putes* et tous les junkies de Los Angeles, depuis Glendale jusqu'à Long Beach. En pure perte. Aucun d'eux ne sait où habitait River.

— Nous allons recruter quelqu'un d'autre, fit Murray, avec un enthousiasme feint. La mort de River est un contretemps fâcheux, certes, mais pas insurmontable. La *phase deux* aura un peu de retard. Voilà tout. Cela nous coûtera le prix de la drogue qui a disparu. Mais qu'est-ce que cent mille dollars devant le milliard que nous allons engranger ?

Pour ces types, la valeur de la vie humaine se situe à mi-chemin entre un kleenex usagé et une pièce de dix cents !

— Sais-tu combien de temps il faut pour remettre sur les rails la *phase deux* ? Non, évidemment. Comment pourrais-tu le savoir ? Je vais te le dire. Il faut huit mois, au minimum ! Ensuite, il nous faudra rétablir une relation de confiance avec les types de l'hôpital. Je vous signale que ça fait plusieurs jours qu'ils ne sont plus approvisionnés. Ils doivent être en transe. J'estime que ce *contretemps fâcheux* va retarder de plus d'un an notre projet.

Ma mort n'est qu'un contretemps fâcheux pour ces ordures. Eux, ils ne perdent rien pour attendre !

À ces mots, McNamara blêmit.

— Un an…

— Si tout se passe bien.

— Un an, ce n'est pas possible, je ne pourrai pas…

— Tu ne pourras pas quoi ?

— Je ne vais pas pouvoir assumer financièrement. J'ai payé le terrain deux millions. Les frais d'enregistrement, les taxes, les assurances, les frais d'avocat et les acomptes sur les honoraires des architectes m'ont coûté environ trois millions. Cinq millions, c'est tout ce que je possédais. Même un peu plus. J'avais anticipé une rentrée, qui finalement… Bref, je n'ai plus d'argent. Je ne peux pas attendre une année sans rien encaisser. Et mon banquier ne me prêtera pas un dollar tant que l'hôpital n'aura pas été évacué.

Del Mora haussa les épaules. Il dévisagea McNamara et Murray, aussi froid qu'un serpent.

— Que voulez-vous que je vous dise ? On a tous nos problèmes.

Il y eut un blanc. Del Mora enfonça le clou.

— J'espère que tu as bien conscience que l'argent n'est pas ton problème le plus immédiat.

— Facile à dire quand on n'en manque pas, bougonna McNamara.

— Quel est donc son problème ? interrogea Murray.

— River !

— Pourquoi, River ? s'étonna Murray. Il est mort.

— Il avait l'habitude de tout noter sur des carnets. S'ils tombent entre les mains des flics, vous pouvez être sûr que le district attorney va signer des mandats de perquisition qu'une armada de flics va vous délivrer à la première heure. Si cela arrive… quand cela arrivera, car n'ayez aucun doute, cela arrivera, je vous conseille de ne jamais mentionner mon nom. Jamais et sous aucun prétexte.

Del Mora était repassé en mode tueur.

— Il est mort, il ne témoignera jamais et personne ne pourra prouver notre collusion, car avant ce soir, nous ne nous sommes jamais trouvés dans la même pièce. Restez dans un système constant de dénégation. Vous ne connaissez pas Springsteen ou quel que soit son nom. Et surtout, vous ne me connaissez pas. Rien ni personne ne pourra prouver le contraire. Vous allez faire le dos rond, laisser passer l'orage, et dans quelques semaines ou dans quelques mois, quand les choses se seront tassées, nous aviserons. Comme vous, je veux mener cette affaire à son terme. Le moment venu, j'aurai des solutions à vous proposer. Comptez sur moi ! En attendant, vous me devez les cinq kilos de came qui ont disparu et ma commission qui s'élève, je vous le rappelle, à cinq millions de dollars.

Il fit une longue pause, regardant alternativement l'avocat et l'homme d'affaires. Puis, il murmura :

— Ne l'oubliez pas ! Moi, je ne l'oublierai jamais !

Un petit frisson me parcourt l'échine. C'est qu'il ferait peur, l'enfoiré !

Murray et McNamara, eux, faillirent avoir une crise cardiaque. Ils avaient bien compris que Del Mora ne plaisantait pas quand il était question d'argent. Leur petit business se trouvait désormais dans une impasse. Ils allaient devoir recruter un nouveau revendeur et tout recommencer à zéro. Mais, avant, il fallait payer Del Mora. Et McNamara n'en avait pas les moyens. Il suffisait de voir sa *gueule* pour comprendre qu'il se demandait comment il allait trouver cinq millions. Il lui faudrait vendre sa maison. Un million, peut-être un million cinq. Cela ne suffirait pas. Ses montres, sa voiture, les bijoux de sa femme ? Au mieux quelques centaines de milliers de dollars. Il était encore loin du compte. Les squatteurs devaient partir. Coûte que coûte. Il pourrait alors solliciter son banquier et tout s'arrangerait. Mais comment faire pour les dégager ? Personne n'y était parvenu et cette ordure de Del Mora n'avait rien dit de son plan. Assommé, il s'effondra sur un fauteuil et ferma les yeux.

Qu'est-ce que j'en ai à foutre des problèmes de McNamara et consorts ? Qu'ils se débrouillent. J'ai bien assez des miens !

Cependant, une question posée par Del Mora me taraudait et tournait en boucle dans mon esprit. Avais-je détourné la drogue pour mon compte personnel ou l'avais-je remise à mes confrères du LAPD ?

Pour faire simple ; étais-je un pourri ou pas ?

C'est une putain de bonne question, ne trouvez-vous pas ?

Pour dire la vérité, je n'en savais rien. Je me souvenais désormais de ma rencontre avec McNamara, de sa proposition, de ma décision de l'accepter. Mais je ne me voyais pas en train de dealer à l'hôpital. Je devais certainement être en contact avec les gens pour me souvenir de mes interactions avec eux. Ainsi, je présumai qu'il fallait que je sois proche des squatteurs pour me rappeler leur avoir vendu de la drogue. Ou à proximité des flics de Parker Center pour savoir si j'avais ou non balancé Del Mora et compagnie. Il n'allait pas être facile d'obtenir des réponses précises si je ne pouvais pas maîtriser mes déplacements. Pendant la réunion, j'avais essayé de me déplacer et j'arrivais désormais à rayonner dans la pièce où je me trouvais. J'étais même parvenu à sortir sur la terrasse, mais je ne pouvais pas m'éloigner de plus de quelques mètres de l'endroit où j'avais été transporté.

La réunion était terminée, Del Mora prit congé. Il ordonna à McNamara de laisser passer vingt minutes avant de partir à son tour, puis il s'engouffra dans l'ascenseur.

20.

Samedi 22 mars – 23 h 12 – Marina Del Rey

Murray et McNamara se regardèrent, pas mécontents d'être débarrassés de Del Mora. L'un comme l'autre le détestaient et en avaient peur. Bien qu'ils ne l'avouassent jamais.

McNamara espérait quelques mots d'encouragement ou de compassion, mais Murray ne lui fut d'aucun secours. Il dit seulement :

— Del Mora a exagéré la capacité de nuisance de River. Rien ne prouve qu'il ait rédigé le moindre rapport. En revanche, il est certain que Del Mora, lui, ne te lâchera pas.

— Et toi ?

— Quoi moi ?

— Tu pourrais me prêter l'argent pour rembourser Del Mora.

— Ç'aurait été volontiers. Mais…

— Mais ?

— J'ai acheté sur Olympic. Un étage entier. Dans un immeuble sublime. J'y ai transféré mes bureaux. Je n'ai plus un sou en banque. Sinon tu penses bien que…

— Arrête les frais, j'ai compris.

Comme Del Mora précédemment, McNamara se leva et

se dirigea vers la baie vitrée. L'ouvrit. Fit quelques pas sur la terrasse.

Murray paraissait tendu. Un peu parce qu'il n'aimait pas la tournure que prenaient les événements, mais surtout parce que la pilule de Viagra, qu'il avait avalée quelques minutes auparavant, commençait à faire son effet. Il se mit à transpirer et regarda sa montre. Il fallait que McNamara dégage.

Ce dernier ne semblait pas pressé de partir. Il rentra et alla se servir un verre qu'il but à petites gorgées, en se répandant en lamentations. Murray bouillait intérieurement et ne répondait que par monosyllabes. Il bâilla ostensiblement et insista sur le fait qu'il était tard, qu'il avait une réunion importante demain matin. McNamara finit par comprendre. Il prit congé et sortit la tête basse, portant le poids du monde sur ses épaules.

Murray poussa un soupir de soulagement. Enfin seul ! Un sourire béat illumina son visage.

Il se précipita sur le téléphone et composa fébrilement un numéro.

— Allô… c'est moi. Ça y est, mon amour, la réunion est terminée. Où es-tu ? […] Parfait ! […] Oui, au dernier étage. Note le code.

Il le lui donna.

— Tu arriveras directement dans la suite. Je t'attends. Dépêche-toi ! […] Moi aussi.

Il raccrocha. Tout en sifflotant, il enleva sa veste et dénoua sa cravate. Il entra dans la chambre et en revint avec un seau en argent dans lequel une bouteille de champagne rafraîchissait depuis des heures. Il trempa un doigt dans l'eau. Tiède. Il fit la grimace. À cause de cette réunion qui n'en finissait plus, les glaçons avaient fondu. Il hésita à appeler le room service. Y renonça d'un haussement d'épaules. Il était tard. Le serveur mettrait de longues minutes avant d'arriver. Ils le boiraient tiède. Il dénoua le muselet métallique et fit sauter le bouchon. Il remplit deux flûtes, les posa sur la table basse. Il recula, hocha la tête, satisfait du résultat. On sonna.

Il se précipita vers la porte, l'ouvrit, se jeta dans les bras de sa maîtresse et l'embrassa.

— Je n'en pouvais plus d'attendre, ma tourterelle, et cette réunion qui s'éternisait…

La tourterelle était âgée d'une petite trentaine d'années. Ses cheveux blonds mi-longs balayaient ses épaules, aussi étroites que ses hanches. Elle portait une chemise parme cintrée sur un pantalon slim bleu lavande. Elle chaussait du quarante-cinq et une petite moustache taillée en brosse ornait sa lèvre supérieure.

La tourterelle de Murray… *était* en fait un pigeon ramier !

Rien ne me sera épargné ! Pourvu que je sois rapidement appelé ailleurs. Je ne tenais en aucune façon à assister aux ébats de ces deux tourtereaux.

Murray demanda à Flynn chéri, le blondinet, si quelqu'un l'avait vu monter. Ce dernier lui répondit que le hall de l'hôtel était désert. Qu'il avait seulement croisé un grand type qui sortait de l'ascenseur.

McNamara n'est pas passé par le parking. Mais, qu'il est con ! Même si aucun son ne franchit ses lèvres, j'entendis ces paroles aussi distinctement que s'il les avait prononcées.

Il haussa les épaules. Il faudrait qu'il pense à lui dire de descendre jusqu'au parking. La prochaine fois. S'il y avait une prochaine fois.

Il secoua la tête, se forçant à sourire. Il devait arrêter de penser à McNamara. Il avait presque commencé à *débander*.

Murray tendit une coupe de champagne à son amant. Ils trinquèrent. Avalèrent leurs boissons tièdes en faisant la même grimace. Puis ils passèrent aux choses sérieuses.

Flynn se déshabilla. Quand il fut entièrement nu, il

prit la main de Murray et l'entraîna dans la chambre. Là, il s'allongea sur le lit. Murray l'embrassa de la tête aux pieds, s'attardant où il devait s'attarder. Puis ce dernier ouvrit un placard, fourragea dans un sac. Il en sortit un objet long d'une cinquantaine de centimètres, épais comme un doigt et se terminant par une pièce de cuir. Une cravache. Il passa la dragonne autour de son poignet et fouetta l'air deux ou trois fois pour en tester la flexibilité. Il parut satisfait.

Il demanda à Flynn de se mettre à quatre pattes, s'approcha de lui et le caressa avec l'extrémité de la cravache, s'attardant… oui, aux mêmes endroits. Puis, sans prévenir, il le fouetta à plusieurs reprises de toutes ses forces. Ce pauvre Flynn se cabra sous l'effet de la douleur, en se mordant les lèvres pour ne pas crier. Des zébrures rouges apparurent sur son dos et de microscopiques gouttelettes de sang perlèrent sur sa peau comme la rosée du matin sur des pétales de fleurs.

Un peu de poésie dans ce putain de monde de brutes !

Murray continua à fouetter, moins violemment toutefois, les jambes, les fesses et les flancs. Flynn encaissa les coups sans que jamais le moindre gémissement ne franchisse ses lèvres.

Quand il fut fatigué, Murray posa la cravache et ordonna au blondinet de le déshabiller. Flynn descendit du lit en grimaçant de douleur. Il se mit à genoux devant Murray et déboutonna le pantalon de son amant pendant que ce dernier lui caressait les cheveux en murmurant des mots d'excuse. Le blondinet le regardait avec un regard énamouré, se caressant d'une main et caressant Murray de l'autre, à travers le tissu de ses sous-vêtements. Ses caresses ou le Viagra firent leur effet. Flynn baissa d'un geste rapide le caleçon de son amant. En bon acteur, il s'extasia devant le minuscule organe de son tortionnaire. Il s'en saisit d'une main, ouvrit la bouche et…

Et il est temps de jeter un voile discret sur ce qui s'est passé ensuite.

Je quittai la chambre et sortis sur la terrasse. Le brouhaha de la ville, trente étages plus bas, couvrait à peine leurs râles de plaisir. J'en profitai pour faire le point et réfléchir à ce qui s'était dit pendant la réunion. J'étais troublé d'avoir appris des choses sur moi que j'ignorais totalement. J'étais encore plus inquiet de ce que je risquais de découvrir.

Soudain, les deux amants nus comme des vers déboulèrent sur la terrasse en courant et se jetèrent dans le jacuzzi en poussant de petits cris.

Je regagnai la chambre et entrai dans un placard grand comme un petit appartement, où je passai le restant de la nuit à essayer de ne pas imaginer quelles nouvelles perversions se cachaient derrière les gémissements qui parvenaient à mes chastes oreilles.

Je finis par m'endormir.

À sept heures précises, Murray congédia son amant. Il lui donna rendez-vous le surlendemain. Il lui tendit plusieurs billets de cent dollars. Flynn les recompta, fit une grimace de dépit, négocia, en obtint trois de plus, en dédommagement des premiers coups de cravache. *Tu me dois bien ça, avec le temps que je vais mettre à cicatriser.* Puis il partit, plutôt satisfait. Murray paressa au lit en lisant les journaux. À sept heures trente, il dévora un solide petit-déjeuner apporté par le room service. Un grand Black, un rien précieux, au regard effronté et moulé dans un uniforme ridicule. Murray le gratifia d'un pourboire indécent, sa main s'attardant un peu trop sur celle du serveur.

J'espérais de tout cœur ne plus être ici dans deux jours. Je ne supporterais pas une seconde nuit comme celle que je venais de vivre.

Mon vœu fut exaucé une heure plus tard. J'étais soulagé d'être téléporté. Le plus loin serait le mieux.

21.

Dimanche 23 mars – 08 h 05 – Wattles Garden Park

Distant d'une centaine de mètres de l'endroit où je me tenais et en partie dissimulé par un bosquet de pins de Californie, se dressait un édifice d'une autre époque, haut d'une trentaine de mètres. Le moindre centimètre carré de la façade, jusqu'à la hauteur du premier étage, était recouvert de tags multicolores. Un porche monumental en occupait le centre. Comme dans une ville en guerre, les portes avaient disparu depuis des lustres, remplacées par des sacs de sable et les vitres brisées, par des planches de bois.

Un tas d'immondices se consumait au loin. Portée par une bise légère, une écharpe de fumée grise s'insinuant partout enveloppait les abords du bâtiment. L'odeur âcre piquait les yeux et la gorge. Des toux rauques s'élevaient çà et là. Noyées dans la brume, des silhouettes fantomatiques surgirent soudain de toutes parts. Vaquant à de mystérieuses besognes, elles se déplaçaient lentement avec des démarches erratiques. Une communauté de pauvres hères, drogués ou malades, souffrant de malnutrition et prématurément vieillis. Il se dégageait de cette scène une impression de désolation infinie.

Bienvenue au *Saint-Michel General Hospital* ! Près de

moi, deux hommes. L'un était Foster, le frère d'Isa. L'autre, un Black immense, mince à la limite de la maigreur. Il se tenait droit comme un I. Les pieds joints, les épaules en arrière. Ses vêtements élimés et rapiécés, d'une saleté repoussante, dégageaient une odeur de vieille crasse et de feu de bois. De longues dreadlocks graisseuses attachées en une queue-de-cheval lui arrivaient au milieu du dos. Je ne le connaissais pas. Ses yeux rouges et larmoyants, constamment en mouvement derrière de ridicules lunettes rondes aux verres roses, scannaient tout ce qui se trouvait dans son champ de vision. J'avais connu pas mal de gars comme lui en Irak et ses tatouages corroboraient ma première impression ; il s'agissait d'un ancien militaire, certainement un commando des forces spéciales, probablement l'un des dirigeants du camp. La discussion entre les deux hommes était houleuse.

— Oui Edward, tu as raison, River et Springsteen ne sont qu'une seule et même personne. Je le connais mieux que personne, c'était le mari de ma sœur et…

Edward l'interrompit, au bord de l'explosion.

— Man, ça fait une semaine, tu t'rends compte ! Sept *putains* de jours sans matos. Heureus'ment qu'j'avais d'la réserve. Sinon, c'tait la guerre. On est plus d'deux cents srabs[1] là-d'dans, il fit un geste en direction du bâtiment derrière lui, il faut pas leur en promettre. J'avais réussi à convaincre le conseil d'ne traiter qu'avec Springsteen. Et lui, il disparaît, et j'apprends aujourd'hui qu'il est crevé et qu'c'est un keuf. Tu m'l'avais présenté comme ton gars sûr et c'est un keuf ! T'as trahi ma confiance, man. Et moi, ils vont m'défoncer. Tu les connais pas, mes soces[2]. Moi, j'suis un gentil. Mais j'en connais deux ou trois, man, s'ils n'ont

1. Camarades.
2. Amis.

pas leur dose quotidienne, y s'raient capable d't'arracher la tête et d'te *chier* dans l'cou. Si en plus, ils apprennent qu'Springsteen s'appelle en vrai River et qu'c'est un keuf, ils vont m'marbrer[1]. C'est sûr, man ! C'est la *merde* pour moi !

En prononçant ces mots, Edward s'approcha de Foster qu'il dominait d'une tête, le saisit par les épaules et le secoua comme un prunier. Foster blêmit et tenta de se dégager. Mais Ed avait une poigne de fer malgré sa silhouette de grand échassier. Foster tenta de plaider sa cause.

— Écoute-moi ! Je ne t'ai pas raconté d'histoire. C'est vrai que River était flic. Mais il n'enquêtait pas sur vous. Je te le jure ! Il cherchait des types, des violeurs. Je crois… enfin, c'est ce qu'il m'a dit. Je n'ai jamais compris pourquoi il dealait chez toi. Il n'a jamais voulu me le dire. Et puis tu l'as vu. Tu as négocié avec lui.

— C'est pas moi.

— Comment, c'est pas toi ?

— J'l'ai jamais vu.

— Je croyais que…

— Ouais. Normalement, c'est moi qui gère ça, man. Mais j'avais une crise de palu. Une vraie loque. J'ai d'mandé au boucher de traiter avec lui.

— Au boucher ?

— Ouais, un p'tit surnom. Souvenir d'une mission au Nicaragua.

— Ah ! Je veux rien savoir. De toute façon, on s'en fout de River et de ses enquêtes.

Quel fils de pute, ce Foster ! Je saurai m'en souvenir… un jour.

Edward le secoua de plus belle.

— Moi, j'm'en fous pas. Les flics, ça m'donne des boutons.

— Tu n'as pas à t'inquiéter. D'ailleurs, depuis qu'il

1. Tuer.

dealait avec vous, tout se passait bien, non ? Personne n'est venu vous *emmerder*. Ni les flics ni les autres dealers. Et sa dope, c'était la meilleure.

— Ouais, c'pas faux.

— Exactement. C'était du haut de gamme. Top qualité. Pure à plus de 80 %. Peut-être la meilleure de toute la ville. Un arrivage direct des meilleurs labos du Mexique. Et j'ai récupéré son stock. Tu peux rassurer les *ients-cli*[1]. L'approvisionnement va reprendre. Comme avant. Alors, écoute-moi ! Et arrête de me secouer comme ça. Je vais t'expliquer.

*

*   *

J'étais impatient d'entendre ses explications. En attendant, voici ce dont je me souvenais.

Lorsque le chef m'avait chargé de la double mission de démasquer les agresseurs de sa fille et d'infiltrer le monde de la drogue, un nom m'était aussitôt venu à l'esprit. Celui de Foster, le frère d'Isa. Au moment de la mort de leurs parents, Foster, âgé alors d'une vingtaine d'années, suivait des études de marketing, extrêmement coûteuses dans une université huppée de la côte est. Depuis sa naissance, sa vie n'avait été qu'un long conte de fées. Dernier d'une longue lignée de cousins et cousines, il avait toujours bénéficié d'un traitement de faveur. Il serait plus juste de dire que depuis sa plus tendre enfance, ses parents avaient toujours décidé pour lui. Pour le sport qu'il pratiquait, pour les filles avec lesquelles il sortait, pour sa coupe de cheveux ou pour le choix de ses études. Foster pensait qu'il construisait sa vie, alors qu'il ne faisait que suivre un sillon tout tracé et débarrassé du moindre obstacle.

1. Clients.

Après le drame, il abandonna ses études et retourna vivre à Los Angeles. Même s'il n'arrivait pas à s'imaginer en chef de famille, il ne se voyait pas vivre loin d'Isa. Il vénérait sa sœur et avait toujours suivi ses recommandations, les rares fois où il tint tête à ses parents.

Ni le frère ni la sœur ne souhaitant reprendre le flambeau de leur père, ses entreprises furent vendues. Foster déclara qu'il devait *trouver sa voie*. Il décida de prendre une année sabbatique. Il partit pour l'Europe. Il commença son périple au Portugal. Il s'essaya au surf. Les vagues étaient trop hautes, l'eau trop froide. Il se rendit en France. Mais il ne parlait pas un mot de français et la plupart des autochtones ne parlaient pas anglais. Il en eut vite assez. L'Angleterre fut la suite logique de son voyage. Mais il ne put se faire à la conduite inversée, à l'accent british et au climat de Londres. Un mois après son départ, il était de retour.

Foster toucha son héritage le jour de son vingt et unième anniversaire. Il s'appliqua aussitôt à le dilapider en fêtes somptueuses où les filles étaient peu farouches et où l'alcool coulait à flots. Puis il goûta à la came. Un soir de déprime, un *ami* le persuada que sniffer un rail de coke lui ferait le plus grand bien et ne prêterait pas à conséquence. Tu parles ! Il fut accro instantanément. Après, il goûta à tout, fit toutes les expériences possibles, même les plus délirantes. Il y consacra tout son temps et une grande partie de son argent. Très vite, une cour d'une dizaine de parasites se forma autour de lui. Des garçons et des filles qui l'adulaient et le suivaient partout. Il serait plus juste de dire qu'ils adulaient son argent.

Un exemple parmi tant d'autres ; un jour, Foster décréta qu'il faisait trop chaud à L.A. Aussitôt, il loua un jet privé, et accompagné de ses fidèles, ils partirent pour Aspen, dans le Colorado. Arrivé là-bas, il réserva le plus grand et le plus luxueux chalet de la station. Effectivement, il faisait nettement moins chaud qu'à L.A. et il allait de soi que personne n'avait apporté le moindre bagage. Aussi, offrit-il une garde-robe complète et des manteaux de fourrure à toute l'équipe. Pas moins de douze personnes ! Après, ils menèrent la belle vie. Les restaurants succédèrent aux boîtes de nuit et les magnums de champagne aux boîtes de caviar. La fête ne pouvant être complète sans drogue, ils s'enfilèrent plus de cocaïne dans les narines qu'il y avait de neige sur les pistes. Bref, quand ils partirent, quinze jours plus tard, les commerçants et les dealers de la station avaient des étoiles dans les yeux. En revanche, le propriétaire du chalet trouva, derrière eux, un paysage de désolation. Il répara les dégâts, refit les peintures du sol au plafond, et sans doute la décoration, les toitures et sans doute en profita-t-il pour creuser une piscine en sous-sol, car il présenta à Foster une note exorbitante, que ce dernier paya sans sourciller. Il m'avoua un jour, longtemps après, que la petite escapade lui avait coûté la bagatelle de six cent mille dollars. Mais il s'était tellement amusé…

La fête perpétuelle continua jusqu'au jour où l'argent vint à manquer. En effet, quelques mois plus tard, lassée de ses incartades, Isa entama une procédure judiciaire et Foster fut mis sous tutelle. Ne pouvant plus disposer de sa fortune, il perdit un peu de son charisme et beaucoup de son intérêt. Sa cour le quitta du jour au lendemain et alla se reformer autour d'un autre, tout aussi riche et encore plus dépensier.

Foster se retrouva seul. Et la galère commença. Tous les mois, il disposait de quatre mille dollars. Une somme devant lui permettre de vivre confortablement. Très confortablement compte tenu du fait qu'elle ne servait qu'à payer ses extras. Mais la drogue coûtait cher. Le dix du mois, il était à sec. Pour payer sa coke, il était toujours entre deux combines (c'était un peu son histoire que j'avais servie à McNamara).

J'avais essayé de le faire décrocher. Plusieurs fois. Je l'avais obligé à suivre de nombreuses cures de désintoxication. En sortant de cure, il restait clean un mois ou deux. Mais il replongeait aussitôt après. L'année dernière, je lui avais évité de justesse un passage par la case prison, en intervenant auprès de collègues qui l'avaient surpris au volant d'une voiture en planque devant un entrepôt en train d'être dévalisé. Cela me coûta deux MacBook dernier cri et la promesse que je veillerais sur lui.

Depuis, il se tenait plus ou moins à carreau. Je le surveillais de loin, et ne lui avais pas adressé la parole depuis plusieurs mois, lorsque j'étais allé le trouver afin qu'il me rencarde sur les us et coutumes du monde de la drogue. Comme tout le monde, je connaissais les rues où se déroulait le trafic, mais je n'avais pas plus de connexion que n'importe quel étudiant arrivé en ville depuis quelques mois. Foster, lui, connaissait tous les dealers de la ville. Il savait qui vendait la meilleure dope ou qui la coupait à plus de 90 % et avec quelles saloperies. J'espérais qu'il pourrait m'introduire dans le milieu fermé de la jet-set.

Tout fonctionna comme sur des roulettes. Foster avait gardé des relations qui, en souvenir du bon vieux temps, et de quelques grammes de substances diverses, réussirent à me faire entrer dans quelques soirées. J'opérais une sélection en fonction de l'âge des participants ; ni trop jeunes (je n'aurais pas été à ma place) ni trop vieux (ils n'auraient pas assez consommé). Je devais, très vite, me bâtir une réputation. Ensuite, je n'aurais plus besoin de courir après les invitations, on se battrait pour m'avoir. Il me fallait donc une came de premier choix. C'était pour cela que nous avions fait appel à la DEA. Ils acceptèrent de nous fournir pour un temps limité, une quantité raisonnable de leur meilleure dope. À moi de me débrouiller avec ça !

Ce fut lors d'une de ces soirées que je rencontrai

McNamara. Il me fit passer l'entretien d'embauche à la suite duquel il m'engagea. J'ignorais encore pourquoi j'avais accepté sa proposition. Peut-être pour le fric. Peut-être pour infiltrer plus rapidement la jet-set. Il m'avait affirmé avec un clin d'œil appuyé, avoir de nombreuses relations très haut placées. J'avais compris des relations peu recommandables et j'avais imaginé que McNamara connaissait un gros bonnet du narcotrafic. Un homme ayant son entregent et sa surface sociale ne devait pas frayer avec du menu fretin.

Quant à l'enquête sur le viol d'Anna Molly, j'étais dans le noir total. Personne n'avait rien vu. Personne ne savait rien. Personne n'était présent lors de cette soirée. Je ne comptais plus que sur le hasard. Le seul moyen de faire avancer l'enquête était de tomber par hasard sur ces salopards. Je ne m'inquiétais pas. Le monde était petit. Surtout dans ce milieu. Je les croiserais. Un jour ou un autre.

En conclusion, je menais une double vie sous couverture. La première, dans les beaux quartiers, en compagnie de la jet-set et des notables de L.A. ; la seconde, parmi les parias de l'hôpital. C'était sans doute pour éviter de faire courir le moindre risque à Isa (et certainement pour l'avoir trompée) que j'avais quitté Brentwood.

Quel *bordel* !

*

* *

Edward lâcha Foster à contrecœur. Celui-ci expliqua :

— On avait mis en place un protocole. River devait me téléphoner tous les jours à la même heure. Une mesure de sécurité, tu comprends ? S'il ne pouvait pas me joindre, je devais attendre deux heures. Et, si dans les deux heures qui suivaient il ne m'avait toujours pas…

— Qu'est-ce j'en ai à foutre, des coups de tel d'River, man !

— Attends, laisse-moi terminer, tu vas comprendre. Si je n'avais pas de nouvelles dans les deux heures, je devais récupérer des carnets dans son coffre. Il m'avait donné la combinaison. C'est une preuve de confiance, ça ! Tu ne crois pas ? Et je devais les apporter au chef de la police en urgence absolue. C'était une sorte de garantie, une assurance-vie, m'avait-il dit.

*

* *

Je vous dois des explications. Il pourrait sembler surprenant que je demande à mon beauf, drogué notoire, de récupérer mes notes. Mais à qui d'autre pouvais-je confier cette mission ? À la DEA ? Impossible. Je gardais... des choses compromettantes dans mon coffre – permettez-moi d'avoir quelques petits secrets – et ils n'auraient pas apprécié mon business parallèle. Exit la DEA.

Le chef ne devait pas être compromis. Cela me semble une évidence. De plus, il avait perdu l'habitude d'aller sur le terrain et ses réflexes s'étaient émoussés. Non, il devait superviser ma mission depuis son bureau, mais n'y participer sous aucun prétexte. Exit le chef.

Foster restait le seul vers qui je pouvais me tourner. Mais je devais garder à l'esprit que, s'il intervenait, cela voulait dire que j'étais potentiellement, soit en état d'arrestation, soit mort. Il devait sauver mes carnets, c'était impératif. S'il se faisait un peu de fric en vendant la dope qu'il y avait dans mon coffre, qu'en aurais-je eu à foutre ?

Par contre, j'avais été clair sur un point ; il devait remettre mes carnets au chef. Il a beaucoup de défauts, il est vénal, mais c'est mon beauf, et j'ai toujours été réglo avec lui. Il ne m'aurait jamais trahi. S'il avait ne serait-ce qu'envisagé de le faire, je l'aurais buté. Au sens propre et sans hésiter. Il le savait, je le lui avais dit dans ces termes. Mais j'étais mort, qu'avait-il à craindre de moi ?

J'espère qu'il a tenu parole.

*

* *

Edward haussa les épaules.

— J'm'en *branle* d'River et d'ses carnets, où est l'matos ?

— Laisse-moi terminer. Je suis allé chez River. J'ai défoncé la porte pour faire croire à un cambriolage. J'ai trouvé les carnets et je les ai pris. Mais, je n'avais pas très envie de me pointer chez les flics. Tu peux comprendre ça, non ? Et…

Il commence à me faire peur !

— Quand j'ai appris sa mort, j'ai paniqué. J'ai pensé qu'il avait été tué à cause de ces saletés de carnets et je les ai balancés dans une poubelle, quelque part en ville. Je ne sais même plus où…

Quel con, ce Foster ! Les conclusions de mes enquêtes sont perdues à jamais !

— Mais, ce qui n'était pas prévu, c'est que dans son coffre, il y avait cinq kilos de came, continua Foster, un véritable supermarché de la défonce. J'avais le cœur qui battait, tu ne peux pas imaginer ! J'ai pris la dope, je l'ai fourrée dans un sac de sport qui traînait là et je me suis sauvé en courant et… ah *merde* !

— Quoi ?

— Je viens de me rappeler qu'il y avait du fric tout au fond du coffre. Je suis parti tellement vite que j'ai oublié de le prendre. Je me demande combien il y avait ? murmura-t-il.

Presque rien, seulement trente mille dollars, crétin !

— Je vais y retourner.

Mauvaise idée ! Tu vas tomber sur les flics ou les tueurs de Del Mora !

— Elle est où c'te came ?

*

* *

Ils sont en train de parler de la came destinée à la *phase deux* du plan de Del Mora. Je l'avais réceptionnée. Mais je n'avais pas encore commencé à la vendre. J'avais compris que cette drogue était différente. Par sa quantité, car les hommes de Del Mora ne me confiaient jamais plus d'un kilo à la fois et par le luxe de précaution qu'ils prirent lors de cette livraison. En effet, pourquoi, alors que je bossais pour eux depuis plusieurs semaines, changer toutes les procédures de sécurité pour en instaurer de plus draconiennes ? S'ils se méfiaient de moi, il aurait été simple de me buter ou de me remplacer. Non, la vérité était ailleurs. Il devait s'agir d'une nouvelle drogue de synthèse plus pure et plus puissante que tout ce qui existait sur le marché. La quantité était importante, soit, mais pas au point d'expliquer l'espèce d'affolement qui avait saisi toute la bande.

Je me rappelai soudain avoir envisagé d'aller trouver un pote à moi qui travaillait dans les labos de la police pour lui demander d'analyser quelques échantillons. Mais je n'arrivai pas à me souvenir si j'avais eu le temps de le faire.

*

* *

— La came est en lieu sûr. Enfin, ce qu'il en reste.

— Comment ça, c'qu'il en reste ? Me dis pas qu'tu l'as bicrave[1], *putain* !

1. Vendue.

Ed hurlait en faisant de grands gestes. Soudain, surgissant de nulle part, deux colosses, battes de baseball négligemment posées sur l'épaule, se matérialisèrent près de Foster. Ed les congédia d'un geste. Le service d'ordre était efficace !

— Ne t'inquiète pas ! Il y a de tout, en quantité. J'ai prélevé quelques grammes de coke et une centaine de cachetons, des Spécial K et des Quaalude pour ma conso.

Ce n'était donc pas une nouvelle drogue de synthèse, peut-être du matos d'une pureté inégalée. Mais comment aurait-elle pu permettre le déclenchement de la *phase deux* ?

Foster continua :

— Tu comprends, j'étais invité le soir même chez un type plein aux as, un certain Mc quelque chose…

McNamara ?

— Une sorte d'entrepreneur ou d'agent immobilier.

McNamara donc ! Je vous ai dit que le monde est petit.

— J'avais besoin d'argent ; je lui ai vendu la moitié de la coke et quelques cachetons. Je ne sais pas d'où proviennent ces cachets, mais c'est de la bombe ! Tu peux m'croire !

— Faut espérer qu'il en reste max pour nous.

— Oui. T'inquiète. Je veux juste que tu me garantisses que je peux venir sans avoir de problèmes avec tes amis. Ils me paraissent nerveux.

— Une semaine sans matos ! Évidemment qu'ils sont nerveux. Et encore, là, t'as vu les plus calmes.

Foster déglutit avec difficulté. Ed le rassura.

— J'ferai passer l'mot. T'auras rien à craindre.

Le sourire qui barrait son visage laissait clairement entendre le contraire. Il posa sa patte sur l'épaule de Foster.

— Si t'oublies pas ma com, man, tu pourras bicrave chez nous.

— Ta com ! Sans déconner ! T'as déjà demandé une com à River ! C'est lui qui me l'a dit ! Du pognon et de la dope.

Beaucoup de pognon et plein de dope ! Tu ne peux pas me faire ça. Je débute dans le business, j'ai pas un rond !

— C'est pas un blème, tu pourras me yèp[1] en haze[2]. J'veux full haze, man !

— Tu ne me laisses pas vraiment le choix.

— Non ! T'as pas l'choix ! Et, tu sais qu'ici on n'a pas trop d'maille. On a les aides sociales et nos pensions d'anciens combattants. Ça va pas chercher loin. Springsteen, lui, il nous f'sait le meuge[3] de coke à trente dolls.

C'était quarante ! Tu es en train de te faire enfler, mon pauvre Foster !

— Ouais... Faut voir, ce n'est pas vraiment le prix du marché, fit Foster d'un air hésitant.

— C't'à prendre ou à laisser.

— OK, Va pour trente.

— T'es cool, Foster ! Tape là.

Ils se tapèrent dans la main, pour sceller leur marché, Ed n'essayait même plus de cacher le sourire de satisfaction qui barrait son visage, dévoilant des chicots aussi noirs que sa peau. Il poursuivit :

— Bon. J'vais taffer pour toi. J'préviens tout l'monde. Tu pourras venir bicrave. Va chercher l'matos. Mais vite, ça urge grave !

Il s'éloigna de quelques pas, s'arrêta, se retourna et fit, en éclatant de rire :

— Et la bise à River.

Foster secoua la tête et marmonna, mezza-voce, quelque chose qui ressemblait à *connard*.

Ed, redevenu sérieux, attendit que Foster se soit éloigné pour sortir un téléphone de sa poche. Il composa un numéro.

---

1. Payer.
2. Variété de cannabis.
3. Gramme.

— C'est Ed. Écoute-moi bien, *igo*[1]…

Sa voix avait changé, il ne s'exprimait plus avec le phrasé lent et émaillé de mots d'argot qu'il affectionnait lorsqu'il parlait avec des gens de l'*extérieur*. Il avait retrouvé sa *voix militaire*, comme il disait ; sèche et coupante. Une voix avec laquelle il avait l'habitude de donner des ordres et la certitude qu'ils seraient exécutés.

— Je viens d'apprendre que la came est entre les mains de Foster, continua-t-il… c'est le beau-frère de… laisse tomber, c'est compliqué et je n'ai pas le temps de rentrer dans les détails. Tu dois agir vite, *igo*. Il me faut cette came. Foster va quitter la base d'ici quelques minutes. Tu le reconnaîtras facilement. Un Blanc, mince, pas très grand. Il porte un jean noir et un sweat rouge à […] Oui, rouge. T'es sourd ou quoi ? Tu lui demanderas gentiment, comme tu sais si bien le faire, de te conduire jusqu'à la came. Il a dû la cacher dans le trou à rats qui lui sert de piaule […] Évidemment. Tu peux être insistant, mais raisonnablement. Il doit parler. Quoi ? […] Après ? *Igo*, après c'est toi qui décides. Et, si on ne revoit plus jamais sa *gueule*… eh bien, je crois que j'arriverai à m'en remettre !

Il éclata d'un rire bref et sans joie.

Ça sentait le roussi pour Foster. Je devais le prévenir, mais comment m'y prendre ? Impossible de le rattraper. Del Mora et maintenant *le camp de l'Hôpital* étaient à ses trousses. Tous voulaient la dope et ils ne reculeraient devant rien pour la récupérer. La vie d'un homme ne comptait pas pour ces gens-là. Foster devait se mettre au vert le plus vite possible. Sinon je ne donnais pas cher de sa peau. Mais il allait devoir se débrouiller seul. Je sentais, en effet, poindre les prémices d'une nouvelle téléportation.

Comme un sauteur à l'élastique qui fermait les yeux et

1. Amigo.

priait pour ne pas s'écraser comme une bouse cinquante mètres plus bas, je n'avais pas vécu sereinement mes premières téléportations. L'appréhension l'emportait sur tout le reste. Celle-ci étant ma cinquième ou sixième, je n'avais pas tenu une comptabilité précise, avec la force de l'habitude, je pouvais analyser plus finement ce qui se passait et ce que je ressentais.

Je vous fais grâce des signes avant-coureurs ; trouble de la vision, etc. Ils n'ont que peu d'intérêt. La téléportation débutait par une accélération foudroyante.

Pour les plus téméraires, imaginez-vous sur le nez d'un avion de chasse quand le pilote met les gaz.

C'est ce que j'avais ressenti les premières fois. Mais ce qui était surprenant, et assez logique finalement, c'était l'absence de toute autre sensation physique. Je m'explique. Après l'accélération, je n'avais jamais ressenti les effets de la vitesse. Le vent ne venait pas caresser mon visage et jouer dans mes cheveux, par exemple. Probablement parce que je n'avais plus de visage et encore moins de cheveux… En réalité, tout se passait comme si la terre se déplaçait à grande vitesse, tandis que je restais immobile.

Comme d'habitude, mon voyage ne durait que quelques secondes. Avec toujours cette question récurrente : où allais-je atterrir ?

22.

Dimanche 23 mars – 09 h 21 – 1104 N Mission Road – troisième sous-sol

Salle glaciale aux murs carrelés de blanc. Ploc ! Odeur de désinfectant. De sang. De matière fécale. Ploc ! Silence sépulcral. Ploc ! Lumière zénithale tombant des lampes scialytiques. Ploc ! Régulières comme un métronome. Ploc ! Et s'écrasant au sol. Ploc ! Les gouttes épaisses d'une soupe humaine suintaient d'une table et rythmaient le temps. J'étais au 1104 sur Mission Road. La morgue de Los Angeles.

Je connaissais le trajet par cœur. En premier lieu, s'engouffrer dans un ascenseur. Long et étroit comme un cercueil. S'enfoncer sous terre. Troisième sous-sol. Puis traverser des couloirs interminables. Froids et lugubres. Où mes pas résonnaient comme dans une cathédrale. Enfin déboucher dans la salle d'autopsie où ma respiration s'accélérait, mon cœur s'emballait, mes tripes se nouaient. Nervosité ? Appréhension ? Pulsions morbides ? Probablement un mélange des trois.

Même aujourd'hui. Surtout aujourd'hui.

Autour de moi, toutes les tables étaient occupées. Des hommes et des femmes. Des jeunes ou des vieux. Des Noirs comme des Blancs. Tous nus, raides, morts.

Pudiquement recouverts d'un linge pour ceux qui venaient d'être autopsiés. Encore dans leur sac mortuaire, pour ceux dont le tour viendrait plus tard. La mort ôtait toute dignité, refusait toute pudeur, déniait tout respect. Près de moi, couvert de tatouages, le corps d'un jeune Noir d'une quinzaine d'années. Membre d'un gang. Assassiné par un gang rival de trois balles dans la région du cœur. Il venait d'être refermé à grands coups d'agrafeuse. Il côtoyait une vieille femme. Décharnée et grise. Le crâne enfoncé. Le visage tuméfié. Son tibia fracturé perforait la peau parcheminée de sa jambe et pointait hors de son corps, telle une écharde obscène. Victime d'une chute dans les escaliers ou tabassée à mort par un camé qui en voulait à son sac à main. À vous de décider.

On pourrait se croire dans une ville en guerre. Ce n'était qu'un jour normal à L.A.

Qu'est-ce que je foutais ici ? Au milieu de dizaines de corps sans âme. Moi, une âme sans corps.

Je ne vais tout de même pas assister à mon autopsie ?

En compagnie de Layton et Ogden, je reconnus Sanjay Querti, l'un des légistes. Une carrure de déménageur surmontée d'un visage chevalin. Large bouche aux lèvres perpétuellement humides. Nez aquilin. Sous sa narine gauche, une verrue de la taille d'un petit pois attirait immanquablement le regard. Quelques rares cheveux gris plantés en touffes éparses tentaient de dissimuler son crâne bosselé. Quasimodo n'avait qu'à bien se tenir ! Il avait enfilé par-dessus sa blouse un tablier blanc en plastique constellé d'éclaboussures de sang, de débris osseux et de matière cervicale (la scie crânienne avait dû déraper). Il ôta les gants qu'il portait depuis l'aube, les fourra dans sa poche et déclara :

— Je ne vous ai pas attendus.

Il s'approcha à les toucher.

— J'ai pratiqué l'autopsie de River dès que je suis arrivé et *toutes affaires cessantes*, comme me l'a demandé Rotten.

Les grimaces qui tordaient les visages de Layton et Ogden donnaient une assez juste idée de son haleine de poney.

— J'avais six clients avant lui. La fusillade de Venice. Vous en avez entendu parler ? Eh bien, c'est moi qui en ai hérité. Regardez !

Il montra les corps qui s'entassaient, certains à deux par table.

— Comme si je n'avais pas assez de boulot ! Je suis bon pour faire des heures sup, qui ne me seront pas payées. Comme d'habitude. Nous devrions être quatre ou cinq. Malheureusement je suis seul, se plaignit le play-boy.

Tentative ratée de paraître désolé de la part des deux.

— Seul ? Il me semble pourtant avoir vu…

— Le seul à être vraiment compétent, le coupa Querti. Mais il est normal, quand on est le meilleur, d'être aussi sollicité. À propos… de vous à moi, il vous a vraiment à la bonne, Rotten. C'est surprenant, lui qui n'aime personne. Il faudra que vous m'expliquiez.

Layton et Ogden esquissèrent un sourire en hochant la tête, mais ils ne promirent rien. Le légiste poursuivit :

— Bien, revenons à notre affaire. Je voudrais vous montrer quelque chose.

Querti attrapa une planchette en bois sur laquelle étaient fixées plusieurs feuilles dactylographiées. Il suivit du doigt une colonne, tourna quelques pages, revint en arrière, en murmurant :

— Bon Dieu, où est-il ? Voilà, je l'ai ! Frigo 114. Suivez-moi !

Il se dirigea vers le fond de la salle. Un alignement de plusieurs dizaines de portes en inox. Du sol au plafond. Autant de cercueils glacés. Autant de corps.

— Est-ce vraiment nécessaire, doc ? implora Layton. Vous ne pouvez pas juste nous faire part de vos conclusions ?

— Non ! Il faut que vous voyiez par vous-mêmes, fit-il avec un sourire gourmand. Vous savez ce qu'on dit, une image vaut mieux qu'un long discours.

Je reconnaissais bien Sanjay. Il traînait une réputation de sadique, limite psychopathe, qu'il prenait un malin plaisir à entretenir.

La porte du casier 114 s'ouvrit avec un petit bruit de succion et la civière glissa vers l'avant. D'un geste rapide, le légiste ôta le drap qui recouvrait le cadavre. En apercevant le corps, Layton réprima un haut-le-cœur. Ogden fit un pas en arrière, lâchant un *oh putain !* qui ravit notre bon docteur.

Je suis à deux doigts de gerber.

Le cadavre que venait de nous dévoiler cette enflure de Sanjay, donnerait des cauchemars à Freddy Krueger lui-même. Le ventre gonflé par les gaz de fermentation semblait prêt à exploser. La peau verdâtre et distendue se décollait en larges plaques, laissant apparaître un derme rose et purulent. Le visage – ce qu'il en restait – était méconnaissable. Il avait littéralement fondu, les yeux et les paupières de ce pauvre type avaient disparu, dévorés par les poissons. Le corps avait passé plusieurs jours dans l'eau et l'odeur de putréfaction qui s'en dégageait était indescriptible. Épouvantable. Inhumaine.

— Oups ! Je me suis trompé, murmura le légiste avec un sourire en coin.

Je suis certain que ce taré l'a fait exprès !

Il ouvrit le tiroir contigu et dégagea lentement le drap, dans un geste théâtral. Mon cadavre apparut. Nu. Froid. Comme après chaque autopsie, un garçon de salle avait refermé l'incision en V avec de grandes agrafes métalliques. Il avait replacé sur le visage, les lambeaux de chair que les balles avaient décollés. Malgré ses efforts, le résultat était à frémir. Vous verriez ma *gueule* ! Un mix entre le monstre d'un film d'horreur et un steak tartare fraîchement préparé.

Sanjay se lança en jetant de temps à autre un coup d'œil à ses notes.

— Le projectile, une *slug* calibre 12, a pénétré sous la pommette droite. Juste là – il appuya son doigt sur mon visage. Elle s'est fractionnée en traversant le plancher orbital. Plusieurs fragments de plomb ont ricoché à l'intérieur de sa tête, comme dans ce jeu vidéo dont j'ai oublié le nom. Vous savez… on se renvoyait la balle… une sorte de tennis.

— Pong ?

— Ouais ! hurla-t-il, Pong ! C'est ça ! Yes ! Ça fait bien deux heures que je cherche le nom de ce jeu. Voyez-vous, j'y ai beaucoup joué dans ma jeunesse et…

Il est exaspérant !

— Bref, je ne vais pas vous raconter ma vie.

T'as raison, on s'en tape complètement !

— Donc, comme dans Pong, les fragments de balle ont rebondi un peu partout dans son cerveau. J'ai dû les récupérer l'un après l'autre avec un aimant, en touillant.

Il marqua une pause, leva les yeux de ses notes. Devant les visages décomposés des deux flics, il se dit qu'il était peut-être allé trop loin. Il se tourna, attrapa sur une paillasse un petit flacon de verre dans lequel s'entrechoquaient deux ou trois minuscules morceaux de métal maculés de sang et l'agita devant les yeux de Layton et Ogden.

— Il n'y a que ça ? On ne peut tout de même pas donner ces miettes à la balistique. Ils vont se foutre de notre *gueule*, fit Layton dégoûté.

— Désolé. C'est tout ce que j'ai trouvé. Si vous pensez faire mieux, il tapota de l'index la tête du cadavre, je peux le rouvrir.

— On vous fait confiance doc. Mais ça fait *chier*, ajouta Layton.

— C'est vraiment tout ce qui reste ? insista Ogden.

— Et la seconde balle ? Il a bien reçu deux balles ?

— Oui, je vous le confirme et…

— Il a dû l'avaler. C'est pas possible autrement, fit Layton hilare en donnant un coup de coude à son partenaire.

— J'ai récupéré tout ce qu'il y avait à récupérer. Le reste n'était pas dans sa tête.

— Pas dans sa tête ? Elle est passée où ? On va pas rejouer l'affaire Kennedy et la balle magique.

Sanjay eut un geste rassurant.

— Elle l'a simplement traversé de part en part. En ligne droite. Comme une… balle, dit-il en esquissant un sourire.

Il commence vraiment à me fatiguer !

— Elle est entrée ici, dans son œil gauche – il enfonça profondément son doigt dans l'orbite vide –, elle a fracassé le sphénoïde, traversé le cerveau sans dévier de sa trajectoire et elle est sortie de la boîte crânienne, explosant au passage le pariétal.

Il montra un point sur l'arrière du crâne.

— Compte tenu de la position de ce jeune homme – il donna une tape sur la joue du cadavre –, de l'angle de tir et de la vitesse de la balle, elle doit être quelque part… entre Hollywood et Sunset.

Il éclata de rire.

— Le tireur devait être à moins de deux mètres. Il est mort sur le coup. Il n'a pas souffert. Il a eu beaucoup de chance.

Tu parles d'une chance ! Mais quel con !

Il tendit le flacon à Layton.

— Tenez ! Voyez avec la balistique s'ils peuvent en tirer quelque chose.

Il haussa les épaules.

— Mais, si vous ne retrouvez pas le second projectile…

Layton se saisit du récipient avec une grimace de dégoût,

le glissa dans un sac transparent et mit le tout dans sa poche gauche. De la droite, il sortit une petite fiole de gel antibactérien, s'en arrosa copieusement les mains et les frotta longuement l'une contre l'autre. Le légiste le regardait faire en souriant.

— Je voulais vous montrer une dernière chose. Approchez-vous ! Regardez… ici… là et là, continua-t-il, redevenant sérieux.

Il désigna des meurtrissures sur mon corps. Certaines, longues et étroites, zébraient les cuisses et les bras, d'autres, presque rondes, étaient localisées sur l'abdomen et les flancs. Elles composaient un camaïeu allant du bleu-vert jusqu'au noir.

— Ce sont des traces de coups ?

— Exactement.

S'adressant à Layton.

— Aidez-moi à le retourner.

— Pas question !

— N'ayez pas peur, il ne va pas vous mordre.

— Je n'ai pas peur ! C'est juste que je n'ai pas de gants. Il n'est pas question que…

— C'est bon, je vais le faire, intervint Ogden.

Il posa les mains sur le corps glacé en réprimant un frisson. Au signal, ils retournèrent le corps. Sanjay désigna un endroit sur le biceps.

— Ici, regardez, deux types lui tenaient les bras. Plutôt fermement. On distingue leurs doigts imprimés sur la peau.

Ils lâchèrent le corps. Le légiste montra d'autres traces.

— Pendant qu'un troisième lui tapait dessus avec ses poings.

— Ce sont ces marques rondes, là ?

— Exactement. Rondes et sans trace de doigts apparente. Localisées dans la région hépatique et sur les flancs. Le tortionnaire devait porter des gants, peut-être plusieurs paires, enfilées les unes sur les autres. Un peu comme des gants de boxe. Ce n'était pas la première fois qu'il pratiquait ce genre d'exercice.

— Comment vous savez ça, doc ?

— Si vous dites, *c'est parce que je suis le meilleur*, je vous mets dans le frigo avec River et je ferme la porte, gronda Layton.

Je vais peut-être finir par l'apprécier, lui !

Sanjay se demanda s'il plaisantait ou pas. Il décida que non. Il reprit.

— Son foie.

— Quoi, son foie ?

— Les coups ont été portés avec suffisamment de force pour faire mal, mais avec assez de retenue pour ne pas causer de traumatisme hépatosplénique.

— En clair, doc !

— Pour ne pas lui faire éclater le foie.

— Un brave type en somme, son tortionnaire.

— Plutôt quelqu'un qui attendait des réponses.

— C'est-à-dire ?

— Eh bien, je pense que votre ami…

— C'est pas notre ami.

— Layton !

— Mais c'est la vérité.

— Tu as raison, mais ce ne sont pas des choses à dire.

— Le père Ogden vient de parler, amen !

— Le père Ogden, il t'*emmerde* !

Querti voulut intervenir avant que les choses ne dégénèrent.

— Messieurs, par respect pour…

Layton explosa.

— Tu sais où tu peux te le carrer ton respect ?

— Ça suffit maintenant ! Calme-toi ou dégage.

C'était la première fois que je voyais Ogden tenir tête à son partenaire.

Layton s'éloigna en bougonnant.

— Que lui arrive-t-il ? Je n'ai pourtant rien dit de...

— Y a rien pour vous, doc. Layton et River avaient un vieux contentieux et... mais continuez, il va se calmer et revenir dans très peu de temps, n'ayez aucune inquiétude.

— Je ne m'inquiète pas le moins du monde. J'en ai même rien à foutre de ce petit...

— Doc ! N'envenimez pas les choses.

— Tout grand et costaud qu'il est, il ne me fait pas peur. S'il me cherche, il va me trouver. Vous pouvez le lui dire.

— Ce n'est pas ça... Il est toujours nerveux quand on descend ici.

— Il a peur ?

— Il n'aime pas.

— C'est ce qu'on dit quand on a peur.

— Si vous voulez. On peut continuer ?

— Je ne sais plus où j'en étais.

— Vous parliez de torture, de réponses.

— Oui, ça me revient. Je pense que votre... euh... que River a subi un interrogatoire poussé, un passage à tabac en règle. Mais je reste persuadé que les types qui lui ont fait subir ça – de l'index, il balaya le corps de la tête aux pieds – ne voulaient pas le tuer.

— Qui voulait tuer qui ?

Layton s'était calmé. Ogden lui résuma les propos du légiste. Ce dernier continua ses explications.

— Des coups lui ont été portés au visage. J'ai failli passer à côté. Mais en essayant de lui faire une beauté...

— ?

— En essayant de le rendre présentable.

— C'est raté, si vous voulez mon avis.

— Layton ! Arrête ! Tu commences à me fatiguer.

— Laissez, il en faut plus pour me vexer. Donc, j'étais en train de remettre en place un morceau de chair quand j'ai aperçu dans ses tissus une diffusion de sang synonyme d'une hémorragie sous-cutanée. Hémorragies, qui je vous le rappelle, surviennent après un choc violent ou un coup de poing.

— Il a dû passer un sale quart d'heure, fit Ogden.

— Et ce n'est pas tout, il lui manque une dent…

— Oui, la première balle.

— Non. De l'autre côté de la mâchoire. À gauche. Et deux autres étaient salement déchaussées. Résultat d'uppercuts au menton et de directs du droit – il mima un coup de poing. Voyez-vous, les directs du droit arrivent sur le côté gauche de la mâchoire.

— Il a dû passer un *putain* de sale quart d'heure, répéta Ogden, avec un soupçon d'humanité dans la voix.

— Oui. Je n'aurais pas aimé être à sa place. J'ai compté plus d'une trentaine de lésions.

Il s'interrompit. C'était la première fois lui qu'il semblait, lui aussi, éprouver de la compassion. Il poursuivit :

— Vous savez comme c'est fatigant de taper sur quelqu'un…

— À qui vous le dites !

Layton et Ogden se tapèrent dans la main. Layton expliqua :

— C'est un métier, doc. Tout est dans le timing. On espace les coups – il mima un direct du droit. On prend le temps de souffler. On pose une question. On recommence – nouveau direct, du gauche cette fois. On souffle. On…

— Déconne pas ! On ne pratique pas tous les jours non plus.

— T'as raison. Pas tous les jours.

— Un jour sur deux ?

Ils éclatèrent de rire.

Redevenant sérieux, Layton demanda :

— On vous a interrompu, doc. Qu'étiez-vous en train de nous dire ?

— Eh bien, d'après moi, son calvaire a duré plus d'une heure.

— Ah oui ! Quand même.

Il désigna les zébrures.

— Il a également été frappé avec un objet contondant, long et mince. Si je devais parier, je dirais que ses tortionnaires ont utilisé un tuyau en plomb ou un câble électrique de gros diamètre. Et enfin – il montra de minces traces rouges –, on lui a attaché les poignets. Vraisemblablement avec des liens en plastique identiques à ceux que vous utilisez parfois à la place des menottes.

— C'était pas un interrogatoire, mais une véritable séance de torture !

— Torture, interrogatoire. La frontière est mince. Les dérapages fréquents. Vous le savez pertinemment. On raconte que vos méthodes sont souvent… comment dire…

Il regarda Layton, il hésitait entre *barbares* et *contestables*. Il n'osa pas aller trop loin et opta pour un compromis.

— *Borderline.*

— On ne tape jamais sur les suspects. C'est interdit, toubib ! se récria Layton.

— On ne les touche même plus ! Si ça continue, on ne pourra même plus leur faire une simple clef de cou[1].

— T'as raison, bientôt pour les arrêter, il faudra leur dire *s'il vous plaît.*

— J'espère que je ne serai plus là pour voir ça.

— Ouais ! Moi aussi ! Au fait, avez-vous pu déterminer la date de cet *interrogatoire* ?

1. Cette pratique fut interdite à la suite de nombreux *accidents* mortels.

— Difficile à dire…

— Une estimation.

— Pour tout autre que…

Il se tut, regarda Layton du coin de l'œil et continua, très vite.

— Je dirais… deux à trois jours avant sa mort. Voyez-vous, il colla son nez sur le cadavre, c'est le temps qu'il faut à l'épanchement de sang dans le tissu cutané pour créer cette marque foncée caractéristique entourée d'une auréole jaunâtre.

*

* *

Un interrogatoire poussé, limite séance de torture. D'après la chronologie du légiste, les coups avaient été portés le premier ou le deuxième jour de ma disparition, par au moins trois types. Je ne me souvenais pas avoir été arrêté ou kidnappé ni interrogé de manière musclée. Que voulaient mes tortionnaires ? Étaient-ce des flics ou des narcos ? Le légiste avait parlé de liens utilisés par la police. Pourquoi aurais-je été arrêté par la police ? Par erreur. Je ne voyais que ça. Mais dans ce cas, j'aurais cramé ma couverture, je n'aurais pas attendu une heure avant de leur dévoiler ma véritable identité.

Et après, que s'était-il passé ? Mes tortionnaires avaient-ils obtenu ce qu'ils voulaient et m'avaient-ils libéré ou m'étais-je évadé ? Je n'avais gardé aucun souvenir de ces trois derniers jours. Des narcotrafiquants m'auraient simplement collé deux balles, sans autre forme de procès. Étaient-ce les hommes de Del Mora ? Lui-même n'en savait rien et je ne me rappelais pas avoir fait quoi que ce soit qui aurait pu le mettre en colère. Si ce n'étaient ni les flics ni les narcos ni

Del Mora, qui pouvait m'en vouloir à ce point ? Je n'avais pas d'explication, aucune piste, zéro idée.

*

* *

— Bien, messieurs, reprit notre ami, après l'examen externe, passons maintenant à l'examen interne.

Il ne va quand même pas rouvrir le corps, ce sadique ?

Il se contenta de tourner quelques pages.

— Voyons... un mètre soixante-dix-huit, soixante-quinze kilos. Beau gabarit ! Appendicectomie... tibia droit fracturé il y a plusieurs années... deux, trois plombages... oui, il lui restait quelques dents. Ah ! Ah ! Mais tout ça, on s'en fout. Voilà, j'y suis ! L'analyse toxicologique. Bien. Les prélèvements ont été faits samedi matin, et j'ai déjà les résultats. C'est incroyable ! Nous sommes sur des délais de plusieurs semaines, pour le commun des mortels. Si je puis dire. Il gloussa. Et là, j'ai les résultats en vingt-quatre heures !

Il leva les yeux de ses notes et insista :

— Il faudra vraiment qu'un jour vous m'expliquiez comment vous faites.

Ça s'appelle un pot-de-vin, mon pote !

Devant l'air circonspect des deux détectives, il continua :

— On a tout prélevé ; sang, urine, humeur vitrée, heureusement, il lui restait un œil...

Cet abruti se mit à rire. Un grand cheval hilare.

— Le grand jeu, je vous dis, cerveau, poumons, cœur et foie. J'ai une multitude de flacons remplis de petits bouts de River. Je dois vous avouer qu'il avait des poumons en parfait état et un cœur de sportif. Il aurait pu vivre centenaire.

Je vais le frapper, ce connard !

— Par contre, son foie était dans un état déplorable.

— Il buvait ?

— Non, mais les analyses ont mis en évidence une augmentation significative des récepteurs CB1 et CB2 et une présence de THC dans le foie.

— On n'a rien compris.

— Cannabis. On a relevé aussi des traces de cocaïne dans ses urines.

— River se droguait ?

Nom de Dieu, je me droguais !

— Depuis longtemps ? demanda Ogden.

— Je ne saurais le dire, pour l'instant.

Les deux flics se regardèrent, aussi interloqués que moi.

— Lui, le flic parfait…

Merci, mon pote !

— Le lèche-cul du patron…

Je m'élève en faux.

— Saint River tapait dans la coke. Si je m'attendais… Tu sais ? Layton, il y a un truc que je ne t'ai jamais dit.

— Quoi donc ? T'étais amoureux de lui ?

— Mais non, *connard* ! Vous nous accordez deux minutes, toubib ?

Il ajouta plus bas :

— Viens, il faut qu'on parle.

— OK, mais dépêchez-vous, je n'ai pas…

— J'ai dit deux minutes. Vous n'allez pas me casser les *couilles*, vous aussi. Ce n'est vraiment pas le moment.

Layton prit Ogden par le bras et le tira hors de la salle.

— *Putain*, Ogd, qu'est-ce qui t'arrive ? Je ne t'avais jamais vu comme ça !

— Je ne voulais pas t'en parler, mais River enquêtait sur nous.

— Quoi ? T'es sûr ? Une enquête officielle ?

— Ouais, tout ce qu'il y a de plus officiel.

— Il ne faisait pas partie des affaires internes. Tu dois te tromper.

— Non, je t'assure. Ça a commencé par une rumeur, dans la rue. Un indic qui connaissait un type qui lui a affirmé avoir été interrogé par River sur…

— Arrête ! Si tu te mets à croire tout ce que racontent les dealers de L.A., t'as pas fini.

— Mon indic est fiable ! se récria Ogden.

— Ouais ! Comme tous les indics. Tant qu'il y trouve son intérêt. Qu'est-ce qu'il lui voulait ?

— Cet enfoiré voulait lui faire dire qui nous fournissait en dope.

— Et alors ?

— Alors, heureusement que je cloisonne. Mon indic ne sait pas que… – il se tapota la narine – et mon dealer ignore que je suis flic.

— Bien joué, frère ! Mais ça ne prouve pas qu'il enquêtait sur nous.

— Attends ! Ce matin, comme tu mettais des plombes à arriver…

— J'ai eu du mal à me réveiller, je te l'ai déjà dit.

— Je suis allé fouiner dans le bureau de River. J'ai trouvé le mot de passe de son ordi, sur un Post-it collé derrière l'écran.

Oui, je sais ! C'est pas sérieux. Mais il faut en changer régulièrement et j'ai un mal fou à les mémoriser.

— Je me suis connecté et j'ai remarqué un dossier nommé *Salt Lake*.

— Et ?

— Tu sais qu'on nous surnomme les Utah's Brothers.

— Oui.

— Et Salt Lake City est…

— La capitale de l'Utah.

Ils se tapèrent dans la main. À cet instant, le légiste passa la tête dans le couloir. D'une même voix, ils crièrent :

— Deux minutes !

— Qu'est-ce qu'il y avait dans ce dossier ? demanda Layton.

— Tu ne vas pas le croire.

— Tu sais, au point où j'en suis… je peux tout entendre.

— L'ordre venait du chef, lui-même.

— Ouf !

Layton se décomposa.

— On est morts.

— Non, je ne pense pas. J'ai seulement lu la conclusion, mais le rapport ne nous est pas défavorable.

Si vous voulez connaître le fond de ma pensée, je commence à le regretter.

— Attends un moment…

Layton réfléchissait.

Oui, ça lui arrive !

— S'il a des soupçons, pourquoi le chef nous a-t-il attribué cette enquête ?

— Ben, parce qu'il nous tient par les *couilles*. Il y a des allusions dans le rapport, aucune preuve, mais des noms que nous connaissons bien…

— *Putain de merde* !

Le légiste approcha et leur dit qu'il n'avait pas que ça à foutre et que s'ils ne revenaient pas…

— OK, on arrive, fit Layton.

À Ogden :

— On en reparlera tout à l'heure.

À Sanjay :

— Allez, toubib, mouillez-vous, depuis quand se droguait-il ?

Je suis aussi impatient qu'eux de le savoir.

Sanjay Querti réfléchit un instant, puis se lança :

— D'après son état général et les quantités présentes dans son organisme, je dirais… peu de temps. Pour en être certain, je dois analyser ses cheveux. Cela prendra quarante-huit heures et nous connaîtrons sa consommation sur les quatre-vingt-dix derniers jours. Je vous communiquerai les résultats…

— Par téléphone… par téléphone, implora Layton.

— OK, je vous passerai un coup de fil. Moi qui pensais que vous vous faisiez une joie de venir me voir. Je suis affreusement déçu…

Cette fois-ci, c'est le doc qui éclata de rire. Sans se faire prier, Layton et Ogden quittèrent la salle d'autopsie. Je les suivis.

Depuis mon arrivée à la morgue, j'avais essayé d'établir le contact avec Ogden. Mais le résultat était décevant. Je n'avais qu'une *vision* floue de ses pensées. Et je n'avais pas réussi à lui faire *entendre* les miennes. Quelque chose manquait. Mais quoi ? Un élément permettant la connexion. Comme une interface ou un catalyseur. Mais lequel ?

— Il nous a pipeautés, le doc, fit Ogden à voix basse.

— Qu'est-ce que tu racontes ?

— Il nous a menti quand il a dit avoir récupéré les débris de la balle dans le cerveau de River avec un aimant.

— Ah bon ! Pourquoi ?

— Parce que le plomb n'est pas attiré par les aimants.

— Comment crois-tu qu'il ait fait alors ?

— Franchement…

Il réprima un frisson.

— Je préfère pas le savoir.

La tête de Sanjay dépassa soudain de l'embrasure de la porte. Il cria :

— Au fait, les gars ! Je compte sur vous pour retrouver l'assassin de River !

Non ! Mon cauchemar ne finira jamais.

Quelques instants plus tard, Sanjay quitta la salle d'autopsie. Il remonta le couloir et entra dans une pièce grande comme une salle de classe. Une dizaine de personnes l'attendaient. Jeunes, en blouses vertes immaculées, le teint aussi blanc que les carreaux de céramique qui recouvraient les murs. Des étudiants en médecine. Collés les uns aux autres, ils chuchotaient en regardant à la dérobée la table d'autopsie où reposait le corps nu d'une femme d'une quarantaine d'années que le garçon de salle venait de finir de laver. Ses cheveux blonds encore humides encadraient un visage aux traits fins que l'on pourrait qualifier de beau, si l'on faisait abstraction de la langue violette qui pendait hors de sa bouche, après qu'elle se fut pendue. Le légiste apostropha ses étudiants.

— Bien, mesdames, messieurs, ne restez pas aussi loin. Approchez-vous ! Plus près ! Voilà, parfait ! Nous allons pouvoir commencer.

Il caressa les cheveux du cadavre.

— Je sais que c'est une première pour vous tous. Profitez-en bien, vous n'oublierez jamais ce moment. Ouvrez grands vos yeux et vos oreilles. C'est comme son premier baiser ; on n'oublie jamais sa première autopsie.

Je suis persuadé que s'il n'était pas légiste, il ferait un tueur en série très convaincant !

Il se saisit d'un bistouri. Fit un ample mouvement. Comme un chef d'orchestre demandant le silence avant d'attaquer sa symphonie. Il posa délicatement la lame près de la clavicule, s'assura que tous les étudiants le regardaient. Satisfait, il appuya légèrement et entailla la peau sur quelques centimètres. Un liquide noirâtre et nauséabond exsuda de la coupure. Une étudiante poussa un cri. Le légiste se retourna et aboya d'une voix cinglante :

— Elle n'est plus très fraîche ? Hein ? C'est pour cela

que je l'ai choisie. Alors, si vous êtes déjà impressionnée, mademoiselle, attendez que je lui ouvre la boîte crânienne...

Il pratiqua d'un geste précis une incision en Y, depuis les épaules jusqu'au pubis. Il dégagea ensuite, de quelques rapides coups de scalpel, les adhérences entre les muscles roses et la mince couche de graisse jaune. Puis il saisit à deux mains le matelas de peau et le rabattit sur le côté du buste. Il fit de même pour l'autre côté. Il s'empara ensuite d'un sécateur et découpa le sternum. Les craquements des os provoquèrent chez l'étudiante un nouveau cri d'effroi qu'elle tenta d'étouffer dans ses mains. En poussant un soupir de découragement, le légiste enleva le plastron de la cage thoracique qu'il posa à même le sol, laissant apparaître les organes internes, verdâtres et nécrosés. Une odeur pestilentielle se répandit dans la salle.

L'étudiante partit en courant, sous les rires goguenards de ses collègues.

— Les métastases ont envahi la plupart des organes, murmura-t-il. Voilà sans doute l'explication de son suicide.

Il reprit d'une voix forte :

— Nous allons maintenant pratiquer la dissection du...

Je n'entendis pas la suite. Emporté par une nouvelle téléportation, je quittai la morgue.

Enfin, une partie de moi seulement...

23.

Dimanche 23 mars – 10 h 45 – quelque part dans L.A.

Le plafond bas me fit rentrer la tête dans les épaules, dans un réflexe inutile. Il faisait froid. Un froid sibérien. Et même si je ne possédais plus de corps, sa morsure me glaça jusqu'aux os. Aussi, je m'approchai de l'unique ampoule recouverte de *chiures* de mouches qui dispensait une lueur blafarde, dans l'espoir de me réchauffer un peu. Sans succès.

Une étagère cabossée courait le long d'un mur. Dessus, au mépris de toutes les règles d'hygiène, des marmites remplies de mixtures épaisses, sombres et odorantes s'alignaient en rangs serrés. Dans un coin de la pièce, des cartons de *mexican style chili beans*, empilés jusqu'au plafond. Dans l'autre, des quartiers de bœuf et de porc, suspendus à des crocs d'acier, se balançaient mollement. Après les frigos de la morgue, la chambre froide d'un restaurant miteux.

L.A. ne manquait pourtant pas de rues agréables et de plages ensoleillées. J'aurais pu me matérialiser sur Rodeo Drive ou sur la jetée de Santa Monica. Mais non, je passais mes journées à l'intérieur de congélateurs en compagnie des cadavres humains ou des carcasses d'animaux.

Une odeur écœurante, subtil mélange d'huile rance, de viande avariée et de légumes pourris s'exhalait. Pourtant je n'étais pas incommodé par cette puanteur. Depuis ma mort, mes sens n'en faisaient qu'à leur tête. Mon ouïe et ma vue n'étaient pas altérées, et si je percevais encore les odeurs, qu'elles soient agréables ou répugnantes m'était complètement indifférent. Il s'agissait d'une simple information que mon cerveau enregistrait. J'avais évidemment perdu le sens tactile, pourtant, j'étais sensible à la température. Par exemple, dans cette chambre froide, il devait faire moins vingt degrés et j'étais transi jusqu'à la moelle, mais je savais que je pourrais y rester des heures sans mourir de froid. J'imaginai en contrepartie que j'aurais pu me trouver au milieu d'une fournaise sans être brûlé. De bien maigres consolations, mais tout était bon à prendre.

Deux hommes, Del Mora et le patron de ce haut lieu de la gastronomie, un Hispanique à la moustache aussi longue que son ventre était rebondi étaient en grande discussion.

— Foster, mon neveu et le beau-frère de ce *cabrón* de River, va arriver d'une seconde à l'autre. Tu le réceptionnes et tu me l'amènes aussitôt. Je compte sur toi, Rodrigo. Fais vite, je me gèle les *couilles* !

— *Si señor* Del Mora. *Ye m'en occoupé.*

Rodrigo partit aussitôt. Del Mora patienta en sifflotant. Il portait, par-dessus ses vêtements, le manteau que les bouchers utilisaient pour transporter les quartiers de viande, ainsi qu'une paire de gants de laine. Comme un taureau furieux, il expulsait à chaque respiration des volutes de vapeur par ses narines.

L'attente fut brève. Foster apparut, tenu par deux types patibulaires. Arrivés sur le seuil de la chambre froide, ils s'arrêtèrent. L'un d'eux posa la semelle de sa botte sur le bas du dos de Foster et appuya de toutes ses forces. Foster partit en avant, dérapa sur le sol glissant et s'étala de tout son long. Les hommes de Del Mora esquissèrent un sourire. Foster se releva en se frottant les genoux et en grimaçant. Il se doutait qu'il allait passer un sale moment, mais il blêmit lorsque son oncle se matérialisa devant lui, tel le diable sortant d'un enfer glacé. D'un signe de tête, Del Mora congédia ses sbires et aborda le sujet qui le préoccupait.

— Je sais que tu as la drogue que River gardait dans son coffre. Elle m'appartient. Je la veux.

— De quoi… non… ce n'est pas moi, qui… je ne sais pas… la drogue, quelle drogue ? bafouilla sans conviction Foster.

— Ta *gueule* ! aboya Del Mora.

Il ôta un gant et lui assena une claque à décorner un bœuf.

— Ne me raconte pas de *connerie* ! *Hijo de puta* ! Je vois tout. J'entends tout. Je suis au courant de tout ce qui se passe à Los Angeles. Surtout quand cela concerne la drogue. Et d'autant plus, s'il s'agit de la mienne.

— Mais, comment… comment savez-vous ? bégaya Foster en se frottant la joue sur laquelle les cinq doigts de Del Mora s'imprimaient en rose fuchsia.

Foster avait visiblement tapé dans la coke, trahi par ses pupilles dilatées comme des soucoupes.

— Que crois-tu qu'a fait Ed, lorsque tu l'as quitté ? Je vais te le dire, *cabrón*. Il a appelé un pote à lui. Ce gars-là devait te suivre, récupérer la drogue et se débarrasser de toi. Tu crois vraiment qu'il avait l'intention de te payer, *maricón* ?

Il secoua la tête, atterré devant tant de naïveté.

— Ce qu'Ed ignorait, et là, tu peux remercier ta bonne étoile, c'est que ce gars me devait un gros paquet de pognon. Il a passé un coup de téléphone à l'un de mes lieutenants et en échange de cette information, j'ai effacé son ardoise. Comme ça…

Oubliant qu'il portait des gants, il tenta de claquer des doigts, n'y parvint pas, jura dans sa barbe, arracha le gant avec les dents et gifla Foster avec une rage décuplée. Ce dernier tomba à genoux, à moitié assommé.

— Regarde ce que tu m'obliges à faire. Que va penser de moi ta pauvre mère de là-haut ? Paix à son âme, il fit le signe de croix. Tu crois que ça me plaît de te défoncer la *gueule* ? Hein ?

Leva le bras pour assener une nouvelle gifle. Il interrompit son geste en découvrant les yeux remplis de terreur de Foster.

— Parle ! Parce que tu vas parler, *pendejo*. Fais-moi confiance ! Ça prendra le temps qu'il faudra, mais tu parleras.

— Mais mon oncle...

— Ta *gueule* ! Sache que désormais tu es à ma merci. Je pourrai te torturer, te couper une oreille ou tous les doigts, ça ne me posera aucun problème. Tu pourras hurler. Personne ne t'entendra. Tu pourras supplier. Personne ne viendra. Je vais te faire une confidence ; tu n'es pas le premier à entrer dans cette chambre froide. Si tu veux faire partie des rares élus qui en sont sortis vivants, tu as intérêt à me dire où se trouve ma marchandise.

— Euh... c'est d'accord... je... je vais tout vous dire. J'ignorais que la drogue vous appartenait. River ne m'avait rien dit. Je... euh... je vais vous la donner, mon oncle. Je vais la cher... chercher et je... je vous l'apporte immédiatement... où vous voulez.

Foster bégayait, connaissant la réputation de Del Mora, il savait qu'il n'avait aucune pitié à attendre de lui.

— Ne me prends pas pour un con, tu veux bien ? On va faire à ma façon. Tu me dis où se trouve la drogue et j'envoie quelqu'un la chercher. Si tu ne m'as pas menti et s'il n'en manque pas – il marqua un temps d'arrêt. Tu verras peut-être le soleil se lever demain. Sinon...

Il n'eut pas besoin d'en dire plus. Foster se liquéfia.

— Vas-y, je t'écoute. Et dépêche-toi, je n'ai pas la journée.

Le cerveau embrumé par la drogue, Foster tentait de trouver une solution. Il ferma les yeux, baissa la tête et murmura :

— Promettez-moi de ne pas lui faire de mal.

— De qui parles-tu ?

— D'Isa.

— Isa ? Qu'est-ce qu'Isa vient faire dans cette histoire ?

Del Mora n'entretenait pas les mêmes rapports avec le frère et la sœur. Il n'avait pas eu d'enfant et considérait Isa comme sa propre fille. Il l'aimait. À sa manière, mais il l'aimait. Je savais aussi qu'il n'aurait aucun scrupule à se débarrasser de Foster, une fois cette affaire réglée.

— La dope est chez Isa.

— Quoi ? Je ne te crois pas ! hurla Del Mora.

— Elle n'est au courant de rien, je vous le jure ! Ne lui faites pas de mal. Je suis allé à Brentwood. J'ai sonné. Personne n'a répondu. J'ai escaladé le portail. Je suis passé par le jardin. Une fenêtre était ouverte. Je suis entré. J'ai caché la came et je suis ressorti. Isa n'a jamais su que j'étais venu. Je vous le jure.

— Mouais, admettons. Où l'as-tu cachée ?

— Dans… dans la salle de musculation.

Un caprice. J'ai aménagé une pièce du sous-sol en salle de remise en forme, avec du matos à faire pâlir d'envie tous les bodybuildés de Venice. Je ne m'en suis servi que deux ou trois fois et…

— Je sais qu'Isa n'y met pas souvent les pieds, alors je me suis dit…

— Où dans la salle ? Sois plus précis, on ne va pas passer des heures à fouiller.

— Dans le meuble. Sous la télé. Entre deux serviettes.

— Bien. J'espère que tu dis vrai. Mais ça ne me plaît pas beaucoup que mes hommes aillent fureter chez Isa…

Il réfléchit et prit sa décision en une fraction de seconde.

— Je vais y aller moi-même. Toi, tu m'attends ici. Bien sagement.

Del Mora tapota la joue de Foster qui avait pris une jolie teinte framboise.

— Lorsque j'aurai récupéré ma marchandise, j'appellerai Rodrigo et il te laissera partir. Je lui demanderai peut-être de te casser la *gueule*, mais tu sortiras d'ici vivant. Mais, si tu m'as menti, fit-il d'une voix tranchante, pendant quelques jours, la *casita del camino verde* servira une double portion de viande hachée dans ses chilis.

Et il éclata d'un rire sardonique à faire dresser les cheveux sur la tête.

Étaient-ce les effets de la drogue, du froid sibérien ou de la peur, mais les jambes de Foster refusèrent de le porter plus longtemps. Il tomba assis sur le sol. Il voulut supplier Del Mora, mais ce dernier avait déjà quitté la chambre froide. La porte claqua. Foster était pris au piège.

Je devais tenter quelque chose. Je m'approchai de la sortie. Arrivé devant la porte, je continuai d'avancer et la traversai sans même ralentir. Une fois de l'autre côté, j'entendis Del Mora déclarer :

— Rodrigo, contacte les gars. J'avais mis un contrat sur la tête de Springsteen. Mais celui qui l'a tué n'a pas réclamé l'argent. Ce n'est donc pas l'un des nôtres. Je veux savoir qui c'est ! *Entiendes* ?

— *Si, señor Del Mora, andale !*

— Fais passer le mot dans la rue. Vingt mille dollars à celui qui me livrera le tueur. Je veux savoir pourquoi il a fait ça.

— *Si, señor Del Mora, yé contacté tout le monde et yé vous appellé muy rápido.*

Del Mora regarda sa montre.

— Je reviens dans une heure. Surveille-le bien ! – il

désigna la chambre froide. Il ne doit pas s'échapper. Je peux compter sur toi, Rodrigo ?

— *Si, señor Del Mora.*

Del Mora lui tapota l'épaule, paternaliste, puis il quitta le restaurant.

Je n'y comprenais plus rien ! Quel intérêt avait ce dernier à faire disparaître Springsteen ? S'il n'avait plus besoin de lui, il était facile de le mettre sur la touche. Pourquoi l'assassiner ? D'autant plus que sa mort semblait contrarier ses projets immobiliers. Je connaissais bien Del Mora. Il était intelligent et tout ce qu'il entreprenait était mûrement réfléchi. S'il avait décidé de tuer Springsteen, c'était pour une excellente raison. Mais laquelle ? Cependant, il était persuadé que Springsteen avait été tué par quelqu'un ne faisant pas partie de son organisation. Qui d'autre voulait la mort de Springsteen ? Ou de River ? Impossible de savoir qui était visé.

La réponse à cette question me ferait faire un pas de géant dans la résolution de mon enquête.

J'emmerdais autant de gens que ça ? En dealant quelques grammes de coke à Bel-Air ou à Brentwood ? Peu probable. Un cartel aurait réglé ce problème d'une balle dans le dos. Une autre de mes *activités* devait être en cause. Avais-je démasqué le violeur d'Anna Molly ? Dans ce cas, pourquoi lui aurais-je donné rendez-vous dans les collines ? Parce que je le connaissais ? Je lui aurais ainsi laissé la possibilité de s'expliquer. Peu probable, on ne peut se prévaloir d'aucune excuse quand on a violé quelqu'un ! Pour le faire chanter ? Je ne pensais pas être tombé si bas ! Et en plus, comme un *con*, je serais venu sans arme ? Non ! Impossible. C'était ce détail qui me perturbait le plus. Pourquoi n'étais-je pas armé ?

Foutue amnésie !

24.

Dimanche 23 mars – 11 h 31 – dans la chambre froide

J'imaginais que cette gargote se trouvait dans le quartier hispanique de Boyle Heights, peut-être sur Olvera Street. Soit à une trentaine de kilomètres de Brentwood. Il restait moins d'une heure, peut-être seulement trente minutes avant que Rodrigo ne reçoive l'ordre de trucider Foster.

Il fallait qu'il se tire d'ici en quatrième vitesse, mais il n'y arriverait jamais seul. Je devais essayer d'entrer en contact avec lui. Ce qui avait fonctionné avec Ogden pourrait marcher avec Foster, si son cerveau n'avait pas été trop ramolli par toutes les saloperies qu'il s'envoyait dans les narines depuis des années.

Assis au centre de la chambre froide, il tremblait de froid et de peur. Je me positionnai face à lui. Ses yeux noyés de larmes regardaient le vide.

Par où commencer ? Je me lançai.

— Foster… Foster… Tu m'entends ?

C'est con comme début, je vous l'accorde.

Il ne pouvait pas m'entendre puisque je ne pouvais pas parler. Mais, j'espérais établir une connexion, un peu comme une transmission de pensée.

Pour y arriver, mes pensées devaient parvenir à son cerveau, s'y ancrer, devenir audibles, faire sens.

— Foster, écoute-moi. C'est River qui te parle… Je suis là… devant toi… Foster, m'entends-tu ?

J'étais concentré à l'extrême, mes pensées focalisées sur son cerveau.

— Foster, tu dois m'écouter. C'est moi ! River ! Je suis mort, mais…

Mon esprit, mon âme, mon fantôme, comment me définir ? J'optai pour une définition neutre.

— Ma conscience est toujours présente. Je suis ici, avec toi, dans cette chambre froide. Foster ? Tu m'entends ?

Et là… Foster sembla se réveiller, il battit rapidement des paupières et inclina la tête sur le côté. Il semblait chercher la provenance de la voix qu'il entendait dans son crâne. Il dodelina de la tête et murmura :

— *Putain*… j'entends des voix, maintenant ! Je dois perdre la boule.

Ça fonctionne !

— Non, tu n'es pas fou. La voix que tu entends c'est la mienne. C'est moi. River. Écoute-moi. C'est très important. Et réponds-moi !

Foster se prit alors la tête à deux mains et gémit :

— C'est pas possible ! J'entends la voix de River ! Mais qu'est-ce qui se passe ?

Il se boucha les oreilles, espérant ne plus rien entendre. Je continuai.

— Foster… c'est moi.

Il devait prendre conscience que ce qu'il entendait n'était pas le fruit de son imagination.

— Foster ! C'est moi River, le mari d'Isa. Je suis mort, mais mon esprit (peut-être que cela lui parlerait plus) est toujours présent, ici, sur terre. Je suis invisible. Tu ne peux pas me voir, mais tu peux m'entendre. Concentre-toi et réponds-moi.

— River… c'est toi ? Que se passe-t-il ? Tu es mort ! Pourquoi j'entends ta voix ?

Il commençait à comprendre. Mais soudain, une terreur indicible s'afficha sur son visage et il murmura d'une voix blanche :

— Oh non ! Je suis mort moi aussi ? C'est ça ? Je suis mort ? Oh, mon Dieu…

Et il se mit à pleurer. Comment lui prouver de manière irréfutable qu'il était toujours en vie.

— Foster, écoute-moi bien. Moi seul suis mort. Toi, tu es en vie.

— C'est vrai ? Je ne suis pas mort ?

— Non, tu n'es pas mort… Mets-toi une grande claque dans la *gueule*.

— Hein ?

— Frappe-toi !

Foster hésita. Il haussa les épaules et s'envoya une magistrale gifle. Il poussa un cri de douleur.

— Ça fait mal !

— Oui, mais maintenant, tu sais.

Il se frotta la joue.

— Tu es un sadique.

— Nous parlerons de mes diverses qualités un peu plus tard. Il faut qu'on dégage d'ici le plus vite possible.

En effet, Foster allait passer un sale moment quand Del Mora s'apercevrait que la drogue n'était pas chez Isa.

— Qu'est-ce qui me prouve que c'est bien toi ? Je ne te vois pas, je n'entends pas ta voix, les mots arrivent directement dans mon cerveau.

— Qui veux-tu que ce soit ? Le fantôme d'Elvis ?

— Je ne sais pas. Un piège…

— Écoute-moi. Pour te prouver qui je suis, je vais te

donner la combinaison de mon coffre. Tu t'en souviens ? Nous ne sommes que deux à la connaître, toi et moi.

Foster hésita. Il regarda autour de lui et murmura :

— Oui. Je m'en souviens.

— La combinaison est *05 07 18*.

Il répéta :

— *05 07 18*, oui… c'est bien ça. Mais alors, je suis mort ou pas ?

— *Putain* Foster, tu me gonfles ! NON, TU N'ES PAS MORT !

— OK ! OK ! Ne crie pas ! dit-il en se tenant le crâne à deux mains.

— Alors, est-ce que tu me crois désormais ?

— Euh… oui… enfin, il me semble. Mais pourquoi j'arrive à t'entendre si tu es mort et pas moi ?

— Je n'en ai aucune idée ! Je ne sais pas ce qui m'est arrivé. C'est une longue histoire. Sache que je suis mort, mais que mon esprit est là, avec toi, dans ce congélateur. Je pense que nous communiquons par télépathie. Une connexion s'est établie entre nos esprits, ou nos cerveaux, comme tu veux. Cela ne fonctionne pas avec tout le monde. Certaines personnes semblent plus réceptives que d'autres. C'est ton cas. Voilà ! Je n'ai pas d'autre explication…

— C'est difficile à imaginer, tu sais.

— Je le sais. Moi-même, j'ai du mal à le croire. Mais, on en reparlera plus tard, si tu le veux bien. Pour l'instant, nous devons sortir d'ici. Mais avant, tu dois me promettre une chose.

— Ce que tu veux. Si on arrive à quitter cet endroit…

— Bien. C'est très important. Pendant les heures qui vont suivre, tu dois me promettre de prononcer, régulièrement mon nom.

— Hein ?

— Ne cherche pas à comprendre, contente-toi de me faire confiance et de te souvenir de prononcer mon nom.

— Comme ça : RIVER.

— Oui, mais ce n'est pas la peine de *gueuler*, dis juste *River*.

— OK, c'est facile ! Mais pourquoi ?

— Tout simplement parce que je suis transporté auprès de la personne qui prononce mon nom. Là encore, j'ignore pourquoi. Mais, cela semble fonctionner à tous les coups. J'ai une enquête à mener et tu vas m'aider. En prononçant mon nom, nous resterons l'un près de l'autre. Tu seras mes jambes et ma voix. Tu me dois bien ça, après tout ce que j'ai fait pour toi. Moi, je serai ton ange gardien et je te protégerai. Mais il est urgent que nous partions d'ici, sinon tu vas mourir congelé.

— Mais Del Mora…

— On l'*emmerde* Del Mora.

— Ouais, toi tu es mort, tu ne risques plus rien. Mais moi, il va me buter, si je m'évade.

— Il va te buter quoi qu'il en soit. La came n'est pas à Brentwood.

— Comment ? Tu lis dans mes pensées en plus ?

— Je n'en sais rien ! Je n'ai pas encore essayé ! Mais tu as menti à Del Mora. Il n'y a plus de salle de sport à Brentwood. Nous l'avons transformée en salle de cinéma, l'année dernière.

— Ah ! Je ne pouvais pas savoir. Ça fait au moins deux ans que je ne suis pas allé chez vous. Bon d'accord, j'ai menti. Mais qu'est-ce que je pouvais dire à Del Mora ? Que j'avais récupéré la came et qu'ensuite quelqu'un me l'avait volé ? Il m'aurait buté sur-le-champ. Tu le connais !

— Comment ça, on t'a volé *ma* came ?

— Ouais. Après être passé chez toi, je l'ai planquée dans mon appart, mais le lendemain elle avait disparu.

— *Merde* ! Bon, on verra plus tard. Il faut qu'on se tire d'ici avant qu'il revienne. En revanche je ne comprends pas pourquoi tu as envoyé ce malade chez Isa. Il risque de s'en prendre à elle quand il comprendra que tu t'es foutu de sa *gueule*.

— Non, il ne lui fera jamais de mal. Et peut-être qu'en parlant avec elle, il renoncera à vouloir me tuer. Les liens du sang, tu vois ?

— Un homme comme Del Mora se fout pas mal des liens du sang, mon pauvre Foster ! Nous devons être loin d'ici avant son retour. Je récupérerai la drogue une fois dehors.

— Tu sais qui l'a prise ?

— Disons que j'ai une petite idée. Mais au fait, pourquoi avoir dit à Ed que tu avais la dope ?

Foster se mit à rougir comme un enfant pris en faute.

— Je voulais reprendre ton business. Je croyais que tu étais mort et j'ai pensé qu'en lui disant que j'avais ta dope, il accepterait de travailler avec moi. J'ai des relations…

Je confirme, des relations hautement recommandables.

— Et je me faisais fort d'en trouver, et de la bonne.

— Tu joues sur tous les tableaux ! Tu n'as aucune morale. Tu mériterais que je te laisse croupir dans cette chambre froide.

— Déconne pas, River ! Si tu peux nous faire sortir d'ici, partons vite. Je crève de froid.

— Ouais… On réglera les comptes un autre jour. Cassons-nous d'ici. Vas-y, essaie d'ouvrir la porte.

Il se leva et s'approcha de la porte. Il tremblait de froid. Sa tension artérielle devait crever le plafond et il paraissait à bout de nerfs. J'espérais le garder sous contrôle. Il ne fallait pas qu'une fois à l'extérieur, il prenne peur et fasse une connerie. Je lui parlerais sans arrêt pour le rassurer et l'empêcher de réfléchir.

Ça ne devrait pas être trop compliqué…

— Espérons qu'elle ne soit pas verrouillée. Sinon on sera vraiment dans la *merde* ! Vas-y, ouvre !

Foster saisit la poignée à deux mains et tira dessus. La porte résista un peu, puis elle s'ouvrit dans un grincement métallique. Je criai aussitôt :

— Stop ! Ferme la porte ! Vite !

— Qu'est-ce qui se passe ? Del Mora est de retour ?

— Non, je vais voir si la voie est libre. N'oublie pas que je suis invisible. Toi, en attendant, tu ne bouges pas.

— Quoi ? Tu peux traverser les murs ? Comme un *putain* de fantôme. C'est ça, River, t'es un fantôme ?

C'en était trop pour Foster. La goutte qui faisait déborder le vase explosa avec un gros *ploc* dans son esprit. Il se laissa glisser le long du mur et implora :

— Mon Dieu, ce n'est pas possible ! C'est un cauchemar ! Faites que ce soit un cauchemar.

— Non, ce n'est pas un cauchemar, désolé. Quant à moi... un fantôme... Oui peut-être. Je ne sais pas comment me définir. Alors un fantôme, pourquoi pas ? Mais tu sais, il y a des tas d'occasions où il est intéressant d'être un fantôme. Aujourd'hui, par exemple, je vais traverser le mur et vérifier si on peut quitter les lieux sans se faire repérer. L'avantage d'être un fantôme...

De l'autre côté du mur, à droite, au bout d'un couloir mal éclairé, une cuisine où régnait une certaine effervescence. À gauche, en haut d'un escalier, derrière une porte donnant sur l'extérieur, une ruelle étroite, où l'on entreposait les poubelles et, au-delà, une rue animée, synonyme de liberté. Je fis un rapide tour d'horizon. Tous les cuisiniers étaient occupés à trancher de la viande ou émincer des légumes. Personne dans le couloir. OK, nous allions réussir à nous tirer d'ici. Je retournai chercher Foster, le briffai une fois de plus pour qu'il n'oubliât pas de prononcer mon nom et lui ordonnai de piquer un sprint.

Il ouvrit la porte et sortit de la chambre froide. Je lui ordonnai de refermer la porte. Il s'exécuta. Il tenta de marcher, mais ne put faire que quelques pas. Ses jambes, ankylosées par le froid, refusèrent de le porter et manquèrent se dérober sous lui. Je lui ordonnai de se frotter les cuisses et les mollets afin d'activer sa circulation sanguine. Il mit plusieurs minutes avant de retrouver l'usage de ses membres inférieurs. Il fit des exercices d'assouplissement, s'accroupit et se releva plusieurs fois. Il courut sur place. Ses jambes répondirent enfin. Mais à cet instant, l'un des cuisiniers déboula sur notre droite. Eh *merde*, à une minute près ! Je réfléchis à toute vitesse. Si Foster partait en courant, nul doute que le marmiton allait alerter ses collègues qui nous tomberaient dessus. Comme les couteaux ne manquaient pas dans une cuisine… je devais trouver une meilleure solution.

Foster l'affronterait. Il devrait se battre. Pour la première fois de sa vie. Je devais le coacher. Et vite.

— Écoute et fais exactement ce que je te dis. Sans réfléchir, parler ou hésiter.

— OK, dit-il d'un air étonné.

— Colle-toi vite contre la porte et ne bouge plus !

Le cuisinier, âgé d'une vingtaine d'années, tenait à bout de bras une poubelle pleine à ras bord. Impossible de lui envoyer un direct au menton. Depuis la position occupée par Foster, seule sa tempe était accessible. Mais je ne le pensais pas capable de l'assommer d'un seul coup. Or, il n'aurait pas une seconde chance. Seule solution pour le mettre hors d'état de nuire, viser les genoux. Le cuistot approchait lentement, en soufflant comme un bœuf. Ses mains étant prises, il n'avait pas allumé et dans la pénombre, il ne pouvait voir Foster.

Je lui ordonnai :

— Lève la jambe droite et à mon signal, tape de toutes tes forces avec la semelle, sur son genou.

La synchronisation fut parfaite. Le cuistot reçut un magistral coup de pied sur le côté gauche de la rotule. Les ligaments cédèrent, sa jambe se déroba et il tomba à genoux. Sans lâcher la poubelle ni prononcer une parole, la douleur n'étant pas encore parvenue à son cerveau.

— Maintenant, shoote-lui en pleine *gueule* !

Foster n'hésita qu'une demi-seconde, il exécuta une rotation du bassin, arma sa jambe et la détendit à l'horizontale. Le pauvre gars, qui avait tourné la tête, reçut sur la tempe un coup de pied circulaire que n'aurait pas renié un champion de taekwondo. Il perdit aussitôt connaissance et s'effondra comme une poupée de chiffon dans les restes de chili qu'avait vomis la poubelle. Le tout en moins de trois secondes et sans le moindre bruit.

— Allez, vite ! On se casse.

D'un bond, il enjamba le corps étendu devant la porte. En se réceptionnant, il dérapa sur un reste de burrito et s'étala de tout son long. Groggy, il mit un moment avant de se relever.

Je suis pris d'un fou rire que je n'arrive pas à réfréner.

— *Connard*, ça te fait rire ? grommela Foster en grimaçant de douleur.

Je tentai, en vain, de lui présenter des excuses, tandis qu'il montait l'escalier. Nous traversâmes la ruelle d'une traite. Nous débouchâmes dans la rue commerçante. Il y avait du monde sur les trottoirs. C'était parfait.

— Marche normalement sinon tu vas attirer l'attention.

— Où va-t-on ? demande Foster à voix haute.

Un passant, l'entendant parler seul, le regarda, surpris.

— Écoute Foster, quand il y a du monde, ne parle pas aussi fort. On va te prendre pour un fou et t'interner.

Nous continuâmes quelques minutes en silence. Soudain, je lui demandai :

— On va tenter une expérience. Pense à un nombre. N'importe lequel. Je vais essayer de le retrouver.

— …

— Laisse tomber ! Je n'y arrive pas.

— Ben, j'aime autant que tu ne lises pas dans mes pensées.

Je devais avouer que si je ne pouvais lire ses pensées les plus intimes, j'arrivais facilement à deviner ce qu'il allait dire ou faire. Une fraction de seconde avant qu'il ne parle ou agisse. Mais je ne lui dirais rien pour le moment. De mon côté, seul l'interlocuteur que j'avais choisi *entendait* mes pensées (souvenez-vous de la scène des sushis dans mon appart) alors qu'elles restaient inaudibles pour le reste du monde.

Tout en parlant, nous nous éloignâmes du restaurant. Nous marchâmes plusieurs minutes, en changeant fréquemment de direction. Personne ne nous courait après. Quand nous fûmes suffisamment loin, je décidai de tenter une nouvelle expérience qui pourrait, en cas de réussite, modifier radicalement mon existence.

Nous arrivâmes en bordure d'un parc. Trois bancs entourant une pelouse miteuse. L'un d'eux occupé par un SDF endormi, près d'un caddie contenant toute sa vie.

— Ici nous serons tranquilles. Si ce gars là-bas se réveille et t'entend parler seul, cela ne prêtera pas à conséquence. Ne bouge pas d'ici. Moi, je vais m'éloigner de plus en plus loin. Je veux savoir jusqu'à quelle distance nous continuerons à nous entendre.

— OK. Qu'est-ce que je fais si je t'entends, je lève un bras ?

— Tu dis juste : *je te reçois*. Ne prononce surtout pas mon nom. Tu as compris ?

— J'ai compris, River.

— Non, je t'ai dit de ne pas prononcer mon nom.

Il commence à m'énerver, lui aussi.

— Oui, j'ai oublié, mais ça va, j'ai compris.

— Ouais, je l'espère. Bon, j'y vais.

Je m'éloignai de quelques mètres. Il m'entendait. À plus de cinquante mètres, je l'entendais et lui aussi, comme si nous étions à côté l'un de l'autre. Idem à plus de cent mètres. Je ne pouvais aller plus loin. Au-delà, j'étais comme englué et dans l'impossibilité de bouger. J'avais découvert ma limite. Une centaine de mètres. Pas terrible ! C'était comme avoir un fil à la patte. Et au bout de ce fil, il y avait Foster.

J'étais totalement dépendant de lui. Et je devais lui faire confiance, une confiance aveugle. À un type comme lui ! Je devrais essayer de trouver quelqu'un d'autre. Pourquoi pas Isa ? Nous ferions un très beau couple, dans la mort comme dans la vie. Un duo de choc ; Isa et son mari fantôme ou la belle et le revenant. Notre entente serait parfaite.

Peut-être plus tard.

Désormais, Del Mora devait être chez Isa. Il ne trouverait pas ce qu'il était venu chercher et serait fou furieux. Pour le protéger, je devais mettre Foster en lieu sûr. Et où serait-il plus en sécurité que chez Isa ? Il ne me restait plus qu'à la convaincre d'accepter d'héberger son frère. Tâche ardue s'il en était, leurs relations n'étant pas au beau fixe.

J'expliquai mon plan à Foster. Il ne fut pas emballé par mon idée. J'insistai. Je lui fis admettre que Del Mora, en découvrant que la drogue avait disparu et qu'il s'était évadé, allait entrer dans une rage folle. Et les ires de Del Mora se terminaient souvent par la disparition de l'objet de sa colère.

Foster m'expliqua qu'il connaissait un endroit. Il y avait ses habitudes. Sa chambre attitrée. Mauvaise idée ! Del Mora avait des hommes et des indics partout en ville. Impossible non plus d'aller se terrer dans un motel. Il le saurait dans l'heure. Foster devait absolument se cacher chez Isa (le dernier endroit où son oncle le chercherait), le temps que les choses se tassent. Il finit par entendre raison. Il héla un taxi et nous partîmes pour Brentwood.

Foster ne tenait pas en place. Il voulait me parler. Il parvint malgré tout à tenir sa langue. Après une heure d'embouteillage et plusieurs dizaines de dollars dépensés, nous arrivâmes en vue de la maison d'Isa.

Je n'arrive plus à dire ma maison. Je ne me sens plus vraiment chez moi à Brentwood...

J'ignorais ce que j'allais raconter à Isa. Mais je savais comment procéder ; Foster me servirait d'interprète. Je lui parlerais et il répéterait mes propos, comme pour une traduction simultanée. J'appréhendais le moment d'annoncer ma demi-mort ou ma presque vie (comment définir ma condition ?) à ma femme... à ma veuve. J'avais peur de ses réactions, j'avais peur qu'elle ait peur.

Comment réagirais-je si j'apprenais une chose pareille ?

Comment réagiriez-vous ? Bonne question !

J'improviserais. Je m'adapterais. Je me laisserais guider par mes émotions.

25.

Dimanche 23 mars – 18 h 28 – Brentwood

Juste avant le coucher du soleil, une averse éclata. Une ondée tropicale, aussi violente que brève. Ensuite, l'air sembla plus transparent, plus pur, nettoyé par la pluie, et une odeur d'humus monta du sol. Les oiseaux lancèrent leurs derniers trilles avant de s'endormir et les insectes nocturnes prirent possession des lieux. Comme les êtres humains, les animaux de la cité des anges étaient toujours sur la brèche, animés de la volonté farouche d'être les plus performants. S'arrêter un instant pour souffler serait considéré comme un aveu de faiblesse. Dans cette ville de dingues, le calme et le silence n'avaient pas leur place.

Isa attendait devant la porte, les bras croisés, les lèvres pincées, avec le visage fermé des mauvais jours. Le chauffeur de taxi siffla entre ses dents. La maison. Ou Isa. Ou les deux. Puis, il fit demi-tour et disparut. Foster approcha d'un pas hésitant, se demandant comment il allait être reçu. Il s'arrêta au pied de l'escalier. Espérant un signe de sa sœur, un sourire ou un mot de bienvenue. Mais elle regardait ostensiblement de l'autre côté. Foster prit alors son courage à deux mains, il grimpa les marches, saisit sa sœur par les épaules et lui déposa un baiser sur la joue en murmurant :

— Bonjour, Isa. Comment vas-tu, depuis tout ce temps ?

Elle explosa.

— Tu oses te présenter devant moi ? Comme ça ! Après des mois sans donner de tes nouvelles. Tu ne manques pas d'air !

— C'est que j'ai – il en bégayait – j'ai été pas mal occupé ces derniers temps… et j'ai… j'ai souvent été absent de L.A.

— Oui. Occupé à te droguer et absent quand tu étais en désintox.

— Euh… non… enfin… oui. Peut-être. Mais c'est fini tout ça. Je t'assure. Je suis clean maintenant.

— Je ne te crois pas. Il me suffit de voir tes pupilles dilatées et ta tête de déterré, pour comprendre que tu n'as pas arrêté.

— Ce n'est pas ce que tu crois. J'ai eu une journée difficile. C'est compliqué… il faut que je te raconte. Mais, tu risques de ne pas me croire.

— Oh, il y a longtemps que je ne crois plus à tes histoires. Tu sais qui vient de partir, il y a quelques minutes à peine ? Notre oncle, Tio Pablo. D'ailleurs, vous avez dû vous croiser.

Effectivement, nous l'avons aperçu et Foster s'était aussitôt enfoncé dans son siège.

Isa continua, de plus en plus furieuse.

— Et tu sais ce qu'il voulait ?

— Non… que voulait-il ?

Quel faux cul, celui-là !

— Je n'en sais rien, figure-toi ! Il est entré sans même me dire bonjour. Il s'est précipité dans la salle de projection. Là, je ne sais pas pourquoi, il est devenu comme fou et il a tenu des propos incohérents. Il parlait de salle de sport, de paquet lui appartenant. Je lui ai dit que nous avions transformé cette pièce depuis plusieurs mois en salle de cinéma. Il s'est alors mis à hurler. J'ai retenu une phrase, je cite : *je vais tuer ce petit salopard et le transformer en chili !* Il parlait de toi, n'est-ce pas ?

— Je ne sais pas. Cela fait partie des explications. Tu veux bien nous laisser entrer ?

Mais quel boulet !

— Nous ? Qui ça nous ? demanda Isa en regardant derrière Foster. Tu n'es pas seul ? Qui est avec toi ? Où est-il ? J'espère qu'il ne s'agit pas d'un de tes amis camés. Il n'est pas question qu'il entre chez moi.

— Non. Je suis seul. Enfin… euh… comme je te l'ai dit, c'est compliqué.

Il lui saisit les mains.

— Laisse-moi entrer, Isa. Je t'en prie !

Isa le regarda droit dans les yeux. Elle hésitait. Elle avait assez de ses problèmes et n'avait aucune envie de gérer les siens. Foster prit son air de chien battu, comme il savait si bien le faire et Isa revit le garçonnet qu'il était vingt ans auparavant, quand elle le grondait après qu'il eut fait une bêtise. Elle se laissa attendrir, ouvrit la porte et fit un pas de côté. D'un geste, elle l'invita à entrer.

Soudain, le souvenir de Del Mora se servant un verre, aussi à l'aise que s'il était chez lui, me revint en mémoire. Je dis à Foster :

— Attends ! N'entre pas, demande à passer par le jardin. Et restez dehors, au bord de la piscine. Il y a des micros ou caméras cachées dans la maison. Del Mora va savoir que tu es ici.

Isa parut surprise, mais elle accéda à la demande de Foster. Ils passèrent par l'extérieur et allèrent s'asseoir au bord de la piscine. Isa servit un verre de citronnade à Foster. Il aurait bien voulu y ajouter une bonne rasade de vodka, mais il n'osa pas le lui demander. Il but une gorgée glacée et posa le verre recouvert de condensation. Il avait la main fraîche et humide. Il se la passa sur le visage, essayant de trouver le courage d'expliquer l'inexplicable.

Je décidai de prendre les choses en main.

— Foster, écoute-moi et répète mes paroles. Juste mes paroles. Ne change rien. Tu es prêt ?

Il hocha la tête.

Foster raconta à Isa, tout ce qui s'était passé depuis le jour de la réunion avec le chef et Grant, jusqu'à aujourd'hui. Il expliqua les différentes missions qui m'avaient été confiées. Pourquoi et comment j'avais repris contact avec lui. Son rôle pour m'introduire dans le milieu de la drogue. Mon recrutement par Del Mora et ses associés (j'éludai mes motivations et expliquai que ce recrutement faisait partie intégrante de ma mission). Mon assassinat. Je fis alors preuve de mansuétude et avouai que c'était à ma demande qu'il s'était emparé de la drogue. Son enlèvement par Del Mora, les coups, les menaces. Son idée, pas très futée, de déclarer que la drogue était cachée ici. Bref, toute l'histoire.

Pendant que Foster déroulait son récit, Isa semblait s'apaiser. Mais j'étais dans l'expectative. Devais-je lui avouer la vérité ? Je risquai de la bouleverser, de détruire ses certitudes sur la vie et la mort. Son esprit ébranlé par ma disparition pourrait-il supporter la nouvelle, inconcevable, de ma présence ?

Je pris ma décision en une fraction de seconde.

Isa pouvait m'aider dans ma quête de la vérité. Elle ne le ferait pas pour Foster. Mais elle le ferait pour moi. Je devais tout lui avouer.

Et pour qu'elle n'ait aucun doute sur le fait que c'était moi qui parlais à travers Foster, je devrais lui apporter des preuves. Irréfutables. Évidemment. Personnelles. Obligatoirement. Intimes. Forcément.

Eh *merde* !

Je commençai, m'adressant à Foster.

— Écoute-moi ! Ferme les yeux et répète mot pour mot, ce que je te dis.

Il hocha la tête en silence.

— Isa, – Foster parlait lentement, marquant un temps d'arrêt après chaque phrase –, il faut que je te dise la chose la plus surprenante que tu n'as jamais entendue, la plus troublante, la plus incroyable… Tu risques de ne pas me croire et tu vas penser que je suis fou ou sadique. Que je me moque de toi ou que je te veux du mal… mais il n'en est rien et je te demande de m'écouter jusqu'au bout. Il sera aussi difficile pour moi de te dire ce que je m'apprête à te dire, qu'il sera difficile pour toi de l'entendre et de l'accepter.

Foster reprit sa respiration, il était blanc comme un linge. Isa le regardait en fronçant les sourcils, se demandant si son frère n'était pas définitivement complètement timbré.

— Tu me fais peur, Foster. Tu es bizarre, on dirait que tu répètes les mots que quelqu'un te souffle. Tu as une oreillette ? Que se passe-t-il ?

Foster se troubla, il balbutia :

— Non… non, rien de tout cela… Isa…

Foster saisit les mains de sa sœur entre les siennes. Il allait faire une connerie. Je lui hurlai de ne rien dire. Mais il ne m'écoutait plus. Il déclara :

— Isa, River n'est pas mort.

Quel imbécile ! Bien sûr que j'étais mort. Qu'est-ce qu'il racontait ? Je devais intervenir d'urgence.

— Quoi ? River n'est pas mort ? C'est vrai ? Il est vivant ? Mon Dieu, il est vivant !

Isa était au bord des larmes.

— Où est-il ? Je veux le voir !

— Non… en fait… comment dire… il est mort… mais pas tout à fait. Pas complètement. Je me suis mal exprimé.

Isa se leva. Elle le tança d'un index rageur. Comme lorsqu'ils étaient enfants et qu'elle se substituait à sa mère.

Lorsque celle-ci était absente ou lorsque Isa trouvait qu'elle n'était pas assez sévère.

— Tu as pris de la drogue. C'est ça ? C'est pas vrai, Foster ! Pourquoi faut-il que tu racontes autant de mensonges ? Pour me faire mal ? Ou te venger de moi ? Explique-moi, je t'en prie.

— Non Isa, pas du tout. Je t'aime, je te le jure. Je ne te veux aucun mal.

Foster était au bord des larmes. Isa se leva et s'éloigna de quelques pas.

Je vais avoir du mal avec ces deux-là !

Je criai :

— Foster !

Je devais le reprendre en main, très vite. Je craignais qu'Isa le foute dehors.

— Répète mot pour mot mes paroles. C'est notre dernière chance. Si tu n'arrives pas à convaincre Isa, elle va te mettre à la porte et Del Mora va te buter.

Il se mit à trembler.

— Oui, je te promets, mot pour mot.

Il se leva, rejoignit Isa au bord du bassin et répéta mes paroles.

— Isa, River a bien été tué par balles il y a deux jours. Il est mort. Tu ne le reverras plus. Son corps est à la morgue, c'est vrai. Mais… mais son esprit est toujours présent.

Elle soupira, en secouant la tête.

— Tu continues à divaguer, mon pauvre Foster !

— Non. C'est la stricte vérité. Je te le jure ! River est là !

Il fit un geste circulaire englobant la maison et la piscine.

— Son esprit est parmi nous ! Il te voit. Il nous voit. Il nous entend. Et je peux communiquer avec lui.

— Arrête tes balivernes, Foster ! Comment peux-tu croire cela ? OK. J'ai compris ! Tu es allé chez une voyante.

Elle t'a retourné le cerveau et tu es persuadé que l'esprit de River te parle. Elle s'est bien foutue de toi !

— Non, Isa, je n'ai vu personne. Je parle directement à River, sans intermédiaire. Nous avons une sorte de connexion. C'est difficile à comprendre, je te l'accorde. Mais tu seras obligée de me croire, parce que je vais t'apporter la preuve que je dis la vérité.

— La preuve ! Je suis impatiente.

Isa se planta devant Foster et croisa les bras dans un geste de défi.

— Vas-y ! Que vas-tu encore inventer ?

— Isa, c'est moi, River, qui te parle.

— Foster ! Arrête, veux-tu !

— Fais-moi confiance ! Au moins une fois dans ta vie. Laisse-moi parler. Je t'en prie !

Isa parut troublée par la sincérité de Foster. Elle capitula.

— C'est bon, je t'écoute.

— Isa, c'est River. Te souviens-tu de votre premier rendez-vous ?

— …

— Tu peux lui répondre.

— Je dois vraiment lui… te répondre ?

— S'il te plaît.

— Oui, évidemment, je m'en souviens, fit-elle en haussant les épaules.

— Nous nous étions rencontrés quelques jours auparavant. Tu m'avais interviewé pour ta chaîne, au sujet d'une enquête. Le double crime de l'observatoire.

— Exact ! Mais ça ne prouve rien.

— Attends la suite.

J'employai volontairement la première personne. Isa devait oublier qu'elle parlait à son frère. La pénombre estompant les détails était propice à mon stratagème.

— J'avais essayé de te draguer, un peu maladroitement,

et de te faire rire, en glissant des blagues dans mes réponses. Sans succès. Tu m'avais fait remarquer, très sèchement, qu'il fallait que je sois plus sérieux. Nous parlions d'un meurtre et ce n'était ni le lieu ni le moment. Je fus tellement vexé que je n'en dormis pas de la nuit. Le lendemain, je t'ai téléphoné à la première heure. Je me suis excusé et je t'ai assuré que je n'étais pas comme ça d'habitude. J'étais quelqu'un de sérieux, comme tu pourrais t'en rendre compte si tu acceptais de m'accorder une seconde chance. Je venais de boucler une affaire difficile. La tension nerveuse et la fatigue accumulée m'avaient fait perdre le sens de la mesure. J'ajoutai que j'avais été hypnotisé par ta beauté et que c'était uniquement ta faute si je m'étais conduit comme un *con*. Je prenais un énorme risque : soit tu me raccrochais au nez, soit tu éclatais de rire. À mon grand soulagement, tu as choisi la deuxième option.

Un sourire illumina le visage d'Isa. Foster continua :

— Nous nous sommes retrouvés au *Daily Bird*, un bar de Franklin Village. Nous nous sommes installés en terrasse. Nos genoux se touchaient sous la table. On jouait un titre de Massive Attack. Tu as commandé une coupe de champagne. Moi, une vodka sur glace. Tu te souviens de ce serveur maladroit ? Il m'a renversé ton verre sur la chemise. Je me suis levé, fou de rage. Tu as alors posé ta main sur mon bras. Et tu m'as dit d'une voix douce : « S'il vous plaît, monsieur River, gardez votre calme, c'est du champagne… »

— Ça ne tache pas, balbutia Isa, les yeux emplis de larmes.

— C'est exact. Et te souviens-tu de notre première nuit, quelques semaines après ?

— Oui, murmura-t-elle dans un souffle.

— C'était lors de notre cinquième ou sixième rendez-vous.

— Cinquième.

— Exact. Ta mémoire est bien meilleure que la mienne. Nous avions dîné dans un restaurant coréen. Tu avais accepté de monter chez moi, prendre un verre. J'étais dans la cuisine. Je préparais les boissons. Tu déambulais dans l'appartement. Soudain, tu as crié mon nom. J'ai cru qu'il t'était arrivé quelque chose, je suis arrivé en courant dans la chambre. La lumière était éteinte, tu étais nue, debout au centre de la pièce. Les fenêtres ouvertes laissaient entrer la lumière d'une enseigne publicitaire qui nimbait ton corps d'une lueur bleutée. Comme un *con*, j'ai bafouillé que tu ressemblais à Neytiri, l'héroïne d'*Avatar*. Tu as alors éclaté de rire et tu m'as rétorqué que…

— Que tu étais le mec le moins romantique de la terre !

Isa sanglotait.

— River, c'est toi ? C'est vraiment toi ?

— Oui, Isa. C'est moi !

— Tu es ici ? Près de nous ?

— Oui, juste là… devant toi… à un mètre, environ.

— Tu me vois ?

— Oui, je t'entends, je te vois, je sens ton odeur, mais je ne peux pas te toucher.

— Pourquoi est-ce que je ne t'entends pas ? Pourquoi seulement Foster ?

— Je ne sais pas, cela ne fonctionne pas avec tout le monde.

— Oh River ! Ce n'est pas possible. Cela ne peut pas être possible.

— J'ai du mal à le croire moi-même. J'ignore pourquoi je suis toujours là. Cela fait deux jours que je ne pense qu'à ça. Des dizaines de questions se bousculent dans ma tête, et je n'ai aucune réponse… Je présume que c'est pour démasquer le *salaud* qui m'a tué.

— Comment ça, démasquer ? Tu ne sais pas qui t'a tué ?

— Non, je n'ai aucun souvenir de ce qui s'est passé ce jour-là et des trois mois qui ont précédé ma mort.

— Trois mois ?

— Oui, plus ou moins.

— Donc, tu ne te souviens plus de…

— De quoi ?

Isa se troubla. Elle chuchota :

— Non, laisse tomber.

Isa était gênée.

— Vas-y, dis-moi tout. Tu sais au point où j'en suis…

— Eh bien, tu te souviens être parti de la maison ?

— Je sais qu'au moment de mon décès, je n'habitais plus ici depuis un bon bout de temps. Je pense être parti pour te protéger. Mais je t'ai entendue dire à Del Mora que j'étais parti brusquement. J'avoue que je ne comprends pas pourquoi.

— Tu m'as entendue parler à Del Mora ? Mais alors, tu étais ici quand Del Mora est venu me présenter ses condoléances ?

— Oui, c'est un peu compliqué, je ne maîtrise pas mes déplacements. On en parlera plus tard, si tu le veux bien. Mais pour en revenir à mon départ…

— Oh River ! À quoi bon ?

— Isa, tous les détails sont importants pour me permettre de démasquer mon meurtrier. Même les plus insignifiants. Tu dois me dire ce qu'il s'est passé. Je t'en prie.

— Bon… si tu insistes. Mais crois-moi, cela n'a aucun rapport avec ton meurtre. Je vais tout te dire, même si rien que de penser de nouveau à cet après-midi…

Elle poussa un soupir.

— Quel après-midi ? Que s'est-il passé ?

— C'était peu de temps après le début de ton enquête. J'étais contre ce travail. J'avais presque perdu un frère à cause de la drogue – excuse-moi Foster, mais c'est la vérité –, je ne voulais pas perdre aussi mon mari. Ça n'allait pas fort entre nous. Tu travaillais la nuit. Tu dormais le jour. On ne partageait plus rien tous les deux. Et lorsque l'on se croisait, c'étaient des disputes à n'en plus finir. Pour me changer les idées, je prenais des cours de danse, de peinture, n'importe quoi me permettant de voir du monde. Un après-midi, mon prof de tennis a eu un empêchement et je suis rentrée à la maison, plus tôt que prévu…

Aïe… ça commence à sentir mauvais !

— Et je vous ai surpris. Toi et cette pétasse blonde. Au lit. Dans *notre* lit, River ! Je vous ai regardés. Interloquée. Tu ne lui faisais pas l'amour comme tu me le faisais, avec tendresse, douceur. Non ! Là, c'était violent, obscène. Je ne t'ai pas reconnu.

Elle continua après un instant de silence.

— Je suis restée planté sur le seuil de *ma* chambre, comme une *conne* en pleurant de rage et de frustration. Et vous, vous avez continué de *baiser*, comme si je n'existais pas. J'ai soudain eu honte et dans un réflexe absurde, je me suis enfuie. Mais alors que je ne m'étais éloignée que de quelques pas, je vous ai entendus jouir bruyamment. Tous les deux. Je suis certaine que cette *pute* m'avait vue et en rajoutait pour me faire enrager. Mon sang n'a fait qu'un tour et je suis retournée dans la chambre. Je te laisse imaginer ce que je vous ai dit…

Entre deux excuses pourries, tu m'as raconté une histoire incohérente où il était question du viol d'une gamine, que ta blonde serait le témoin clef pouvant te permettre de boucler ton enquête. Je n'ai rien compris. Je n'ai pas cherché à comprendre. J'étais dans une telle rage ! Je l'aurais tuée, cette *salope* ! Je t'ai demandé de faire ta valise et de quitter la maison. Après, je suis partie. Je ne pouvais pas rester une minute de plus à regarder le corps parfait et les seins énormes de cette *pouffe*.

À l'évocation de cette scène, Isa ne put s'empêcher de serrer les poings.

Je restai sans voix. Je comprenais enfin la raison de mon départ. Aucun rapport avec l'une ou l'autre de mes enquêtes. J'étais soulagé, mais honteux. Tromper sa femme chez soi, dans son propre lit… ça ne se faisait pas. Mais je devais retrouver cette fille. Pour mon enquête, uniquement pour mon enquête (pas de mauvais esprit !). Isa ne va pas apprécier ma prochaine question.

— Tu ne connaîtrais pas son nom, par hasard ?

— Si. *Grosse Pute.*

— Non Isa, c'est important. Je pourrais peut-être découvrir le nom de mon assassin grâce à elle.

— Je t'ai entendu l'appeler Leslie ou Chelsea.

— Leslie ou Chelsea ? Essaie de t'en souvenir.

— Je ne m'en souviens pas et je n'ai aucune envie de me souvenir du nom de cette…

— Isa !

— Garce. Tout ce que je peux te dire c'est qu'elle portait une sorte de déguisement, un costume de soubrette. Une minijupe noire, un haut noir très décolleté et un petit tablier blanc. Enfin, quand je dis portait… quand je l'ai vue, elle n'avait pour tout vêtement qu'une paire de chaussures à talons hauts. Je ne savais pas que ton fantasme, c'était de t'envoyer la bonne ! D'ailleurs, je me demande encore dans quelle tenue elle a bien pu quitter la maison.

— Comment ça ?

— Eh bien, j'ai gardé la jupe de cette *connasse.*

— Quoi ?

— Je lui ai piqué…

— Oui, j'ai entendu. Cette jupe, où est-elle ?

— Là, quelque part. J'ai espéré pendant des jours qu'elle vienne la récupérer. Je l'aurais bien reçue. Tu peux me croire.

— C'est important, Isa, il me faut cette jupe.

— OK, OK, je la chercherai. Demain matin.

Isa se leva et entra dans la maison. Elle alla se servir un verre d'alcool. Fort. Elle l'avala d'un trait, manqua de s'étouffer, toussa longuement. Je n'aimais pas quand elle buvait, mais je ne trouvai pas le courage de lui faire ce reproche. Pas après ce qu'elle venait d'apprendre.

Isa et Foster dînèrent légèrement, au bord de la piscine. Ils burent plus que de raison, la journée avait été compliquée pour tous les deux. Puis, ils décidèrent d'aller se coucher de bonne heure. Nous supposâmes que Del Mora n'avait pas installé de micros ou de caméras dans notre chambre. Pour couvrir le bruit que ne manquerait pas de faire Foster en se déplaçant dans le noir, Isa alluma la chaîne stéréo, poussa le volume au maximum et les premières notes de *Love Will Tear us Apart* de Joy Division s'envolèrent.

Foster s'allongea sur la moquette et ne tarda pas à ronfler. Isa avala un somnifère et sombra aussitôt dans un sommeil agité. Je me posai sur le lit, tout près d'elle, et passai le reste de la nuit à me poser des questions. Avais-je bien fait de la mettre au courant ? Elle avait le droit de savoir. Le choc fut rude, mais elle s'en remettrait vite. Elle était forte. Et son aide nous était indispensable, car Foster n'avait pas d'autre endroit où se cacher. Je me demandai encore qui pouvait bien être cette femme. Comment l'avais-je connue ? Dans les soirées où je *travaillais*, les serveuses portaient quelquefois des tenues identiques à celle décrite par Isa. Mais surtout, je n'arrivais pas à comprendre pourquoi j'avais trompé Isa. Je l'aimais. Enfin… ce soir, je l'aimais. Mais, juste avant mon départ, où en était notre couple ?

Depuis le début de cette affaire, j'avais du mal à accepter ce que je découvrais sur mon compte. Je n'étais pas un saint. Je n'avais pas cette prétention. Mais le tableau qui se composait, à mesure que je retrouvais ma mémoire, brossait de moi le portrait d'un type peu recommandable. Je ne pensais pas être cette ordure. Il avait dû se passer un événement inattendu qui m'avait radicalement changé. Mais quoi ?

Je devais envisager d'avoir toujours été amoral et malhonnête. Être quelqu'un de bien n'était peut-être qu'une illusion que j'entretenais. Comment savoir ?

J'avais l'intuition qu'il était indispensable que je retrouve cette fille. Elle n'était peut-être que le coup d'un soir. Pourtant je restais persuadé du contraire. Je savais au fond de moi qu'elle était *la* clef de mon affaire. Intuition ? Flair ?

Appelez ça comme bon vous semble.

Elle m'avait connu à un moment charnière de mon existence et était la cause de mon départ de Brentwood. Je devais absolument la retrouver et lui parler. Dès le lendemain, je m'emploierais à cette tâche.

En attendant, je me demandai si j'avais vraiment envie de retrouver mes souvenirs. Si c'était pour découvrir que je n'étais qu'un salopard malhonnête... ou pire encore, alors autant rester amnésique.

Non ! Je ne pouvais pas dire ça. C'était pitoyable !

Je suis pitoyable !

26.

Lundi 24 mars – 07 h 00 – Brentwood

Un rayon de soleil traversa la chambre. Il s'attarda un moment sur la hanche d'Isa, glissa sur ses jambes et gagna le mur où il s'élargit lentement jusqu'à baigner la pièce d'une lumière dorée dans laquelle voletaient des particules de poussière. Les chiffres basculèrent sur huit heures. La sonnerie retentit. Isa se réveilla, s'étirant comme un jeune chat.

Je lus de la surprise et de l'inquiétude dans ses yeux.

Elle se demanda si elle n'avait pas rêvé la soirée de la veille. Puis elle aperçut son frère au pied du lit et comprit que tout cela était bien réel. Elle jeta de rapides coups d'œil dans toutes les directions, espérant ou redoutant de me voir. Elle murmura mon nom. Une larme roula sur sa joue.

Foster se réveilla à son tour. Je lui dis que nous avions du pain sur la planche. Il sursauta, il lui fallut quelques instants pour se remémorer que j'étais avec lui, dans son esprit. Avec un luxe de précaution, il quitta la chambre. Le frère et la sœur se retrouvèrent au bord de la piscine pour prendre le petit-déjeuner.

Je ne ressentais ni la faim ni la soif, mais l'odeur de café chaud qui s'élevait de leurs tasses me rendit nostalgique. Dans ma vie précédente (dans ma vie tout simplement), le café était comme une drogue et ne plus pouvoir en boire, une véritable torture. Aussi je m'éloignai, les laissant en tête à tête. Ils parlèrent longtemps, avec de grands gestes. J'entendis des éclats de voix, entrecoupés de sanglots et d'éclats de rire. Quand ils tombèrent dans les bras l'un de l'autre, je retournai près d'eux.

— Je ne veux pas vous bousculer, dis-je, mais nous devons retrouver cette fille.

Foster répéta mes propos à Isa, qui se renfrogna.

— Tu n'as pensé qu'à elle toute la nuit, c'est ça ?

— Non, pas du tout, mais retrouver cette fille m'aidera à retrouver la mémoire.

Isa partit en grommelant. J'entendis des mots comme *salope* ou *pétasse*. Mais, elle revint avec la jupe. Très courte. À peine plus grande qu'un mouchoir. Une étiquette : *Hollywood Costumes and Cosplay* cousue sur la doublure et une recherche sur Internet nous indiquèrent la prochaine étape de notre enquête.

Isa nous fit promettre de ne prendre aucun risque et de revenir au plus vite nous mettre à l'abri. Nous promîmes tout ce qu'elle voulait. Elle accepta avec réticence que Foster conduise ma voiture.

La société Hollywood Costumes and Cosplay était située près des studios Universal, de l'autre côté des collines. Nous empruntâmes le Freeway. C'était l'heure de pointe et les véhicules roulaient pare-chocs contre pare-chocs. Après une heure dans les embouteillages, nous traversâmes l'égout à ciel ouvert qu'était la Hollywood River et nous prîmes la sortie suivante. L'entreprise se situait au bout d'une rue calme au milieu d'une zone industrielle. Une suite ininterrompue d'entrepôts où tout ce qui était nécessaire au tournage d'un film pouvait être loué : meubles, véhicules, costumes. Hollywood Costumes and Cosplay occupait un cube de béton d'environ mille mètres carrés. Nous entrâmes. L'intérieur sentait la naphtaline, et des centaines de costumes, rangés sous des housses transparentes, s'alignaient sur des portants s'élevant jusqu'au plafond. Nous nous dirigeâmes vers l'accueil. Un employé, aux cheveux longs et roux attachés en queue-de-cheval, arborant un tee-shirt noir proclamant : *American Dream is a fake*,[1] nous accueillit avec un sourire jovial dévoilant des dents largement écartées.

— Bonjour, en quoi puis-je t'être utile ?

— Voilà, cette jupe vient de chez vous. Je suis venu vous la rendre.

— Merci, mon pote.

— Mais en contrepartie j'aimerais connaître le nom de la personne qui l'a louée.

— Écoute, je ne peux pas communiquer les coordonnées de nos clients. Tu comprends… la confidentialité. Mais je te remercie de nous rapporter la jupe.

À la vitesse d'un caméléon gobant une libellule, il arracha la jupe des mains de Foster qui ne put esquisser le moindre geste.

Foster sortit alors un billet de cinquante dollars, qu'il plia dans le sens de la longueur et qu'il agita devant le visage du rouquin.

— Ceci pourrait-il apaiser tes scrupules ?

L'employé se dressa sur la pointe des pieds et regarda rapidement autour de lui. Personne. Il passa la jupe sous un lecteur de code-barres. Avec un bip, des coordonnées, invisibles pour Foster, s'affichèrent sur l'écran.

Mais parfaitement distinctes pour quelqu'un d'invisible qui serait passé de l'autre côté du comptoir.

1. Le rêve américain est une imposture.

— Euh… en fait, je n'ai pas le nom de la personne qui a porté cette jupe.

— Comment ça ?

— Eh bien, il s'agissait d'une location multiple. Ce jour-là, nous avons préparé huit costumes de soubrette et six de serveurs, pour la société…

Il s'interrompit, un sourire aux lèvres. Il tendit la main, se frottant le pouce et l'index. Mais Foster recula d'un pas, le regarda en plissant les yeux et annonça :

— Joan Evans School of the Arts. N'est-ce pas ?

— Oui… mais… comment tu sais ?

— Facile. C'est écrit là.

Il fit un vague geste, le doigt tendu, et remit aussitôt le billet dans sa poche.

Le rouquin en resta comme deux ronds de flan.

— Mais… comment t'as fait ? C'est impossible ! Tu ne peux pas voir l'écran de là où t'es.

— Moi non. Mais mon ange gardien si.

Foster lui fit un clin d'œil et nous partîmes, laissant le rouquin perplexe, se demandant comment il avait pu perdre aussi bêtement cinquante dollars.

L'école était située au nord de Franklin Village, au pied de l'observatoire, et nous décidâmes de nous y rendre sur-le-champ. Nous empruntâmes Cahuenga Boulevard jusqu'à Franklin Avenue que nous remontâmes sur environ un kilomètre, traversant des rues ombragées aux maisons recouvertes de lierre. De la musique s'échappait des terrasses des bars. La plupart des restaurants et des boutiques de vêtements portaient des noms à consonances françaises. Les gens se déplaçaient à pied et…

Nous ne sommes pas ici pour faire du tourisme.

Nous nous engageâmes dans une rue bordée de palmiers qui grimpait à l'assaut des collines. À un jet de pierre de l'observatoire, nous aperçûmes un panneau décoloré par le soleil (et retouché par un élève espiègle) où seuls les mots *Joan... of... Arc*[1] étaient encore visibles.

La *Joan Evans School of the Arts* devait être une école d'art dramatique comme il en existait des centaines en Californie. Une école peu cotée, n'ayant sans doute jamais permis l'éclosion d'aucune vedette. Une école dirigée par une actrice inconnue du grand public et qui n'avait jamais obtenu que des seconds rôles dans des films de série B. Une actrice qui, pour payer ses factures, s'était résignée à partager son savoir avec les nouvelles générations avides de gloire et de reconnaissance.

Nous nous garâmes sur un parking écrasé de soleil où cuisaient quelques voitures japonaises, une dizaine de deux-roues et une vieille Rolls poussiéreuse. Un chemin serpentait entre les palmiers nains et les cactus. Au bout du chemin se trouvait l'école. Les murs passés à la chaux. La porte, les volets et les tuiles d'un même bleu turquoise. En descendant de voiture, nous fûmes cueillis par une chaleur étouffante. Foster se précipita vers la maison. La porte étant ouverte, il entra sans frapper. Dans le hall d'entrée où régnait une pénombre fraîche s'affichait la carrière, sur tirages noirs et blancs pour les plus nombreux, en couleur pour un très petit nombre, de *Mademoiselle* Joan Evans (je calculai rapidement qu'elle devait avoisiner les quatre-vingts ans). Une grande rousse flamboyante, à la crinière de lion et aux formes opulentes. Nous avançâmes vers une pièce d'où s'échappaient des rires. Un cours d'expression corporelle y était dispensé, selon le panonceau punaisé sur la porte.

Dans une salle aux murs recouverts de miroirs, une douzaine de garçons et de filles assis sur le parquet nous tournaient le dos. Ils faisaient face à leur professeure, une rousse un peu moins flamboyante, mais toujours aussi

1. Jeanne d'Arc.

opulente, assise sur une chaise haute de maître-nageur, telle une reine sur son trône.

Debout entre Joan Evans et ses élèves, écoutant les recommandations de son enseignante, les bras croisés sur la poitrine et nous tournant le dos, une femme. Entièrement nue.

— Allez ! Décroise les bras ! ordonna Miss Evans.

On lui donnerait tout au plus une soixantaine d'années. Les chirurgiens locaux pratiquaient des tarifs exorbitants, mais maîtrisaient leur art.

Elle continua, montant dans les aigus :

— Tu es jeune ! Tu es magnifique ! Tu ne dois pas avoir honte de ton corps. Oublie ta nudité ! Ne ressens aucune honte, aucune gêne ! Tu es une reine ! Vêtue d'une magnifique robe. C'est nous qui sommes nus. C'est nous qui sommes gênés de te regarder. Accepte cette nudité ! Dépasse-la ! C'est comme cela que tu arriveras à apprivoiser les caméras.

Miss Evans, transportée par ses propres mots, se mit debout sur sa chaise, et le bras tendu devant elle, telle l'Hermione d'Andromaque déclamant son monologue, elle enchaîna :

— Quand tu y parviendras, tu auras fait un grand pas ! Tu réussiras les castings les plus difficiles ! Tu convaincras les metteurs en scène les plus exigeants ! Tu obtiendras les rôles les plus gratifiants ! Quand tu parviendras à jouer avec les caméras, alors tu seras prête !

Elle salua, faillit se casser la *gueule*, se rattrapa de justesse, s'assit et attendit. Ses élèves rompus à ses facéties l'ovationnèrent longuement. Miss Evans accepta les applaudissements comme son dû. Puis, après un temps qu'elle jugea convenable, elle demanda le silence.

La fille desserra lentement les bras, dévoilant un corps parfait.

Des rires étouffés et quelques gloussements fusèrent de l'assistance. Miss Evans entra dans une rage froide. Elle tendit un doigt à l'interminable ongle carmin vers les perturbateurs et déclara d'une voix de stentor :

— Il suffit ! Elsie est la première à passer. Elle fait preuve d'un grand courage. Respectez-la ! N'oubliez pas que vous allez très bientôt vous aussi, vous retrouver à sa place.

Les sourires goguenards s'effacèrent comme par magie. La professeure continua, d'une voix douce et caressante (elle était bonne comédienne finalement !).

— Vas-y Elsie, oublie ces crétins ! Confronte-toi à la réalité de leurs regards ! Tourne-toi vers eux et déclame ton texte.

Elle se tourna.

Je murmurai à Foster :

— C'est elle !

27.

Lundi 24 mars – 11 h 15 – Mulholland Drive - École Joan Evans

Elsie aperçut Foster. Elle poussa un cri de surprise et se couvrit le corps de ses bras. La professeure interpella l'intrus.

— Qui êtes-vous ? Que faites-vous ici ?

— Bonjour, il faut absolument que je parle à mademoiselle – il montra Elsie. Je n'en ai que pour quelques minutes.

— Vous êtes de la police ? demanda Miss Evans, d'un air las.

Visiblement, elle avait l'habitude de la visite des forces de l'ordre. Les petites incartades de ses élèves commençaient à la lasser.

— Non, pas du tout.

Foster eut un léger sourire.

— Je viens de la part d'un ami d'Elsie. Je vous assure que c'est important.

Elle parut hésiter. Fut sur le point de l'envoyer promener. Eut soudain une autre idée :

— Elsie, va voir ce qu'il veut. Je t'accorde dix minutes.

Elsie se baissa pour ramasser ses vêtements.

— Non ! cria Joan Evans. C'est l'occasion rêvée de mettre

en pratique ce que j'essaie de vous enseigner. Reste telle que tu es, va le voir, réponds à ses questions et reviens vite !

Elle regarda Elsie avec gourmandise, se délectant à l'avance de la confrontation.

Rouge comme une pivoine, Elsie s'approcha de Foster qui rougit à son tour. Elle avait un corps superbe. Une peau sans défaut. Lisse. Bronzée (ça, je pouvais le voir !). Douce (là, je parlai de mémoire !). Elle s'arrêta à trois pas de Foster. Écarta les bras et esquissa une révérence.

— Voilà ! Magnifique ! C'est ce que j'attends de vous. Regardez-la et prenez-en de la graine ! s'enthousiasma la vieille. Continue, Elsie ! Continue !

Foster faillit avoir une crise cardiaque. Il déglutit avec difficulté. Ses yeux ne savaient plus où se poser.

Si je n'étais pas invisible, j'aurais eu la même réaction que lui.

— Bonjour mademoiselle, euh... je viens de la part d'un ami... euh... en fait c'est mon beau-frère... vous le connaissez. Enfin, avant qu'il ne... euh... il est mort et il m'a demandé... euh... avant de mourir bien sûr.

Foster ne trouvait plus ses mots tant il était troublé. Je me connectai avec lui et pris les choses en main.

— Elsie, vous savez que votre ami Springsteen est mort ?

— Qui ça ?

Elle hésita, haussa les épaules.

De magnifiques épaules rondes et... mais je m'égare.

— Vous devez faire erreur. Je ne connais personne de ce nom.

Elle s'apprêta à faire demi-tour.

— Attendez, Springsteen était un nom d'emprunt. Vous devez le connaître sous son véritable nom. River.

— Quoi ? River est mort ! Quand ? Que s'est-il passé ? Il a succombé à ses blessures ?

— Ses blessures ? Non, de quelles blessures parlez-vous ?

— C'est une longue histoire, soupira Elsie. Quand est-il mort ?

— Il y a deux jours. Il a été assassiné.

— Je le savais. J'en étais sûre, s'effondra Elsie.

Elle fondit en larmes et s'accrocha au cou de Foster. Celui-ci voulut la serrer dans ses bras, mais ne savait où poser ses mains. Voyant le manège, mais n'ayant pas entendu les propos échangés, les élèves, croyant à une facétie d'Elsie pour embarrasser Foster, se mirent à applaudir à tout rompre.

Foster tapota l'épaule d'Elsie, tentant de la consoler.

— Vous ne le saviez pas ? On en a pourtant beaucoup parlé dans les médias.

— Je ne regarde pas la télé et je n'écoute pas la radio.

Elle essuya rapidement ses larmes.

— Que s'est-il passé ?

— Je vous donnerai les détails plus tard. Pouvons-nous nous voir après vos cours ? C'est important. Vous savez des choses qui pourraient me permettre de démasquer son meurtrier.

— Je ne sais rien et je ne comprends pas ce qui a pu se passer. Je l'ai vu deux jours avant sa mort. Il est arrivé chez moi un matin. Mal en point. Des bleus sur tout le corps. Des dents cassées. Des côtes fêlées. Pouvant à peine marcher. Je me suis occupée de lui. Je l'ai soigné. Je l'ai remis sur pied.

— Et ensuite ?

— Ensuite, il voulait mettre ses affaires en ordre. Régler quelques problèmes. Pas plus d'un jour ou deux, m'a-t-il dit. Et après nous devions quitter la ville.

— Quelles affaires ?

— Il ne me l'a pas dit !

— Vous deviez partir quand ? Pour où ?

— Mardi. Un véritable périple. Le Mexique, puis

l'Espagne et... après je ne sais plus. Il m'a montré les billets d'avion, mais...

Elle s'interrompit, fronça les sourcils.

— Je me souviens maintenant.

— De quoi ?

— Où j'ai vu ce nom, Springsteen.

Miss Evans qui s'impatientait lui cria de revenir, cela avait assez duré.

— Où Elsie ? Où l'avez-vous vu ?

— Sur les billets d'avion. L'un était à mon nom. L'autre au nom de Springsteen.

Pourquoi avais-je réservé sous un nom d'emprunt ? Parce que je ne voulais pas voyager sous mon véritable nom. Était-ce parce que celui-ci aurait allumé en rouge tous les voyants des agents des douanes ? Certainement. Quelle connerie avais-je donc faite ? Elsie devait le savoir.

— Vous a-t-il dit pourquoi ?

— Il a dit qu'il m'expliquerait tout. Après. Mais je ne l'ai plus revu.

Elle avait les yeux dans le vague. Visiblement, sa nudité ne la dérangeait plus. Elle l'avait oubliée. Totalement. L'expérience était une réussite totale. Miss Evans descendit de sa chaise et s'avança vers nous.

— Elsie, pouvons-nous nous retrouver, après vos cours ?

— Pourquoi ?

— Nous devons parler tous les deux.

Miss Evans lui saisit le bras et l'entraîna loin de Foster. Elle se tourna et lança :

— Retrouvons-nous au Daily Bird, sur Franklin. Vers dix-neuf heures. Vous connaissez ? Nous y allions souvent avec...

Une larme roula sur sa joue.

Pourquoi étais-je aussi attiré par le Daily Bird ? L'endroit était agréable et on pouvait facilement se garer à proximité, mais il devait y avoir une autre raison. Peut-être était-ce de la facilité de ma part ? J'en apprendrais certainement plus ce soir.

— Oui, je connais, murmura Foster, ne pouvant empêcher son regard de s'attarder à mi-chemin entre le visage et le nombril d'Elsie.

Elsie se dégagea de la poigne de Miss Evans. Elle gagna le centre de la pièce en se déplaçant sur la pointe des pieds avec la grâce d'une ballerine. Elle se planta devant ses condisciples. Bomba le torse. Bras et jambes écartés. Impudique. Offerte. La plupart des garçons baissèrent les yeux. Elsie avait réussi son test, au-delà de toute espérance. Joan Evans la félicita longuement avec des trémolos dans la voix et tous les élèves lui firent une *standing ovation*. Elsie fit une nouvelle révérence, se retenant à grand-peine d'éclater en sanglots.

Nous partîmes, les laissant à leurs rêves de gloire. Si proche certains jours qu'elle en devenait presque palpable. Accessible pour quelques rares élus, mais insaisissable et se dérobant sans cesse pour la plupart de ceux qui espéraient la conquérir.

28.

Lundi 24 mars – 13 h 50 – Maison funéraire de Brentwood

À notre arrivée à Brentwood, nous trouvâmes Isa habillée de noir, prête à se rendre à mes funérailles.

J'avais complètement oublié. Elle m'en avait parlé hier soir. Je l'avais entendue, sans vraiment comprendre que je serais l'acteur principal de la cérémonie. J'avais été tué en service, et le LAPD, en accord avec Isa, avait organisé une cérémonie officielle. Rien de religieux, les réjouissances débuteraient par un recueillement autour de ma dépouille dans une maison funéraire. Les officiels prononceraient ensuite des discours tissant mes louanges. Enfin, pour clôturer cette journée en beauté, mon corps serait inhumé au *Los Angeles National Cemetery*, où j'avais, en tant que vétéran, une place réservée n'attendant que mon bon vouloir.

Isa portait une robe fourreau toute simple. Noire. Très ajustée. Ses escarpins, noirs eux aussi, galbaient ses jambes, faisant ressortir ses mollets musclés. Un trait de crayon charbon soulignait son regard. Elle dissimula ses yeux rougis d'avoir trop pleuré derrière des lunettes Dior. Attrapa une paire de gants. Qu'elle pourrait triturer pour atténuer le tremblement de ses mains.

Je la trouve bandante. J'ai honte.

Son frère, lui, avait déniché dans ma penderie un costume sombre, trop grand d'au moins deux tailles. Il avait retroussé les manches et les jambes du pantalon. Il était ridicule.

Nous convînmes que Foster ne courait aucun danger à nous accompagner. La moitié des flics de la ville seraient présents et Del Mora n'oserait jamais s'attaquer à lui.

À proximité de la maison funéraire, stationnaient déjà de nombreuses voitures de police gyrophares allumés. La plupart garées hors des emplacements autorisés. Il y avait un monde fou ! Nous entrâmes. Une cinquantaine de flics en uniforme d'apparat se recueillaient autour de mon cercueil recouvert du drapeau américain. Une photo me représentant, souriant, le visage cadré serré, était posée sur un chevalet près de ma dépouille.

Nous fendîmes la foule, guidés par le maître de cérémonie. Tous les deux pas, Isa était arrêtée, saluée ou embrassée. Foster, lui, était ostensiblement ignoré. Tous connaissaient son passé et la plupart ne l'appréciaient guère. Il se fit discret et alla s'asseoir au fond de la salle, près de la sortie. Isa prit place au premier rang. Immobile et regardant devant elle, droite et digne, elle attendait. Le chef de la police arriva avec dix minutes de retard, suivi quelques minutes après par le maire et son aréopage de conseillers. Les huiles étaient là, la cérémonie pouvait commencer.

Les officiels prirent place sur l'estrade, derrière un lutrin de plexiglas. Ils saluèrent Isa d'un signe de tête. Le chef, plus ému qu'il ne l'aurait voulu, l'avait longuement serrée dans ses bras en lui présentant ses condoléances. Le maître de cérémonie fit son allocution et donna la parole au chef. Celui-ci, sans hésiter, tapota le micro, en régla la hauteur ; il avait pratiqué ce rituel de nombreuses fois. Il chaussa ses lunettes, jeta un rapide coup d'œil à ses notes, s'éclaircit la voix et attaqua.

— Monsieur le maire, messieurs les officiers, madame River, mesdames et messieurs les agents. Nous sommes réunis en ce triste jour pour adresser un dernier adieu et pour rendre hommage à un policier, un homme, un mari. Pour moi, River était plus que cela. Il était un ami. Un ami que j'ai appris à connaître et à aimer. Un ami qui est devenu, au cours de ces années, le fils que je n'ai jamais eu.

Je veux lui apporter ici toute mon affection en tant qu'homme et toute mon admiration en tant que policier. Je veux rendre hommage à sa conscience professionnelle. River se levait chaque matin pour défendre la loi et protéger notre communauté. Avec toujours la même force et le même enthousiasme, la détermination chevillée au corps. Je l'ai vu débuter en tenue, comme beaucoup d'entre nous. Je l'ai vu partir en patrouille, comme d'autres partent en croisade ; avec conviction et motivé par le désir de bien faire. Je l'ai vu se battre contre les délinquants. Je l'ai vu se battre pour les victimes. Mais la rue ne lui suffisait pas. Il voulait enquêter. Résoudre des affaires. Retrouver des meurtriers. À force de travail et de persévérance, il parvint à atteindre son Graal. Il quitta alors la tenue bleue pour un costume. Toujours bien coupé. À la dernière mode. Il me confia alors qu'il était l'homme le plus heureux du monde. Bien sûr, la vie se chargea de lui rappeler que le bonheur ne saurait être qu'éphémère. Elle lui imposa de multiples épreuves qu'il parvint à surmonter. Sans jamais se départir de sa bonne humeur et de sa joie de vivre. Son travail était sa vie. Son travail lui a pris sa vie.

Il marqua une pause, afin de permettre à l'émotion qui étreignait l'assistance de redescendre d'un cran. Il continua :

— Au cours des années que nous avons passées l'un près de l'autre, nous avons tissé des liens indéfectibles. J'ai été son partenaire, puis son supérieur direct et enfin son mentor après mon accession au poste de chef de la police. Malgré nos emplois du temps démentiels, il trouvait le temps de venir me voir presque tous les jours. Nous discutions de tout et de rien. Il me demandait des nouvelles de ma famille. Il me donnait des nouvelles de la sienne. Nous conversions comme deux amis, même si nos rapports avaient changé. En effet, il refusait désormais de m'appeler par mon prénom, comme il le faisait depuis le premier jour. Il m'appelait *Chef*. Tout simplement *Chef*. Il m'a dit un jour qu'il lui était impossible de m'appeler autrement. Il avait trop de respect pour ma fonction et mon grand âge.

Quelques sourires passèrent furtivement sur les visages. Il reprit, l'air grave :

— Pourtant, River n'a jamais profité de notre intimité pour obtenir un passe-droit ou une faveur. La déontologie et l'intégrité étaient les deux qualités indispensables d'un bon flic, me répétait-il souvent.

Il releva la tête, cherchant du regard Layton et Ogden. Il les fixa quelques secondes avec insistance. Le message fut reçu cinq sur cinq.

— River était l'archétype du policier intègre. Sa droiture n'avait d'égale que son humanité. Nous avons besoin de plus d'hommes de sa trempe dans nos rangs. Mesdames et messieurs, soyez dans votre travail, dans les décisions que vous aurez à prendre, dans les épreuves que la vie vous imposera, comme dans les bonheurs qu'elle vous prodiguera, dignes de la mémoire de l'officier River. Pensez à lui. Pensez à sa femme. La grande famille de la police l'entoure de son amitié, de sa tendresse et de son affection.

Il termina son discours par les condoléances attendues, mais je ne l'écoutais pas. Je regardais le public. Je fus surpris de voir certains de mes collègues, des hommes capables d'assommer un homme d'une seule main, écraser une larme.

Ceux-là étaient sincèrement peinés. Les autres (la majorité je dois le reconnaître) n'avaient qu'une envie ; que la cérémonie se termine afin qu'ils puissent trinquer à ma mémoire dans un de ces bars à flics où ils avaient leurs habitudes.

Le maire prit ensuite la parole. Il se répandit en louanges. Plus impersonnelles et qui sonnaient un peu moins juste que celles du chef. Il parla des effectifs qu'il comptait augmenter. Des salaires qu'il serait nécessaire de revaloriser. Des heures sup qui devraient être payées. Il se montra compatissant et généreux. Pour ce que cela lui coûtait… Pour conclure, il énonça les nombreuses mesures qu'il entendait prendre « *si je suis réélu, bien entendu* » afin d'améliorer les conditions de vie de ses concitoyens. Des funérailles officielles étant l'occasion rêvée de se mettre en avant, il utilisa la tribune médiatique qui lui était offerte sans vergogne.

Je vis que Layton et Ogden avaient l'air de s'ennuyer ferme. Ils ne purent contenir quelques discrets bâillements. Je devais leur parler. Je n'aurais peut-être pas d'autre occasion de le faire. Mais je craignis qu'ils ne veuillent rien dire à Foster. Ils ne l'aimaient pas. Raison imparable. Pour autant, je ne comptais pas leur avouer ma situation. Je devais les obliger à s'entendre et à collaborer. J'avais une idée. Cela pouvait être dangereux pour Foster. Mais avais-je le choix ?

Le maire conclut enfin son discours. Un discret soupir de soulagement souleva les poitrines. De maigres applaudissements retentirent. Le drapeau soigneusement plié en triangle fut remis à ma veuve par un officier au regard fuyant. Elle le reçut dans ses mains en coupe. Telle une relique. Le contempla de longues secondes. Tétanisée. Le chef lui remit ensuite ma plaque.

Un drapeau et un morceau de laiton poli. Voilà tout ce que je lui laissais.

Isa éclata en sanglots.

29.

Lundi 24 mars – 16 h 15 – Maison funéraire de Brentwood

Pendant qu'Isa, soutenue par le chef, finissait de recevoir les condoléances, je m'approchai de Foster et lui expliquai rapidement ce que j'attendais de lui. Il se dirigea vers les Utah's Brothers et les rejoignit alors qu'ils se préparaient à quitter la salle. Ces derniers n'eurent pas l'air franchement ravis de le voir.

— Salut les gars ! attaqua Foster. Où en est votre enquête sur la mort de River ? Vous avez des pistes ? Des suspects ?

Ils le toisèrent, en silence.

— Vous pouvez tout me dire. Je suis son beau-frère, vous savez.

— On le sait et on s'en *branle* !

— Ne le prenez pas comme ça.

Foster les regarda avec un air conspirateur.

— J'ai appris des choses qui peuvent vous intéresser, et que je pourrais partager avec vous. Si vous acceptez de partager vos informations avec moi.

— Écoute, *connard*, chuchota Layton en se rapprochant dangereusement de Foster. Occupe-toi de tes affaires et laisse les grandes personnes faire leur job.

— Vous ne le faites pas si bien que ça, votre travail. Je me suis laissé dire que vous étiez arrivés trop tard chez River. Son coffre était grand ouvert et les preuves s'étaient envolées. Par contre, il semblerait qu'une liasse, d'un montant de… trente mille dollars. C'est exact ? Je ne me trompe pas ? Se trouvait toujours dans ce fameux coffre. Pourtant, je suis prêt à parier que ce montant n'apparaît pas dans le procès-verbal de perquisition que vous avez rempli et enregistré.

Il marqua un temps d'arrêt. Layton et Ogden se décomposèrent.

— Avant de partir, je compte rencontrer le chef. Vous savez, le monsieur qui embrasse ma sœur. Là. Juste derrière vous. Il sera ravi d'entendre ce que j'ai à lui dire… ou pas. Cela dépend entièrement de vous. Alors je vous pose la question une dernière fois ; avez-vous des pistes ?

Les Utah's Brothers se regardèrent, interloqués : ce petit *con* voulait les faire chanter ? Ils n'en revenaient pas. Comment osait-il ? Heureusement, il y a du monde dans la salle, sinon ils lui auraient défoncé le crâne à coups de crosses de revolvers. Ils se regardèrent en hochant la tête. Je pouvais lire dans leurs yeux : *Il ne perd rien pour attendre, ce connard.* Ogden fit simplement :

— OK ! OK ! Gardons notre calme. Je suis d'accord pour mettre nos informations en commun et voir comment nous pouvons faire avancer l'enquête.

— Bien. Voilà ce que je voulais entendre. Heureux que vous reveniez à de meilleures dispositions. Je vous écoute, les gars. Allez-y ! Vous d'abord !

Layton, qui bouillait intérieurement, explosa soudain. Des insultes et des menaces fusèrent. Il était question d'objets pointus et coupants qu'il comptait introduire dans les différents orifices de Foster. Ogden tente de le raisonner en lui chuchotant à l'oreille des mots que je ne parvins pas à entendre. Loin de le calmer, cela eut le don de l'énerver encore plus.

Les flics encore présents, entendant des éclats de voix, relevèrent la tête ; quelques-uns s'approchèrent de notre groupe. Ogden les rassura d'un geste et demanda à Layton d'arrêter ses *conneries*.

Ogden saisit alors Foster par le bras et l'entraîna dans un coin de la salle à l'abri des regards et des oreilles indiscrètes. Il hésita quelques secondes. Prit sa décision et déclara :

— Écoute, pour être franc, notre enquête est au point mort. Nous avons interrogé un nombre incalculable de personnes, nous avons secoué nos indics et ceux de River ; personne n'a rien vu, rien entendu. Personne n'est au courant de rien.

Il regarda autour de lui et baissa la voix.

— Ce que je vais te dire doit rester entre nous. Nous n'en avons parlé à personne. S'il y a des fuites, je saurai d'où elles viennent et…

Ogden laissa sa phrase en suspens, mais la menace était claire.

Foster promit de ne rien dire. Ogden continua :

— Nous avons la certitude que River naviguait en eaux troubles. Une mission pas très claire, possiblement illégale. Peut-être agissait-il ainsi pour les besoins de son enquête, peut-être était-ce pour son propre compte. Nous n'en savons rien. Mais un faisceau d'indices concordants nous amène à supposer qu'il était en cheville avec un gros bonnet du narcotrafic. Nous n'avons pas encore réussi à découvrir le nom de ce type. Dès que nous posons des questions sur lui, tout le monde semble avoir perdu la mémoire. Une véritable épidémie ! Nous y travaillons jour et nuit, mais, pour le moment…

C'était de l'enfumage. Ces deux incapables ne savaient absolument rien. Je devais les aider. Mais je ne pouvais pas balancer le nom de Del Mora de but en blanc. C'était à eux de le découvrir. Pour cela, je devais tenter un coup à trois bandes en leur donnant McNamara, le promoteur immobilier. Grâce à lui, ils remonteraient jusqu'à Murray, et le nom de Del Mora finirait par apparaître. S'ils n'étaient pas aussi nuls que je le croyais, ils réussiraient à mettre hors d'état de nuire la filière de l'hôpital. Si l'un de ces trois lascars était responsable de ma mort ; j'aurais ma vengeance. Dans le cas contraire, cela ferait toujours trois salauds de plus sous les verrous.

— Avant qu'il disparaisse, continua Foster, je voyais River presque tous les jours. Il me parlait de sa journée. Il savait qu'il avait mis les pieds dans un nid de crotales et il n'ignorait pas qu'il risquait sa vie. Il m'informait des avancées de son enquête. Pour le cas où il ferait une mauvaise rencontre. Si j'étais vous, j'irais poser quelques questions à un certain McNamara, Mitch McNamara, agent immobilier de son état. Un homme bien sous tous rapports, à première vue.

Layton et Ogden se regardèrent, l'air surpris. C'était visiblement la première fois qu'ils entendaient ce nom.

— Tenez ! Je vais vous donner un angle d'attaque contre McNamara. C'est cadeau ! Écoutez bien et faites-en bon usage. Il conserve dans une poche de sa veste, un petit objet qui au premier regard ressemble à une carte de crédit. Mais, si vous l'observez de près, vous remarquerez qu'elle est légèrement plus épaisse qu'une carte classique. C'est dans ce petit étui qu'il cache deux grammes de cocaïne. Trouvez cette boîte. Vous aurez ainsi une bonne raison pour le placer en garde à vue. Interrogez-le, voyez avec qui il est en affaires et qui sont les personnes qui gravitent autour de lui. Agrandissez le cercle. Suivez les pistes qui s'ouvriront d'elles-mêmes et… débrouillez-vous ! Je ne vais quand même pas vous apprendre votre métier ! Sachez que vous n'y trouverez que du très beau monde !

Foster m'impressionnait un peu plus chaque jour. Il rapportait ce que je lui soufflais avec un naturel et une aisance confondants. Bien évidemment, il n'était au courant de rien.

— Qui ? Donne-nous des noms !

— Non, ce sera à vous de les découvrir. Mais je n'ai aucune inquiétude à ce sujet. Vous allez trouver. Une question à mon tour, au sujet de la seconde enquête ; avez-vous obtenu des informations ?

Ils eurent un mouvement de surprise. Ils se demandèrent comment Foster pouvait être informé d'une enquête top secrète. Layton botta en touche.

— La seconde enquête ? Nous ne sommes pas au courant de cette enquête.

— Allons ! Allons ! Ne me prenez pas pour un con. On joue cartes sur table, vous n'avez pas oublié ? Je vous rafraîchis la mémoire ? Anna Molly, ça vous dit quelque chose ?

— Pas si fort, chuchota Layton. Personne ne doit savoir pour cette enquête. Le chef ne nous le pardonnerait jamais.

— Mais comment tu sais ça, toi ?

Ogden eut un temps d'arrêt.

— On n'était que trois dans le bureau du chef.

— Je vous donnerai mes sources quand vous serez plus grands ! persifla Foster.

Cette dernière remarque ne venait pas de moi. Foster était en train de se laisser griser par son rôle. Il se sentait plus fort qu'il n'était et qu'il ne serait jamais. Il faudrait que je pense à le recadrer. Sinon il risquait de mal finir et j'avais encore besoin de lui.

— *Putain*, je vais me le faire !

Ogden eut toutes les peines du monde à empêcher Layton de lui rentrer dedans.

— Arrête ! Ce n'est ni le lieu ni le moment. Moi aussi j'ai

envie de le défoncer. Mais attendons un peu. Il peut nous être utile.

Décidément, il était devenu indispensable à tout le monde !

— Résolvons d'abord cette affaire, continua Ogden. Ensuite, nous réglerons les comptes. Tous les comptes...

Il se tourna vers Foster en prononçant ces paroles. Ce dernier demeura stoïque, semblant ne pas comprendre qu'ils ne plaisantaient pas.

— Bien, puisque tu sembles au courant de beaucoup de choses, allons-y. Au point où nous en sommes...

Ogden prenait visiblement sur lui.

— Au sujet de la seconde enquête, nos investigations nous ont permis de découvrir un témoin majeur. Cette personne, présente lors de la soirée, a remarqué un couple. Un garçon soutenant une fille qui titubait. Notre témoin a d'abord cru qu'elle était ivre. Mais, en passant près de lui, la fille lui est tombée dans les bras et il a remarqué qu'elle ne sentait pas l'alcool. Elle avait du mal à respirer, tenait des propos incohérents et semblait dormir debout, selon les mots qu'il a employés. Le témoin connaissait les effets néfastes de certaines drogues. En effet, il avait suivi une réunion d'information au cours des semaines précédentes. Pour lui, cela ne faisait aucun doute, la fille présentait plusieurs des symptômes liés à la prise de GHB.

— Ce n'est pas la preuve qu'il s'agit bien d'An...

— Pas de noms, le coupa Layton en serrant les poings. Fais attention à ce que tu dis !

— Le déguisement de la fille était identique à celui que portait *la personne que nous connaissons*, continua Ogden. La taille, le poids et la couleur des cheveux correspondent également. Ce ne sont pas des preuves. Soit. Mais nous sommes certains qu'il s'agit bien de... enfin d'*elle*. Le garçon, lui, portait un déguisement de vampire ou de Dracula ;

un costume noir, une chemise blanche et une cape noire. Le visage entièrement maquillé de blanc. Il portait des lentilles de contact rouges. Nous interrogeons tous les magasins qui vendent ou louent ce genre de costumes. Nous enquêtons auprès des opticiens également. Mais le déguisement est extrêmement répandu et des centaines de paires de lentilles rouges ont été vendues pour Halloween dans des dizaines de boutiques. Nous en avons pour des jours à contacter tous les vendeurs et nous n'avons aucun d'espoir d'obtenir un résultat probant.

— On connaissait déjà le déguisement de ces types, en quoi est-ce une avancée ?

— Les lentilles.

— Quoi les lentilles ?

— Il faut une prescription médicale pour en acheter.

— Je vois. Vous allez devoir interroger tous les opticiens et les optométristes de L.A. Eh bien ! Bon courage. Je compte sur vous pour me tenir au courant, les gars.

— Ouais. On verra…

Ils ne semblaient pas enchantés de partager leurs indices. Je doutais même qu'ils acceptent encore de parler à Foster, une fois sortis du funérarium. Ils allaient, toutes affaires cessantes, s'empresser de falsifier leur rapport et l'argent volé dans mon coffre réapparaîtrait comme par magie. Et, je n'aurais plus de moyen de pression. J'avais peut-être brûlé une cartouche majeure un peu trop rapidement. Layton et Ogden étaient mes yeux et mes oreilles au sein de la police et j'avais besoin d'eux. Le lien qu'ils entretenaient avec Foster, si ténu soit-il, devait être maintenu. Eux comme moi avions tout à y gagner. En effet, si je n'avais pas lâché le nom de McNamara, ils mettraient des semaines à le découvrir. Et je ne disposais pas d'autant de temps.

Ne me demandez pas comment je le sais. Je le sais.

Mais je les connaissais bien, mes deux lascars. Ils

n'accepteraient jamais d'être redevables de quoi que ce soit, à qui que ce soit. Alors, imaginez leur colère de savoir qu'un type comme Foster pouvait réduire leur carrière à néant d'un claquement de doigts. Une fois qu'ils auraient régularisé leur situation en faisant réapparaître l'argent, Foster ne serait plus une menace. Aussi, je devais le rendre indispensable pour éviter qu'il lui arrive quelque chose de fâcheux. Pour cela, l'enquête devait avancer.

Ils partirent en lui jetant des regards mauvais. Pour eux, il n'était qu'un mort en sursis.

Quelques journalistes de la presse écrite et une unique chaîne locale de télévision entouraient Isa. Un très petit nombre de médias avaient fait le déplacement. L'affaire étant somme toute banale et moins excitante que lorsqu'un truand se faisait buter par un flic.

Cela m'arrangeait qu'Isa fût bloquée par ses obligations. En effet, nous devions retrouver Elsie et il aurait été maladroit et inélégant de les mettre en contact l'une avec l'autre.

Nous nous rendîmes à notre rendez-vous dans la voiture d'Isa.

Elle rentrerait en taxi ou se ferait raccompagner. Nul doute que les candidats seraient nombreux.

30.

Lundi 24 mars – 19 h 00 – Franklin Village

Nous étions à l'heure à notre rendez-vous. La température était agréable, la pollution à un niveau raisonnable et la terrasse bondée de monde. Deux couples d'amoureux plus quelques touristes perdus au milieu d'une majorité d'hommes blancs en costumes cravates venus boire quelques verres après le travail. Une paire d'enceintes, le son poussé au maximum, déversaient des torrents de musiques insipides, tentant en vain de couvrir les hurlements des consommateurs. On entendait le Daily Bird longtemps avant de le voir.

Habillée, Elsie était tout aussi magnifique. Elle portait une chemise blanche à manches longues, vaporeuse et quasi transparente, ne cachant rien de son anatomie, un jean déchiré et des sandales de cuir. Ses cheveux lâchés jouaient librement sur ses épaules. Un trait d'eye-liner démesurément long faisait ressortir ses yeux bleu fond de piscine. Elle semblait inquiète et nerveuse, les yeux constamment en mouvement. Elle buvait à la paille une boisson rose dans un verre rempli de glace pilée. Foster commanda la même chose pour elle et un Bloody Mary pour lui.

— Pour vous mademoiselle, fit le serveur avec un clin d'œil complice, une double dose de vodka dans votre Cosmo, comme d'habitude ?

Elsie confirma d'un battement de cils. Elle se pinça le nez et renifla légèrement.

J'attendis qu'ils soient servis avant de commencer à souffler mes questions à Foster.

— Elsie, je dois vous questionner sur votre relation avec River. Je suis au courant que vous étiez ensemble. Je ne suis pas ici pour vous juger. Mon seul but est d'aider River… Je veux dire que j'aimerais découvrir qui l'a tué et pourquoi. Je sais qu'il enquêtait sur deux affaires distinctes, mais qui pourraient avoir des ramifications communes. Il a certainement dû vous faire des confidences, donner des noms, des lieux. Acceptez-vous de m'aider ?

— Oui, mais je ne suis pas certaine de pouvoir vous apprendre grand-chose.

— Pas d'inquiétude…

Foster lui prit la main.

— Si vous ne savez rien, j'aurai eu le plaisir de passer un agréable moment en votre compagnie.

Elsie retira sa main.

— Sachez que je ferai tout pour vous aider. Comme j'ai aidé River.

— Vous avez aidé River ? Il avait des problèmes ?

Elsie se troubla.

— Non, ce n'est pas ce que je voulais dire… c'est juste une façon de parler.

Elle enchaîna :

— Écoutez, la première fois que je l'ai vu, c'était lors d'une soirée, au début de cette année. Vous savez, les cours coûtent cher. Mais, grâce à Miss Evans, qui connaît énormément de monde, nous sommes assurés de trouver des jobs bien payés, et qui nous laissent libres la journée pour courir les castings ou participer aux cours. Comme celui auquel vous avez assisté ce matin.

Elle baissa les yeux en rougissant un peu, aussitôt imitée par Foster. Un ange nu aux joues écarlates se faufila entre eux.

— Vous saviez ce qu'il faisait dans ces soirées ?

— Oui, évidemment. Il faut dire qu'il ne se cachait pas beaucoup !

— Non, je ne parlais pas de cela. C'était sa couverture, en réalité il était flic, il enquêtait. Mais vous le savez déjà, puisque vous connaissez son nom. Quand l'avez-vous su ?

— Pas tout de suite. Il me l'a dit la deuxième ou la troisième fois que nous nous sommes vus.

Ma mémoire, comme toutes les fois où j'étais confronté à mon passé, en présence des gens avec qui je l'avais vécu, me revenait progressivement. Mais, je ne voulais oublier aucun détail, aussi je continuai d'interroger Elsie. Foster comprendrait ainsi les raisons qui m'avaient poussé à agir.

— Pourquoi vous a-t-il approchée ? demanda Foster qui avait repris la main et improvisait. Enfin, je comprends qu'il vous ait abordée, j'en aurais fait de même. Vous êtes… euh… vous êtes vraiment très belle.

Il en bafouillait.

— Mais… avait-il une autre idée en tête ?

— Autre que celle de me sauter ?

Foster se troubla.

— Euh… oui… enfin, comme je l'ai déjà dit, vous êtes magnifique et…

Elsie haussa les épaules, comme si cela n'avait aucune importance.

— Au début, il n'arrêtait pas de poser des questions. J'ai vite compris qu'il essayait de recruter des indics. Je travaillais dans presque toutes les réceptions, les anniversaires et les soirées organisées par les friqués de Bel-Air ou de Brentwood. Comme serveuse la plupart du temps. Quelquefois, je jouais un rôle.

— Un rôle ?

— Oui, comment dire ? Après le service, si la soirée avait du mal à démarrer, j'étais chargée de faire monter l'ambiance. Tu comprends ?

Elsie passa naturellement au tutoiement.

— Un peu comme une animatrice. Je devais chercher des gens dans l'assistance et danser avec eux.

— Oui, je vois.

Foster hocha la tête d'un air entendu.

— Non, tu ne vois pas. Je ne suis pas une *pute* ! Ce n'est pas parce que tu m'as vue nue tout à l'heure que…

— Ce n'est pas ce que je voulais dire. Je suis désolé. Je n'ai pas imaginé une seule seconde…

— Je ne m'étais jamais mise nue en public avant aujourd'hui, murmura Elsie. Ce que tu as vu chez Miss Evans était une première pour moi.

— Je suis heureux d'y avoir assisté, répondit Foster avec un grand sourire. Et je donnerais tout l'or du monde pour revivre cet instant.

Elsie sourit à son tour. Elle entoura la paille de ses lèvres et sans le quitter du regard, avala une longue gorgée de boisson glacée. Foster avait arrêté de respirer. Elle continua :

— Les cours de Miss Evans coûtent une véritable fortune. C'est pour ça que je travaille beaucoup. Je vois du monde et j'entends des conversations que je ne devrais pas écouter. Tu sais, pour ces gens-là, nous sommes invisibles. Ils n'ont aucun scrupule à parler de leurs problèmes personnels ou professionnels devant nous. Je me dis quelquefois qu'ils n'ont pas plus de considération pour nous qu'ils n'en ont pour un animal de compagnie ou un meuble. Peut-être même moins qu'un meuble, quand on sait ce que coûte le moindre objet qu'ils possèdent.

Elsie soupira. Elle renifla de nouveau. Un peu moins discrètement.

— De toute façon, je me fous de ces gens, de leur belle maison, de leur fric, de leurs problèmes de riches. Bientôt, je serai célèbre…

Elle secoua la tête, signifiant qu'elle s'égarait, que ce n'était pas le moment. Ses yeux s'embuèrent de larmes. Elle battit plusieurs fois des paupières et finit son cocktail d'un trait. Elle appela le serveur, la voix un rien pâteuse :

— Sergio, la même chose, s'il te plaît.

Un sourire éclatant éclairait maintenant son visage.

J'avais oublié avec quelle vitesse elle passait du rire aux larmes ou de la colère à la douceur. Elsie démontrait son talent ou sa schizophrénie, je n'avais jamais réussi à trancher. Elle continua, d'une voix plus assurée :

— Moi, je sais tenir ma langue. River a essayé de me questionner. Je n'ai rien dit. Je ne voulais pas qu'il se serve de moi. Je ne voulais pas être son indic. Puis les choses ont évolué. Nous avons appris à nous connaître et à nous apprécier. Et, oui ! Nous avons fini par baiser !

Elle avait crié en prononçant ces dernières paroles. Plusieurs consommateurs la dévisagèrent en se poussant du coude.

— Je ne t'ai rien demandé ! se récria Foster.

— Je préfère être claire.

— Tu es parfaitement claire.

— Après, c'était différent, et j'ai accepté de lui raconter ce que je voyais et ce que j'entendais.

— Il voulait des renseignements sur les dealers qui approvisionnaient ces soirées, c'est ça ?

— Non, pas du tout, s'étonna Elsie, il cherchait des étudiants qui avaient violé une gamine, la nuit d'Halloween. La fille d'un de ses potes, il me semble. Un vrai film de série B.

— Oui, je connais l'histoire, il m'en avait parlé. Mais je pensais que cette enquête était passée au second plan.

— Il n'a jamais parlé que de celle-ci ! s'étonna Elsie. Il voulait retrouver des types qui avaient participé à cette soirée et plus particulièrement l'un d'eux ; celui qui portait un déguisement de vampire.

Le serveur déposa un verre devant Elsie et lui dit :

— Celui-ci est offert par ces messieurs, là-bas.

Il désigna du menton, un groupe de trois ou quatre types à peine sortis de l'adolescence, encostardés et portant des montres valant plus de cent mille dollars. Le sang de Foster ne fit qu'un tour. J'eus toutes les peines du monde à l'empêcher de se lever et d'aller leur jeter le verre en pleine *gueule*. Ce n'était pas le moment de faire des histoires.

Elsie les remercia en leur envoyant un baiser. Les boutonneux furent aux anges, et leur soirée une réussite. Foster, lui, était comme fou. Elsie poursuivit, semblant ne rien remarquer :

— Il se trouve que j'étais présente à cette soirée. J'avais été engagée comme serveuse. Juste serveuse. Il n'y avait que des gamins et ils n'avaient besoin de personne pour s'amuser. Si tu vois ce que je veux dire.

Elle fit le geste de fumer un pétard.

— Je vois.

— Quand je suis partie, vers minuit et demi, tout se passait bien. Enfin, aussi bien qu'on peut l'espérer, si on fait abstraction des gens qui vomissaient dans tous les coins et de deux ou trois comas éthyliques. J'en aurais des histoires à raconter, si tu savais…

Elle secoua la tête, désabusée.

— Une autre fois peut-être. Cela nous donnera l'occasion de nous revoir.

— Nous revoir ?

Elsie étudia la proposition. Elle haussa les épaules et murmura :

— Oui, on pourrait se revoir. Pourquoi pas ?

Foster ! Je lui hurlai dans les oreilles. Il secoua la tête, comme s'il sortait d'un rêve.

— Pour en revenir...

— Je me souviens que cette soirée était organisée par une fraternité de l'UCLA[1]. Mais, j'ai oublié laquelle.

— De l'UCLA, mais il y a plus de quarante mille étudiants à l'UCLA ! Comment espérait-il retrouver les responsables de l'agression d'Anna Molly ?

— Je n'en sais rien, mais River semblait avoir quelques idées...

*

* *

Si j'avais eu des idées de mon vivant, il me semblait normal d'avoir les mêmes une fois mort. Pour m'en souvenir, je devais me concentrer. Pour cela, je me déconnectai de l'esprit de Foster, sans le prévenir. Mais il ne tarda pas à s'en rendre compte et sans vergogne, il se mit à baratiner Elsie.

Je détestais la manière dont ils se comportaient tous les deux. S'attirant. Se repoussant. Passant de la provocation à la timidité. Je n'aimais pas leurs regards. Leurs sourires. J'étais jaloux qu'ils se parlent, qu'ils se touchent. Jaloux que la terre continue de tourner et que les gens continuent de vivre. Comme si je n'avais jamais existé. Évidemment, c'était notre lot à tous de mourir. Mais, ce qui me foutait en rogne, c'est que je n'avais pas l'impression d'être totalement mort. J'étais sur la touche, mais j'avais l'espoir, un espoir utopique, de retourner un jour dans le *game*. Une

1. Université de Californie à Los Angeles.

partie de moi espérait encore pouvoir revenir. Même si cela n'arrivait jamais. C'était impossible. N'importe qui vous le dirait ! Personne n'était jamais revenu. Personne... De toute éternité... Pourquoi serais-je le premier ? J'avais vu mon corps à la morgue et assisté à mes obsèques. Alors ? Arrête de rêver !

Mais ce qui m'arrivait était tellement étrange que je me dis : pourquoi pas ? Pourquoi ne pas espérer ?

Si je pouvais, je lui mettrais mon poing dans la *gueule* à ce petit *con*.

*

* *

Soudain, Elsie attrapa son sac, d'une grande marque française, que je n'avais jamais vu, et fila aux toilettes. Lorsqu'elle revint s'asseoir, quelques minutes plus tard, j'eus une drôle d'impression ; elle était bizarre, comme absente et quelque chose en elle me parut différent. Je mis un moment à comprendre : ses yeux. Ses yeux bleus avaient changé de couleur. Ses pupilles dilatées comme des soucoupes lui faisaient des yeux noirs ! Elle s'empressa de chausser des lunettes de soleil, renifla une fois de plus et déclara :

— Je crois que je suis en train de m'enrhumer.

Je m'approchai à quelques centimètres d'elle et je scrutai son visage. Sous sa narine gauche, presque invisible, j'aperçus un minuscule point blanc.

Elsie était défoncée !

C'était la première fois, autant que je m'en souvienne, que je la voyais toucher à la coke. Quand nous étions ensemble, elle fumait un joint de temps en temps. Rien de plus. Elle m'avait avoué avoir essayé une fois la cocaïne, mais sans jamais recommencer. Pas que l'expérience lui ait déplu. Au contraire, m'avait-elle confié dans un éclat de rire, elle avait adoré, mais la coke coûtait cher et elle n'avait pas les moyens. Les choses avaient-elles changé ?

Je n'avais pu m'empêcher de crier. Foster sursauta, comme frappé par la foudre.

— Quoi, c'est pas possible !

Il saisit brusquement le poignet d'Elsie, le retourna, lui remonta la manche jusqu'au coude et examina sa peau, à la recherche de traces de piqûres. Pour Foster, si on se droguait, alors on se piquait. Le reste n'était que broutilles et la cocaïne un divertissement comme un autre.

Elsie se méprit sur ses intentions. Elle lui retourna une gifle retentissante.

— Mais ça va pas ? Qu'est-ce que tu fais ? Je te prenais pour un type sympa, mais t'es qu'un *salaud* ! Comme tous les autres !

Elsie m'avait avoué, un jour, qu'elle en avait assez de tous ces types qui ne pensaient qu'à ça. Les directeurs de castings ou les producteurs, passe encore. D'autres avant elle, et pas des moindres avaient dû subir les assauts de ces porcs. Mais dans la vraie vie, loin du cinéma, des projecteurs et des paillettes, elle n'acceptait plus qu'on se permette ce genre de familiarités.

Foster eut la leçon qu'il méritait.

— *Connard*, murmura-t-il à mon intention. Excuse-moi, Elsie, reprit-il à voix haute, je ne sais pas ce qui m'a pris. Je suis désolé. Je te promets de ne pas recommencer. Tu as ma parole.

— Trop tard ! De toute façon, je ne pense pas que nous nous reverrons.

Elle regarda sa montre et répliqua sèchement :

— Il faut que j'y aille. Je dois retrouver un ami. Quelqu'un de bien, pas un pauvre type comme toi. Pour ta peine, c'est toi qui régleras les consommations.

Sourde aux supplications, Elsie s'en alla. Elle attrapa son

sac et se faufila avec grâce entre les tables, suivie du regard par tous les mâles hétéros, dans un tourbillon de blondeur et de jambes interminables. Un léger parfum de noix de coco et de vanille nous enveloppa quelques secondes après qu'elle eut disparu. Des images de sable blanc, de mer vert céladon et de filles en bikini (voir sans bikini !) emplirent notre esprit. Sur certains sujets, Foster et moi étions en totale connexion.

Nous rentrâmes à Brentwood où la soirée se traînait en longueur. Interminablement.

J'observai Isa. Le souvenir de mes funérailles encore présent dans son esprit lui fit prendre conscience que je ne reviendrais plus. Elle comprit que me parler par l'intermédiaire de Foster ne lui serait, au bout de très peu de temps, d'aucun réconfort. Aussi, elle choisit de noyer son chagrin dans l'alcool, enchaînant les verres de Manhattan, les uns après les autres, avec une régularité et une rapidité qui forçaient le respect, alors que Foster gobait des cachets par poignée. L'ambiance était délétère. Pourtant, je ne tentai pas de détendre l'atmosphère, je n'en avais ni le courage ni l'envie.

Le troisième jour de ma nouvelle vie se consumait dans une mélancolie douce-amère.

31.

Mardi 25 mars – 11 h 20 – Bureau de McNamara

Après un début de matinée détestable, passé à attendre qu'Isa et Foster se réveillent, je fus transporté chez McNamara.

Il trônait derrière son bureau, un plateau de verre aussi grand qu'une table de ping-pong posé sur une colonne d'acier. Entièrement vide à l'exception d'un iMac G3 bleu et d'un téléphone à touches. Des maquettes d'immeubles, exposées en vitrines comme des œuvres d'art, s'alignaient le long des murs.

Layton et Ogden étaient là. McNamara ne semblait pas particulièrement heureux de leur visite. Mais rares étaient ceux qui appréciaient être importunés par les flics sur leur lieu de travail, même s'ils n'avaient rien à se reprocher. Ce qui n'était pas tout à fait son cas.

Layton, assis face au promoteur, le regardait sans ciller. Celui-ci, nerveux, soutenait son regard, comme dans un bras de fer virtuel. Personne ne parlait. On n'entendait aucun bruit. Au bout d'un certain temps, McNamara commença à s'agiter sur son fauteuil. Une légère transpiration perlait à son front, qu'il s'employait à ne pas essuyer. Enfin, n'y tenant plus, il tapa du plat de la main sur le plateau de verre et demanda :

— Mais bon Dieu, que me voulez-vous ?

Layton se dit qu'il était mûr à point. Il attaqua.

— On vient vous poser quelques questions au sujet de River.

Pendant ce round d'observation, Ogden déambulait dans la pièce, faisant semblant d'admirer les maquettes. Il effectua un lent mouvement circulaire qui l'amena derrière le bureau de McNamara. Il se positionna dans son dos et posa les mains sur le dossier de son fauteuil de cuir noir. S'il voulait mettre le promoteur mal à l'aise, c'était parfaitement réussi.

— Au sujet… de qui ? demanda McNamara, en déglutissant avec difficulté.

Il passa un doigt dans son col de chemise, comme s'il cherchait un peu d'air.

— De River, un flic du LAPD, un collègue à nous. Il est mort. Assassiné. Et nous, on est chargés de retrouver son meurtrier. Vous savez que pour le meurtre d'un flic, on encourt la peine capitale. Vous choisiriez quoi vous ? Le gaz ou la piquouse[1] ?

McNamara manqua défaillir. Layton était en forme. Son entrée en matière m'impressionna.

— Vous êtes fou. Je n'ai tué personne. Je ne sais même pas de qui vous parlez.

Ogden entra dans la danse.

— Je vais vous rafraîchir la mémoire, susurra-t-il à l'oreille de McNamara. Tous les médias ne parlent que de cette triste histoire. Vous n'habitez tout de même pas sur la planète Mars. Vous ne pouvez pas ne pas avoir entendu parler du meurtre de River.

McNamara parut soudain touché par la grâce.

— Oui… ça me revient. Vous savez, j'ai énormément de

1. En Californie, un condamné à mort peut choisir entre la chambre à gaz ou l'injection létale.

travail en ce moment. Une affaire immobilière… je ne veux pas vous ennuyer avec cela. Toujours est-il que je quitte mon bureau tard le soir pour y revenir à l'aube le lendemain. Je n'ai pas le temps de regarder la télé ni de lire les journaux. Mais j'écoute la radio dans ma voiture. Généralement de la musique classique, et j'ai dû entendre parler de lui lors d'un flash info. Si j'ai bonne mémoire… – il marqua un temps d'arrêt – il a été tué il y a trois ou quatre jours… dans les Hollywood Hills… C'est juste ?

— Oui. Dans la nuit de vendredi à samedi, et c'était à Laurel Canyon. Mais peu importe, vous avez une très bonne mémoire. River a été sauvagement assassiné de deux balles dans la tête… Une véritable boucherie ! C'était pas beau à voir. Il y avait du sang et des morceaux de cervelle partout. J'en fais encore des cauchemars.

McNamara réprima un frisson.

— Il a été complètement défiguré, notre ami River. Car c'était notre ami, continua Ogden en faisant un clin d'œil à son partenaire. On m'a dit que c'était également le vôtre. Vous le connaissiez, n'est-ce pas ?

— Non. Je ne le connaissais pas, et je n'ai pas d'amis dans la police. Je le regrette, croyez-le bien. Mais…

— En êtes-vous sûr ?

— Oui, sûr et certain.

McNamara ne savait pas qui regarder. Layton devant lui ou Ogd dont il sentait le souffle derrière son dos. Il poursuivit en soupirant, la tête basse, regardant ses chaussures à travers son magnifique bureau transparent.

— Vous savez, mon activité professionnelle m'amène à rencontrer énormément de gens. Je ne dis pas que je ne l'ai jamais vu. Peut-être à l'occasion d'un séminaire, ou d'une réception… Mais je n'en garde aucun souvenir. Croyez bien que je vous le dirais, si je le connaissais. Car j'ai toujours respecté la loi et ceux qui la font appliquer. C'est un principe chez moi.

*
*   *

Je ne l'écoutais plus. Les réponses de McNamara étaient trop longues, pas claires. Il aurait dû répondre simplement par oui ou non, plutôt que de donner un luxe de détails qu'on ne lui demandait pas. Son langage corporel ne plaidait pas, non plus, en sa faveur. Il paraissait anxieux, déstabilisé. Il avait tout du menteur pris en flagrant délit.

*
*   *

Les deux flics l'avaient compris eux aussi. Le tuyau de Foster était confirmé ; il me connaissait. Ogden regarda Layton et, d'un hochement de tête, lui fit comprendre qu'ils devaient passer à la vitesse supérieure.

— Je vais vous montrer une photo de River. Vous allez bien la regarder et me dire, une bonne fois pour toutes, si vous le connaissez.

Layton sortit de sa poche une photo qu'il fit glisser sur le bureau. Hors de portée de l'agent immobilier. Celui-ci tenta de s'en saisir en allongeant le bras. Elle était encore trop loin. Il se leva pour l'attraper. Ogden en profita pour reculer son fauteuil de quelques centimètres.

McNamara se laissa retomber sur son fauteuil, et se retrouva le cul par terre. Les deux acolytes, coutumiers de ce genre de manœuvre de déstabilisation, restèrent imperturbables. Ils secouèrent la tête de droite à gauche en soupirant, semblant dire, il va arrêter ses *conneries*, lui. On n'est pas là pour s'amuser. McNamara parut déconcerté par l'attitude de ses tortionnaires. Il aurait pu encaisser leurs rires et leurs railleries, cela l'aurait sans doute renforcé dans sa détermination à ne rien dire. Mais le silence qui suivit et les regards narquois qu'échangèrent les deux flics firent s'écrouler comme un château de cartes le rempart qui entourait sa volonté. Il comprit qu'il avait été piégé. Ils en savaient plus sur son compte et ses relations avec moi qu'ils n'en laissaient entendre. Ils voulaient s'amuser avec lui. Comme deux prédateurs jouant avec leur proie et retardant le moment de la mise à mort. Il décida de parler. À quoi bon tergiverser ? Il parlerait tôt ou tard. Il ne pouvait faire autrement. Alors, autant éviter les humiliations ou qui sait, la brutalité policière. Mais, jusqu'où irait-il dans ses aveux ? Il prit sa décision en une fraction de seconde. Il parut soulagé. Il se releva et s'assit avec précaution sur son siège.

— Oui, je connais ce type. Je l'ai déjà vu. Une ou deux fois. Tout au plus. Mais il m'avait dit qu'il s'appelait Springsteen. Je ne savais pas qu'il était flic. Comment pouvais-je faire le rapprochement ?

— Voilà qui est plus raisonnable. Et donc, vous le connaissez d'où River ? Ou Springsteen, si vous préférez, car il s'agit bien de la même personne.

— Je l'ai rencontré chez moi. La première fois, c'était il y a deux mois… deux mois et demi, environ. Je donnais une réception, pour fêter la signature d'un gros contrat. Il était là.

— Et que faisait-il ?

— Ben… rien de spécial. Il était parmi les invités, vous voyez ?

— Non, on ne voit pas, car figure-toi, – le tutoiement employé par Ogden fit sursauter McNamara –, on n'est jamais invités dans les soirées sympas. Dans les beaux quartiers. Note que cela ne me déplairait pas. Il doit y avoir de la bonne musique, de bonnes bouteilles, de la bonne bouffe…

— De belles nanas. J'ai entendu dire que certaines de ces

soirées étaient très chaudes. On raconte que souvent, tout le monde finissait dans la piscine…

— À poil… murmura Ogden d'un air rêveur.

— Il paraît aussi que la weed et la coke circulent assez librement. À ce qu'il paraît…

— Ah non ! Je ne touche pas à ça.

— Allons, allons, plus de mensonges.

— Écoutez, je veux contacter mon avocat.

Il tendit la main vers le téléphone. Rapide comme un ninja, Ogden lui donna une tape sur la main.

— Non, non, non, tu auras besoin d'un avocat que si on te place en garde à vue. Or, ce n'est pas le cas pour l'instant. Nous discutons entre gens de bonne volonté. Un dialogue amical et informel ne nécessite pas la présence d'un avocat. Sauf si on a quelque chose à se reprocher.

— As-tu quelque chose à te reprocher ? murmura Layton.

McNamara secoua la tête. Tout s'embrouillait dans son esprit. Sa respiration s'accéléra.

Soudain, sur un signe de Layton, Ogden entoura McNamara de ses bras, l'immobilisant dans son fauteuil. Layton fit rapidement le tour du bureau. Avec des gestes précis, il palpa sa veste de costume. McNamara protesta d'une voix faible, déjà résigné. Layton trouva, dans une des poches, une petite boîte ressemblant à s'y méprendre à une carte de crédit. Il jeta un coup d'œil rapide à Ogden. Le tuyau de Foster était juste. D'un coup d'ongle il l'ouvrit. Elle était remplie d'une fine poudre blanche qui à l'évidence ne servait pas à sucrer son café. Il enchaîna :

— Maintenant tu peux l'appeler. Nous allons te mettre en état d'arrestation pour détention de produits stupéfiants.

Il plongea l'ongle du petit doigt dans la poudre, en préleva une petite quantité qu'il approcha de sa narine. Il renifla un grand coup, réitéra l'opération dans l'autre narine. Se pinça le nez, renifla encore deux ou trois fois et conclut :

— De la coke. Et de la bonne. Environ deux grammes. Tu te rends compte des vagues que cela va faire ? Ta petite vie bien rangée va prendre l'équivalent d'un coup de genou dans les *couilles*, si tu me permets cette comparaison. Laisse-moi t'expliquer ce qui t'attend : nous allons t'amener au poste. Dans un premier temps, on va te foutre à poil et vérifier que tu ne caches rien d'autre. On cherchera partout, vraiment partout. Tu comprends ce que cela signifie, je ne te fais pas un dessin ?

McNamara s'enfonça dans son fauteuil, se décomposant à vue d'œil.

Layton continua, impitoyable :

— Ensuite, on prendra tes empreintes, puis on te photographiera sous toutes les coutures. Et enfin on te jettera en cellule. Et là, on pourrait t'oublier quelques heures avec… au fait Ogd, qui avons-nous aujourd'hui en cellule ?

— Aujourd'hui, tu as de la chance. La nuit a été fructueuse et les cellules sont pleines à craquer de gens sympas.

Il compta sur ses doigts.

— Il y a quatre ou cinq types de la *eMe*. Tu connais ? La mafia mexicaine. Ces gars-là sont toujours énervés, toujours prêts à taper sur leur prochain. Et ceux qui sont chez nous aujourd'hui sont parmi les pires. Ils sont accusés d'actes de torture et de barbarie. À ce qu'il se raconte, ils auraient cassé, l'un après l'autre et en prenant tout leur temps, les dix doigts d'un type d'une bande rivale. En guise d'échauffement. Ensuite, ils lui ont tailladé le corps avec un rasoir. Sans laisser un centimètre carré de peau intact. Ils allaient lui crever le deuxième œil, avec un crayon bien pointu, quand nos collèges sont intervenus.

Il marqua un temps d'arrêt afin de laisser McNamara s'imprégner de ses paroles, puis il continua :

— Nous avons aussi quelques SDF, shootés au crack et qui n'ont pas vu un morceau de savon depuis plusieurs années. Je te laisse imaginer l'odeur qu'ils dégagent. Dans une cellule de dix mètres carrés, entièrement fermée, c'est effroyable. Je suis persuadé qu'ils vont adorer tes fringues…

Il frotta le revers de la veste de McNamara entre le pouce et l'index, comme pour en tester la qualité.

— Tu sais qu'avec les embouteillages, ton avocat va mettre un certain temps à arriver. Un temps qui va te paraître long, très long…

Layton enfonça le clou.

— Nous savons que tu nous mens. Nous savons exactement ce que faisait River dans les sauteries que toi et tes amis organisez. Tu l'ignores peut-être, mais il était sous couverture et il a rédigé des rapports détaillant ses activités. Il était question… attends, je cite de mémoire : *de drogue qui coulait à flots dans une soirée organisée par Mitch McNamara…*

Layton pouvait raconter ce qu'il voulait, McNamara ne l'écoutait plus. Effondré, il n'arrivait plus à réfléchir correctement. Un bourdonnement persistant emplissait sa tête, lui faisant perdre toute lucidité. Il ne comprenait pas que les deux flics essayaient de l'avoir au bluff. Il pensa qu'il allait vomir.

— OK, je vais vous dire tout ce que vous voulez savoir. Mais pas la cellule… pas la cellule, il en bafouillait de terreur.

— On verra, si tu nous dis la vérité, tu pourras éviter la case prison, mais n'oublie pas que nous savons déjà presque tout. Alors, si tu nous mens…

Je devais reconnaître que leur technique d'interrogatoire, bien que *borderline*, donnait de bons résultats. En quelques minutes, ils avaient transformé un homme d'affaires, sûr de lui et arrogant, en un pauvre type apeuré et geignard, prêt à balancer sa propre mère.

McNamara fut intarissable. Il relata toute l'affaire, n'omettant aucun détail. Notre rencontre, mon recrutement, etc.

Pourtant, il éluda le rôle de Del Mora et ne prononça jamais son nom. Qu'importe que les occupants des cellules soient des tueurs, sa peur paroxystique du petit Mexicain fit passer les menaces de Layton au second plan.

À une question, il déclara que Murray était son avocat et son ami. Je vis l'attention des deux flics monter d'un cran. Nul doute qu'il serait le prochain à être interrogé.

J'étais persuadé que McNamara n'avait à aucun moment songé à se débarrasser de moi. C'était lui qui avait le plus à perdre si je venais à disparaître. Mes soupçons se portaient plutôt sur Murray ou Del Mora, peut-être une alliance des deux. Eux avaient tout à gagner. Murray, que je ne connaissais pas, m'aurait contacté de la part de McNamara, pour me donner rendez-vous dans les collines de Laurel Canyon. Ensuite, Del Mora se serait chargé de la basse besogne. Moi mort, il leur suffisait d'attendre que Mitch soit financièrement pris à la gorge, pour récolter les fruits de leur complot. Du début à la fin, j'avais été manipulé par cette bande d'enfoirés. Il fallait que je trouve comment me venger.

Auparavant, je devais obtenir des preuves de leur culpabilité. Pour cela, je devrais encore mettre Foster à contribution. Ce serait dangereux pour lui. Tant pis. Je n'avais aucune alternative.

J'entrai en contact avec lui, il me ramena à Brentwood.

32.

Mardi 25 mars – 13 h 03 – Cabinet de Murray

Foster ne fut pas facile à convaincre. Il m'en voulait encore, après le sale coup que je lui avais fait avec Elsie. Je promis tout ce qu'il voulait. Pour ce que cela me coûtait...

Nous téléphonâmes au cabinet de Murray. Sa secrétaire nous proposa un rendez-vous dix jours plus tard. Il fallut insister longuement. Alternant les menaces et les promesses. Lorsqu'elle accepta enfin de nous passer Murray, les choses ne traînèrent pas. Les noms de River et McNamara, combinés avec le mot police dans la même phrase, firent des miracles. Il nous fixa un rendez-vous le jour même, en début d'après-midi.

Le cabinet Murray & Associés, sur West Olympic Boulevard, occupait le dernier étage d'un bâtiment de verre et d'acier, luxueux sans être tapageur, même si les palmiers devant l'entrée, le marbre de l'accueil et l'héliport sur le toit donnaient une idée assez précise du montant des honoraires qui vous seraient facturés. L'heure du rendez-vous étant arrivée, nous quittâmes la voiture climatisée pour affronter la fournaise et la pollution. Nous traversâmes West Olympic, en slalomant entre les voitures, nous pénétrâmes dans le hall et nous empruntâmes un ascenseur vitré qui nous mena au dernier étage.

Nous débouchâmes dans un atrium d'environ cinquante mètres carrés. Musique d'ambiance, plantes vertes, œuvres d'art conceptuelles, moquette épaisse, nom du cabinet gravé en cursives sur une gigantesque plaque de laiton poli, brillant comme de l'or, au-dessus d'un comptoir derrière lequel trônait une sublime créature.

Pour l'occasion, Foster avait fait des efforts vestimentaires. Il portait un chino bordeaux et un tee-shirt blanc, propres et repassés par les bons soins d'Isa. La créature avait compris au premier regard que Foster n'avait pas le profil type des clients du cabinet. D'un ton dédaigneux, elle lui dit de s'asseoir et de patienter. On viendrait le chercher. Nous attendîmes une trentaine de minutes. De nombreuses personnes se croisaient, entraient ou sortaient des bureaux, des téléphones sonnaient de tous côtés, une activité débordante régnait chez Murray & Associés, ou peut-être un début d'affolement.

Murray finit par arriver. Il ignora la main tendue de Foster, se contentant d'un bref signe de tête. Il paraissait nerveux, sur la défensive. Il ne s'attendait visiblement pas à rencontrer quelqu'un ayant son look, mais plutôt un homme d'un certain âge, portant costume, cravate et attaché-case. Il ignorait le rôle joué par Foster dans cette histoire et cela le mettait mal à l'aise. Les avocats aimant connaître à l'avance les réponses aux questions qu'ils se posent. Nous traversâmes tout le cabinet. Murray ouvrit une porte près de la sortie de secours. Nous pénétrâmes dans une pièce aveugle pas très grande. Sol carrelé, table ovale, six chaises en plastique, deux fauteuils défoncés, une machine à café et un frigo ; on allait nous recevoir dans la salle de repos, pas dans une salle de réunion. Foster n'aurait pas droit à la moquette épaisse, à la table en bois massif et aux fauteuils de cuir.

Murray ouvrit le frigo. Il prit une petite bouteille d'eau

minérale, dévissa le bouchon et but une longue rasade à même le goulot. Puis il alla s'asseoir dans un canapé. Il n'invita pas Foster à faire de même. Je demandai à Foster de s'asseoir près de l'avocat, il devait paraître détendu, sûr de lui. Si de surcroît il mettait Murray mal à l'aise, ce serait tout bénéfice. Nous débutâmes aussitôt les hostilités.

— Murray, j'ai sollicité ce rendez-vous afin de m'entretenir avec vous de…

— Vous pouvez m'appeler maître Murray, cela se fait.

— Oui, je pourrais… mais je n'en ai pas envie.

Murray avala la couleuvre sans rien dire, Foster poursuivit :

— Je disais donc que je suis ici pour vous parler du mari de ma sœur, River.

— River, comme *le* River qui a été tué, celui dont parlent tous les journaux et toutes les chaînes de télévision ?

— Oui, tout à fait, *ce* River-là.

— Je ne le connais pas.

— Arrêtez vos *conneries* et gardez vos mensonges pour les flics qui ne vont pas tarder à vous interroger. Je suis au courant de vos agissements. River m'a tout raconté avant d'être tué. La conspiration ourdie avec vos complices, McNamara et Del Mora, en vue de vous approprier l'hôpital. Son rôle dans votre combine. Tout, je vous dis.

À cette annonce, Murray blêmit. Personne n'était censé être au courant de la collusion entre eux trois. Del Mora allait être fou de rage.

— Je veux juste que vous sachiez, continua Foster, que ma priorité est de stopper Del Mora. Vous et McNamara êtes du menu fretin et je me fiche de ce qu'il adviendra de vous.

Le menu fretin accusa le coup, il n'apprécia que très modérément de se faire traiter ainsi. Brusquement, il s'approcha de Foster et fit :

— Qui me dit que vous ne portez pas un micro ?

Foster soupira, il se mit debout, souleva son tee-shirt et fit un tour sur lui-même.

— Voilà… satisfait ?

— OK, vous n'avez pas de micro, mais qu'est-ce qui me prouve que vous n'êtes pas envoyé par Del Mora, lui-même, pour me piéger ?

— J'étais avec Del Mora, avant-hier. Il m'avait enfermé dans une chambre froide et il allait me buter. Téléphonez-lui. Demandez-lui ce qu'il pense de son neveu. Eh oui, il se trouve que je suis le neveu de ce brave homme. Mais cela ne l'empêchera pas de me buter s'il m'attrape. Non, vous pouvez en être sûr, je ne suis pas de mèche avec lui. Je veux sa peau, c'est entendu. Mais je veux le faire dans le respect de la loi. Pas avec un couteau, dans le frigo insalubre d'un restaurant miteux. Je veux le voir en taule, pour longtemps et pour l'ensemble de son œuvre.

— Vous êtes naïf, mon jeune ami. Croyez-vous que Del Mora soit quelqu'un que l'on peut trahir comme cela ?

Il claqua des doigts.

— Il est puissant, impitoyable et rancunier. Je plains l'inconscient qui le balancera aux flics.

— Je crois qu'il se trouve juste devant moi.

— Pardon ? Mais vous êtes complètement…

— Je ne vous laisse pas vraiment le choix.

— Qu'est-ce que vous insinuez ?

— Il me semble que c'est évident ! Ce sera Del Mora ou vous.

— Quoi ? Vous osez me menacer ? Chez moi ?

Il haussa le ton et sa voix monta dans les aigus.

— Non ! Je vous propose un marché. Un marché que vous ne pouvez refuser. Votre liberté contre celle de Del Mora.

— Vous êtes fou. Vous n'avez rien contre moi. Vous ne pourrez rien prouv…

Il ne termina pas sa phrase. C'étaient presque des aveux

qu'il venait de faire. Et malgré son assurance, Murray eut peur. Il n'avait pas pris Foster au sérieux. Mais il était en train de réviser son jugement. Qui était ce type ? D'où sortait-il ? Il s'enfonça dans son siège et essuya la sueur qui perlait à son front. Foster lui assena le coup de grâce.

— Détrompez-vous. J'ai toutes les preuves. Je peux prouver vos malversations lors de la vente par adjudication du terrain de l'hôpital. Pour cela, vous risquez la radiation du barreau, assortie de quelques années de prison. Mais je ne vous apprends rien, n'est-ce pas, *maître*. Il ne restera plus rien de tout ceci – il fit un mouvement circulaire de l'index – quand vous sortirez de taule. Si vous en sortez un jour. Je possède un enregistrement réalisé lors d'une réunion organisée par vos soins, dans une suite du Mondrian. Réunion à laquelle ont assisté McNamara et Del Mora. Vous vous en souvenez ?

Murray faillit se trouver mal.

C'est appréciable d'être invisible, là où l'on ne vous attend pas...

— Il y avait des micros ? Au Mondrian ? s'étouffa Murray.

— Oui, et aussi des caméras.

N'ayons pas de scrupules. Tant qu'à faire pression, allons-y à fond. Soyons encore plus salopards que ces salopards.

— Des caméras ! Mon Dieu !

Je crus qu'il allait avoir une attaque.

— Oui, un peu partout dans la suite et sur la terrasse. Je me suis laissé dire que le jacuzzi était très agréable en cette saison... Je sais que vous ne vous êtes pas privé de l'utiliser, après le départ de vos amis. J'ai des images, à ne pas mettre entre toutes les mains, de vous et...

— Non ! le coupa Murray en gémissant. Ne déconnez pas, ces images ne doivent pas être rendues publiques.

— Lesquelles ? Celles de la réunion où l'on vous entend avouer vos crimes, ou celles filmées après que vos complices sont partis et où l'on vous voit batifoler avec votre petit ami ? Elles sont en couleurs et filmées en haute définition. On ne perd pas une miette de vos ébats.

Rien que d'y penser, brrr...

— Les... les deux, promettez-moi que vous ne vous en servirez jamais.

— Ce n'est pas dans mes intentions, mais il faudra que vous m'obéissiez aveuglément. Del Mora ne saura jamais que vous êtes impliqué dans sa chute. Il n'exercera jamais de représailles, contre vous ou votre famille. Ce que je vous demande est simple et sans danger. Vous allez lui téléphoner. Un unique coup de fil et j'effacerai tout, j'oublierai tout. Vous n'entendrez plus jamais parler de moi et vous pourrez reprendre votre petite vie peinarde. Au fait, vous avez son numéro personnel ?

— Oui, bien entendu, je suis son avocat.

Murray hésitait, il passait en revue les options qui s'offraient à lui. Aucune ne sembla le satisfaire. Il continua :

— Je l'appelle assez régulièrement. Il ne se méfiera pas.

Murray avait commencé à capituler. Je lui expliquai ce que j'attendais de lui.

— Parfait, vous l'appellerez et vous lui répéterez mot à mot ce que je vais vous dire. Si tout se passe comme prévu, votre intervention s'arrêtera là. Vous n'entendrez plus jamais parler de moi. Je détruirai tous les enregistrements et vous lirez la suite dans les journaux. Sinon...

— Juste un coup de téléphone, et après, vous me jurez que...

— Je vous lâche. Définitivement !

— Que dois-je lui dire ?

Nous convînmes du jour, de l'heure et de la teneur exacte des propos que devrait employer Murray lors de son appel. Le but étant de me téléporter auprès de Del Mora pendant leur conversation. Il refusait toute invitation et était injoignable un jour par semaine, toujours le même. Ce soir-là, depuis son QG, une planque ignorée de tous, il gérait ses affaires illégales.

Je voulais savoir où se trouvait cet endroit. Connaître la disposition des lieux. Le nombre de ses hommes présents. J'espérais y trouver des preuves de sa culpabilité et les communiquer à Layton et Ogden. Ou leur demander d'intervenir, en force, avec l'aide du SWAT[1] et surprendre le serpent dans son antre. À eux les honneurs et la gloire. À moi la vengeance. Ce partage me convenait parfaitement.

Nous partîmes tout de suite après, laissant Murray complètement effondré, se demandant comment il avait pu se fourrer dans cette histoire. Histoire qui pouvait lui coûter son honneur, sa vie ou pire encore…

1. Special Weapons and Tactics, unité d'intervention type GIGN.

33.

*Mardi 25 mars – 18 h 35 – Xtra's Diner –
près de Parker Center*

En attendant que Murray contacte Del Mora, je décidai d'avoir une discussion avec Layton et Ogden. Je devais faire vite. Foster ne tarderait pas à me lâcher. Il passait ses journées à avaler des comprimés. Des doses de plus en plus fortes. Il n'était lucide que quelques heures par jour. Là, juste devant moi, il gobait de l'oxycodone par poignées entières ; les sensations de l'héroïne sans les inconvénients de la piquouse. Un vrai slogan publicitaire ! Les effets visibles étaient une somnolence pouvant le prendre à tout moment. À l'intérieur, les dégâts devaient être effroyables… Je le laissai faire.

OK ! Je suis un salaud opportuniste. Mais cela m'arrange bien ; je peux ainsi le manœuvrer à ma guise. Et j'ai la conviction que les stupéfiants, qu'il consomme depuis des années, ne sont pas étrangers à notre connexion.

Je lui demandai de donner rendez-vous, en fin d'après-midi, aux deux flics, dans un *dîner* à quelques rues de Parker Center. Ils acceptèrent, de mauvaise grâce.

Nous arrivâmes alors que la nuit venait de tomber devant le Xtra's Diner. L'enseigne, une avalanche de néons multicolores, éclairait la rue comme en plein jour. Le restaurant comptait une trentaine de tables, presque toutes occupées. Je demandai à Foster de s'installer au fond, face à la porte d'entrée. Quelques minutes après, une petite bonne femme brune, la cinquantaine bien entamée, vêtue d'une chemise en vichy rose se matérialisa devant nous. Une ou deux mèches, qu'elle écartait d'un index distrait, échappées de son chignon, balayaient son front. Elle jonglait avec ses lunettes, du même rose que sa chemise, qu'elle chaussait sur son nez pour noter les commandes, puis qu'elle plantait dans ses cheveux lors de ses déplacements. Elle salua Foster avec cet entrain et cet enthousiasme propres aux serveurs américains. Elle installa, d'une main, le set de table sur lequel elle disposa les couverts enroulés dans une serviette en papier, tandis que de l'autre, elle servit à Foster un verre d'eau, plus glacé que l'océan Arctique en hiver. Elle demanda si *mon chou avait déjà choisi*. Le chou répondit qu'il boirait bien une petite bière. Ce à quoi l'accorte serveuse rétorqua qu'il aurait sa bière en même temps que son plat, mais pas avant ; l'établissement ne pouvant servir d'alcool sans nourriture. Foster lui dit qu'il allait commander, mais qu'il attendait des amis. Ne pourrait-il pas avoir sa bière quand même ? Elle lui répondit que la première fois qu'on avait essayé de lui faire le coup, il devait être dans les testicules de son père. Foster lui fit un grand sourire, espérant l'attendrir. Elle soupira, s'il pouvait se dépêcher de choisir, elle avait des commandes sur le passe et les gens allaient manger froid. À tout hasard, il commanda un hot-dog avec des oignons frits et une bière. Elle nota la commande à l'aide d'un stylo qu'elle glissa ensuite entre ses seins, fit demi-tour et disparut dans la cuisine.

Les Utah's Brothers arrivèrent avec une demi-heure de retard. Suspicieux ou inquiets, ils étaient passés plusieurs fois en voiture, puis à pied devant le restaurant, avant d'en pousser la porte. Depuis l'entrée, ils scannèrent toutes les personnes présentes. RAS. Rassurés, ils approchèrent de notre table. Layton se laissa tomber sur la banquette à côté de Foster, qu'il poussa d'un coup d'épaule, le forçant à se coller contre le mur, Ogden s'assit en face d'eux.

Layton s'empara aussitôt d'une rondelle d'oignon frit qu'il croqua à belles dents.

— Écoute-moi bien, minus ! On est venus. Cette fois-ci. Mais si tu crois que tu peux nous siffler et qu'on va accourir comme de gentils toutous, tu te mets le doigt dans l'œil et bien profond… Profite bien de la situation. Elle ne durera pas éternellement. Mais… bon, on est là. Qu'est-ce que tu veux ?

— Non, ça ne marche plus comme ça, les gars ! Les règles ont changé. C'est moi qui pose les questions et c'est vous qui répondez.

Parler ainsi à des flics ne pouvait que leur faire péter un câble. C'était le but que je recherchais. Je voulais les provoquer. J'espérais que sous le coup de la colère, ils commettraient des erreurs ou lâcheraient des indices. Et surtout, je priais pour qu'ils ne remarquent pas l'état pitoyable dans lequel se trouvait Foster. À ma grande surprise, ils se regardèrent et éclatèrent d'un rire tonitruant. Plusieurs personnes se retournèrent.

— T'as raté ta vocation. T'aurais dû faire comique !

— Toujours le mot pour rire, ce bon Foster !

Layton lui donna une tape dans le dos, avec un grand sourire. Un peu trop forte pour être amicale. Puis, son regard se durcit. Il s'approcha de Foster et lui murmura à l'oreille, les mâchoires serrées :

— T'es sûr de vouloir jouer au *con* avec nous ?

Foster se troubla. Il pensa : « Qu'est-ce qui se passe, River ? Je vais me faire défoncer ! »

Il n'avait pas tort. Ce n'était sans doute pas la meilleure

méthode. J'optai alors pour une approche différente, plus en nuance. Foster répétait mes paroles, mais avec un léger décalage, comme pour s'assurer que ses propos ne lui créeraient pas plus d'ennuis qu'il n'en avait déjà.

— Gardez votre calme, les gars. Je me suis mal exprimé. Je voulais savoir si vous aviez du nouveau au sujet des violeurs.

Ils se regardèrent de nouveau, sans dire mot. Dans l'expectative.

— Allons, messieurs, continua Foster, faites un effort. Soyez sympas. Je suis certain que vous avez des tas de choses à m'apprendre.

— Supposons que nous ayons quelque chose. J'ai bien dit supposons. Que nous proposes-tu en échange ?

— Que diriez-vous de Del Mora ?

— Quoi, Del Mora ?

— Je vous donne Del Mora.

— Quel Del Mora ? Ton oncle ? *Le* Del Mora ? Le millionnaire, le proprio des chaînes de télé ?

— Lui-même. *Le* Del Mora qui se voit déjà maire de Los Angeles, mais qui est en réalité le chef d'un cartel de trafiquants de drogue. *Le* Del Mora qui donne tous les ans des fortunes aux œuvres de la police, mais qui peut ordonner la mise à mort d'un homme, aussi facilement que j'ai commandé ce plat que tu es en train de manger. Je sais de source sûre que Del Mora n'est pas étranger à la mort de River. Il en serait même le commanditaire.

Tant qu'à raconter n'importe quoi, plus ce serait gros, plus ce serait crédible…

— Tu déconnes ! J'ai entendu, comme tout le monde, un certain nombre de rumeurs sur son compte. Mais personne n'a jamais pu prouver quoi que ce soit et Del Mora n'a jamais eu ne serait-ce qu'une amende pour stationnement interdit ! Officiellement, ce mec est innocent comme l'agneau qui vient de naître. En plus, il est intouchable. Il tutoie le gouverneur. Il connaît personnellement plusieurs juges... Il navigue dans des sphères bien trop hautes pour nous. Et c'est toi qui veux le faire tomber ?

Ils se regardèrent et se mirent à rire de nouveau. La plupart des gamins présents ne quittaient plus notre table des yeux, un grand sourire aux lèvres, espérant participer à l'hilarité qui y régnait. Layton appela la serveuse et commanda deux bières. Elle les salua par leurs prénoms et dit qu'elle les apportait *tout de suite, mon chou.*

Eux n'avaient pas besoin de commander à manger ? La salope ! Je dirai à Foster de ne pas lui laisser de pourboire.

Ils attendirent d'être servis avant de poursuivre.

— Non sérieusement, attaqua Layton après avoir avalé la moitié de sa bière d'une seule lampée, tu as des preuves permettant d'inculper Del Mora ? Il faudra qu'elles soient en béton, t'en es conscient ?

— Elles le seront, ne t'en fais pas.

— Je ne m'en fais pas le moins du monde. Mais je suis impatient de les connaître. Et surtout, j'aimerais savoir comment tu les as obtenues. C'est River ? Tu possèdes ses rapports d'enquête ? J'ai vu juste ? Vas-y, raconte !

— Non... vous d'abord. Le simple nom d'un petit *con*, contre le plus gros poisson que vous n'avez jamais imaginé pouvoir pêcher, même dans vos rêves les plus fous.

Ils se regardèrent en silence. Layton haussa les sourcils : « Qu'en penses-tu ? » Ogden lui répondant d'un battement de paupières : « Essayons. Qu'avons-nous à perdre ? »

— OK, fit Layton. Nous avons découvert que le costume de vampire avait été loué ou acheté, par cinquante-sept personnes dans le mois précédant le soir où *qui* tu sais a subi *ce* que tu sais. Nous avons pu en contacter vingt-deux, mais aucun ne correspond au profil recherché. Nous avons encore une trentaine de vérifications à effectuer. Mais...

— Oui ?

— Je pense qu'il sera impossible d'obtenir les coordonnées de toutes les personnes ayant porté ce *putain* de costume. Beaucoup ont payé en espèces. Il pourrait également s'agir d'un déguisement acheté l'année dernière ou celle d'avant, nous n'en savons rien. Nous n'avons que peu d'espoir de remonter jusqu'aux agresseurs en suivant cette piste. Mais nous continuons de chercher.

— Et les lentilles ?

— C'est le même problème, puissance dix. Il y a des centaines de points de vente. Il s'est vendu des milliers de paires. Nous avons totalement abandonné cette piste.

— Avez-vous contacté le propriétaire de la maison où s'est déroulée la soirée ?

— Tu nous prends vraiment pour des amateurs !

— Non, je voulais dire : que vous a dit le propriétaire que vous n'avez pas manqué de contacter ?

Ogden claqua sa bouteille de bière sur la table.

— Tu sais Foster, si tu continues à être… comment dire ?

— Irrespectueux ? proposa Layton.

— Oui, irrespectueux c'est bien. Donc, si tu continues à être irrespectueux…

— Tu aurais aussi pu dire insolent ou impertinent.

— *Putain*, Layton ! On ne fait pas un concours d'homonymes.

— Synonymes.

— Quoi, synonymes ?

— Deux mots différents qui veulent dire la même chose s'appellent des synonymes. Un homonyme c'est…

— Et *je vais te mettre un coup de boule*, c'est le synonyme ou l'homonyme de *tu commences à me casser les couilles* ?

— Ce serait plutôt la conséquence…

— TA *GUEULE* !

Tous les clients, petits et grands, se turent. Le cuistot

sortit de derrière son comptoir, un couteau à lame effilée à la main. D'un geste, Layton le rassura.

— Je déconnais. Pour détendre l'atmosphère.

— Si tu veux mon avis, commença Foster…

— Ton avis, on s'en *branle* ! répondirent avec un ensemble parfait les Utah's Brothers.

Puis ils saisirent leur bière, trinquèrent et vidèrent leur bouteille. D'un claquement de doigts, Ogden commanda deux nouvelles bières, puis il reprit :

— Nous l'avons appelé dès le début de l'enquête, tu penses bien…

— Et ?

— Et c'est compliqué… nous marchons sur des œufs avec ce type ! Il s'appelle Lydon III Webster, tu vois le genre !

— Il porte un numéro – Foster était mort de rire –, comme un *putain* de roi.

— Ouais, ou comme un canasson. C'est un avocat d'affaires, l'un des meilleurs de la ville, à ce qu'il paraît. Il connaît intimement le maire et le gouverneur de l'État lui mange dans la main. Mais il a été sympa, il a accepté de nous accorer dix minutes de son temps, dans son bureau, entouré d'un aréopage d'avocats.

— Sympa ?

— Ouais, rien ne l'obligeait à nous parler.

— Vous auriez pu le convoquer.

— On ne convoque pas Lydon III Webster. Tout du moins, c'est ce qui nous a été répondu.

— Et vous l'avez interrogé dans son bureau ? Seulement dix petites minutes ?

— Ouais, c'est ce que je viens de dire. T'es sourd, en plus ?

— Non, je trouve surprenant que vous ne soyez pas allés lui parler chez lui.

— Impossible. Il n'a pas voulu.

— Ah ! Alors comme ça, c'est les suspects qui décident maintenant ?

— C'est pas ça, c'est… c'est politique. Tu ne peux pas comprendre.

Layton avait l'air désenchanté. Il me faisait presque pitié.

— Alors, explique-moi !

— L'enquête n'est pas vraiment… commença Layton.

— Tais-toi ! le coupa Ogden. Il y a des choses qu'il ne doit pas savoir.

— Des choses, quelles choses ? Que l'enquête que vous a confiée le chef est officieuse ? Que vous ne devez rendre compte qu'à lui-même ? Oh, les gars ! Vous me prenez pour une buse ? Vous n'avez pas compris que j'en sais autant que vous. Peut-être même plus… Alors, on fait équipe, oui ou non ?

— Non ! On ne fait pas équipe. On collabore, pendant un temps très limité, parce qu'on y trouve chacun notre intérêt. Mais on ne fait pas équipe ! Certainement pas !

Layton était hors de lui.

— Ne te fâche pas !

— Je ne suis pas fâché. Il vaut mieux pour toi que je ne me fâche pas !

Ogden posa la main sur le bras de son coéquipier.

— Écoute, l'enquête n'avance pas. On n'a pas grand-chose à perdre. Voyons ce qu'il a à nous proposer.

— Tu ne comprends pas que ça me fait *chier* de collaborer avec ce…

— Tu cherches encore un synonyme ? persifla Foster.

Le coup partit à une vitesse incroyable. Le coude de Layton s'écrasa contre la mâchoire de Foster avec un bruit mat.

— Ah ! Ça fait du bien ! Depuis que j'en avais envie.

Foster se frotta la joue, celle-là même qui portait encore en filigrane la trace des doigts de Del Mora. Elle prit une belle teinte aubergine. Mais avec ce qu'il avait ingurgité, Foster ne sentait pas la douleur.

Il était juste vexé. Il voulait partir. Je déployai des trésors de diplomatie pour qu'il accepte de rester encore quelques minutes.

Ogden, entre deux gorgées de bière, fit le point sur l'avancée de leurs investigations.

Il en ressortait que la soirée avait été organisée par le fils Webster, Owen. Un gamin d'une vingtaine d'années, étudiant à l'UCLA. Comme la majorité des convives présents ce soir-là. Une quarantaine d'invitations avait été lancée. Mais la plupart des invités étaient venus accompagnés d'amis, qui avaient aussi des amis. Au final, plus de cent personnes étaient présentes cette nuit-là. Nul ne connaissait le nombre exact de participants. Le père d'Owen leur avait fourni la liste des invités, contre la promesse de ne pas ébruiter l'affaire. Ils étaient parvenus, jusqu'à présent, à en interroger une vingtaine. Cela leur avait permis d'identifier une dizaine de garçons et de filles qui n'étaient pas officiellement invités et qu'ils avaient également contactés. Mais aucun d'eux ne se souvenait d'un duo dont l'un des protagonistes portait un déguisement de vampire et l'autre de mort-vivant.

— En fait, nous sommes dans une impasse, soupira Ogden, en avalant une bouchée du hot-dog de Foster. Tu vois, on a fait de notre mieux, mais on intervient trop tard. Plusieurs mois après… tu imagines ? On nous a refourgué un *cold case*. Pas de témoin. Aucun indice matériel. Plus de trace ADN exploitable. Rien… et le chef nous a interdit d'interroger sa fille.

— Comment ça ?

— Oui, il a été formel sur ce point. Je cite : *sous aucun prétexte, vous ne devez interroger Anna Molly. Tout ce qu'elle peut vous apprendre, je peux vous l'apprendre. Venez me voir.*

Posez-moi toutes les questions que vous voulez. Mais laissez-la en dehors de votre enquête…

— C'est surprenant comme réaction, vous ne trouvez pas ?

— Oui et non. Il nous a confié que sa fille a été traumatisée par le viol qu'elle a subi…

— Qui ne le serait pas ?

— Et qu'elle a mis un temps fou avant de reprendre une vie à peu près normale. Il ne veut pas qu'elle revive ces moments terribles. Il nous a avoué qu'il craignait qu'elle ne retombe dans une grave dépression.

— On ne peut pas lui reprocher de vouloir la protéger.

— Il a ajouté qu'elle ne pourrait rien nous apprendre que nous ne sachions déjà. Elle a été droguée et ne garde aucun souvenir de cette soirée. On a bien évidemment obéi à ses ordres, mais ça ne nous aide pas pour notre enquête.

— Pour te prouver notre bonne foi, on est prêts à te communiquer la liste des invités. C'est tout ce que nous avons comme monnaie d'échange.

Foster accepta. Je doutai de l'intérêt de cette liste. Si la police, avec tous les moyens dont elle disposait, n'était pas parvenue à un résultat positif, je ne voyais pas comment un fantôme et un junkie pourraient faire mieux.

*

* *

J'étais déçu. Ils ne m'avaient rien appris que je ne savais déjà. Excepté l'adresse de ce Webster, dont j'avais oublié le numéro. Je devrais résoudre l'enquête seul. Compliqué ! Peut-être pas tant que ça finalement. Réfléchissez ! J'avais l'opportunité de me rendre où je voulais. Chez qui je voulais. Dans l'intimité la plus secrète des gens. Sans que ceux-ci ne s'aperçoivent de ma présence. Le rêve de n'importe quel flic. Et de tous les voyeurs. Mais je serais sérieux, je mettrais mon invisibilité au service de l'enquête. Uniquement de l'enquête. Demain, à la première heure, j'irais fureter chez Webster troisième du nom.

*

*   *

— Je ne pense pas que le chef nous félicitera, quand nous lui dirons que nous n'avons aucune piste, soupira Ogden.

— Non, tu as raison, il risque de ne pas apprécier, renchérit Layton.

Il posa brutalement sa bouteille de bière sur la table, faisant sursauter une famille entière.

— *Eh merde* !

— Il va nous en vouloir à mort, il va nous saquer, nous donner les missions les plus pourries, se lamenta Layton. Sauf si…

— Oui ?

— Eh bien, notre ami, ici présent – Layton donna une claque dans le dos de Foster qui faillit cracher un poumon –, se proposait de nous apporter Del Mora sur un plateau. Voilà peut-être la solution à tous nos problèmes.

— Je n'ai pas dit ça. Je suis prêt à vous donner des renseignements sur Del Mora. Des renseignements que personne ne pourra jamais obtenir. Mais il faudra faire votre part de travail.

— La part la plus dangereuse, je parie ?

— Gagné ! Eh oui, les gars, vous devez justifier votre salaire… un minimum.

— OK ! OK ! Accouche.

— Bien, écoutez.

D'un geste Foster demanda aux deux détectives de se

rapprocher, il chuchota pour donner plus de poids à ses propos.

— J'aurai très bientôt l'adresse du QG secret de Del Mora. Il ne s'y rend que très rarement et personne n'en a jamais entendu parler. Vous-mêmes ?

— Non, je confirme.

Layton secoua la tête, sans dire un mot.

— Tu es sûr qu'il existe ?

— Sans l'ombre d'un doute. Vous y trouverez les preuves de son implication dans plusieurs affaires illégales. Plus qu'il ne vous en faudra pour l'inculper et l'envoyer en prison pour des dizaines d'années. En contrepartie, je n'ai qu'une seule exigence : pas de question. Ne me demandez pas qui est mon indic. De toute façon, je ne vous le dirai jamais.

Ils promirent. Foster poursuivit :

— Bien, dès que je vous communiquerai l'adresse de Del Mora, ce sera à vous d'intervenir. Dans l'heure qui suit. C'est impératif. Del Mora ne s'éternise pas, il donne ses ordres, règle quelques affaires et disparaît. Mettez le SWAT en alerte et à mon signal, faites donner l'assaut. Mon gars se débrouillera pour ne plus être sur place quand vous interviendrez.

La serveuse se pointa en dandinant du cul et demanda si ses *choux voulaient autre chose*, Layton la remercia d'un grand sourire et d'une tape discrète sur les fesses, qu'elle parut apprécier, si j'en croyais le sourire qui illumina son visage.

Oui, c'est confirmé. Pas de pourboire !

— Bien, on est OK pour ton indic, reprit Layton, quand elle se fut suffisamment éloignée. Mais, on ne peut pas mettre le SWAT en alerte si on n'est certains de la date, ni de l'adresse. Ça ne va jamais passer en haut lieu.

— Ça, c'est votre problème ! À vous de le résoudre. Moi, je vous donne les infos. Vous, vous agissez. Croyez-moi sur parole, une occasion comme celle-ci ne se représentera jamais plus. Si vous la laissez passer, le prochain maire de Los Angeles pourrait bien être le *señor* Del Mora.

Sur ces paroles, je dis à Foster qu'il était temps de partir.

— Messieurs, ce n'est pas que je m'ennuie en votre compagnie, mais j'avais prévu autre chose que de voir vos *gueules* toute la soirée.

Foster se leva, Ogden ne bougea pas d'un centimètre.

— S'il vous plaît. J'aimerais passer.

— Je vais être clair, Foster…

Layton le regarda dans les yeux et baissa la voix de manière à ne pas être entendu des tables voisines.

— Si tu essaies de nous la faire à l'envers, je te promets qu'on te retrouvera et…

Il ouvrit le pan de sa veste, montrant son holster.

— Non les gars, ce n'est pas une entourloupe, vous pouvez me faire confiance. Je veux vraiment débarrasser la ville de cette pourriture. Il n'est pas imaginable que ce type devienne le prochain maire. Je vous assure que je ne vous tends pas de piège. Prenez cela comme ma contribution citoyenne pour nettoyer cette bonne ville de Los Angeles des ordures qui la souillent.

À contrecœur, Ogden se leva. Foster se glissa hors de la banquette. Il se tourna vers les deux flics et leur dit :

— Au fait, les consos, c'est pour vous. Mes informations étaient meilleures que les vôtres. Je gagne et c'est vous qui payez.

Nous partîmes, laissant les deux flics se demander s'ils venaient de faire la meilleure ou la pire affaire de leur vie.

Nous arrivâmes à Brentwood vers vingt-deux heures. Il faisait nuit noire. Les lumières étaient éteintes. Nous trouvâmes Isa assise dans l'obscurité, un livre ouvert sur les genoux, les yeux perdus dans le vague. Cascadant des enceintes, les notes cristallines de *Hiding Place* de Cinephile, nous enveloppèrent. Les fenêtres ouvertes laissaient entrer un souffle d'air chaud qui agitait les rideaux. Isa sursauta lorsque Foster lui toucha l'épaule. Elle ne l'avait pas entendu arriver. Elle regarda autour d'elle. Cherchant quelque chose. Ou quelqu'un. Moi, certainement...

Foster lui fit signe de sortir sur la terrasse, un doigt sur les lèvres. Toujours ces fichus micros ! Elle augmenta le volume de la stéréo et le rejoignit.

— River est ici ? demanda-t-elle, inquiète.

— Oui, lui répondit son frère, quelque part autour de nous. Je ne le vois pas plus que toi.

— Tu peux lui demander où il se trouve, exactement ?

— Il t'entend parfaitement, tu sais. Pose ta question. Il te répondra par mon entremise.

— Je n'y arriverai pas. C'est trop dur. J'ai à peine eu le temps d'accepter sa mort, que j'apprends qu'il est toujours parmi nous. C'est difficile à admettre. Compliqué à vivre. J'ai l'impression qu'on m'observe. Tout le temps, et quoi que je fasse. Cela me perturbe et me gêne. Je voudrais qu'il s'en aille. Demande-lui de partir.

Pourquoi, Isa ?

— Je ne supporte pas de le savoir là, autour de moi, invisible et silencieux, continua-t-elle.

Des larmes coulaient sur ses joues, qu'elle n'essaya pas de sécher.

— Je me sens épiée. J'ai la sensation de n'avoir aucune intimité. Cela me fait peur...

Elle se tourna vers moi. J'eus l'étrange impression qu'elle me voyait.

— Je suis désolée, mon amour. Comment, dans ces conditions, puis-je faire mon deuil ? Même si ton esprit est là, près de moi, je ne te reverrai plus. Je n'entendrai plus jamais le son de ta voix. Je ne pourrai plus te serrer dans mes bras. Je voudrais que tu partes, ce soir, immédiatement.

Je m'habituerai peut-être, dans quelques jours ou dans quelques semaines à… à parler à un fantôme. Mais pour l'instant, c'est trop difficile.

— Tu sais Isa, il ne peut pas se déplacer aussi facilement que cela. C'est compliqué, il a besoin de moi et…

— Alors, partez tous les deux.

— Euh… oui… si tu veux. Mais pour aller où ? Del Mora me recherche dans toute la ville. S'il me trouve, je suis un homme mort.

Je comprenais le désarroi d'Isa. Si les rôles étaient inversés, j'aurais eu le même sentiment de détresse, sans doute les mêmes requêtes. Aussi, j'acceptai de partir. Je passerais la nuit loin de la maison. Isa serait rassurée, Foster en sécurité et moi…

Je demandai à Foster de m'emmener loin de tout et de tout le monde. Je ne voulais plus voir personne. Pourquoi pas le zoo ? Oui. Bonne idée ! Me trouver parmi les animaux me ferait peut-être oublier mon début de misanthropie que je sentais croître d'heure en heure.

Je demanderais à Foster de rouler jusqu'au zoo. Je le suivrais. Une fois arrivé à destination, je m'éloignerais aussi loin de lui qu'il me serait possible. Je perdrais alors la connexion et je ne pourrais plus revenir.

Isa accepta que Foster reste *une nuit ou deux, pas plus, après tu devras te débrouiller seul*. Puis elle s'enferma dans notre… dans sa chambre et se mit à pleurer.

Nous partîmes. Nous traversâmes la ville endormie. Nous passâmes de l'autre côté des collines. Nous longeâmes un golf et nous arrivâmes au zoo. Foster me laissa devant l'entrée principale. Je l'exhortai de ne pas oublier, demain matin de me rappeler auprès de lui. Il promit, et repartit à Brentwood. Je me trouvai au niveau de la faune australienne quand :

— À demain River.

Je revins aussitôt dans la voiture.

— Si tu pouvais éviter de prononcer mon nom jusqu'à demain matin, ce serait cool.

— Ah oui ! Excuse-moi River !

— NON !

— Zut !

— Tais-toi et dégage !

— OK. Bonne nuit.

Ouais, bonne nuit… crétin !

Je retournai auprès des animaux. Tout près d'eux, dans leur cage. Ils ne me voyaient pas, mais ils sentaient ma présence, car tous se réveillèrent et plusieurs d'entre eux, les prédateurs principalement, manifestèrent des signes de nervosité.

Même les animaux me faisaient comprendre que je n'avais rien à faire ici !

34.

Mercredi 26 mars – 10 h 45 – Bel-Air

La nuit passa, interminable. À espérer le jour. À attendre la suite.

Dès qu'Isa quitta la maison, Foster me fit revenir à Brentwood. Pour la suite de l'enquête, je ne pouvais qu'attendre que Layton et Ogden avancent dans leurs recherches. En menaçant Murray et en leur offrant Del Mora, j'avais mis un coup de pied dans la fourmilière et inévitablement, quelqu'un commettrait une erreur ou une langue se délierait, et l'enquête avancerait.

En attendant, je tenterais de résoudre l'affaire Anna Molly.

Le duo de choc n'avait jamais mis les pieds sur la scène de crime. C'était une terrible erreur. Presque une faute professionnelle. Mais je ne pouvais pas leur en vouloir. L'enquête était confidentielle, ils ne pouvaient pas débarquer chez les Webster en brandissant le badge du LAPD pour les interroger sur un viol commis à leur domicile.

Ils auraient dû utiliser la ruse. Il était facile de sonner et de demander à parler à Owen, le fiston, sous un prétexte fallacieux. Ils pouvaient inventer une histoire, sans jamais prononcer le nom d'Anna.

Pourquoi n'avaient-ils pas parlé à Owen ? Pourquoi s'étaient-ils rendus, comme de bons toutous, à la convocation du père, dans ses bureaux, hors de la présence de son fils ? C'était une véritable mascarade ; des flics ne pouvant pas parler de leur enquête qui interrogeaient un type absent le jour des faits. C'en était presque comique ! Si l'on faisait abstraction de ce qui était arrivé à Anna.

Et moi, lorsque j'étais encore vivant, comment avais-je procédé ? M'étais-je rendu sur place ? Avais-je interrogé Owen ou son père ? Avais-je fait correctement mon job ?

Je n'en gardais aucun souvenir.

Bon, rien ne prouvait que le fiston ait vu quelque chose. Ils étaient plus de cent. À faire les cons, à danser, à boire, à fumer. Mais les faits s'étaient déroulés chez lui et il connaissait la plupart des personnes présentes.

Je devais me rendre chez les Webster. Je ne trouverais probablement aucun indice. Mais je voulais reconnaître les lieux. M'imprégner de l'atmosphère de la maison. Étudier la disposition des pièces. Parcourir le jardin. Regarder vivre ses occupants. Invisible. Au plus près d'eux. Comme un membre de la famille. J'allais accomplir le rêve de tous les enquêteurs !

La maison se trouvait dans le quartier de Bel-Air. À environ quatre kilomètres à vol d'oiseau de Brentwood. Je ne pouvais m'y rendre seul, Foster m'accompagnerait. Il fallait jouer finement. Ne pas attirer l'attention des patrouilles du LAPD et des nombreuses agences de sécurité privées, à l'affût du moindre intrus. Elles n'hésitaient pas à contrôler et à interpeller tout individu suspect. Foster passerait devant la maison, sans s'arrêter. Je quitterais le véhicule et entrerais dans la maison. J'irais fureter à droite et à gauche, je prendrais la température des lieux et vérifierais quelques hypothèses.

Nous choisîmes le 4x4. J'avais demandé à Foster d'être

clean. Autant qu'il lui était possible. Je ne voulais pas qu'il ait un accident et qu'il raconte aux infirmiers venus le secourir qu'il suivait l'itinéraire que lui indiquait un fantôme. On l'aurait interné immédiatement. Et je me serais retrouvé seul comme un con.

Il ne prit qu'un seul comprimé, *pour être plus cool*. De la kétamine. Il était tellement cool, qu'il s'endormit et manqua percuter un véhicule en stationnement.

Je hurle.

Il sursauta, donna un coup de volant et évita de justesse l'accident. Il alluma la radio, tomba sur une station qui diffusait un titre d'AC/DC, époque Bon Scott. Il tourna le bouton du volume au maximum, et la suite du trajet se déroula sans encombre. Nous passâmes par la porte ouest, sur Sunset et nous entrâmes dans Bel-Air. Nous traversâmes le quartier, en direction des collines, la maison étant située près du country club. Arrivé devant le portail d'entrée, Foster ralentit et je quittai la voiture. Il continua son chemin et retourna chez Isa.

Je décidai de commencer par un repérage aérien. Je m'élevai et me stabilisai au-dessus de la maison. J'avais l'impression d'être un drone. Je pouvais manœuvrer à ma guise, me déplacer dans toutes les directions. Un peu comme un oiseau.

Ou Superman, mais sans la cape et le slip par-dessus le pantalon.

Personne dans le jardin, je descendis et m'approchai des fenêtres. La maison était vide.

Je passai à travers la baie vitrée et pénétrai à l'intérieur.

Laissez-moi vous décrire la bicoque. Imaginez un parallélépipède de vingt mètres sur dix sur deux niveaux, flanqué de deux ailes plus courtes et plus basses, l'ensemble formant un U. Au centre de ce U, une piscine. Sur la grande barre du U, une immense baie vitrée laissait voir l'intérieur d'une non moins immense pièce de réception. Les vitres blindées, sans montants verticaux, pour conserver une transparence parfaite, pouvaient coulisser et disparaître dans le sol. Au rez-de-chaussée, sur l'arrière, une grande cuisine et un office. Une salle de home cinéma et une salle de bains complétaient le décor. Comme je m'y attendais, toutes les chambres se trouvaient à l'étage. On pouvait, si l'on était obligé de se déplacer sur ses jambes, y accéder par un ascenseur entièrement vitré, ou par un escalier dissimulé derrière une porte fermée à double tour. On trouvait fréquemment cet agencement dans les luxueuses villas ; les pièces à vivre au rez-de-jardin et les chambres à l'étage. Cela permettait de conserver une intimité et une tranquillité lors des fêtes que vous ne manqueriez pas de donner si vous étiez l'heureux propriétaire d'une de ces sympathiques maisons. D'après ce que je voyais, la maison était en configuration *grosse soirée*. De nombreuses caisses d'alcool étaient entreposées dans l'office et tous les bibelots et autres objets délicats avaient été enlevés. Un disc-jockey avait installé son matériel et de nombreuses enceintes étaient disposées à l'intérieur et à l'extérieur.

Je m'intéressai ensuite à l'étage. Je traversai la porte. L'escalier débouchait sur une plateforme. Une seconde porte, fermée elle aussi, conduisait aux chambres. Pour l'ouvrir, il fallait composer un code sur un clavier numérique. Les propriétaires étaient des gens prudents. J'étais certain qu'ils fermaient les deux portes lorsqu'ils donnaient une soirée. Cela m'ouvrait de belles perspectives pour la résolution de mon enquête. J'avais vu tout ce que je voulais voir. Il était temps de partir. Je me préparais à entrer en contact avec Foster, quand soudain, j'entendis des voix.

Rassurez-vous ! Je ne suis pas Jeanne d'Arc. Ce sont de véritables voix.

Deux jeunes hommes âgés d'une vingtaine d'années

venaient d'entrer. Ils se chamaillaient, se donnaient de grandes claques dans le dos et parlaient fort. L'un d'eux mesurait plus d'un mètre quatre-vingts. Ses yeux bleu acier, largement écartés de part et d'autre d'un long nez rectiligne, lui donnaient un air perpétuellement étonné. Deux lèvres minces, surmontant une mâchoire carrée, dévoilaient, quand il souriait, des dents blanches parfaitement alignées et régulières. Il se servait de son sourire pour draguer les filles, mais aussi pour charmer ses contradicteurs ou ses adversaires. Espérant ainsi n'avoir jamais à se servir de ses poings. De faible constitution, il exécrait ses bras frêles et sa poitrine creuse. Pas du tout en rapport avec l'idée qu'il se faisait de lui-même ; un être supérieur, un futur dirigeant préparé depuis l'enfance à commander et à être obéi au doigt et à l'œil.

Owen Webster, le fils de la maison. Je me souvenais de lui. J'avais passé des journées à le surveiller. Sans jamais pouvoir l'interroger.

Son acolyte à la musculature impressionnante faisait une tête de moins que lui et chaussait du quarante-sept. Une multitude de boutons, due à une consommation excessive de stéroïdes anabolisants, constellait sa bouille de gros bébé rose. Boutons qu'il tentait de dissimuler sous une barbe clairsemée. Il copiait les gestes et les attitudes de son ami, mais toujours deux pas derrière lui.

Preston Crawford, héritier d'une lignée d'entrepreneurs, mais éternel suiveur sans beaucoup de caractère. Pour le grand désespoir de ses géniteurs. Lui, je le connaissais pour l'avoir vu une fois ou deux en compagnie d'Owen.

Ils portaient des baggys troués, des sweats à capuche trop grands et des baskets multicolores. Le tout hors de prix. Leurs cheveux blond filasse à la mode chez les surfeurs californiens, décolorés par le vent et le sel, frôlaient leurs épaules.

Owen regarda dans l'office. Il vit les caisses d'alcool et appela son ami.

— Preston, ramène-toi ! Les vieux remettent ça demain. Regarde-moi ça. Grosse teuf en perspective, il se frotta les mains. Ils ont invité au moins deux cents personnes.

— Dis Owen, implora Preston, tu crois qu'on pourra s'taper l'incruste ?

— Non. Impossible. Que des vieux. Moyenne d'âge cinquante ans. On serait comme deux mouches dans un verre de lait.

— Dommage ! J'la sentais bien cette soirée. Ça fait au moins deux mois que j'ai plus chopé. J'ai les couilles qui vont exploser ! Et puis, si tu réfléchis, une femme d'une quarantaine ou d'une cinquantaine d'années…

— Tais-toi ! Quand tu dis ça, j'ai l'impression que tu veux te taper ma daronne !

— Non !

Il éclata de rire.

— Je veux dire qu'une femme, avec une bonne expérience au pieu…

— Oui, largement meilleure que la tienne ! le coupa Owen, avec un sourire en coin.

— T'es idiot ! Ce que je veux dire, c'est qu'ça doit être vachement mieux qu'avec une fille de notre âge, un peu *coinsosse*.

Owen éclata de rire à son tour.

— Oui, grave ! Mais là, arrête de rêver, direct. La soirée est donnée en l'honneur d'une association féminine dont j'ai oublié le nom. Toutes les meufs présentes sont des cheffes d'entreprises. Elles ont l'habitude de manager des dizaines de mecs. Alors… un *merdeux* comme toi… ça les fera pas kiffer.

— C'est toi le *merdeux* ! répondit Preston, en assenant un coup de poing dans l'épaule de son ami.

Owen fit la grimace. Cet imbécile lui avait fait mal.

— Et puis, qu'est-ce que t'en sais ? Elles ont peut-être envie de chair fraîche, fanfaronna Preston.

Owen ne pouvait pas laisser passer, il en allait de sa fierté. Aussi, il retourna le coup de poing en y mettant toute la force dont il était capable.

— J'aimerais quand même tenter ma chance, insista Preston, comme s'il n'avait rien senti. T'en penses quoi ?

Je vais m'en aller. Ces deux glandeurs ne m'apprendront rien que je ne sache déjà.

— Arrête ! grommela Owen. On n'ira pas à cette soirée. Point final. On fait comme on a dit. D'abord, on va chercher les spliffs dans ma chambre. Ensuite, on récupère deux, trois bouteilles. Vodka, gin, on verra. Mes vieux s'apercevront de rien. Et enfin, on s'barre vite fait.

— Oui, faisons ça, Preston frissonna. Chaque fois que je suis chez toi, je repense à cette soirée d'Halloween avec Hayden. Et ça me fout grave les boules. Tu t'en souviens ? C'est notre dernière teuf tous les trois. C'était quoi ? Deux mois avant sa mort ?

— Ouais, environ deux mois, répondit Owen, le regard dans le vide.

Je ne vais peut-être pas partir tout de suite !

— Tu t'en souviens ? répéta Layton. On s'était vraiment éclatés. C'était une pure soirée. Super musique, l'alcool coulait à flots, la weed était top.

Il murmura :

— Je me souviens encore de la fille que j'avais branchée.

— C'est vrai ça t'arrive tellement pas souvent, persifla Owen.

— T'es *con* ! rétorqua Preston en envoyant un crochet qu'Owen ne parvint à éviter que par miracle.

Il continua :

— Elle s'appelait… attends que je me souvienne…

— Elena, elle s'appelait Elena, fit Owen dans un souffle, impatient d'abréger cette discussion.

— Ouais, c'est ça, Elena… T'as une sacrée bonne mémoire. Je l'ai pas revue après cette soirée. Elle était canon, c'est vrai, mais j'ai décidé de plus la revoir.

Son air suffisant ne trompa pas son ami, qui riposta :

— T'inverses les rôles, gros ; c'est elle qui t'a *tèje* comme une *merde* !

Preston haussa les épaules, se gardant de tout commentaire.

Ils arrivèrent devant l'ascenseur. Preston appuya sur le bouton d'appel. Attendit. Rien. Il appuya plus longuement. Toujours rien.

— Il est en panne ? demanda-t-il à son ami.

— Non, je l'ai utilisé hier…

Owen réfléchit…

— J'suis *con* ! dit-il en claquant des doigts.

— Oui, ça, je le sais déjà, répliqua Preston en s'esclaffant.

Owen secoua la tête en levant les yeux au ciel.

— Je voulais dire que j'avais oublié la soirée.

— Et alors ? Quel rapport avec l'ascenseur ?

— Mes vieux bloquent toujours l'ascenseur quand il y a une soirée.

— Ah bon ! Pourquoi ?

— Ben, ils n'ont pas envie que des gens l'utilisent pour monter fureter dans les chambres. Tu connais, ce genre de personnes, qui, mine de rien, en cherchant les toilettes, en profitent pour regarder partout.

— Oui. Ou alors, c'est pour éviter que des petits coquins fassent monter une meuf dans les chambres. Vous avez dû vous éclater.

Preston avait les yeux qui brillaient de convoitise.

— Arrête avec tes insinuations ! Tu commences grave à me fatiguer.

Owen ne riait plus du tout. Ses yeux lançaient des éclairs et ses lèvres étaient retroussées comme les babines d'un chien prêt à mordre. Preston ne termina pas sa phrase, il n'avait jamais vu son ami se mettre dans un tel état. Il comprit qu'il ne devait pas aller trop loin.

— OK. OK. Je la ferme, capitula Preston.

— Ouais, fais donc ça !

Owen secoua la tête. Il inspira profondément. D'un signe, il invita Preston à le suivre et il ouvrit la porte menant à l'étage. Ils empruntèrent l'escalier. Je les suivis, la conversation prenait une tournure qui m'intéressait au plus haut point. Le fils du propriétaire composa un code à six chiffres sur le clavier, ouvrit la seconde porte et déboucha dans le couloir qui desservait les chambres. Soudain, il s'arrêta et se retourna.

— Qu'est-ce qu'il te disait, Hayden, à propos de cette soirée et de cette meuf ?

— Bizarrement, lui qui parlait beaucoup…

— Ouais, beaucoup trop ; si tu veux mon avis.

— Il ne m'a jamais donné de détails sur ce que vous avez fait. Il était muet comme une tombe. Enfin… je veux dire…

— J'ai compris ce que tu voulais dire.

— Je lui ai pourtant souvent posé la question.

— Et alors ?

— Alors il me regardait en souriant… tu te souviens de son sourire ?

— Bien sûr. Il pouvait obtenir tout ce qu'il voulait avec ce sourire.

— T'as raison. On se moquait de lui en disant qu'il prenait son air de chien battu, mais en fait on était jaloux.

— Oui, la plupart des mecs étaient jaloux de lui, alors que toutes les meufs étaient amoureuses de Hayden.

— Il aurait pu toutes se les faire, s'il n'avait pas été aussi timide. Moi, si j'avais été à sa place, crois bien que…

— J'veux pas savoir. Qu'est-ce qu'il te disait ?

— Ben rien. Il m'a juste dit qu'il n'y avait rien à raconter. Bizarre, non ? J'ai eu comme l'impression qu'il regrettait ce qui s'était passé. J'suis pas bête...

— Si peu...

— Arrête ! Je veux dire que rien qu'en voyant sa tête les jours suivants, j'ai compris qu'il s'était passé quelque chose, cette nuit-là. Quelque chose de grave.

— Il s'est passé qu'il a perdu son pucelage.

— Non, sérieux ?

— Si j'te l'dis.

— Dans ce cas, il aurait dû être content. Moi, quand ça m'est arrivé...

— Oui, je sais. Tu nous as gonflés pendant un mois.

— Exactement. Et il aurait dû avoir la même réaction. Or, c'est tout le contraire. Après cette nuit, il n'a plus été le même. Lui qui était toujours heureux de vivre, il est devenu triste, replié sur lui-même. Je me suis demandé s'il ne faisait pas une sorte de dépression. Tu imagines ! À son âge ! C'est pour ça que j'ai pensé qu'il s'était passé quelque chose.

— Arrête avec ça. Il ne s'est rien passé...

— Raconte-moi alors. Vous montez tous les deux...

Ça y est, on passe aux choses sérieuses !

— Avec la copine d'Elena. Comment elle s'appelait déjà ? Anna quelque chose...

— Je m'en souviens pas.

Owen se ferma comme une huître.

— Attends, ça va me revenir... Anna Mary... non. Anna... Anna Molly. C'est ça ! Anna Molly !

— Je m'en souviens pas, bougonna de nouveau Owen.

— Tu sais, je me suis demandé, un moment, si vous n'aviez pas fait un plan à trois cette nuit-là. C'était la question que je voulais lui poser. À toi, j'avais pas osé. Mais maintenant qu'il n'est plus...

— Non ! C'était pas un plan à trois. T'as rien compris !

C'est Hayden seul qui est monté avec l'autre *conne* déguisée en Reine des Neiges. En Reine des Neiges ! C'est pas un déguisement d'Halloween ça !

Owen était hors de lui.

— Moi, j'ai juste ouvert la porte et donné le code. Je ne suis pas monté avec eux.

— Comme tu ne revenais pas, j'ai pensé que…

— Arrête de penser. T'es pas équipé pour. Je te rappelle qu'il y avait un monde fou à cette soirée. C'est pas parce que tu m'as pas vu pendant une heure ou deux que tu peux raconter n'importe quoi. J'étais pas avec eux. Comment je dois te le dire ?

Il s'arrêta, hors d'haleine. Je ne le croyais pas une seconde. Il essayait de convaincre son ami qu'il n'était pas concerné par cette histoire. Mais il possédait l'attitude d'un gamin pris la main dans le pot de confiture, et qui jurait que ce n'était pas lui le coupable. Pathétique ! Sa voix tremblait, il transpirait. Le pauvre gars, s'il tombait entre les mains de Layton et Ogden, en moins de cinq minutes il avouerait le meurtre de Jimmy Hoffa[1] !

— Vous êtes restés longtemps absents, insista Preston, et vous êtes revenus en même temps. C'est pour ça que je croyais…

— Encore une fois…

Il le saisit par le col et lui hurla au visage :

— ON N'ÉTAIT PAS ENSEMBLE ! T'as compris ? Je veux plus entendre parler de cette soirée. Et je veux que t'arrêtes de raconter n'importe quoi ! Tu fais *chier* !

— OK ! OK ! Ne te mets pas en colère. Si t'étais pas avec eux, t'étais pas avec eux. C'est pas grave, le calma Preston.

1. Syndicaliste vraisemblablement tué par la mafia en 1975 et dont le corps n'a jamais été retrouvé. Sa disparition a profondément marqué l'opinion américaine.

— C'est toujours grave de raconter n'importe quoi. Quand on sait pas, on se tait.

— Excuse-moi, capitula Preston. J'ai compris. J'en parlerai plus.

Owen lui tourna le dos et se dirigea vers sa chambre située tout au bout de la maison, à l'opposé de celle de ses parents, en marmonnant des « *OK ! OK !* ».

Il finit par se calmer. Il tapa sur l'épaule de son ami.

— Allez, oublions ça…

Mais son sourire sonnait faux.

Owen ouvrit un tiroir, farfouilla au milieu des sous-vêtements. Il se saisit d'un revolver qu'il pointa sur la tête de Preston. Pendant trois interminables secondes. L'air on ne peut plus sérieux. Preston était à deux doigts de faire dans son froc. Puis, Owen éclata de rire et remisa son arme au fond du tiroir. Preston poussa un soupir. Il avait toujours pensé qu'Owen était fêlé. Il en avait maintenant la preuve.

Owen prit dans un autre tiroir une petite boîte en métal et la tendit à son pote. Preston tremblait, ce débile lui avait fait peur. Il devait se calmer. Fumer un joint. Vite. Il ouvrit la boîte.

— Mais qu'est-ce que tu fais ?

— J'allume un spliff. J'en ai besoin.

— T'es *con* ou quoi ? Mes vieux vont sentir l'odeur de la beuh et je vais encore me faire pourrir. T'en rates pas une, mec ! T'es un vrai boulet ! Moi aussi, j'ai envie de me défoncer. Mais on va aller se le fumer ailleurs, au calme. Allez, on prend les bouteilles et on se casse.

— On ne pourrait pas prendre aussi quelque chose à manger ? Il est presque treize heures et je crève la dalle, implora Preston.

— Y a rien. Le traiteur n'arrivera pas avant dix-huit heures.

— Mais il doit bien y avoir quelque chose dans le frigo ?

— Tu connais ma mère ?

— Oui, pourquoi ?

— Tu sais quelle piètre cuisinière elle est. Elle n'est même pas capable de faire cuire un œuf sans mettre le feu à la cuisine et Isadora est retournée dans son pays, au chevet de son père. Elle est partie il y a dix jours. Depuis le frigo est aussi vide que ta vie sexuelle.

Et Owen éclata de rire. Preston rit à son tour, partagé entre rancœur et soulagement. Heureux malgré tout de savoir que son ami ne lui en voulait plus.

Ils quittèrent la chambre, en riant comme les gamins qu'ils étaient.

Je savais désormais ce qui m'avait fait tiquer lorsque le chef avait raconté l'agression de sa fille à Layton et Ogden. Même si les agresseurs étaient montés à deux dans la chambre pour violer Anna Molly (je ne croyais pas un mot de ce qu'avait affirmé Owen, car j'étais persuadé qu'il avait participé activement au viol), il fallait rechercher un trio et non un duo. Cela changeait beaucoup de choses. Je compris pourquoi l'enquête de Layton et Ogden n'avançait pas ; un peu parce qu'ils étaient nuls et surtout parce qu'ils n'avaient pas les bonnes infos. Par contre, je me demandai pourquoi le chef avait fait cette erreur. Il m'avait parlé de trois personnes, mais n'avait mentionné que deux hommes à Layton et Ogden. Certainement qu'Anna Molly, dans la confusion consécutive à son agression, était revenue sur ses propos. Ou alors le chef avait commis une erreur, ou fait un lapsus entre le nombre de personnes composant le groupe de garçons et le nombre de *salopards* qui avaient violé sa fille. Et dire qu'à cause de cette petite erreur, les agresseurs avaient failli s'en sortir.

Ma théorie, avant de surprendre la conversation entre Preston et Owen, était la suivante ; seule une personne résidant dans la maison pouvait accéder à l'étage durant la soirée d'Halloween. Le viol ne pouvait donc avoir été commis que par un très petit nombre de personnes. Et toutes facilement identifiables. Owen faisait partie de mes suspects. Lui et ses plus proches amis.

J'ai de la chance, ils ont quasiment avoué le viol d'Anna Molly.

Il n'empêche qu'une visite des lieux et un minimum de réflexion auraient dû permettre à Layton et Ogden de faire la même déduction.

Je n'étais plus très loin d'avoir bouclé l'enquête. Voici comment je voyais le déroulement des faits. Hayden et Owen droguèrent la boisson servie à Anna Molly avec du GHB. Quand la drogue commença à agir, ils réussirent à la convaincre de monter dans la chambre d'Owen. Ils avaient dû lui faire croire qu'elle pourrait s'y reposer quelques heures. Anna était encore consciente, mais son jugement était altéré. C'était pour cela qu'elle ne s'était pas débattue et n'avait pas protesté. Une fois dans la chambre d'Owen, le plus tranquillement du monde, ces deux salopards violèrent Anna Molly. Owen était coupable. Je n'avais aucun doute là-dessus. Il refusait de parler de ce qui s'était passé cette nuit-là et se mettait en colère dès que son pote y faisait illusion. Il avait peur de ce qu'avait pu raconter Hayden. Tout cela faisait de lui à tout le moins un complice. Mais je restais persuadé qu'Owen avait pris une part active au viol. Preston, lui, était hors de cause ; il n'avait pas quitté Elena de toute la nuit. Le troisième protagoniste, Hayden étant décédé depuis, il ne restait qu'Owen. Il était le seul à pouvoir faire avancer l'enquête. S'il avouait… Mais, il semblait s'arranger avec ses remords et ne parlerait jamais. Je devais trouver un biais pour forcer Layton et Ogden à l'interroger sérieusement, sans la présence de son père. Même si j'y parvenais, la partie serait loin d'être gagnée. En effet, Owen ne se gênerait pas pour accuser Hayden et le présenter comme le seul responsable du viol.

La mort d'Hayden m'intéressait au plus haut point. Comment était-il mort ? Il était jeune et en bonne santé, donc certainement d'une mort violente. Accident ou meurtre. S'il s'agissait d'un banal accident, dommage pour lui et tant pis pour mon enquête. Mais, au contraire, s'il s'agissait d'un meurtre, cela devenait intéressant. Je devais découvrir qui l'avait tué et pourquoi. Sa mort était-elle en rapport avec ce qui s'était passé durant cette soirée ? Cela me semblait évident. Mais pourquoi l'avoir tué ? Avait-il émis des regrets d'avoir violé Anna Molly ? Avait-il eu l'intention de se dénoncer à la police et, peut-être de dénoncer Owen ? Par conséquent, Owen était-il responsable de la mort d'Hayden ?

Owen ne paraissait pas particulièrement perturbé, ni par la mort de son ami ni par le viol qu'ils avaient commis. Il continuait à vivre normalement sa vie, sans remords ni regret.

Je le croyais capable d'avoir tué Hayden, si ce dernier, rongé par la culpabilité, avait avancé l'idée de se dénoncer à la police. Hayden mort, il devenait difficile, voire impossible d'impliquer Owen dans le viol d'Anna Molly.

Je ne devais négliger aucune hypothèse, explorer toutes les pistes. Quelles qu'en soient les conséquences, toute la lumière devrait être faite sur cette agression et les suites tragiques qui en découlaient. Je le devais au chef et à Anna Molly.

Cependant, une enquête que j'aurais bouclée en quelques heures prendrait, compte tenu de mon état, plusieurs jours et son issue ne serait pas garantie.

En effet, je ne savais pas le nom de famille d'Hayden. Je ne connaissais pas les circonstances ni la date de sa mort et surtout, je n'avais pas accès à son dossier. Si toutefois une enquête avait été ouverte.

Cette fois, l'aide de Foster ne me serait d'aucune utilité.

La mort dans l'âme, je dus me résoudre à faire intervenir,

une fois de plus, Layton et Ogden. Ça me faisait *chier*. Si je leur mâchais le travail, ils deviendraient les vedettes du LAPD. Mais je ne voyais pas d'autre solution.

Foster me ramena à Brentwood. Je lui dis de contacter les Utah's Brothers. Qu'ils se renseignent sur les circonstances de la mort d'un certain Hayden. Nom de famille inconnu. Âgé d'une vingtaine d'années. Étudiant à l'UCLA. Décédé il y a environ trois mois. Vraisemblablement de mort violente. Je ne doutai pas qu'ils allaient, enfin, remonter la piste des violeurs. Ils se demanderaient comment Foster avait obtenu ce nom. Je devrais inventer une histoire qui tienne la route. Il ne faudrait quand même pas qu'ils le soupçonnent de complicité.

Foster composa le numéro de Layton.

35.

Mercredi 26 mars – 13 h 02 – Parker Center

— Je suis en réunion. Je te rappelle dès que je peux.

Layton raccrocha en s'excusant.

— C'était le beau-frère de River.

Je me trouvai au dernier étage de Parker Center, dans le bureau du chef. Le patron de la DEA était présent. Ils faisaient face aux Utah's Brothers. Le chef semblait passablement remonté. Layton allait faire les frais de sa colère.

— J'aimerais que vous coupiez votre téléphone quand vous êtes dans mon bureau. J'espère que c'est la dernière fois que j'ai à vous le dire. Si ça se reproduit, je vous le carre dans l'oignon. C'est bien compris ?

Sans attendre de réponse, il continua :

— Comme je vous le disais, avant d'être interrompu, vous êtes ici à la demande de Grant.

Il indiqua du menton le patron de la DEA, un Black de presque deux mètres, chauve, portant costume blanc et chaussures en croco. Il n'aurait pas détonné dans un clip de rap, rempli de filles à moitié nues et de gars à grosses bagouses.

— Il a des choses à vous apprendre au sujet de River, continua-t-il. Vous allez tomber sur le cul.

— Ouais…

Grant avait la voix chaude et grave de Barry White.

— Ce que j'ai à vous dire va faire l'effet d'une bombe. Si je l'avais su il y a deux jours, je peux vous assurer que les funérailles de cet enfoiré ne se seraient pas du tout passées de la même manière.

Qu'est-ce que j'ai encore fait ?

Les deux flics froncèrent les sourcils.

— Comme vous le savez, continua Grant, River était chargé d'une enquête, en collaboration avec la DEA. Le chef vous a déjà expliqué.

Ils hochèrent la tête en silence.

— Pour mener sa mission sous couverture, River vendait diverses substances que nous lui fournissions. Jusque-là, rien que de très normal. Nous faisons ça souvent. On appâte les consommateurs ou les dealers avec la drogue saisie et que nous conservons dans notre coffre. Je peux vous assurer que tout est contrôlé. Au gramme ou au cachet près. Inventaire tous les jours. Signé. Contresigné. Vérifié. Je ne veux pas que l'on puisse me reprocher quoi que ce soit. Mon prédécesseur s'est fait virer parce qu'il n'a pas été irréprochable dans sa gestion des…

Sourires fugaces des trois autres.

— Oui, il a peut-être tapé dans le stock. C'est ce qui se dit. Bref, je ne veux pas que cela m'arrive. Nous savons donc, au jour le jour, ce que nous donnons à River. Quantité et qualité. Or, nos indics nous ont rapporté qu'il dealait des quantités énormes de drogue, des quantités largement supérieures à celles que nous lui fournissions. Mais c'était difficile à quantifier. On n'était pas derrière lui, à peser tout ce qu'il vendait.

— Comment alors… commença Layton.

— J'y viens, reprit Grant. Nous avons eu la preuve qu'il

nous doublait quand il s'est mis à vendre de la meth. Nous n'avons pas de meth dans les stocks de la DEA.

— J'ai du mal à le croire, commença Ogden. Je ne l'aimais pas spécialement…

T'inquiète, c'est partagé.

— Mais de là à dire qu'il avait basculé du côté obscur…

— Tu sais, on ne connaît jamais les gens. Moi, ça ne m'étonne pas, lui répondit Layton.

Quel connard celui-là !

— Messieurs, vous ferez vos petits commentaires tout à l'heure. Attendez la suite, coupa le chef.

— Nous avons mis quelques semaines à nous en apercevoir, poursuivit Grant. Un peu par hasard. Une autre enquête. Rien à voir avec la vôtre. Un de mes gars s'est retrouvé dans la même soirée que River. Il fallait le voir, habillé comme un prince, avec toutes les filles accrochées à ses basques, distribuant sa dope contre des liasses de billets. Pour protéger sa couverture, mon gars a été dans l'obligation de lui acheter un peu de dope. Il a fait son rapport le lendemain. Consignant scrupuleusement ce qu'il avait acheté. J'en ai pris connaissance et à ma grande stupeur, j'ai découvert que les stupéfiants que vendait River ne provenaient pas de nos stocks.

Oui, je confirme. À l'époque, je venais d'être recruté par McNamara. Lui et Del Mora me fournissaient à peu près tout ce qu'il était possible de trouver comme speed, ecstasy, cocaïne ou meth. En quantité énorme. Largement plus que ce que pouvaient acheter les squatteurs. Je revendais ce qui restait pour mon propre compte.

*
* *

Je crois bien que... Je crois que je suis un pourri ! Cet aveu me fait mal, mais s'il faut être clair, soyons clairs.

Entre Isa et moi, depuis quelques mois déjà, les choses allaient de plus en plus mal. Insensiblement, nous avions commencé à nous éloigner l'un de l'autre. Nos centres d'intérêt divergeaient de plus en plus. Nous étions accaparés par le travail et nous nous parlions de moins en moins. Nous venions de milieux trop éloignés. Isa avait toujours vécu dans le luxe et l'opulence. Elle avait grandi entourée de l'amour de ses parents. Éduquée par des nounous anglaises. Moi, mon enfance, sans être celle d'Oliver Twist, était celle d'un gamin pauvre, qui se prenait des beignes chaque fois que son père passait près de lui. Plus tard, alors qu'elle suivait de brillantes études, je transpirais sous mon casque, au Koweït, en tirant sur des gens qui ne m'avaient rien fait. Notre rencontre était trop improbable pour que notre couple puisse durer. Le point de non-retour fut atteint lorsque j'avais couché avec Elsie. J'en venais à me demander s'il ne s'agissait pas d'un acte manqué et si, au fond de moi, je n'espérais pas qu'Isa nous surprenne.

Notre rupture était programmée dès le début. Même si nous refusions de le comprendre et de l'accepter.

Le problème était que j'appréciais le luxe. Au point de ne plus pouvoir m'en passer. Vous allez me rétorquer que j'avais tout ce qu'il me fallait. C'était exact. Mais payé par Isa pour l'essentiel ; la maison, les voitures, les fringues. Mon salaire mensuel était à peine suffisant pour faire le plein d'essence de la Porsche et nous payer un ou deux restos par mois.

Ma mission sous couverture n'avait fait qu'aggraver les choses. En effet, côtoyer quotidiennement des types qui claquaient en une soirée ce que je gagnais en un mois ne pouvait que me déstabiliser. Il aurait fallu être de marbre pour résister. Et je n'étais pas de marbre.

Ma mission m'avait transformé. Je n'étais pas, aux yeux de mes acheteurs, le petit dealer qui vendait très cher une poudre coupée à plus de 90 %. Ils me considéraient comme un des leurs. Un ami, un partenaire, à qui l'on pouvait faire confiance, et qui vous dépannait d'un peu de dope. Presque un philanthrope chargé de la besogne de récupérer de la dope, pour vous l'offrir (contre beaucoup d'argent, mais qu'est-ce que l'argent dans ce milieu...) sans risque et sans mauvaise surprise. Tous les consommateurs étaient soulagés lorsqu'ils me voyaient arriver. Ils allaient avoir leur dose. La qualité et la quantité seraient au rendez-vous. Je n'étais pas un bienfaiteur, charitable et désintéressé, loin s'en faut, mais la plupart me considéraient comme leur bon samaritain.

Accepté par ces gens, je me sentais valorisé. Je voulais faire partie de leur milieu. J'avais besoin de leur reconnaissance. J'étais en train d'y arriver. Tout était devenu facile, presque trop. Mes affaires étaient florissantes, l'argent affluait. Pour le chef, je menais à bien ma mission. Pour McNamara et ses associés, je m'acquittais parfaitement de ma tâche auprès des squatteurs de l'hôpital. Mais la demande était trop forte. Et j'ai détourné la dope de l'hôpital pour mon compte perso.

Dommage, car tout se passait pour le mieux dans le pire des mondes possibles. Et comme toujours, quand tout roulait, un grain de sable, échappant à tous les filtres que vous aviez installés, parvenait à se faufiler dans les rouages de votre entreprise et finissait par foutre le bordel.

Il a fallu que ce con d'agent de la DEA vienne foutre son nez dans mes affaires. C'est lui mon putain de grain de sable...

*

*   *

Les deux flics étaient stupéfaits par ce qu'ils venaient d'entendre.

— Non... je ne le crois pas !

— River... ça alors ! On ne peut plus faire confiance à personne de nos jours...

— Attendez...

L'effort que faisait Ogden pour réfléchir creusait deux sillons sur son front.

— C'est la DEA qui a torturé River ?

Eh oui, mon pote. T'as tout compris !

Grant baissa la tête. Il se frotta les tempes et prit son temps avant de poursuivre.

— C'est un raccourci un peu simpliste. Laissez-moi vous expliquer comment les choses se sont déroulées. Nous avions la preuve que River dealait pour son compte. Nous avons décidé de lui demander des comptes. Mes hommes l'ont sauté, quelques jours après, au petit matin, après une soirée au cours de laquelle il avait vendu pour plus de dix mille dollars de came. Dix mille dollars, vous imaginez ? En une seule soirée ! Bref, ils l'arrêtent.

— C'était quand ? demanda Layton.

— Deux jours avant sa mort. J'ai donné l'ordre de l'amener dans une planque de la DEA. Je n'ai pas voulu qu'il soit placé en garde à vue tout de suite. Je voulais lui laisser une chance de s'expliquer. Entendre ce qu'il avait à dire. Parce que c'était un flic. Mais aussi par amitié pour le chef. Si j'avais su...

Grant marqua une pause. Les dents serrées, le visage fermé, il donna un coup de poing sur la table, avec une telle violence que tout le monde sursauta.

— Si j'avais su, répéta-t-il.

Il se déplaçait de long en large dans le bureau, comme un fauve attendant de rentrer dans l'arène pour dévorer son lot de chrétiens. Personne ne parlait. Tous attendaient qu'il se calme.

Il respira profondément et continua :

— Bon, je vous la fais courte, il n'a pas été coopératif. Son arrestation a été musclée. Son interrogatoire également. Mes gars l'ont un peu bousculé…

Un peu bousculé ? Il aimait manier la litote, le gars. Si je me souvenais bien de l'état dans lequel se trouvait mon cadavre – et comment pourrais-je l'oublier ? –, l'interrogatoire avait dû être plus que musclé, *séance de torture* auraient été des mots plus appropriés.

— Mais il n'a rien dit.

Tu penses vraiment que j'allais me mettre à table ? Tu ne me connais pas.

— Il a juste déclaré qu'il travaillait sous couverture, que le chef se portait garant pour lui. Mais, mes hommes n'ont pas cru un mot de ce qu'il affirmait et l'interrogatoire a pris soudain une tout autre tournure…

36.

Mercredi 19 mars – 02 h 10 – quelque part dans L.A.

La scène me revint en mémoire. J'étais de retour deux jours avant ma mort. Il devait être deux heures du matin.

Je quittai une soirée organisée par des étudiants en médecine, ivres ou défoncés pour les plus raisonnables, ivres et défoncés pour la majorité d'entre eux (je plaignais les agents d'entretien qui nettoieraient la maison et la piscine). La fiesta était loin d'être terminée, mais je n'avais plus de matos. Tout ce que j'avais apporté avait trouvé preneur, et près de dix mille dollars, roulés serrés, alourdissaient ma poche.

Mon record !

Je décidai de rentrer. Je me dirigeai en sifflotant vers ma voiture. Je m'étais garé assez loin, dans une rue transversale mal éclairée. J'avais quitté Brentwood au volant de la Porsche. Mais j'habitais désormais un quartier mal famé et mes sympathiques voisins m'avaient crevé les quatre pneus. Le concessionnaire devait me la rendre dans une semaine. Aussi, j'avais acheté en catastrophe une vieille Mercury plus rouillée que l'épave du *Titanic* et je ne voulais pas être vu au volant de ce tas de ferraille. Mon standing en aurait pâti.

Les excès qui embrumaient mon cerveau (je commençais à prendre goût à ma came et la vodka, ce soir, était glacée à la perfection) et la fatigue accumulée par toutes ces nuits sans sommeil me firent baisser la garde. Je ne me méfiai pas.

Je n'étais qu'à quelques mètres de ma caisse quand trois types surgis de nulle part me sautèrent dessus en hurlant : « Police… ne bouge pas… les mains derrière la tête… à genoux… » À trois contre un, mes chances de leur échapper étaient minces. J'avais deux secondes pour me décider. Obtempérer ou pas. Me rendre ou me battre. J'ignorais si c'étaient de vrais flics. Possible. Comme il était possible que ce soient des narcos. Impensable de tomber entre les mains des flics. Impossible de me laisser enlever par des narcos. Dans le meilleur des cas, je passerais un sale quart d'heure. Dans le pire, je ne verrais pas le soleil se lever. Je me battrais comme un chien. Ma vie en dépendait.

Je me jetai sur le type le plus proche de moi et le bourrai de coups. Je balançai les poings de toutes mes forces en visant le visage, espérant causer le plus de dégâts possible. Il esquiva les premiers coups. Mais il ne put parer un uppercut qui l'atteignit à la pointe du menton. Je le vis tituber et je m'apprêtai à lui régler son compte, quand je reçus une énorme droite à la tempe qui m'assomma à moitié. Je tombai à genoux (au moins l'un d'eux avait obtenu gain de cause), la vue brouillée par les éclairs qui crépitaient dans ma tête. Le bâtard qui m'avait frappé m'acheva d'un magistral coup de crosse sur le haut du crâne. Je m'effondrai comme une poupée de chiffon. Noir !

Je me réveillai dans un véhicule en mouvement. Combien de temps étais-je resté sans connaissance ? Quelques minutes ? Une heure ? Impossible à estimer. Ma tête était sur le point d'imploser et la douleur m'empêchait de garder les yeux ouverts. Ça sentait la sueur, la bouffe grasse et la pisse froide. Je devais être dans un *sous-marin*, un véhicule banalisé, aménagé pour les planques ou les missions discrètes. Nous roulions sur une autoroute, sans respect des limitations de vitesse. La radio jouait en boucle *Curtain Call*, le volume poussé au maximum. J'étais allongé sur le plancher métallique du véhicule, les bras attachés dans le dos. Deux types assis en face l'un de l'autre utilisaient mon corps comme tapis de sol, essuyant leurs rangers sur mon dos et mes côtes. Saoulé de coups, ainsi que par les nombreux verres et les quelques joints qui avaient rythmé ma soirée, je perdis connaissance plusieurs fois pendant le trajet.

Eminem attaquait *Like Toy Soldiers* quand nous quittâmes l'autoroute. Nous roulâmes plusieurs kilomètres sur une route défoncée, soudain le soum ralentit. Il prit un virage serré et s'arrêta. J'entendis le grincement métallique d'une grille, puis le véhicule redémarra, roula sur quelques mètres, la grille se referma, le conducteur tira le frein et coupa le contact.

Eminem ferma enfin sa *gueule*.

Le silence rendit le bourdonnement qui emplissait ma tête encore plus assourdissant.

Sur un claquement de doigts de celui qui semblait être le chef, ses deux acolytes me saisirent sous les aisselles et me jetèrent hors du véhicule. Je tombai lourdement sur le sol en béton en étouffant un cri de douleur. Je roulai sur le côté, prenant garde que ma tête ne heurte pas le sol. Ils m'abandonnèrent là, vaquèrent à leurs occupations. Je regardai autour de moi. J'étais dans un vaste entrepôt, mal éclairé. Je respirai des odeurs d'essence, d'huile de moteur et de gaz d'échappement, sans doute un garage. Mes yeux s'habituant à la pénombre, je distinguai un 4x4 Porsche et une Merco, brillants de tous leurs chromes, ainsi qu'une camionnette identique à celle qui m'avait amené. Un matelas constellé de taches brunes posé contre un mur et une chaise en bois pour tout mobilier. Un établi, chargé d'outils. Postes de soudure, marteaux, scies et tenailles occupaient tout le fond. Un bric-à-brac courant dans un garage, mais pouvant avoir un tout autre usage entre des mains expertes.

Les trois types discutaient entre eux. Entièrement habillés de noir, larges d'épaules, cheveux coupés court, une barbe de trois jours leur mangeait le visage. Lèvres fendues et un œil au beurre noir pour celui qui avait fait connaissance avec mes poings. De véritables clones à têtes de tueurs, mais des flics assurément. Les hommes de main d'un cartel m'auraient tiré deux balles (on n'est jamais trop prudent) dans la tête et auraient balancé mon corps dans une décharge, sans autre forme de procès.

Œil au beurre noir se dirigea vers le fond du bâtiment. Il manœuvra un interrupteur. Les néons s'allumèrent en émettant un grésillement métallique, éclairant les lieux d'une lumière blafarde. Notre ami revint. Alors qu'il était à ma hauteur, l'un des tubes explosa dans une gerbe d'étincelles. Dans l'entrepôt vide, le bruit claqua comme un coup de feu. Il sursauta, dégaina son arme et la braqua sur ma tête. Le chef rugit.

— On se calme, c'est qu'une d'ampoule qui vient de griller.

Il rangea son arme. Avec un rictus. Revanchard. Nerveux.

Pourquoi m'avoir amené ici ? Après une arrestation, le suspect était emmené au poste, pas dans une planque. M'avaient-ils pris pour un dealer ? Cela prouvait que ma couverture était bonne (piètre consolation). Mais ce n'était pas la procédure habituelle. Je la sentais mal cette histoire. Quelque chose ne tournait pas rond. J'attendrais un peu avant de leur dévoiler qui j'étais et quelle était ma mission.

Je leur demandai ce qu'ils voulaient et qui ils étaient. Ils ne répondirent pas. Mon pote œil au beurre noir me demanda poliment d'aller m'asseoir sur la chaise. Il remplaça juste *s'il te plaît* par un coup de ranger dans le dos.

Je serrai les dents et tentai de me lever. Je roulai sur le

côté, me mis à genoux, attendis que les murs arrêtent de tourner. Un peu trop longtemps pour mon nouvel ami.

— Debout !

— Tu pourrais dire s'il te plaît.

— Ta *gueule* !

Il me shoota dans l'épaule et je retombai sur le sol.

J'aurais mieux fait de la fermer. Il m'a niqué le bras l'enculé.

— Du calme, Boyd, intervint le chef.

Donc mon nouvel ami se nommait Boyd. Je me tournai vers lui, me retenant à grand-peine de hurler de douleur et murmurai :

— Enchanté de faire ta connaissance, Boyd.

— Tu feras moins le malin quand je m'occuperai de toi.

Il se tourna vers son supérieur.

— Laisse-moi m'occuper de lui, Carelli. S'il te plaît.

Je ne peux pas résister.

— Ah ! Tu vois quand tu veux.

Il était sur le point de tirer un penalty. Avec ma tête comme ballon.

— Stop !

Carelli s'interposa.

Boyd serra les poings, s'éloigna de quelques pas et défonça à coups de pied un projecteur qui ne lui avait rien fait.

Carelli se pencha sur moi.

— C'est pas le méchant gars, Boyd. Mais tu l'as salement amoché. Sa petite amie va encore lui faire une scène.

— Désolé. Si j'avais su que ça déplairait à sa copine, j'aurais frappé là où ça ne laisse pas de traces.

— Arrête tes sarcasmes. Ça ne sert à rien. Allez ! Debout, *s'il te plaît*.

Il me saisit le bras. M'aida à me relever. Me conduisit vers la chaise et me demanda de m'asseoir. Gentleman.

Je promis de me tenir tranquille et de répondre à toutes

ses questions, afin de dissiper ce quiproquo. Mais avant, pourrait-il enlever les menottes en plastique qui m'entaillaient les poignets jusqu'au sang. Il hésita. Accepta. Trancha les liens.

— Si tu fais le *con*, je te les remets et je serrerai tellement fort que pour les enlever il sera plus facile de te trancher les mains, me souffla Boyd au visage.

Carelli rameuta ses troupes.

— Bon. Au travail, les gars.

Boyd et l'autre sous-fifre se placèrent de part et d'autre de la chaise. Carelli se dirigea vers un établi. Il choisit un marteau. Le soupesa. Hésita. Le reposa. Se saisit d'un long tube noir. Souple et épais. Une gaine de câble électrique. Il le fit rebondir dans sa main pour en tester la solidité et la souplesse. Sembla satisfait. Il s'approcha de moi avec un léger sourire aux lèvres.

— Tenez-lui les bras.

Il ne va quand même pas…

Ils resserrèrent leur étreinte. Carelli leva lentement le câble au-dessus de sa tête et l'abattit sur mes cuisses. De toutes ses forces. Une douleur fulgurante irradia de mes jambes et se propagea dans tout mon corps. Explosa dans mon cerveau dans une gerbe de douleur. Je hurlai comme un possédé. Il continua de frapper. Une fois. Deux fois. Dix fois. Sur mon flanc, mes épaules. Mes jambes. La douleur était tellement intense que je ne criais plus. Le cerveau déconnecté du corps. Les muscles tétanisés. Une écume au bord des lèvres. Un râle sourd au fond de la gorge.

Il fit une pause. Reprit sa respiration. Vous ne pouvez pas imaginer ce que c'est fatigant de taper sur quelqu'un. En plus, s'il continuait à ce rythme, il finirait par me tuer. Profitant de ce moment de calme tout relatif, je tentai de me libérer de l'étreinte de mes tortionnaires. Dans un sursaut de rage, je parvins à dégager un bras. Je mis un coup de coude au type derrière moi. Il le reçut dans l'épaule. Accusa à peine le coup. Se ressaisit et tira mon bras vers l'arrière. Me déboîtant presque l'épaule.

Carelli laissa tomber le câble à ses pieds. Il enfila une paire de gants de cuir, en prenant tout son temps. Puis il s'approcha de moi. Si près que je pouvais sentir son haleine. Toujours silencieux. Toujours ce léger sourire aux lèvres. Il m'envoya un direct au foie. Je me pliai en deux. Le souffle coupé. Boyd m'attrapa par les cheveux et me tira la tête en arrière. Mon bourreau lui fit un clin d'œil pour le remercier. Puis très vite. Pivot du buste. Coude en arrière. Extension du bras. Je ramassai une droite dans la mâchoire. Carelli toujours souriant. Toujours sans dire un mot.

Mais qu'est-ce qu'il veut ?

Abruti par la douleur, je perdis connaissance. Il me gifla. Pour me réveiller. Ce que je lus dans ses yeux me fit froid dans le dos. Il n'y avait pas de haine, aucune colère dans son regard. Juste une grande concentration et de la gourmandise. Ce psychopathe prenait son pied à me torturer.

Je ne sentais plus le côté gauche de mon visage. J'avais un goût de métal dans la bouche. Je tournai la tête et crachai du sang.

Il a dû me déchausser une dent.

J'essayai de réfléchir. Étaient-ils vraiment flics, finalement ? Jusqu'à nouvel ordre, la torture ne faisait pas partie des méthodes d'interrogatoire enseignées à l'école de police. Que me voulaient-ils ? Carelli tournait autour de moi, comme un fauve autour de la proie qu'il allait bientôt dévorer. Ma joue avait doublé de volume et il m'avait presque déboîté la mâchoire. Je crachai encore du sang.

Bon Dieu ! Ça rimait à quoi cette séance de torture ? Je ne reconnus pas ma voix quand je leur dis, entre deux quintes de toux :

— Mais qu'est-ce que vous me voulez ? Qui êtes-vous ?

— DEA, lieutenant Carelli, répondit-il laconiquement.

Merde ! Les stups ! Ils allaient foirer mon enquête. Tant pis. J'allais leur demander de contacter Grant. Il confirmerait mes dires.

— Vous vous êtes trompés les gars ! Ce n'est pas moi que vous deviez arrêter. Je connais votre chef. Appelez-le. Il confirmera.

— On ne s'est pas trompés. Nos ordres viennent de Grant.

À quoi jouait-il ? Il avait déjà oublié notre accord ? Je ne comprenais pas.

— Ce n'est pas possible. Je connais Grant. Mais vous faites erreur.

— Erreur ! T'appelles ça une erreur. On t'a vu dealer toute la soirée, enfoiré !

— Non, ce n'est pas que vous croyez !

— Ah ouais !

— Oui, je vous assure… Je suis flic… Comme vous.

— Non. Pas comme nous. Toi, t'es un *enculé* de dealer !

— Non ! Je suis en mission. Sous couverture… C'est vrai… Vérifiez ! Appelez Grant.

Il agita sous mon nez la liasse de billets qu'il venait de sortir de sa poche.

— Dix mille dollars ! Ça fait beaucoup de dope. Elle vient d'où ? Qui te fournit ?

— La DEA, c'est la DEA, je suis infiltré. Demandez confirmation à Grant ou au chef du LAPD.

— Inutile. Je connais les quantités que te donne la DEA. Pas assez pour encaisser dix mille dollars en une seule soirée.

— Bon Dieu ! Les gars, on est du même bord… Je vous jure !

— Arrête de nous prendre pour des *cons* ! Tu as revendu de la meth à un agent de la DEA. Infiltré. De la meth ! La

DEA ne t'a jamais fourni de meth. Tu comprends ce que ça veut dire ? T'es grillé !

Il serra les poings et déclencha un droite-gauche qui m'atteignit au foie. La douleur me plia en deux. J'avais un goût de bile dans la bouche et j'étais à deux doigts de vomir. Les deux types, derrière moi, resserrèrent encore leur étreinte.

J'avais vendu de la meth à un flic des stups. J'avais eu pas moins de cinquante clients cette nuit et il avait fallu que je vende de la meth à un flic. La DEA ne m'avait jamais approvisionné en meth. C'était exact et tout ce que je pourrais dire ne servirait à rien. J'avais joué, j'avais perdu. Ma carrière s'arrêtait ici et aujourd'hui.

J'étais bon pour passer le reste de ma vie en prison. J'eus un instant d'abattement. Envie de tout laisser tomber. D'arrêter de me battre. Me laisser emporter par le tsunami qui allait me submerger. J'éprouvais le soulagement du coupable sur le point d'avouer. Libéré du poids qui pesait sur sa conscience. J'allais tout leur dire.

Quand soudain, des images s'imprimèrent sur ma rétine. Nettes. Précises. Effrayantes. Je vis le procès. La sanction. La honte. Les jours qui se transformaient en mois. Les mois qui devenaient des années. Derrière les barreaux. Sans espoir de sortir un jour. Je ne voulais pas. Je ne pouvais pas. Je n'abandonnerais pas. Je me battrais et je sortirais de ce hangar libre ou les pieds devant. Mais à un contre trois... je devrais jouer serré, réfléchir vite, et improviser. Je ne voyais qu'une solution : instiller le doute dans leur esprit.

— Oui, c'est vrai que la DEA ne m'a jamais fourni de meth, mais je peux vous assurer que cette drogue a été saisie légalement et dûment enregistrée. Elle peut être tracée.

Je détournai la tête et crachai du sang.

— Il suffit d'un simple coup de téléphone pour dissiper ce malentendu. Appelez le numéro que je vais vous indiquer. C'est la ligne privée du chef. C'est lui qui supervise cette enquête. Il pourra tout expliquer. Qu'avez-vous à perdre ? Allez ! Un simple coup de fil…

Je n'avais jamais été un bon comédien. Mais je disais la vérité. Pas toute la vérité. Une partie seulement. Et mes paroles étaient prononcées avec un accent de sincérité indéniable. Le doute commença à instiller son poison dans le cerveau de Carelli. J'enfonçai le clou.

— Les gars, je suis flic, croyez-moi…

— Faudrait pas qu'on se trompe…

Carelli hésita. Il me demanda le numéro. Ses deux hommes relâchèrent légèrement l'étreinte. Je lui dis que je ne le connaissais pas par cœur. Qu'il était enregistré dans mon téléphone. Il s'approcha pour me fouiller. Non, mon téléphone était tombé de ma poche. Il devait se trouver quelque part dans la camionnette. Il se dirigea vers le véhicule. Ouvrit la portière. Grimpa à l'intérieur et entreprit de le chercher. J'avais réussi la première phase de mon plan. Je voulais qu'il s'éloigne. Nous étions désormais à deux contre un, l'équilibre des forces s'inversait en ma faveur.

Carelli passa la tête hors du véhicule et aboya :

— On n'y voit rien dans cette caisse. Stroot, trouve-moi une lampe !

Le nommé Stroot me saisit par les cheveux, tira ma tête en arrière et m'aboya à l'oreille :

— Toi, si tu fais le *con*, je te démonte la *gueule*.

— Ne t'inquiète pas, je ne vais pas te causer de problèmes. Je vais attendre gentiment que ton pote passe ce coup de téléphone. Dans moins de cinq minutes, vous allez me faire des excuses. Tous les trois.

— Des excuses ! Tu peux toujours rêver !

Il s'approcha d'un des établis. Ouvrit des tiroirs. Trouva une lampe baladeuse. La brancha. L'alluma. Déroula quelques mètres de fil et se dirigea vers la camionnette.

J'attendis que Stroot se trouve entre son chef et moi. Je feignis alors une quinte de toux et me penchai en avant. Boyd tenait toujours mon bras gauche. Mais il avait relâché son étreinte et il accompagna mon mouvement. C'était l'occasion rêvée. La seule que j'aurais.

Il n'y a aucun téléphone dans la camionnette. Dans quelques secondes, ils vont comprendre que je me fous de leur gueule. Et là, je n'aurai aucune pitié à espérer.

37.

Mercredi 19 mars – 04 h 30 – Planque de la DEA

La suite se déroula comme dans un film. Dans ma mémoire, cela parut durer plusieurs minutes, alors que tout se passa en quelques secondes. Au cinéma vous auriez eu droit à un magnifique ralenti, avec des mouvements de caméra sophistiqués donnant l'impression d'*être* au cœur de l'action.

Je vais essayer de vous décrire cette scène aussi précisément que possible.

Top chrono.

En me penchant vers l'avant, je saisis de la main droite, le câble qu'avait laissé tomber Carelli quelques instants auparavant.

J'effectuai ensuite une rotation rapide du buste autour de mon bras gauche toujours tenu par Boyd et avec toute la rage qui m'habitait, j'abattis le câble sur sa tête. Le mouvement étant effectué de bas en haut et de droite à gauche, celui-ci reçut l'objet contondant (souvenez-vous de mon autopsie…) sur une diagonale allant de sa pomme d'Adam à son oreille gauche. Sous le choc, sa trachée-artère et son larynx furent sérieusement enfoncés. La douleur fulgurante combinée à un léger traumatisme crânien lui firent perdre aussitôt connaissance.

Une seconde.

Il s'effondra sur le sol. Sa tête heurta violemment le ciment. Il émit un gargouillis écœurant et ne bougea plus. Je me saisis alors du revolver glissé dans son dos. Un Sig-Sauer neuf millimètres. La glissière était tirée en arrière, j'enlevai la sûreté, il était armé, prêt à servir, une cartouche engagée.

Deux secondes.

Cinq mètres devant moi, Stroot, surpris par le bruit mat du câble d'acier s'écrasant sur le visage de son collègue se retourna en une fraction de seconde. Sans lâcher la lampe. Le câble électrique s'enroula autour de lui, entravant ses mouvements. Il poussa un juron et tenta de se dégager.

Je visai. Fis feu. Deux fois.

Il eut à peine le temps de poser la main sur son arme, qu'à quatre cent cinquante mètres seconde, plus vite que la vitesse du son, les deux balles l'atteignirent en pleine poitrine. Moins de onze millièmes de seconde après avoir pressé sur la détente.

Trois secondes.

Il ressentit les impacts avant d'entendre les détonations. Les balles traversèrent sa peau. Ses muscles. Ses os. Son cœur explosa. Ses jambes se dérobèrent. Il tomba au ralenti. Et mourut avant de toucher le sol.

Quatre secondes.

Je me levai et me déplaçai rapidement vers la droite.

En entendant les coups de feu, Carelli avait dégainé son arme. Mais il ne pouvait faire feu, son collègue étant dans sa ligne de tir. Il plongea alors dans la camionnette. Mauvais choix. Je vidai mon chargeur. Quinze cartouches, moins les deux déjà tirées. Les treize impacts formaient une ligne horizontale à une trentaine de centimètres du plancher du véhicule. J'entendis un hurlement de douleur. Puis des râles de souffrance. Carelli n'était pas mort, mais hors d'état de nuire. Je laissai tomber le flingue à mes pieds et jetai un coup d'œil à Boyd. La violence du choc avait occasionné une hémorragie interne et une mousse rosâtre maculait ses lèvres. Il était en train de se noyer dans son sang.

Deux morts. Un blessé grave. Et moi. En cavale pour le restant de mes jours. Le tout en moins de cinq secondes.

Quatre vies foutues en l'air en si peu de temps…

Je ne ressentais aucune fierté en disant cela. Bien au contraire. J'étais désolé pour mes collègues et leurs familles. Mais c'était eux ou moi.

Je devais partir au plus vite. J'évaluai à quelques heures le temps qu'il me restait avant de devenir le fugitif le plus recherché de l'État de Californie. J'établis une liste de priorités. En premier lieu, mettre le plus de distance possible entre moi et cet entrepôt. Ensuite, récupérer la dope. Si Foster avait suivi mes instructions, elle était chez lui. Puis, trouver une planque où me cacher quelques jours afin de me soigner. Enfin, disparaître pour de bon. L'interrogatoire avait laissé des traces. Je ressemblais à un adversaire de Tyson. Période 86. Je pouvais à peine tenir debout. Un mal de crâne me vrillait le cerveau et je voyais des points de lumière briller comme autant d'étoiles devant mes yeux. Certainement une légère commotion cérébrale.

J'irais chez Elsie. Elle m'hébergerait deux ou trois jours. Le temps de me soigner et de décider de la suite.

Je me traînai jusqu'à la seconde camionnette. Les clefs étaient sur le contact. Je démarrai et quittai sans regret cet endroit maudit.

Je me rendis chez Foster. Il était absent. Je récupérai la drogue. Il en avait prélevé un peu. Quel enfoiré ! En représailles, je mis à sac son appartement et fis main basse sur l'argent que je trouvai. Mon argent. Il n'y avait presque rien. À peine quelques centaines de dollars. Foster avait dû claquer le reste. J'étais à mille lieues d'imaginer qu'il ne l'avait même pas vu dans mon coffre…

Je regrettai aussitôt le paquet de fric que j'avais laissé dans le hangar. Dommage ! Dix mille dollars, c'était toujours bon à prendre quand on était en cavale !

Je me dépêchai. Je dénichai un sac de sport, fourrai le tout à l'intérieur et filai chez Elsie.

J'arrivai au pied de son immeuble au petit matin. Dans un état second. Délirant de fièvre et perclus de douleurs. Elle poussa un cri en me voyant. Retrouva vite son sang-froid et soigna mes blessures. Je lui racontai un bobard ; j'avais été pris à partie par des types de la *Mara*[1] qui m'avaient massacré. J'avais réussi par miracle à leur échapper. Elle haussa les épaules. Me tendit deux aspirines que je fis passer avec un verre de vodka.

Ensuite, Elsie roula un spliff. L'alluma. Me le passa. Je tirai dessus comme un mort de faim pendant qu'elle mettait un disque de Dead Can Dance. Dans le semi-coma où je me trouvais, la voix éthérée de Lisa Gerrard, chantant dans une langue inconnue de tous, contribua à apaiser mes souffrances. Je sombrai dans un sommeil agité et fiévreux, entrecoupé de cauchemars. Elsie me veilla. M'épongeant le front. Me tenant la main.

Je me réveillai en début d'après-midi avec la sensation d'avoir été percuté par un train. Mon corps était couvert de bleus. Un marteau-piqueur hystérique pulsait dans mon crâne. Je me bourrai de médocs. Mais refusai le rail de coke qu'elle avait préparé. Je ne me rendis pas compte qu'elle n'avait pas attendu mon départ pour taper dans mon stock de came.

L'excitation d'avoir frôlé la mort pour moi, la coke pour Elsie, agirent comme des aphrodisiaques. Nous fîmes l'amour. Je m'allongeai sur le dos et laissai à Elsie le soin

1. Mara Salvatrucha ou MS-13, l'un des gangs les plus violents des États-Unis.

de me déshabiller puis de manœuvrer à sa guise, tant mon corps me faisait souffrir. Elle s'acquitta de sa tâche avec dextérité et douceur.

Ce fut rapide et intense. C'était la dernière fois que je faisais l'amour.

Le soir venu, mon état s'était amélioré. J'avais quelques affaires à régler et de l'argent à récupérer avant de quitter la ville. Avant toute chose, je décidai de contacter le chef. J'hésitai longuement avant de passer ce coup de téléphone. Était-il indispensable ? Peut-être pas. Mais je devais bien ça au chef. Je lui expliquerais ce que tramaient Del Mora et ses associés. Il en ferait ce qu'il voudrait, ce ne serait plus mon problème. J'en avais d'autres, et autrement plus sérieux. J'avais aussi résolu l'enquête sur le viol d'Anna Molly. Je lui ferais part de mes conclusions. Tant pis pour les conséquences…

J'ignorais s'il avait été informé de mes exploits de la nuit dernière. Il faudrait un certain temps avant que l'on découvre ce qui s'était passé dans la planque de la DEA. Carelli n'était pas le genre de flic à rendre compte régulièrement à sa hiérarchie, et j'estimai à quarante-huit heures le temps avant que les stups ne s'inquiètent de sa disparition. Plus de temps qu'il ne m'en fallait pour disparaître.

Le chef décrocha à la première sonnerie. Comme s'il attendait mon appel. Son accueil était froid. Comme s'il savait…

Notre conversation fut brève. Il raccrocha après un *OK* glacial. Je restai de longues minutes, immobile, les yeux dans le vague.

Il était temps pour moi de bouger, mais chaque pas que je faisais me tirait des grimaces de douleur. Je pris deux aspirines, un café, une douche. Une serviette nouée autour de la taille, je sortis de la salle de bains. Elsie me dit alors qu'elle avait jeté mes vêtements ; ils n'avaient pas apprécié le séjour dans le soum et ils étaient recouverts de sang. Heureusement, j'avais laissé quelques affaires chez elle. J'enfilai une chemise blanche et un costume gris à fines rayures bleues. Je serais de retour dans une heure, deux au maximum. Elle tenta de m'empêcher de sortir. Je refusai. Elle insista alors pour m'accompagner, me disant des sanglots dans la voix, qu'elle ne voulait pas me perdre. Je lui assurai que je ne courais aucun risque. Je lui confiai le sac de dope. Comme une mission. Avec ordre de le cacher. De n'en parler à personne et surtout, surtout, de ne pas l'ouvrir. Elsie promit.

Je vais mettre sur le coup de la fatigue, la naïveté incroyable dont j'ai fait preuve à cet instant.

Même si un épais brouillard voilait encore les heures précédant ma mort, je savais que je ne la reverrais plus jamais.

38.

Mercredi 26 mars – 13 h 50 – Parker Center

— *Bordel* de *merde*, explosa Grant, il a tué deux de mes hommes ! Et Carelli a pris une balle dans la colonne vertébrale. Il ne marchera plus jamais. Tout ça parce que j'ai voulu lui laisser une chance de s'expliquer. J'aurais dû le placer en garde à vue, immédiatement. Au lieu de cela, parce que c'était un flic, j'ai demandé qu'il soit interrogé hors procédure, dans une de nos planques. Et tout a foiré… Ma carrière est finie. Je vais retourner à mon bureau pour mettre de l'ordre dans mes papiers. Ensuite j'expédierai les affaires courantes en attendant ma mise à pied.

Le chef posa la main sur l'épaule de Grant, dans un geste dérisoire pour lui témoigner sa sympathie et peut-être lui présenter des excuses. C'était lui qui avait mis Grant dans la boucle. Il devait se sentir responsable de cet immense gâchis. En partie seulement. Car être chef impliquait de prendre quotidiennement des décisions dont les conséquences pouvaient vous revenir en pleine *gueule*, comme un boomerang. Il n'avait pas voulu ouvrir une enquête officielle sur l'agression de sa fille. Soit. Il avait biaisé, engagé une enquête parallèle, donné des pouvoirs quasi illimités à un flic. OK. Ce flic, moi en l'occurrence, avait outrepassé ses prérogatives, était – parlons clairement – passé de l'autre côté de la barrière. C'était le risque qu'avait pris le chef. Un risque calculé et assumé. Tout avait foiré, mais pour autant, il n'allait pas se flageller et demander pardon. Ce n'était résolument pas son genre.

La conclusion de tout ce merdier pouvait être simplement énoncée par ces quelques mots. Deux flics morts. Un autre paraplégique. Et moi.

J'ai été tué aussi, ne l'oubliez pas !

Ma mort pourrait être la conséquence logique de mes actes. Devrait être la conséquence. Mais ce n'étaient pas des flics qui m'avaient éliminé. Grant ou le chef auraient été informés dans l'heure. Non, le mystère de ma mort restait entier et je me repassai les candidats de ma *short list* en boucle ; Del Mora, pour les raisons évidentes que nous avions évoquées précédemment, Murray, par crainte de tout perdre, son boulot et sa position sociale. McNamara, au bord de la faillite, avait lui aussi de bonnes raisons pour vouloir se débarrasser de moi. Tous les dealers (et ils étaient nombreux !) qui avaient perdu des parts de marché depuis mon arrivée dans le business voulaient aussi me voir mort. Entre autres ceux qui approvisionnaient les squatteurs de l'hôpital. Enfin, je ne pouvais écarter Foster et Elsie. Ils savaient pour la drogue, et la tentation de tout garder aurait pu les démanger l'un comme l'autre. Quelques milliers de dollars suffisaient pour engager un tueur, et dans le milieu interlope dans lequel ils frayaient, les volontaires ne manquaient pas. J'attendais beaucoup de la rencontre entre Murray et Del Mora. Elle pourrait débloquer la situation et apporter un éclairage neuf sur mon affaire…

— Compte tenu des événements, il faudra recentrer l'enquête sur River lui-même. Quelque chose l'a fait déraper ou quelqu'un lui a retourné le cerveau. Un homme… ou une femme. Je veux que vous découvriez l'élément déclencheur de ce…

— Chef, intervint Ogden, un indic nous a rencardés sur le commanditaire du meurtre de River. Selon lui, il s'agirait d'un type puissant, un homme d'affaires, un très gros poisson…

— Il ne s'agit que d'une possibilité parmi d'autres. Rien de certain, le coupa Layton en lui donnant un coup de coude. Nous travaillons sur d'autres pistes prometteuses.

Mon cul ouais ! T'as aucune autre piste !

Layton n'avait pas voulu que le nom de Del Mora soit prononcé. Peut-être se méfiait-il des renseignements donnés par Foster. J'espérai me tromper. Il fallait absolument que les flics interviennent chez Del Mora. Ils n'auraient sans doute pas d'autres occasions de l'appréhender.

— OK, creusez dans cette direction, si vous voulez, fit le chef en haussant les épaules. Mais, River est mort, et rien ne fera revivre deux flics, dignes d'éloges…

Tu parles, de véritables tortionnaires !

— Ni remarcher un troisième. Dépêchez-vous de retrouver ce type. C'est tout ce que je vous demande. Ne me décevez pas !

Les Utah's Brothers quittèrent le bureau, gonflés à bloc. Grant avec toute la misère du monde sur ses (larges) épaules.

Une fois seul, le chef se prit la tête à deux mains et poussa un soupir à fendre l'âme.

39.

Mercredi 26 mars – 14 h 05 – Brentwood

Foster me fit revenir à Brentwood. Il était seul. Il téléphona aux Utah's Brothers, certain d'avoir toute leur attention. Il joua son rôle à la perfection.

Il les informa qu'il leur communiquerait dans quelques heures l'adresse secrète de Del Mora. Responsable ou pas de la mort de River, ce type était une ordure qu'il fallait mettre hors d'état de nuire. Ils avaient tout à gagner à le croire. Ils convinrent que Foster avait raison. Ils se chargeaient de tout. Ils allaient contacter le SWAT.

En contrepartie, je leur demandai une faveur. Rien de bien méchant. Des renseignements sur la mort d'un gamin prénommé Hayden. Mort survenue entre fin décembre et début janvier. Quel rapport avec Del Mora ? Aucun. Vraiment. Une autre affaire. Ils n'étaient pas très chauds. Foster insista. C'était réellement important. Non, il ne connaissait pas son nom de famille. Ni les circonstances de sa mort. Ni le lieu. Oui, il comprenait que la tâche ne serait pas facile. Mais n'étaient-ils pas le fleuron de la police de L.A. ? Non, il n'y avait pas la moindre trace d'ironie dans ses propos. Il pensait vraiment ce qu'il disait. Clin d'œil à mon intention. Silence au bout du fil. Conciliabules entre Layton et Ogden. Éclats de voix. *Tu ne comprends pas qu'il se fout de nous !* Discussion animée. *Rien à perdre. On n'est pas ses larbins, quand même !* Plaidoirie de l'un. Réticences de l'autre. *Aucune confiance en ce petit...* [insulte incompréhensible]. Acceptation finale. Du bout des lèvres. Insistance de Foster ; urgence de la requête. Ils promirent de rappeler au plus vite.

Ce qu'ils firent cinq heures plus tard.

— Ouais, c'est Ogden, j'ai du nouveau sur ton macchab, le jeune Hayden.

— Vas-y, je t'écoute. J'ai cru que tu m'avais oublié.

— J'aurais bien aimé t'oublier ! Depuis quelques jours, j'ai l'impression que je te parle et que je te vois plus que ma femme, dit-il d'un ton sarcastique. Bon, les recherches n'ont pas été faciles, nous n'avions pas beaucoup d'indices. Réussir à retrouver une personne avec seulement son prénom et...

— Accouche, qu'avez-vous découvert ?

— Dis-moi, *ducon*, à qui crois-tu parler ?

D'un geste, j'indiquai à Foster de calmer le jeu, mais il continua de plus belle.

— Tu veux vraiment que je te réponde ?

J'avais oublié qu'il ne pouvait pas me voir. Je lui ordonnai de se calmer. On avait trop besoin d'eux. Pour l'instant.

Foster s'excusa. Dit qu'il était sur les nerfs.

— Ah bon ! Parce que tu crois que pour nous tout va bien ? Le chef nous met une pression de dingue et...

Ogden s'épancha sur son sort pendant plusieurs minutes. Foster était à deux doigts de lui raccrocher au nez en lui rétorquant qu'il n'en avait rien à *foutre,* que tout le monde avait ses problèmes, quand Ogden entra dans le vif du sujet.

— Bref, je ne vais pas te raconter ma vie. Pour en revenir au sujet qui nous intéresse, voici ce que nous avons découvert. Les faits se sont déroulés le 10 janvier, vers vingt heures, Hayden quitte son domicile, un appartement qu'il partage avec deux amis, sur le campus de sa fac. Comme tous les soirs, il part faire son jogging. Il n'a pas parcouru cent mètres qu'il est percuté par une voiture. Le conducteur ne s'arrête pas. Un voisin a tout vu depuis sa fenêtre. Il appelle le 911. Mais, malgré l'intervention rapide des secours et les efforts des médecins, Hayden décède à l'hôpital, sans avoir repris connaissance. Les flics ont conclu à un accident de la route avec délit de fuite ayant entraîné la mort. Ils recherchent le fuyard. Ne le trouvent pas. Affaire classée. Fin de l'enquête.

— Tu as des détails sur le véhicule ?

— Très peu. Le témoin de l'accident déclare avoir aperçu une petite voiture, peut-être de marque japonaise, avec un feu arrière cassé, s'éloignant à vive allure des lieux de l'accident. Il n'a pas relevé l'immatriculation. Il a décrit un véhicule de couleur sombre. Rouge ou marron.

— Des caméras ?

— J'y viens. T'es pressé ou quoi ? Non, rien. Pas d'images de vidéosurveillance. Pas d'autre témoin. Bref, aucun espoir de retrouver le véhicule. Par conséquent, le meurtrier peut couler des jours tranquilles.

— Le *meurtrier*, pas le *chauffard* ?

— Laisse-moi raconter à mon rythme. Pas de témoin, pas d'indice. La police clôture l'enquête. Mais c'était sans compter le père du gamin, une grosse légume, plein aux as. Il a engagé un détective privé. Un ancien du LAPD. Celui-ci s'est rendu sur place et a tout de suite vu que plusieurs choses clochaient. Le lieu de l'accident était éclairé et Hayden portait une tenue avec des bandes réfléchissantes. Il devait briller comme un sapin de Noël dans les phares de la voiture. De plus, le conducteur a fait un écart pour faucher le gamin qui courait sur le bas-côté de la route et il n'y avait aucune trace de freinage à l'endroit où le corps a été percuté. On peut donc éliminer l'abruti qui utilise son téléphone portable au volant ou déjà saoul à huit heures du soir et qui se serait déporté involontairement. Le détective a même réussi à prouver que le véhicule avait accéléré quelques mètres avant l'impact. Conclusion : Hayden a été percuté volontairement et il s'agit bien d'un meurtre. Quand le détective a fait part de ses conclusions au LAPD, le dossier a été aussitôt rouvert. Quelqu'un de chez nous a été chargé de l'enquête. Nous l'avons contacté, mais il n'avait rien de nouveau à nous apprendre. Euh ! Si, la voiture…

— Ils ont l'immatriculation ?

— Non, quand même pas. Mais l'analyse des fragments de phare – qui étaient toujours sur les lieux de l'accident – a permis de confirmer les dires du témoin, il s'agit d'une… – Ogden indiqua la marque et le nom d'une voiture japonaise –, certainement rouge.

— Pourquoi, certainement rouge ?

— Ce véhicule n'est commercialisé que depuis deux ans aux États-Unis et la couleur marron n'est pas proposée au catalogue.

— Il aurait pu la repeindre.

— Il aurait pu, mais pourquoi repeindre un véhicule récent avec une couleur aussi moche ?

— Je ne sais pas. Un daltonien ?

Gros soupir d'Ogden.

— Ou une flotte d'entreprise ?

— Le témoin aurait aperçu un logo ou un nom.

— Pas nécessairement. Imagine…

À bout de patience, Ogden l'interrompit.

— Ce n'est pas l'option qui a été retenue. Quoi qu'il en soit, l'enquête est au point mort. Il y a des milliers de voitures de ce type en circulation.

Pendant qu'Ogden parlait, une sensation de déjà-vu s'empara de moi. Ce qu'il racontait, je l'avais déjà entendu. Mais les circonstances de ces révélations étaient noyées dans un brouillard qui m'empêchait d'en discerner les détails. Encore cette foutue mémoire qui faisait des siennes !

— Dis-m'en plus sur Hayden. Qui était-il ? Dans quelle université suivait-il ses études ? Qui étaient ses parents ? Enfin, tu vois...

— Attends, je regarde son dossier... je le découvre en même temps que toi...

On l'entendit tourner des pages.

— À première vue, c'était un petit gars bien sous tous rapports... fils de bonne famille... sportif... étudiant à l'UCLA. Nom de Dieu !

Il s'adressa à Layton :

— T'entends ça ? Le gamin était à l'UCLA !

Il mit son téléphone sur haut-parleur et continua :

— Dis-moi Foster, j'ai la sale impression que tu ne nous racontes pas tout. Pourquoi tu t'intéresses à ce type ? Y a-t-il un rapport entre Hayden et le viol de la fille du chef ?

— Qu'est-ce que vous en pensez, les gars ? Si vous aviez fait correctement votre travail...

Je pouvais sentir les deux flics bouillir de rage.

— Si vous vous étiez rendus sur les lieux de l'agression. Si vous aviez interrogé les bonnes personnes. Si vous aviez fureté à droite et à gauche, comme tout bon flic sait et doit le faire, vous auriez découvert bien des choses.

On entendit distinctement Layton déclarer :

— Non mais, je rêve ! Il nous donne des leçons en plus. Je vais le buter ce mec !

— Explique-toi, demanda Ogden en essayant de garder son calme.

— Plus tard. Écoutez-moi, le plus important, pour l'instant est de stopper Del Mora. Nous reparlerons du meurtre d'Hayden quand nous en aurons terminé avec cet enfoiré. Je vous rappelle très vite. Salut !

Et Foster raccrocha.

Résumons-nous, Hayden avait donc été assassiné. C'était prouvé et j'étais persuadé que sa mort était liée au viol d'Anna Molly. Je n'en avais pas la preuve, mais quelle était la probabilité pour qu'un type impliqué dans un viol soit assassiné quelques semaines plus tard ? Une contre un million, au maximum ! Je ne croyais pas aux coïncidences. Il y avait un lien entre ces deux affaires, c'était certain. Mais qui l'avait assassiné ? Qui aurait le plus intérêt à le voir disparaître ? Owen, craignant qu'il ne parle à la suite de remords tardifs, aurait pu organiser *l'accident*. Lui ou son père, un homme riche et puissant, ne pouvant se permettre un scandale impliquant son fils. Il aurait pu facilement engager quelqu'un pour faire taire Hayden. De manière définitive. Je demanderais à Layton et Ogden d'interroger Owen, ainsi que son ami Preston. Si ce dernier savait quelque chose, il se mettrait à tout déballer à la première question, surtout si on le bousculait un peu… Je m'en occuperais une fois que j'aurais réglé le problème Del Mora.

Il était tard. Il fallait que je quitte Brentwood avant le retour d'Isa. Mais j'avais encore besoin de Foster. Elsie ne m'avait pas convaincu. Elle savait plus de choses que ce qu'elle avait bien voulu me dire à la terrasse du Daily Bird. Je voulais entendre tous les détails sur les heures qui avaient suivi mon évasion de la planque de la DEA. Qu'avais-je fait ? Qu'avais-je dit ? Qui avais-je contacté ? Où se trouvait la dope ? Elsie allait devoir être plus convaincante. Nous étions mercredi. Il y avait rarement des soirées le mercredi. Elsie serait certainement chez elle. Foster accepta sans se faire prier de m'accompagner. Ses yeux brillaient de convoitise. Il me demanda si je voyais un inconvénient à… non, il me dit précisément : « Ça te ferait *chier* si je couchais avec elle ? »

Que lui répondre ?

Oui, évidemment ça me ferait chier ! Je sors avec elle !

Enfin, je sortais… Eh merde ! Va te faire foutre Foster ! Allez tous vous faire foutre !

40.

Mercredi 26 mars – 19 h 45 – Chez Elsie

Nous arrivâmes au domicile d'Elsie alors que la nuit commençait à tomber.

Nous nous garâmes à quelques encablures de son immeuble et nous approchâmes à pied, en longeant les eucalyptus qui bordaient la route. Les fenêtres de son appartement étaient ouvertes et éclairées. Nous vîmes passer l'ombre d'une silhouette. Elsie était chez elle.

Nous montâmes. Foster par l'ascenseur, moi en passant par l'extérieur. Pourvu qu'elle soit seule.

Inquiet ? Jaloux ? Ridicule ! Non, je voulais simplement l'observer. La voir bouger, la regarder vivre.

L'appartement d'Elsie était modeste ; une pièce à vivre et une chambre. Peu de meubles. Des murs blancs recouverts d'affiches de films. Des plantes vertes à profusion et des bâtonnets d'encens plantés dans un vase rempli du sable qu'Elsie avait rapporté de Malibu. J'avais passé quelques belles soirées entre ces murs. Des journées de souffrance aussi. Je remarquai des changements ne me laissant rien augurer de bon. En effet, un superbe tapis recouvrait la moquette élimée et, sur le buffet bas, alignés comme à la parade, je comptai une demi-douzaine de sacs de luxe. Elsie vouait une véritable passion aux sacs à main. Quand nous nous promenions, en ville, elle s'arrangeait toujours pour passer devant les vitrines qui exposaient ces *petites merveilles*, comme elle disait, les yeux brillant de convoitise. Mais ses maigres moyens ne lui permettaient pas de s'offrir ces accessoires hors de prix.

Il semblerait que les choses aient changé, depuis… depuis qu'Elsie était en possession de la drogue.

Personne dans la première pièce. Foster frappa à la porte.

J'entendis tousser. Cela venait de la chambre. Elsie en sortit, dans un bien triste état. Les cheveux en bataille, pas maquillée, brûlante de fièvre et transpirante. Un mouchoir devant la bouche, elle toussait comme un mineur de fond atteint de silicose et tenait à peine debout. Le contraste avec la Elsie d'il y a deux jours était saisissant ; ce n'était plus la superbe jeune femme qui faisait tourner les têtes de tous les hommes qui la croisaient, mais une pauvre créature abattue, maladive et grelottante, enroulée dans une robe de chambre qui avait connu des jours meilleurs. Que s'était-il passé ?

Elsie se traîna jusqu'à la porte d'entrée qu'elle ouvrit sans même demander qui était là. Puis elle s'effondra sur le canapé. Foster entra.

— Bonjour Els… Oh ! *Merde* ! Qu'est-ce qui se passe ? Tu es malade ?

Elle avait les yeux rouges et larmoyants. Si elle n'était pas malade, elle jouait le rôle à merveille et l'Oscar n'était plus très loin !

— Ou… oui, balbutia-t-elle.

— Depuis longtemps ?

— Une… dizaine d'heures… environ.

La moindre parole lui demandait un effort important.

— Tu as vu un médecin ?

— Non, pas encore.

Une quinte de toux la plia en deux.

— Tu as pris des médicaments ?

Elle secoua la tête, les yeux fermés.

— Tu dois aller à l'hôpital, je ne devrais pas te dire cela, mais tu fais peur à voir.

— On verra… demain… si je ne vais pas mieux…

— Tu as une couverture médicale ?

— Non… mais j'ai du fric… je peux payer.

— À propos de fric…

— Oui ?

— Je crois que River t'a donné à garder un sac de sport. Avec un paquet à l'intérieur. Je dois le récupérer. Où est-il ?

— Un sac ? Quel sac ? Il ne m'a donné aucun sac.

— Arrête de déconner ! Je sais que River t'a confié un sac. Mon sac en vérité. Un sac rouge et noir. Avec, à l'intérieur, un paquet de cette taille…

Il écarta les mains d'environ vingt centimètres.

— Bien emballé et pesant dans les cinq kilos. Il me faut ce paquet.

Elsie toussa de nouveau dans son mouchoir maculé de sang. Elle s'enroula dans le plaid qui recouvrait le canapé et ferma les yeux. J'étais inquiet pour sa santé. Je demandai à Foster d'insister pour qu'elle appelle un médecin. Il ne m'écoutait pas. Pour la première fois, il refusa de m'obéir. Il entreprit une fouille en règle de l'appartement, à la recherche du sac.

Il ouvrit tous les placards, tous les meubles, il regarda sous le lit. Il découvrit, enfin, sous l'évier, derrière les produits d'entretien, roulé en boule, le fameux sac. Vide.

Il retourna voir Elsie. Il lui dit sèchement :

— Elsie, écoute-moi bien !

Il lui toucha l'épaule, la secoua légèrement. Elsie entrouvrit les yeux en faisant une grimace, comme si la lumière l'agressait. Foster lui montra le sac vide. Il continua en haussant le ton.

— Voici le sac dont je te parlais. Celui que River ne t'a pas donné... Ce sac que je viens de trouver chez toi. Il est vide. Vide ! OÙ EST PASSÉE LA DOPE ?

— Je ne sais pas... laisse-moi tranquille.

Il la secoua de nouveau, cette fois sans ménagement.

— Dis-moi où est la dope !

Elle haussa les épaules et murmura dans un soupir :

— Comment crois-tu que j'aie pu acheter tous ces sacs ? Il m'en reste un peu... dans ma table de chevet. Si tu veux, tu peux te servir.

— Bon Dieu, Elsie, il y avait plus de cinq kilos ! Cela représente une véritable fortune. Bien plus que le prix de ces sacs !

Foster, hors de lui, tournait dans la pièce comme un lion en cage. Elsie se tenait la tête à deux mains. Foster se planta devant elle.

— Qu'est-ce que tu as fait de la dope ? Bon Dieu !

— Je sais plus...

— Déconne pas, Elsie. C'est important.

— C'est un pote de River, LaMarra ou un nom comme ça.

— McNamara ?

— Oui.

— Qu'est-ce qu'il vient faire là ce type ?

— Il m'a acheté un kilo pour huit mille dollars, il y a deux jours.

— Huit mille ? Mais ça vaut dix fois ce prix !

— Je sais... mais j'avais pas le temps de...

— On s'en fout ! Et le reste ? Qu'est-ce que tu as fait du reste ? Tu ne t'es quand même pas enfilée quatre kilos de dope à toi toute seule ? Parle !

— Non... je devais pas mal de fric... à des gens... pas très recommandables... Mais il me reste environ deux mille dollars. Prends-les. De toute façon je m'en fous. J'ai la tête qui va expl...

Et elle perdit connaissance.

Soudain, la conversation que nous avions eue au Daily Bird me revint en mémoire. J'aurais dû insister quand Elsie avait parlé de l'aide qu'elle m'avait apportée. Si j'avais continué à la questionner, ses réponses m'auraient permis de me souvenir que je lui avais confié ma marchandise. Marchandise qui devait certainement se trouver dans le sac à main, particulièrement lourd, qu'elle portait ce soir-là.

Je tentai de reprendre le contrôle de l'esprit de Foster. Il refusa de m'obéir, me traitant de tous les noms. Il voulait disposer de son cerveau à sa guise, et il m'ordonna de dégager de sa tête et de quitter l'appartement. J'acceptai de lui accorder quelques instants de tranquillité, mais restai près de lui.

Foster se rendit dans la chambre, il fit main basse sur les comprimés, ouvrit une bouteille de jus d'orange et alterna un cachet et une gorgée. Il enfouit le reste dans ses poches. Puis, il retourna voir Elsie. Marmonnant qu'il voulait être certain qu'il n'y avait plus de dope dans l'appartement.

Foster saisit Elsie par les épaules et la redressa. Puis il lui tapota le visage. Elle ne réagit pas. Il la secoua alors sans ménagement. Sa robe de chambre s'entrouvrit, dévoilant un sein. Il sembla ne pas le remarquer. Il était complètement défoncé. Hors de contrôle. Il lui assena une gifle qui laissa une marque rouge sur sa joue. Elle ouvrit les yeux en gémissant.

— Arrête… tu me fais mal. Laisse-moi dormir… s'il te plaît…

Elle perdit à nouveau connaissance.

Foster remarqua alors la poitrine dénudée d'Elsie. Il approcha lentement sa main et du bout des doigts, il caressa la peau blanche et douce. Puis, il eut un sursaut et recula sa main comme sous l'effet d'une brûlure. Il regarda autour de lui, cherchant quelque chose ou quelqu'un. Moi, certainement. Un sourire fugace se dessina sur ses lèvres; il était seul. Je ne pouvais rien faire contre lui. Il se dirigea alors rapidement vers la porte et la verrouilla. Puis il éteignit les lumières. Une douce pénombre baignait la pièce. Des senteurs d'eucalyptus portées par une brise légère nous chatouillaient les narines. Dans le lointain, un jazzman déroulait un solo de saxophone.

Foster s'immobilisa devant Elsie. En tremblant, il écarta délicatement les pans de sa robe de chambre. Dévoilant entièrement son corps nu. La blancheur de sa peau contrastait avec son triangle noir. Foster marqua un temps d'arrêt. Les yeux exorbités. La respiration haletante. Il déboutonna son pantalon. L'envoya valser au loin d'un coup de pied. Puis, lentement, il baissa son caleçon. S'allongea sur Elsie. La pénétra d'un coup de reins rageur et la viola.

Je hurlais depuis de longues minutes. Je lui ordonnai d'arrêter. Je lui dis que j'allais le tuer. Je tentai de lui mettre des coups de poing. J'étais fou de rage. Je ne me contrôlais plus…

Foster finit rapidement son affaire dans un râle de plaisir. Elsie ne se réveilla pas. Il se retira et se rhabilla rapidement. Il s'excusa du bout des lèvres. Bafouillant qu'il ne comprenait pas ce qui s'était passé. Qu'il regrettait son geste…

Je n'écoutai pas les bobards qu'il racontait. J'étais hors de moi et mes paroles étaient sincères. Si j'avais pu, j'aurais tué ce bâtard de mes propres mains, sans aucun remords. Presque avec plaisir. Mais je devais garder ma haine intacte, tapie dans les recoins les plus obscurs de mon âme. Je m'en servirais comme d'un levier pour me venger. De Foster. Ou d'un autre. De tous les autres. Aussitôt que l'occasion se présenterait.

Dans l'immédiat, je ne pouvais rien faire, rien dire. J'avais trop besoin de lui. Sans Foster, j'étais totalement impuissant.

Je lui demandai d'appeler une ambulance. J'insistai

lourdement. Il me répondit qu'il voulait *la laisser crever comme un chien, cette voleuse*. Je lui hurlai de m'obéir. Il finit par entendre raison. Il composa le 911, donna l'adresse, quelques mots d'explication. Les secours arriveraient dans quelques minutes. Elsie serait amenée à l'hôpital où des médecins s'occuperaient d'elle.

J'avais fait ce que je pouvais. Dans la mesure de mes moyens. Aussi limités et dérisoires soient-ils. Nous partîmes avant l'arrivée des secours.

J'ignorais que je la voyais pour la dernière fois. Elsie mourut le lendemain matin. Elle fut le patient zéro, à l'origine d'une terrible épidémie. La pire que connut Los Angeles de toute son histoire et qui fit des centaines de morts…

Mais n'anticipons pas.

Une mauvaise surprise nous attendait lorsque nous arrivâmes à Brentwood.

Un agent de sécurité, armé et peu arrangeant, nous empêcha de franchir le portail. Il avait des consignes précises.

— Je ne dois laisser entrer personne, vivant ou mort. Je n'ai pas tout compris, mais ce sont les ordres.

Foster contacta Isa par téléphone. La conversation fut brève. À sens unique. Nous n'étions plus les bienvenus à Brentwood. Los Angeles ne manquait pas d'hôtels. À nous de nous débrouiller. Isa coupa la communication. Foster tenta plusieurs fois de la rappeler, elle ne décrocha pas.

Nous étions à la rue. Et dans la *merde* ! Impossible d'aller chez Foster ou chez moi, les sbires de Del Mora devaient surveiller nos appartements. Je passai en revue les rares endroits où nous pourrions nous mettre à l'abri. Hôtel, parc désert… pourquoi pas un pont autoroutier ? Non. Il nous fallait un lieu sûr. Inconnu de tous. Où personne ne penserait à nous chercher. La solution m'apparut comme une évidence.

Foster se laissa facilement convaincre. Dans son état, il aurait accepté n'importe quoi.

Nous allions nous installer dans la maison où j'avais été tué. C'était la seule solution envisageable. Personne ne penserait à nous y chercher.

J'ai presque envie de rire. Ce n'est plus l'assassin qui retourne sur les lieux du crime, c'est l'assassiné qui revient sur… ouais ! On s'en fout.

Je vous ai dit, il y a quelques jours, que cette maison avait un lourd passé. J'ai du temps devant moi, je vais vous raconter toute l'histoire.

L'affaire débuta l'été dernier.

Fin juillet, un tremblement de terre secoua Los Angeles, 2 ou 3 sur l'échelle de Richter. Pas de quoi empêcher les gens de dormir. La maison des Wright datait des années cinquante. Elle avait été construite à flanc de colline, soutenue par des pilotis de béton. Étaient-ils sous-dimensionnés, pas assez nombreux ou le béton de mauvaise qualité ? Toujours est-il que les secousses sismiques fissurèrent les piliers. Découvrant cela, le propriétaire contacta sa compagnie d'assurances. Des experts furent mandatés. Ils rendirent un rapport accablant ; la maison était irréparable et pouvait s'effondrer à tout moment. Ils transmirent leurs conclusions aux autorités compétentes. Celles-ci rendirent un arrêté d'expulsion. Les Wright devraient quitter leur maison sous une semaine, ensuite celle-ci serait détruite.

On aurait pu en rester là. Mais les choses avaient dégénéré.

Le jour de l'expropriation, le père Wright, qui avait complètement vrillé, accueillit l'huissier chargé de faire appliquer la décision de justice, les armes à la main. Il lui demanda de dégager au plus vite. Il ne quitterait pas son domicile. À eux de venir le chercher. Puis, il se retrancha à l'intérieur en menaçant de tuer sa famille et de se suicider ensuite.

Le SWAT dépêcha ses meilleurs éléments. Assez vite, le forcené accepta de laisser partir sa femme et sa fille. Mais il refusa de quitter sa maison. Les négociations durèrent des heures. Quand vers vingt-trois heures, il apparut sur le seuil, un drapeau blanc à la main, tout le monde poussa un soupir de soulagement. Finalement tout s'était bien passé. M. Wright s'avança vers les flics quand soudain un coup de feu retentit.

Et tout partit en *couille.*

On releva deux morts, l'huissier et Wright lui-même, le corps criblé de balles. La riposte de la brigade sauvage, comme ils aimaient s'appeler, fut foudroyante... comme d'habitude. Et vraisemblablement sans sommation... comme souvent. Après enquête, la balistique soupçonna, sans pouvoir le prouver, que les victimes étaient mortes à la suite d'un concours de circonstances invraisemblable. Il semblerait que Wright ait réellement voulu se rendre. En effet, il tenait son arme de la main gauche, alors qu'il était droitier, et le canon pointé vers le sol, lorsqu'il trébucha sur un nid-de-poule, que sa femme lui demandait de reboucher depuis longtemps. Le coup partit tout seul. La balle suivit une trajectoire digne de la *magic bullet* de Kennedy. Après avoir parcouru une vingtaine de mètres, elle ricocha sur une pierre, infléchit sa course de près de quatre-vingt-dix degrés et alla se ficher en plein milieu du front de l'huissier, qui se croyait à l'abri, accroupi derrière un arbre.

Les trajectoires des vingt-sept impacts de balles que portait le corps de Wright furent faciles à déterminer !

Depuis, les expertises succédaient aux contre-expertises, les avocats engrangeaient leurs honoraires et les responsables n'étaient pas inquiétés. L'enquête traînait en longueur, pour le bonheur de tous, à l'exception de la veuve de Wright, empêchant les bulldozers d'entrer en action.

Un autre meurtre, le mien en l'occurrence, ayant été perpétré dans cette maison, il était fort probable qu'elle ait encore de beaux jours devant elle. Elle serait peut-être rachetée pour être démontée et reconstruite dans un parc d'attractions entre la maison hantée et le château de la princesse. Je voyais déjà l'accroche : « Venez visiter la maison maudite ! »

Quoi qu'il en soit, c'était la planque idéale. J'éviterais juste de me rendre près de la piscine où mon sang n'avait pas dû être nettoyé.

Le taxi nous laissa à plus de cinq cents mètres de la maison. Simple précaution. Aucune lune dans le ciel d'un noir d'encre. Foster marchait à pas de loup, rasant les murs, évitant les rares taches de lumière. Je lui ouvrais la voie, éclaireur invisible et silencieux, pour éviter qu'il ne tombe sur un voisin insomniaque. Un coyote hurla à la mort. Foster sursauta. Plus que cent mètres. Le portail était sous scellés. Des scellés tout neufs, datant de moins d'une semaine. Je demandai à Foster de ne pas y toucher et d'escalader la clôture. Il s'y reprit à deux fois avant de parvenir à se hisser en haut du mur. Il s'assit sur le faîtage, fit passer ses jambes de l'autre côté et sauta dans le noir. Évidemment, il se tordit la cheville en tombant lourdement dans un massif de bougainvilliers. Il poussa un juron. M'insulta. Puis, il se releva et les bras tendus devant lui, afin d'éviter les obstacles, il fit quelques pas en boitillant. Mais l'obstacle était au ras du sol. Foster buta contre un pot en terre cuite. Tous deux basculèrent en avant et s'écrasèrent au sol. Foster en criant comme un goret, le pot en tintant comme une cascade de morceaux de terre cuite dévalant un escalier. Bonjour la discrétion !

Je lui demandai de faire attention. Il me rétorqua d'aller

me faire *foutre*. Nous en étions là, dans notre échange d'amabilités, quand la lune, dans un élan de générosité, se décida à apparaître entre deux nuages. Nous fîmes alors le tour de la maison et nous réussîmes à entrer en forçant une baie vitrée. Foster alla directement se coucher, non sans avoir avalé quelques médocs. *Pour bien dormir*, me dit-il. Il eut pourtant un sommeil agité, se retournant sans cesse dans son lit. Je ne dormis pas plus que les jours précédents. Je pensai que je ne dormirais jamais plus. Aussi, j'avais le temps de me remémorer les événements survenus depuis ces derniers jours et de mettre de l'ordre dans mes pensées. Je fis le point sur tout ce dont je me souvenais et je tentai de deviner ce que j'avais oublié.

41.

Jeudi 27 mars – 05 h 55 – Résidence Wright

Réveillé par un rayon de soleil ou un cauchemar, Foster se leva en toussant, fiévreux et courbaturé. Avant même de poser un pied par terre, il avala une poignée de comprimés. Il se rendit ensuite dans la cuisine, fouilla les placards, trouva un paquet de biscuits ouvert. Il en croqua un, fit la grimace, il était rassis. L'électricité n'ayant pas été coupée, il se fit un café et sa tasse à la main, alla s'effondrer dans un des fauteuils du salon.

Nous attendîmes que Murray contacte Del Mora. S'il respectait mes instructions, cela ne saurait tarder.

J'en profitai pour rappeler à Foster qu'il devrait, lorsque je serais téléporté chez Del Mora, joindre immédiatement Layton et Ogden et leur répéter l'adresse que je lui communiquerais. Je lui demandai de se calmer sur les médocs. Il me dit qu'il était malade, que les cachets lui faisaient du bien, et que je commençais vraiment à le faire *chier*.

Il mit la main dans sa poche, en sortit un comprimé qu'il agita au-dessus de sa tête pour me narguer et l'avala avec une gorgée de café. Le message était clair. Je ne relevai pas. Je ne voulais pas le braquer. J'avais trop besoin de lui. Mais j'aurais ma vengeance. Je m'en étais fait la promesse chez

Elsie. Un jour. Je ne savais ni quand ni comment. Mais il paierait.

Je me déconnectai de son esprit et ruminai seul mes sombres pensées. Nous demeurâmes silencieux chacun de notre côté. Impatients et tendus.

Il ne se passa rien. Murray avait pu avoir un contretemps. Ouais ! Sur la pendule de la cuisine, les minutes s'égrenèrent, puis les heures.

Sept heures.

L'espèce d'ordure ! Pour quelles raisons n'étais-je pas téléporté ? À l'évidence, Murray n'avait pas contacté Del Mora. Mais pourquoi ? Je le pensais mûr à point après notre conversation. Il savait que je ne bluffais pas. Mes preuves étaient convaincantes et il était véritablement effrayé que sa sexualité soit rendue publique. Sa peur n'était pas feinte et je n'arrivais pas à comprendre son changement d'attitude. Bien sûr, sa crainte de Del Mora n'était pas feinte non plus. Je me rendis compte que je l'avais sous-estimée. Elle était bien plus forte. Et il avait choisi de rester fidèle à Del Mora. J'aurais dû demander à Layton et Ogden d'intervenir. Ils auraient mis Murray en garde à vue et auraient fait pression sur lui. Ils savaient y faire et auraient été plus convaincants que Foster. Del Mora allait s'en sortir à cause de mon orgueil. J'avais voulu, moi, un... fantôme, faire tomber l'un des hommes les plus puissants de la pègre. Quelle prétention ! Quelle arrogance ! Comme je m'en voulais ! Je me mettrais des claques...

Huit heures.

Soudain, je sentis les prémices d'une téléportation. Enfin ! Je n'y croyais plus. Croisons les doigts ; si j'arrivais chez Del Mora, c'était gagné !

Raté...

J'étais de retour dans la suite du Mondrian. McNamara et Murray, assis autour d'une table débordant de viennoiseries, buvaient un café. Pas de trace de Del Mora. Mais il était attendu, si j'en croyais la table dressée pour trois personnes.

Ce petit salaud de Murray n'avait pas joué le jeu. Il avait contacté ses complices et organisé cette rencontre loin de chez Del Mora. J'hésitai à contacter Foster afin qu'il demande à Layton et Ogden d'intervenir. Mais que pourraient-ils trouver ici permettant de relier Del Mora et ses associés à une affaire illégale ? Rien, j'en ai peur.

Tant pis. Ce serait pour la prochaine fois. Je l'aurais la prochaine fois.

Puisque je suis là, écoutons donc ce que ces braves gens ont à se dire.

— Tu ne penses pas que la mort de River arrange bien Del Mora, malgré ce qu'il prétend ? demanda Murray.

— Comment cela ? Tu l'as entendu samedi dernier, il était fou de rage de savoir que nous l'avions engagé.

— Je pense qu'il jouait la comédie. Réfléchis un instant. Il savait que si le type chargé de vendre la drogue aux squatteurs disparaissait, notre plan serait retardé d'un an. Supposons qu'il décide de le faire abattre par ses hommes. Springsteen est assassiné. Parfait. C'est ce qu'il voulait. Quand il découvre que Springsteen et River, le mari de sa nièce, sont une seule et même personne, il peut raisonnablement être en colère. Ce décès affecte sa famille et attriste sa nièce. Mais en même temps il se réjouit du retard occasionné par la disparition de l'acteur principal du plan.

McNamara était dubitatif.

— Mais pourquoi éliminer Springsteen ? Et en quoi le retard de notre plan peut-il le réjouir ?

— C'est pourtant simple ! Il est gagnant sur tous les tableaux. Si tu peux suivre financièrement, il touchera sa commission. Commission qu'il pourra doubler ou tripler s'il doit fournir une autre livraison de drogue. Et si tu ne peux pas suivre… ne sois pas naïf, mon pauvre Mitch, il a tout anticipé.

— Je ne comprends pas.

— Comment est ta situation financière ?

— Ça va.

— Je voulais dire, comment sera-t-elle dans un an ?

McNamara ne répondit pas. Pour se donner une contenance, il se saisit d'une petite cuillère qu'il plongea dans sa tasse, vide.

— Tu peux tout me dire. Alors ? Dans un an ?

— Tendue.

— Seulement tendue ?

— Catastrophique. Le retard du plan risque de causer ma perte.

— Exactement ce qu'il avait prévu. Quand tu seras pris à la gorge par tes créanciers, il va te proposer une association… ou un prêt à un taux prohibitif.

Murray mordit dans un croissant. Il hocha la tête et continua :

— Je parierais pour une association. Il va t'offrir quelques *petits* millions contre 51 % des parts de ta société. Cela te permettra d'éviter la banqueroute, de sauver la face et de mener l'affaire à son terme. Del Mora deviendra alors l'actionnaire majoritaire pour un investissement dérisoire, en regard du milliard que va rapporter notre affaire. Quoi qu'il en soit, il te tient par les *couilles*. Tu ne peux qu'accepter sa proposition. Quels qu'en soient les termes…

Bien vu Murray ! Del Mora avait l'esprit tordu, mais pour le business, il avait fait ses preuves depuis longtemps.

— En tout cas, c'est ce que je ferais si j'avais quelques millions de dollars à investir et si j'avais l'intention de te spolier de ta société.

Murray termina le croissant en deux coups de mâchoire

et se resservit un café. McNamara, pâle comme la mort, refusait de croire ce qu'il venait d'entendre. Il dit avec force :

— Non, tu dois te tromper ! Si Del Mora était aussi pourri que tu le dis, pourquoi ne pas attendre que je me déclare en cessation de paiement et récupérer 100 % de ma boîte ? L'affaire serait encore plus juteuse.

Oui, c'est pas faux. Pourquoi se contenter de la moitié si on peut tout avoir ?

— Vois-tu, je connais Del Mora depuis des années et je sais comment il fonctionne. Je ne crois pas que cette option soit la meilleure solution qui s'offre à lui. L'immobilier, il n'y connaît rien. Il n'a aucun contact, il ne connaît pas les codes. Quoi de mieux qu'une association avec un professionnel respectable ? Tu es sa caution morale, Mitch et crois-moi, il ne peut pas espérer mieux qu'une bonne association. Je voulais dire, bonne pour lui, évidemment.

McNamara secoua la tête. Convaincu, effondré.

— L'ordure. Il m'a bien *baisé* !

— Je le pense aussi.

On le pense tous !

Le promoteur immobilier resta silencieux de longues minutes. Que pouvait-il ajouter ? Dans un murmure, il avoua à Murray qu'il était dans une situation inextricable. Il n'avait pas l'argent nécessaire pour rembourser Del Mora et payer les prochaines échéances. Il calcula qu'il disposait, en tout et pour tout, d'environ cinq cent mille dollars. Une somme rondelette pour le commun des mortels, mais insuffisante, à la limite du ridicule, pour se lancer dans une entreprise de cette envergure. Une fois le terrain débarrassé de ses occupants indésirables, il ne faisait aucun doute que les banques se battraient pour lui prêter l'argent nécessaire. Mais en l'état, il ne fallait pas y compter. Il était dans une impasse. Que devait-il faire ? Quelle décision devait-il prendre ? Assommé par les révélations de Murray, il n'arrivait plus à réfléchir.

Murray répondit qu'il n'avait aucune solution à lui proposer. En soupirant, il regarda sa montre.

— Qu'est-ce qu'il fout ?

Évitant de se regarder, les deux hommes restèrent silencieux. McNamara parce qu'il avait honte de sa naïveté. Murray parce qu'il se demandait si McNamara était l'homme de la situation.

L'ascenseur émit un *cling*. La porte de la cabine s'ouvrit. Del Mora en jaillit. Furieux.

— Il ne faudrait pas que cela devienne une habitude. Vous savez que nous devons éviter tout contact. Se réunir deux fois dans le même endroit est une folie. Bientôt, toute la ville va être au courant que nous faisons des affaires ensemble. La prochaine fois, on convoquera une équipe de télévision !

Murray tenta de calmer le jeu.

— Ne vous inquiétez pas. J'ai pris toutes les…

— Toutes les quoi ? Tu as réservé la chambre sous ton vrai nom ?

— Euh… oui.

— Et lui – Del Mora désigna McNamara du menton –, je parie qu'il s'est présenté à la réception en disant qu'il avait rendez-vous avec toi ?

McNamara rougit comme un collégien surpris en train de s'astiquer le manche.

— Dites-moi, les gars ! Vous comptez passer les vingt prochaines années à Folsom[1] ?

Il leva les yeux au ciel.

— Vous n'êtes que des amateurs. La règle numéro un si on veut durer dans le business est de ne laisser aucune trace.

1. Pénitencier d'État, célèbre pour avoir accueilli Charles Manson.

Et vous êtes deux *putains* de grosses traces ! Je ne sais pas ce qui me retient de vous élim…

— Le gros tas de fric que tu vas te faire, peut-être ? rétorqua Murray.

Del Mora éclata d'un rire sardonique.

— Tu as sans doute raison.

La tape dans le dos qu'il assena à Murray lui fit cracher un poumon.

— Voilà ce que j'aime chez toi ; cet esprit vif, cette intelligence pointue ! Je ne connais personne capable d'analyser aussi rapidement un problème, d'en trouver la solution et de l'exposer aussi clairement que tu viens de le faire à l'instant. Je suis heureux et fier que tu sois mon avocat !

Murray esquissa un faible sourire en se promettant de rester aussi souvent que possible hors de portée de la joie et de la fierté de Del Mora.

Ce dernier se servit un café, ajouta trois cuillères de sucre, l'avala d'un trait et demanda :

— Bon ! Qu'est-ce qu'on fait ici ?

Il regarda sa montre.

— Je peux vous accorder dix minutes, pas une de plus. J'ai rendez-vous à l'autre bout de la ville dans une heure, fit-il avec un sourire égrillard, avec une petite *chica* bien roulée.

Murray, la mine sombre, murmura :

— Tu devrais décommander, j'ai une mauvaise nouvelle à vous annoncer.

— Ah !

Del Mora serra les mâchoires. Le visage tendu, il lâcha :

— La *chica* attendra. Vas-y, accouche !

Murray s'éclaircit la voix et attaqua :

— Mardi, il y a deux jours, j'ai reçu la visite du beau-frère de River.

— Qui ?

— Foster, ton neveu, le frère de…

— Je sais qui est Foster. Que te voulait-il ?

— Toi !

— Quoi, moi ?

— Il voulait ta peau.

— Qu'est-ce que tu racontes ?

— Rien que la vérité, malheureusement. Il voulait que je te balance aux flics. Il est venu me menacer, chez moi, dans mon propre cabinet, le petit *enfoiré* ! Il savait pour notre réunion de samedi dernier. Il était au courant de tout ce que nous nous sommes dit. Il m'a affirmé qu'il y avait des micros et des caméras, ici, dans cette suite et…

— Des caméras et des micros ? Ici ? Mais enfin Murray, tu es malade ! éclata McNamara en se levant. Moi, je m'en vais. Tu ne te rends pas compte. Si les flics tombent sur les enregistrements, c'en est fini de nous.

Del Mora contracta les mâchoires. Serra les poings. Se leva lentement et marcha vers Murray. Il allait l'étrangler.

— Mais bon Dieu, gardez votre calme, s'empressa de dire Murray en reculant. Sur le moment j'ai réagi comme vous. J'étais à deux doigts d'accepter ce qu'il voulait. Et puis j'ai réfléchi et…

Il marqua un temps d'arrêt.

— Et quoi ? Vas-y, explique-nous.

— Et je suis parvenu à la conclusion qu'il mentait comme un arracheur de dents.

Murray était dans son élément. Il allait dérouler ses arguments comme une plaidoirie. Il serait convaincant. Ce n'était pas l'avenir d'un client qui était en jeu, c'était le sien.

— Souvenez-vous de la réunion de samedi dernier. Quand et comment a-t-elle été décidée ?

McNamara répondit aussitôt :

— C'est toi qui nous as contactés. J'étais sur le point de quitter mon bureau. Il devait être aux alentours de vingt heures et tu nous as donné rendez-vous à vingt-deux heures, ici même.

Del Mora approuva de la tête.

— Exactement. Deux heures après. Seulement deux heures, insista Murray. Et je suis arrivé trente minutes avant l'heure prévue. Cela laisse une fenêtre d'à peine une heure trente pour installer des micros... et des caméras. Dans un hôtel où la sécurité est omniprésente. Je n'y crois pas une seconde. Je suis persuadé que Foster m'a menti et que la chambre n'était pas sous surveillance électronique.

Il était futé Murray, j'avais peut-être poussé le bouchon un peu trop loin. Les caméras étaient de trop.

La tension redescendit d'un cran. Ils allèrent s'asseoir. Murray hésita, il regarda McNamara et Del Mora alternativement, hésita, temporisa, conscient que la bombe qu'il allait lâcher pouvait lui exploser à la figure.

— Par contre, murmura-t-il, cela pose un autre problème.

— Un problème ? Lequel ? demanda Del Mora avec un regard qui fit passer un frisson dans le dos de Murray.

— Eh bien, Foster m'a donné des détails que seule une personne présente ce soir-là pouvait connaître.

Murray se mit à rougir, au souvenir de mes propos concernant son amant, il continua, tentant de masquer sa confusion par une quinte de toux.

— Ce que je vais dire ne va pas vous faire plaisir, j'en ai peur, mais l'un de vous est un traître. C'est inéluctable. Foster m'a rapporté ce que nous nous sommes dit presque mot pour mot. Il n'a pas pu inventer. Je pense que celui qui l'a renseigné devait être équipé d'un micro. C'est la seule explication.

Del Mora bondit de son siège, il agrippa Murray par le col de son veston et lui cracha au visage :

— *Hijo de puta* ! Surveille ton langage ! Il n'y a pas un seul bâtard sur cette terre m'ayant insulté qui respire encore !

Sans se démonter, Murray se tourna vers McNamara.

— Et toi, Mitch, qu'en dis-tu ?

Mitch était blanc comme un linge. Il comprit, en une fraction de seconde, qu'il venait de se faire piéger. Murray lançait l'accusation. Del Mora niait tout en bloc. La conclusion s'imposait d'elle-même ; McNamara était le traître. Il bafouilla, se demandant comment il pourrait se tirer de cette machination.

— Non, je vous le jure… sur ce que j'ai de plus cher… ce n'est pas moi. Je n'ai rien fait… je n'ai rien dit. Je n'ai trahi personne. Je n'avais pas de micro et…

Il déboutonna sa chemise et l'ouvrit, dévoilant un ventre pâle et rebondi.

— Regardez ! Je n'en porte toujours pas.

Une tension palpable régnait entre les trois hommes. Del Mora observait alternativement les deux autres. Il réfléchissait à toute vitesse, envisageant tous les scénarios. Tous savaient que lui seul pouvait débloquer ou pourrir la situation. Il fit un geste d'apaisement.

— Messieurs, gardons notre calme. Et réfléchissons. Il semble en effet peu probable que quelqu'un ait réussi, en à peine deux heures, à installer des micros et des caméras dans un hôtel comme celui-ci. Une agence gouvernementale, à la rigueur, en posséderait les moyens. Mais dans ce cas, Murray n'aurait pas été contacté par ce petit branleur de Foster. Non décidément, je n'y crois pas. Je ne suis même pas certain qu'un traître se cache parmi nous.

Del Mora montrait un talent d'orateur indéniable. Talent qui devrait, l'espérait-il, le faire élire maire aux prochaines élections. Il parut tout à coup plus grand et ses interlocuteurs ne le lâchèrent plus du regard. Posant un doigt sur ses lèvres, il sortit d'une poche de son manteau un objet gris, grand comme un téléphone portable. Il l'alluma. Fit le tour de la pièce. Il le passa sur les lampes, les bibelots, les téléphones. Il décrocha un tableau, le retourna, promena son détecteur sur le cadre, sur la toile. Il souleva un tapis, écarta un rideau. Satisfait, il se dirigea vers la stéréo, chercha une station de musique, tomba sur un orchestre de *mariachis*, augmenta le volume jusqu'à un niveau proche de l'insupportable et d'un geste invita ses complices à se rapprocher de lui. Il les entoura de ses bras. Leurs têtes se touchaient. Il poursuivit :

— Écoutez, je suis à peu près certain qu'il n'y a pas de micro dans cette pièce. Rien qui puisse être installé dans un aussi court laps de temps. Et je suis également persuadé qu'il n'y a aucun traître parmi vous.

Il les regarda à tour de rôle, un sourire carnassier aux lèvres. Il avait dit *vous*, pas *nous*. McNamara et Murray encaissèrent cette pique sans protester.

— Nos ennemis cherchent à nous diviser. N'entrons pas dans leur jeu. Restaurons la confiance qui nous lie et que nous n'aurions jamais dû perdre. Foster veut nous faire chanter. Il cherche à se faire du fric. Mais il n'a rien de concret. Je ne sais pas comment il a appris ce qu'il sait. Peut-être était-il tapi dans l'ombre, sur la terrasse ou sous un lit...

Murray eut un frisson d'horreur.

— Peut-être y avait-il un fantôme dans cette pièce...

Là, c'est moi qui ai un frisson.

— Toujours est-il que je reste persuadé que les flics ne savent rien et que cette petite frappe n'a aucune preuve de ce qu'il avance. Je vous assure que nous n'avons rien à craindre. J'ai même de bonnes nouvelles. Je viens d'avoir un message de mon contact au Sinaloa. Il m'a assuré qu'ils seront prêts dans un mois au lieu de six. Ils font des efforts inouïs et toutes les équipes travaillent d'arrache-pied.

— Prêts à quoi ? le coupa McNamara. Nous ne savons toujours pas en quoi consiste la fameuse *phase deux* de ton plan. Je pense qu'il serait temps que tu nous en parles. Qu'en penses-tu, Tim ?

— Je suis d'accord avec toi, Mitch. Quel est ton plan, Pablo ?

— OK, je vais vous mettre au courant de la *phase deux*. Sachez que, désormais, vous ne pourrez plus faire machine arrière et que votre implication deviendra définitive et irrévocable. Vos petits tripatouillages avec la loi paraîtront bien innocents en regard de ce que nous allons faire.

Il laissa passer quelques secondes.

— Alors ? Qu'en dites-vous ? Je continue ?

Murray et McNamara se regardèrent, retenant leur respiration. Ils acquiescèrent, d'un lent hochement de tête, sans dire un mot.

— Bien. La *phase une*, dont nous avons longuement parlé samedi dernier, devait nous permettre de devenir les seuls fournisseurs des squatteurs. Cette partie du plan, grâce à River, est une totale réussite. Les revendeurs habituels ont tous quitté les lieux. Certains sont partis de leur plein gré, d'autres ont été plus difficiles à convaincre, mais ces derniers ne nous poseront plus le moindre problème, je vous le certifie…

Le sourire de Del Mora liquéfia ses deux partenaires.

— Pendant la *phase deux*, la drogue devait être additivée.

— Pour être encore plus addictive ?

— Ce n'est pas le terme que j'emploierais. Les additifs seraient plutôt du genre… condiments létaux.

Il partit d'un rire sardonique. Murray et McNamara se regardèrent stupéfaits, n'osant croire ce qu'ils venaient d'entendre.

— Pour faire simple, la technique de fabrication étant complexe et sans intérêt, nous avons introduit dans la drogue des substances mortelles. Des substances différentes, selon que la drogue s'injecte, se sniffe, ou se fume. On m'a parlé de ricine et d'un virus dont je n'ai pas retenu le nom... Bref, deux possibilités. Soit la mort survient dans un délai de quelques jours, deux ou trois au maximum. C'est très rapide, mes chimistes sont des artistes. Soit les consommateurs tombent malades, malades à crever. Une maladie extrêmement contagieuse et incurable, et ils décèdent au bout d'une semaine ou deux. Voilà, c'est de cette manière que nous allons nous débarrasser de ces gens. Une élimination rapide, totale, sans faire de vagues, sans coups de feu, sans risques. Que demander de plus ?

Del Mora parut presque déçu de ne pas être applaudi.

Je n'eus qu'une pensée, qu'un cri : Elsie ! Elle avait consommé de la drogue empoisonnée. Les symptômes, qu'elle avait hier, ne laissaient planer aucun doute. Foster en avait consommé et avait été en contact avec Elsie, en contact très rapproché...

Lui aussi devait être contaminé. Dommage. Ou plutôt, bien fait pour lui. Quoi qu'il en soit, je ne lui dirais rien.

J'ai entendu, enfoiré. J'accepte. Mais, qu'auriez-vous fait à ma place ?

Tout lui avouer ? Il se précipiterait à l'hôpital où il serait placé en observation. Jusqu'à ce qu'il meure. Et après ? Je ferais comment ? Je devrais me débrouiller seul ? Vous savez que c'est impossible. J'avais encore besoin de Foster. S'il devait mourir bientôt, autant que les derniers jours qu'il lui restait à vivre servent à mettre ce trio d'ordures hors d'état de nuire.

Il devrait tenir une semaine, peut-être deux. Largement plus qu'il n'en fallait. Foster ferait partie des dommages collatéraux. Et en plus, je tiendrais ma vengeance. Il n'aurait pas dû toucher Elsie.

Murray et McNamara étaient toujours muets. Frappés de stupeur ou d'horreur, ou des deux. Del Mora poursuivit :

— Les pouvoirs publics ne pourront plus tergiverser,

ils devront intervenir. En faisant appel à la garde nationale s'il le faut. Ils évacueront l'hôpital. Enterreront les morts. Mettront en quarantaine les rares survivants, tous ne se droguent pas. Enfin, ils désinfecteront les lieux. Des overdoses à répétition, une drogue de piètre qualité, un manque d'hygiène évident et la promiscuité expliqueront aisément cette hécatombe. Personne ne pensera à une action délibérée, conçue et déclenchée dans un but précis. Il n'y aura qu'une enquête de routine, vite classée. Nous récupérerons le terrain débarrassé de tous ses occupants, sans mettre ne serait-ce qu'un pied à l'intérieur. Sans me vanter, je pense que mon plan est génial !

Toujours pas le moindre applaudissement. Del Mora était le pire salopard qu'il m'avait été donné de rencontrer. La vie humaine n'avait pas la moindre valeur pour lui et il était prêt à assassiner des dizaines, voire des centaines de personnes uniquement pour gagner un peu plus d'argent.

Murray et McNamara devaient se faire les mêmes remarques, si j'en jugeai par les lueurs d'effroi qui passaient dans leurs yeux.

— La drogue provenait du Sinaloa, continua Del Mora, et il n'y avait aucune difficulté pour l'acheminer jusqu'à la frontière. Ensuite, c'est une autre paire de manches. Je ne voulais pas que les mules passent par Tijuana et San Diego, comme d'habitude. Trop risqué. Si la DEA ou les agents à la frontière interceptaient une partie de la livraison, notre entreprise aurait subi un contretemps fâcheux. Il me fallait innover. Faire preuve d'audace et de créativité. Sans me vanter, une fois encore, j'ai été exceptionnel !

Pour quelqu'un qui ne voulait pas se vanter, il faisait preuve d'un manque de modestie qui frisait la mégalomanie !

Murray sembla comprendre ce qu'attendait Del Mora, aussi lui fit-il un bref compliment du bout des lèvres.

Del Mora, aux anges, se servit une tasse de café, en prenant tout son temps. Il continua sa péroraison :

— Le problème était le suivant : ne pas utiliser les méthodes traditionnelles. Les voitures trafiquées avec de multiples caches, les mules ayant avalé des préservatifs remplis de cocaïne ou les vieilles femmes mexicaines prêtes à risquer leur liberté pour quelques dollars. Il fallait innover, faire preuve d'audace. Et j'ai eu l'idée du siècle ; j'ai pensé que si des Américains, de braves touristes yankees, transportaient notre marchandise, les douaniers se laisseraient berner.

— Comment espérais-tu les trouver puis les convaincre, ces touristes ? Il semble inconcevable que quelqu'un accepte aussi…

— Je les ai trouvés et ils ont accepté avec enthousiasme.

— Qui sont ces fous ?

— Des étudiants.

— Qui ?

— Des étudiants. Vous savez que mars est le mois du *Spring Break* et qu'à cette occasion, par avions entiers, des milliers d'étudiants, les hormones en feu et les poches pleines de dollars atterrissent à Cancún. Soleil, sable blanc, filles dénudées, drogue et alcool à gogo. Après quinze jours de ce programme alléchant, l'estomac plein de mojitos, les poumons saturés de fumée de marijuana, mais les portefeuilles aussi vides que leurs *couilles*, ils retournent chez eux. La future élite de notre nation allait nous aider à faire rentrer notre précieuse marchandise aux États-Unis. Ils étaient tous soigneusement sélectionnés : blonds, sains, athlétiques, insoupçonnables… Pour quelques milliers de billets verts, nous avons réussi à recruter une petite armée. Pour limiter les risques, chaque étudiant transportait moins de cent grammes de marchandise. Et tout s'est passé comme sur des roulettes. À leur arrivée à Los Angeles, les passeurs devaient se rendre dans un certain restaurant, qui a brûlé depuis, déposer leur cargaison et encaisser leur fric. Nous avons ainsi, en prenant un minimum de risques, réussi à faire rentrer cinq kilos de dope contaminée. Quantité suffisante pour réduire à néant toute velléité de résistance de la part des squatteurs. Ensuite, UPS devait livrer à notre homme les clefs d'un véhicule dans lequel nous avions caché la drogue. Pas de contact physique. Aucune connexion. Cloisonnement total. Tout était parfait. Jusqu'à ce que j'apprenne qu'il s'agissait de River.

Il lança à McNamara un regard noir. Il n'avait pas encore digéré cette nouvelle.

— Après avoir réceptionné la drogue, River devait abandonner le véhicule dans une rue discrète. Ce qu'il a fait. Nous l'avons récupéré, compacté et envoyé en Asie. Aucune trace. Pas de problème. Mon rôle devait s'arrêter là. Mais à cause de la mort de River et de la disparition de la drogue, il faut tout recommencer à zéro. Mais cette fois, nous allons procéder différemment. Nous ne ferons qu'un seul voyage. Les cinq kilos d'un coup. Le risque est maximum. Mais je suis prêt à le prendre.

Il avala une gorgée de café et conclut :

— Voilà, désormais, vous en savez autant que moi.

Murray et McNamara, le visage défait, restèrent muets plusieurs secondes, assimilant ce qu'ils venaient d'entendre. Ils s'étaient reposés sur Del Mora pour trouver la solution à leur problème et n'avaient jamais envisagé devoir éliminer physiquement plusieurs dizaines de personnes. Murray balbutia :

— Est-on vraiment obligés d'en passer par cette extrémité et de tuer tous ces gens ? N'y aurait-il pas d'autres solutions… moins définitives ?

— Non, il n'y en a pas d'autres. J'ai retourné le problème des dizaines de fois dans tous les sens et croyez-moi, c'est la seule solution. De plus, nous avions convenu que je me chargeais de tout. Vous m'aviez donné carte blanche.

— Oui, mais...

Del Mora haussa le ton :

— Pas de oui, mais ! Vous vous attendiez à quoi ? Vous imaginiez qu'ils allaient partir gentiment, en nettoyant derrière eux ? Non, les gars, dans la vraie vie, ça ne marche pas comme ça. Il faut se donner les moyens de ses ambitions. Et se salir les mains s'il le faut. Notre ambition est énorme. Les moyens employés seront extrêmes. Vous rechignez à vous salir les mains ? N'ayez aucune crainte. Les millions que vous allez engranger seront le plus efficace des savons ! Et si ça peut apaiser vos scrupules, dites-vous que nous ferons œuvre d'utilité publique en débarrassant la société de ce ramassis de bons à rien.

Puis, d'un ton glacial, il conclut :

— Quoi qu'il en soit, on ne revient pas sur un accord. Jamais ! Aussi, nous poursuivons notre projet, sans rien changer. Mais, compte tenu de ce contretemps fâcheux, mon intervention coûtera plus cher que prévu...

42.

Jeudi 27 mars – 08 h 10 – Marina Del Rey

Murray regarda McNamara en hochant la tête, comme pour dire *je te l'avais dit.*

— Combien ? souffla McNamara. Je te préviens, je n'ai plus de liquidités. Et, tant que les squatteurs ne seront pas partis, aucune banque ne me prêtera le moindre dollar.

Del Mora agita les bras dans un geste de dénégation.

— Je ne veux pas de ton argent. Je suis même disposé, si cela t'intéresse, à t'accorder un crédit à un taux privilégié. Non ! Pour ma contribution, je veux seulement des parts de ta société.

— Je m'attendais à une *saloperie* de ce genre, marmonna McNamara.

Il répéta en soupirant d'un air las :

— Combien ?

Del Mora se leva, il s'approcha du plateau de boissons et fit la grimace quand il vit ce qu'il contenait. Il se dirigea vers le bar. Arrivé à mi-chemin, il se tourna vers McNamara et lui dit avec un sourire en coin :

— Je saurai être raisonnable.

— Raisonnable ? J'ai du mal à le croire. On peut se dispenser d'être raisonnable quand on tient son adversaire par les *couilles*. Combien ? répéta McNamara pour la troisième fois.

Del Mora ne répondit pas, il attrapa un flacon rempli d'un liquide ambré, ôta le bouchon qu'il posa délicatement sur une serviette en lin. Il approcha ensuite le goulot de son nez et inspira profondément, les yeux fermés. Il apprécia l'odeur. Il se saisit alors d'un verre, souffla dedans, pour en chasser d'hypothétiques poussières et le remplit à moitié. Il ajouta deux cubes de glace qu'il pêcha du bout des doigts, dans un seau en argent. Il remua le tout à l'aide d'une petite cuillère. En prenant tout son temps. Conscient que McNamara était sur le point d'exploser. Il trempa ses lèvres dans le breuvage, poussa un soupir de satisfaction et se tourna vers ses complices. Levant son verre comme s'il portait un toast, il répondit avec un léger sourire :

— N'aie aucune inquiétude, mon cher Mitch ! Je ne veux te spolier en aucune façon. Tu conserveras ton salaire mirobolant, tes adorables secrétaires et le luxueux bureau qui vont de pair avec la fonction de CEO. Moi, je resterai dans l'ombre. Invisible. Silencieux. Je me contenterai de cinquante et un pour cent de tes actions. Tu vois, je suis raisonnable.

— Raisonnable ? Cinquante et un pour cent ! Mais il est fou ce mec ! explosa McNamara. Espèce d'*enculé* ! Tu crois vraiment que je vais te donner la moitié de ma société ? Plutôt crever ! Et en plus, tu te fous de ma *gueule* en disant que tu es raisonnable. JE VAIS TE TUER ! *CONNARD* !

Del Mora fit un pas en avant. Pointant un index rageur sur McNamara, il lâcha :

— Toi, *maricón*, tu oses me menacer ? J'apporte une solution inespérée à tous tes problèmes et tu oses me menacer ? Je t'offre la richesse. Je te laisse les honneurs et la gloire et tu oses me menacer ?

Il eut un rire sans joie.

— C'est moi qui devrais te tuer…

L'affrontement entre les deux hommes paraissait imminent et Murray se garda bien d'intervenir. Il n'aimait pas la tournure que prenaient les événements et commençait à se demander ce qu'il faisait là.

Soudain, McNamara mit la main dans sa poche et en sortit un revolver de petit calibre, à peine plus grand qu'un Derringer[1], qu'il braqua sur la poitrine de Del Mora.

— Je pourrais te… te tuer, si je voulais. Tu… tu n'me fais pas peur, bégaya-t-il en tremblant comme une feuille.

Del Mora, pas le moins du monde impressionné, haussa les épaules.

— Tu ne tireras pas. Il faut des *cojones* pour tirer sur quelqu'un. Surtout quand il est à moins d'un mètre et qu'il vous regarde dans les yeux. Moi, je l'ai déjà fait. Toi, je ne suis pas certain que tu en sois capable.

Il fit un pas en avant, attrapa la main de McNamara et posa le canon de l'arme contre son cœur.

— Vas-y ! Tire ! Ici, tu es sûr de ne pas me rater.

McNamara resta sans réaction.

— Ou là, si tu préfères.

Del Mora appuya le canon contre son front.

— Attention ! En pleine tête à bout touchant, c'est salissant. Crois-en mon expérience. Si tu tires, tu vas être recouvert de mon sang et de ma cervelle.

McNamara dominait Del Mora d'une bonne tête et lui rendait au moins trente kilos, mais ce qu'il lut dans les yeux du petit Mexicain lui ôta toute velléité belliqueuse.

McNamara lâcha son arme. Murray s'empressa de la ramasser et l'enfouit dans une de ses poches.

McNamara venait de capituler. Il le savait. Del Mora le savait. Mais, il était dans une impasse. Que pouvait-il faire ?

---

1. Pistolet de poche, à un seul coup.

Comment se sortir de ce guêpier ? S'il acceptait l'offre de Del Mora, il perdrait son honneur. S'il la refusait, il perdrait son argent et son honneur. Il n'hésita pas longtemps.

La mort dans l'âme, McNamara baissa les yeux et murmura :

— Tu ne me laisses pas vraiment le choix... Je suis obligé d'ac...

Sa voix se brisa. Le travail de toute une vie, réduit à néant à cause de ce *fumier* ! Ses rêves de grandeur et de richesse envolés ! Si près du but. Ce n'était pas juste.

Sous aucun prétexte, il ne voulait s'effondrer devant les deux autres. Il releva la tête, prit une inspiration, et la voix assurée, il continua :

— Tu n'es qu'une ordure, mais j'accepte ta proposition.

Murray intervint alors.

— Messieurs. Pour sceller votre accord, il serait bien que vous vous serriez la main.

Avec réticence, McNamara tendit la main. Del Mora le regarda dans les yeux trois longues secondes, sans esquisser le moindre geste. Il avait le sourire gourmant d'un carnassier se préparant à dévorer la proie qu'il venait d'acculer. Il tendit la main à son tour.

La poignée de main fut franche et virile, à défaut d'être amicale.

— On va boire un verre pour fêter notre...

Murray leva la main.

— Messieurs, je suis heureux que vous ayez trouvé un terrain d'entente. Les tensions qui existaient entre vous vont s'apaiser. Le temps fera son œuvre et tout rentrera dans l'ordre. Le plan de Del Mora va fonctionner, les squatteurs vont dégager, les travaux vont commencer et dans moins de deux ans, vous serez riches. Tous les deux. Et au-delà du raisonnable.

Un sourire satisfait éclaira le visage de Del Mora. La joie de McNamara fut plus contenue.

Murray marqua une pause. Son cœur battait la chamade. Je pouvais presque l'entendre. Il lâcha sa bombe.

— Mais, il est clair qu'à partir de maintenant, vous n'avez plus besoin de moi. Vous trouverez sans difficulté un confrère apte à vous conseiller pour mener à son terme cette… cette aventure. Si vous le souhaitez, je pourrai vous communiquer quelques noms. Moi, je me retire. Il n'est pas question que je vous suive dans cette voie.

Il secoua la tête.

— Cette affaire prend une direction qui me déplaît fortement. Je peux accepter quelques entorses à la loi ou à la déontologie. Ce n'est pas la première fois et ce ne sera pas la dernière. Mais là, ça va trop loin. Je ne veux en aucun cas avoir la mort d'un homme sur la conscience. Même s'il s'agit d'un… comment les as-tu appelés ? Ah oui, un ramassis de bons à rien. Mon éducation comme ma religion prônent pardessus tout le respect de la vie humaine. C'est pour moi, une loi intangible et je n'y dérogerai jamais. En aucun cas et sous aucun prétexte. Soyez rassurés, j'étais votre avocat, donc tout ce que nous nous sommes dit, jusqu'à cette seconde, et tout ce que je sais est protégé par le secret professionnel. Je ne parlerai jamais. À personne. Vous pouvez dormir tranquilles. Continuez sans moi. Et pour la suite…

Il fit un geste évasif et conclut :

— Je ne veux rien savoir de plus.

Il attrapa son manteau et se dirigea vers l'ascenseur.

Del Mora se précipita sur lui, le saisit par le bras et le força à se retourner.

— Non, Murray ! Il est hors de question que tu nous quittes. Nous avons encore besoin de toi. Dans quelques mois, quand les travaux auront débuté, comme convenu, tu toucheras ta part. Et je suis tout disposé à la doubler, si cela peut faire taire tes scrupules. Ensuite tu pourras partir. Nous ne te retiendrons pas. Mais pour le moment, tu fais toujours partie de l'équipe et de l'aventure.

Murray se dégagea d'un geste brusque.

— Je ne reviendrai pas sur ma décision. Tes promesses comme tes menaces ne me feront pas changer d'avis. Je me retire. Je vous fais grâce de mes honoraires et je vous abandonne mes actions et mes futurs bénéfices. Partagez-les entre vous, faites-en ce que vous voulez, ce n'est plus mon affaire. Je veux pouvoir me regarder dans une glace sans avoir honte et surtout, je veux continuer à dormir sur mes deux oreilles.

McNamara tenta une médiation.

— Écoute, Murray, tu es sous le coup de l'émotion et je peux comprendre ta réaction. Mais prends le temps de la réflexion. Dans un jour ou deux, je suis certain que tu reviendras sur ta décision. Del Mora nous a assuré qu'il n'y avait aucun risque. Et les gens qui vont mourir sont la lie de la société. Ils ne méritent pas de vivre. Comme l'a dit Del Mora, nous allons faire œuvre d'utilité publique en débarrassant la ville de ces gens. Calme-toi ! Ne prononce aucune parole que tu pourrais regretter. Notre ami Del Mora…

Murray explosa.

— Ami ? Comment peut-on être ami avec un malade comme lui ?

Murray pointa sur Del Mora un doigt rageur et, s'adressant à McNamara :

— Ce type est prêt à sacrifier des vies humaines pour du fric. Sache que la vie d'un drogué vaut largement ta vie ou la sienne. Il n'a aucun scrupule, aucune morale. C'est un tueur psychopathe ! Je suis bien placé pour le savoir ! Non, nous ne sommes pas amis. C'est toi qui devrais prendre le temps de la réflexion. Quitte ce type, Mitch, avant qu'il ne soit trop tard. Quant à moi, ma décision est irrévocable. Je ne veux plus jamais entendre parler de ce malade.

Malade fut le mot de trop. Del Mora balança son poing dans la mâchoire de Murray. Ce dernier accusa le coup, mais la différence de gabarit jouait en sa faveur, et le direct du droit lui fit à peine plus mal que les gifles que lui mettait son père. Il se frotta la joue et déclara d'une voix coupante :

— Sale petit métèque, retourne au Mexique bouffer tes tacos.

Fou de rage, Del Mora se jeta sur Murray. Il le saisit à la gorge et tenta de l'étrangler. Ce dernier parvint facilement à se dégager. Il glissa la main dans sa poche, en sortit l'arme de McNamara et la braqua sur la poitrine de Del Mora.

— Arrête ! rugit-il.

L'adrénaline qui galopait dans ses veines affolait son rythme cardiaque.

— Si tu fais un geste, je tire.

Mais Del Mora ne se contrôlait plus. Il se précipita sur Murray et tenta de s'emparer du revolver. Ils luttèrent au corps à corps, Murray eut le dessus et repoussa son adversaire d'un coup d'épaule. Del Mora partit en arrière et sa tête cogna contre le mur. Sous le choc, un tableau se décrocha et tomba sur une console, faisant exploser un vase de fleurs. Del Mora, dans un état second, écumant de rage, plongea sur Murray et le ceintura, lui enserrant les bras dans une poigne de fer, surprenante pour un aussi petit gabarit. Murray parvint à dégager son bras et frappa Del Mora à plusieurs reprises dans les côtes. Celui-ci se cabra en gémissant sous l'effet de la douleur. Les jambes à l'horizontale, il prit appui sur le mur et poussa de toutes ses forces. Les deux hommes roulèrent au sol. Dans un enchevêtrement de bras et de jambes. Grognant. Mugissant. Éructant. McNamara n'avait pas esquissé le moindre geste, comme hébété par ce déchaînement de violence.

Soudain, un coup de feu retentit et une odeur de poudre se répandit dans la pièce. Les deux adversaires cessèrent de lutter. Murray se releva. Les cheveux en bataille. La chemise déchirée. Saignant du nez. Del Mora tenta de se mettre debout. Il n'y parvint pas. Il s'assit, dos au mur. Haletant. En nage. Les yeux rivés sur Murray. Comme pour le transpercer du regard.

Le silence était assourdissant. Le temps comme suspendu. Les secondes s'étiraient, interminables.

Murray lâcha son arme. Elle tomba sur la moquette avec un bruit mat. Il fit un pas en arrière, bouleversé en répétant comme un disque rayé :

— Non. Non. Non.

Une auréole rouge fleurit sur la chemise blanche de Del Mora. Elle grossit tel un nénuphar sanglant.

Del Mora darda sur Murray un regard tranchant et lui murmura, la respiration sifflante :

— Toi, *gringo*… je vais te découper… en morceaux.

Il cracha du sang.

— *Despacio… Muy despacio… sufrirás… confía en m*[1]…

Ses yeux se révulsèrent et il s'affaissa sur le côté. Lentement. Sa tête heurta le sol. Il était mort.

McNamara balbutia, aussi choqué que s'il avait lui-même tiré :

— Il est mort ! Oh *putain* ! Il est mort ! Tu l'as tué. Mon Dieu ! Il est mort ! Qu'est-ce qu'on va faire ?

Murray n'esquissa pas le moindre geste. Le regard vide, il semblait anéanti. Lui qui refusait d'être responsable, même indirectement, de la mort d'un être humain, venait de tuer un homme.

Il poussa un soupir et secoua la tête. Il fit un pas en avant. Puis un autre. Il s'arrêta. Se retourna. Jeta un regard

---

1. Lentement. Très lentement… Tu vas souffrir… Fais-moi conf…

à Del Mora. Secoua de nouveau la tête. Il était mort. C'était irréversible. Et c'était lui qui l'avait tué. Comme un automate, il continua d'avancer, lentement. En passant près de lui, il frôla McNamara. Celui-ci se colla contre le mur, se demandant s'il n'était pas en train de vivre un cauchemar.

Murray traversa la pièce en silence. Ouvrit la baie vitrée. Sortit sur la terrasse. Les premiers rayons d'un soleil printanier lui firent plisser les yeux. Le ciel d'un bleu intense annonçait une journée idéale. Les bruits de la ville, assourdis par trente étages, bourdonnaient à ses oreilles, monotones et rassurants.

Murray s'approcha de la rambarde. Il posa ses mains sur le métal tiède et prit une profonde inspiration, emplissant avec délice ses poumons d'un air tiède et parfumé. Il cligna plusieurs fois des yeux, comme au sortir d'un rêve. Il distinguait, au loin, la jetée de Santa Monica. Puis, plus près, le sable blond de Venice. Il laissa dériver son regard jusqu'aux pistes d'envol de LAX. Il voulait embrasser une dernière fois la ville qui l'avait vu naître, dans laquelle il avait mis tant d'espoir et toutes ses ambitions.

Avec agilité, il enjamba le garde-corps. Passa de l'autre côté. Tournant le dos au vide. Il sourit tristement à McNamara qui l'observait depuis l'embrasure de la fenêtre en secouant la tête pour le dissuader de sauter. Murray lâcha la balustrade d'une main. Il se signa. Puis il lâcha l'autre main.

Aspiré par le néant, il tomba comme une pierre et s'écrasa au sol, trente étages plus bas.

43.

Jeudi 27 mars – 08 h 30 – Marina Del Rey

Sidéré, en état de choc, McNamara assista au suicide de Murray sans esquisser le moindre geste. Son cœur battant à deux cents pulsations par minute, il haletait comme un coureur sur la ligne d'arrivée. Il mit plusieurs minutes à recouvrer ses esprits. Quand son cerveau fut à nouveau opérationnel, il se secoua. Il devait agir, prendre les bonnes décisions. Mais avant tout… il attrapa le verre à moitié plein de Del Mora et le vida d'un trait. L'alcool lui brûla la gorge et apaisa quelque peu ses angoisses. Il poussa un soupir et se passa la main sur le visage, en proie à un dilemme.

J'imaginai aisément la tempête qui faisait rage sous son crâne.

Que devait-il faire ? Rester et tout raconter aux flics ? En espérant que ceux-ci le croient. Ou dégager le plus vite possible ? Del Mora et Murray étaient morts et personne n'y pouvait rien changer. Lui n'avait en aucune façon participé à ce carnage. Simple témoin oculaire, il ne risquait rien. Il poussa un soupir de soulagement. La police scientifique démontrerait que Murray avait tiré. Il avait regardé de nombreuses séries policières et savait que chaque tir laissait des résidus de poudre sur les mains du tireur. Le test de la paraffine incriminerait Murray et le disculperait. Aucun doute là-dessus. Il pouvait attendre la police avec sérénité. Mais l'arme lui appartenait. Et ça, c'était une *putain* de tuile ! Réfléchis ! Il devait s'en débarrasser, la jeter dans le vide. Elle finirait dans l'eau. Et personne ne la retrouverait jamais. Parfait. OK. Résumons. « J'attends les flics. Je leur raconte toute l'histoire. Murray et Del Mora se disputent. Le ton monte. Murray tire sur Del Mora. Puis il balance le flingue dans la mer. Pourquoi ? Dans un geste de colère. Oui ! C'est bon ça ! Sous l'effet de la colère, il se débarrasse de l'arme. Enfin, pris de remords, il saute dans le vide. Voilà ce que je dirai. »

C'était à peu de chose près ce qui s'était réellement passé. Il n'aurait aucun mal à être convaincant. Fin de l'histoire, et tout était bien qui finissait bien pour McNamara.

Oui… peut-être… Dans un monde idéal, les choses se passeraient ainsi. Mais dans la vraie vie ?

Dans la vraie vie, il en doutait. Les flics voudraient tout savoir. Tout comprendre. Jusqu'aux détails les plus insignifiants. En premier lieu, expliquer ce qu'ils faisaient, tous les trois, dans cette chambre. Se montrer autrement convaincant. Inventer une histoire qui tienne la route et s'y tenir. Très bien ! Mais quelle histoire ? Son cerveau en surchauffe était incapable de trouver une raison plausible à leur présence. Ici. Ce matin. Un début d'affolement le saisit. Il se mit à transpirer et une boule d'angoisse lui tordit l'estomac. Il aperçut son reflet dans un miroir. Une vraie tête de coupable ! Il savait qu'à la première question un peu insistante, il allait se dégonfler et tout déballer : l'hôpital, la drogue, les virus. Il ne voulait pas payer pour tout le monde. Hors de question ! Ces deux cons ne gâcheraient pas sa vie.

McNamara a des défauts. Mais il possède une qualité indéniable, sa rapidité de réflexion.

Il ramassa son arme, évitant de regarder le cadavre de

Del Mora, et la glissa dans sa poche. Qu'ils se posent toutes les questions qu'ils veulent. Il n'en avait rien à foutre. Il décida de quitter les lieux sans attendre les flics. C'était la solution la plus sage. Pas de questions. Pas de mensonges. Pas de problèmes. Son rythme cardiaque redescendit. Sa respiration se calma. Son cerveau se remit en ordre de marche. Procéder par ordre. Tout d'abord, il se demanda de combien de temps il disposait avant que quelqu'un ne vienne taper à la porte. Il fit un rapide calcul. L'hôtel faisait trente étages. Plus ou moins dix chambres par étage soit environ trois cents chambres, dont la moitié donnait sur l'avant. Là où était tombé le corps. Il se dit que les recherches commenceraient à partir du cinquième ou du sixième étage. Au-dessus du lobby, des locaux techniques, des restaurants. Plus que vingt-quatre étages et cent vingt chambres à vérifier. En consacrant cinq minutes par étage (il fallait taper à la porte, attendre que quelqu'un ouvre, ou utiliser un passe, entrer, aller jusqu'aux fenêtres, vérifier, poser quelques questions si la chambre était occupée, puis passer à une autre chambre et recommencer), oui, cinq minutes étaient vraiment le minimum. Il calcula qu'il pouvait donc compter sur deux heures de répit. Il divisa cette durée par deux, car il ignorait combien de personnes allaient entreprendre les recherches. Puis de nouveau par deux pour se laisser une marge de sécurité et aussi parce qu'il ne savait plus combien de temps s'était écoulé depuis que Murray avait sauté. Il arriva à la conclusion qu'il disposait d'environ trente minutes de tranquillité.

Largement plus qu'il n'en fallait. Croyait-il. Il s'encouragea. « Allez ! Ne perds pas de temps ! Sers-toi de ton cerveau ! Par où commencer ? Tout d'abord, efface toutes les traces de ton passage. » Il alla chercher une serviette dans la salle de bains et entreprit d'essuyer toutes les surfaces qu'il avait touchées. Vingt-neuf minutes trente secondes. Il se remémora son arrivée dans la suite et commença par astiquer la cabine et la porte de l'ascenseur. Vingt-six minutes dix secondes. Ensuite les accoudoirs du fauteuil. Il ne se souvenait plus où il était assis. Il eut un coup au cœur. « Réfléchis ! » Il ferma les yeux. Oui, celui-ci ! Il frotta comme un fou. Vingt-trois minutes dix secondes.

La peur s'insinua en lui. Distillant son poison. Je voyais ses tentacules noirs envahir peu à peu son cerveau.

Il regardait sa montre toutes les dix secondes. Le temps filait à une vitesse folle. Il commença à s'inquiéter. Son cerveau reptilien lui hurlait de quitter les lieux. Sans attendre. Sans se retourner. Sa raison chuchotait qu'il fallait finir le travail. La raison l'emporta. Il devait n'oublier aucune empreinte. Aucune trace. Il recommença à trembler. Il sentait que quelque chose lui échappait. Mais quoi ? Il se remémora ses déplacements. Les objets qu'il avait touchés. Il se souvint tout à coup qu'il était allé pisser. Il avait failli oublier. Il retourna en courant dans la salle de bains. Frotta comme un forcené. Les poignées de porte. Les robinets. La vasque. Le miroir, comme pour effacer son image. Appuya sur la chasse d'eau. On ne sait jamais. Peut-être pouvait-on extraire son ADN de l'eau de la cuvette ? Et sur la porcelaine ? Aucune idée. Dans le doute il déroula un bon mètre de papier hygiénique, le roula en boule, se mit à genoux et frotta la cuvette. La salle de bains brillait désormais de mille feux. La femme de ménage allait se la couler douce demain. Il revint dans la suite. « Qu'ai-je fait ensuite ? Qu'ai-je touché d'autre ? Réfléchis ! Il te reste… vingt minutes. Tu as le temps. Calme-toi. Respire ! Souviens-toi ! Rien. J'en suis certain. Je n'ai touché à rien d'autre. » Il soupira d'aise. « Enfin ! J'ai terminé. » Du regard, il fit le tour complet de la suite. Tout lui parut en ordre. Si l'on excepte un homme mort en train de se vider de son sang. Soudain, il aperçut le verre dans lequel il avait bu. Sur lequel il y avait ses empreintes.

Et son ADN. « Nom de Dieu ! Le verre ! J'ai failli oublier le verre ! » Il se précipita. L'attrapa. Emporté par son élan, il buta contre la table. Le verre lui échappa des mains. Tension nerveuse ? Destin ? Comment savoir ? Toujours est-il qu'il tomba sur le rebord de la table basse – il aurait pu tomber sur la moquette, mais quand on a la poisse – où il explosa en mille morceaux. « Allez, c'est pas grave. Je vais tout ramasser. J'ai du temps devant moi. » Il regarda sa montre. Fit la grimace. « Pas tant que ça, finalement ! Vite ! Dépêche-toi ! »

McNamara poussa un cri de douleur lorsqu'une écharde de verre s'enfonça profondément dans sa chair. Il l'arracha d'un coup sec. Secoua la main. Des gouttelettes de sang s'échappèrent de sa blessure en une myriade de points rubis qui constellèrent la moquette. « Eh merde ! J'allais partir, et maintenant mon sang est partout dans la pièce. » De rage, il shoota dans la table basse. La vaisselle du petit-déjeuner vola à travers la pièce. Il ne savait plus quoi faire. Il tournait sur lui-même, se demandant s'il n'allait pas vomir. Il eut soudain une illumination. Plus l'endroit ressemblerait à un champ de bataille, moins son ADN risquerait d'être découvert. Il allait tout saccager. Peut-être même, y mettre le feu. « Oui ! Le feu. Excellente idée ! Le feu effacera mes traces. Pourquoi n'y ai-je pas songé plus tôt ? » Il se dirigea vers le bar. Attrapa une bouteille d'alcool. La vida sur les rideaux. Puis une deuxième. Pour faire bonne mesure. Et une troisième sur les fauteuils. Il s'envoya une bonne rasade de la quatrième avant de la lancer contre un mur. Une odeur d'alcool, sucrée, entêtante, emplit la pièce. La tête commençait à lui tournait. « Concentre-toi ! Il me faut une allumette. » Il tâta ses poches. Rien ! « Une allumette. Allez ! Une simple allumette. Vite ! Une toute petite allumette. » McNamara ne fumait pas. Il tomba à genoux. Envisagea un instant de suivre le même chemin que Murray. Y renonça aussitôt. Il y avait forcément une boîte d'allumettes avec le nom de l'hôtel. Quelque part. Dans un cendrier. Sur la table de nuit. Au fond d'un tiroir. Il y en avait dans toutes les chambres. De tous les hôtels du monde. Il se mit à chercher. Partout. Frénétiquement. Rien. Pas la moindre boîte. Nulle part. Il était dans une chambre non-fumeur. Il éclata en sanglots. Se dit qu'il était foutu. Quand le sort s'acharnait à ce point, c'est que quelqu'un là-haut avait décidé de vous en faire baver et il ne servait à rien de se battre. Fataliste, il accepta sa défaite. Il décida de se saouler. S'il restait encore quelque chose à boire. N'importe quoi ferait l'affaire. Près du bar, sur une desserte, il remarqua un plat en argent rempli d'œufs brouillés crémeux. Et de bacon croustillant, odorant, encore fumant. Il adorait ça, les œufs au bacon. Il en mangeait des platées chaque matin. Mais aujourd'hui, il ne pouvait rien avaler. Il avait juste besoin d'un… il s'arrêta. Fronça les sourcils. Se retourna.

Encore fumant !

Comment pouvaient-ils fumer alors qu'ils étaient servis depuis plus d'une heure ? Peut-être que…

Il fit demi-tour. Toucha le plat. Brûlant ! Regarda dessous.

Et là… Merci mon Dieu ! Lumineuse, brillante, orange, la clef de tous ses problèmes crépitait joyeusement. Moïse au pied du buisson ardent devait avoir le même visage extatique que McNamara découvrant la flamme du chauffe-plat. Son moral remonta en flèche. Tout n'était peut-être pas perdu. Un sourire éclaira son visage. « Allez ! Je fous le feu à ce merdier et je dégage. Vite ! »

Il n'eut pas le loisir de mettre son plan à exécution. Des coups frappés à la porte vinrent interrompre ses réflexions. Une voix assourdie s'éleva :

— Sécurité de l'hôtel, veuillez ouvrir, je vous prie.

Non ! Pas déjà ! Il se précipita sur la porte, poussa le verrou et mit la chaîne de sécurité pour se donner quelques instants de répit. Non ! Non ! Non ! Pourquoi étaient-ils déjà là ? Si vite ! Pourtant son calcul était correct, il ne comprenait pas. Où s'était-il trompé ? Il disposait encore de quinze bonnes minutes.

Il s'adossa à la porte, pour faire un rempart de son corps. « Ils ne rentreront pas ! » Il retint sa respiration. S'il ne faisait aucun bruit, ils penseraient la chambre inoccupée. Ils iraient voir ailleurs.

Les coups redoublèrent.

— Sécurité de l'hôtel. Ouvrez !

Il transpirait abondamment. Le cerveau en ébullition. Des pensées irrationnelles se bousculaient dans sa tête.

Je les entends aussi distinctement que s'il parlait à voix haute.

« Je ne vais pas faire de bruit. Ils penseront qu'il n'y a personne. Ne t'affole pas. Ils n'entreront pas. Ils finiront par partir et tu pourras t'échapper. Il y a toujours une solution. Toujours ! OK ! Mais laquelle ? Laquelle ? »

L'ascenseur !

Il avait oublié l'ascenseur ! Il s'y précipita, appuya comme un fou sur le bouton de descente.

— Vite ! Vite !

La porte ne se ferma pas. L'ascenseur ne bougea pas.

McNamara ignorait que tous les ascenseurs de l'hôtel avaient été mis hors service, selon les procédures de sécurité en vigueur.

— Nous allons entrer.

McNamara ferma les yeux. Les rouvrit. L'arme. L'arme ne devait pas être découverte. Il devait s'en débarrasser. Vite. Il songea un instant à la cacher dans la chambre. Non ! Mauvaise idée ! Sa première idée était la bonne. Il sortit sur la terrasse. Les jambes flageolantes. Le cerveau en feu. Il se pencha sur la rambarde, à l'endroit même où avait sauté Murray. L'hôtel n'était séparé de l'eau que par une langue de terre d'une vingtaine de mètres. S'il y mettait suffisamment de puissance, il arriverait à jeter le revolver dans l'eau. Il se souvint qu'il avait joué au baseball dans sa jeunesse et qu'il était un lanceur honorable. Vingt mètres, ce n'était rien. Il saisit l'arme par le canon. La lança de toutes ses forces. Le plus loin possible. Mais, si la technique était toujours là, les muscles avaient fondu depuis longtemps et le revolver était bien plus lourd qu'une balle de la ligue mineure. L'arme s'envola, décrivit une parabole et plongea vers le sol, où elle atterrit, au milieu du restaurant de l'hôtel, sur la table d'un couple qui faillit avoir un double infarctus.

Il se rendit compte, un peu tard, qu'il l'avait tenue à pleine main et que ses empreintes…

« Je suis foutu ! »

Il envisagea de se cacher sous le lit. Repoussa cette idée ridicule. Sauter ? Il n'en avait pas le courage. Le vertige le prenait dès qu'il se trouvait à plus de deux mètres du sol. Alors trente étages…

Il se rendit à l'évidence. Il avait tout essayé. Mais il avait échoué. Il poussa un soupir. À mi-chemin entre le soulagement de ne plus avoir à lutter et la peur de ce qui allait se passer. Il retourna dans la chambre. Les larmes aux yeux. S'apitoyant à l'avance sur son sort.

Le calcul de McNamara était erroné, car il ignorait un détail capital ; pour des raisons de sécurité, toutes les fenêtres de l'hôtel étaient condamnées. Toutes. La victime avait donc, obligatoirement, sauté depuis la terrasse du penthouse. C'était pour cette raison que les agents de sécurité s'étaient présentés à la porte moins d'un quart d'heure après que Murray se fut écrasé au sol.

Les agents se servirent de leur passe, arrachèrent la chaîne d'un coup d'épaule, et déboulèrent dans la suite. Ils marquèrent un temps d'arrêt en découvrant le corps sans vie de Del Mora, puis ils se jetèrent sur McNamara, le plaquèrent au sol et pour faire bonne mesure, lui tordirent les bras dans le dos, lui arrachant un cri de douleur. Le directeur arriva sur ces entrefaites. Il surprit ses employés sur le point de casser le bras d'un client. Avec un flegme tout britannique, il leur demanda de bien vouloir se calmer. De cesser de brutaliser ce gentleman. De le traiter avec tout le respect que l'on devait à un client. Et d'attendre que la police arrive. Puis il fit demi-tour et quitta les lieux. Les agents de sécurité demandèrent poliment à McNamara de s'asseoir et de la fermer. Avec tout le respect qui lui était dû. Puis d'attendre gentiment que les flics le foutent en taule.

De mon côté, j'avais contacté Foster bien avant que les choses ne dégénèrent. Je m'étais fait une raison. On ne débusquerait pas Del Mora dans son antre. Mais on pouvait les surprendre tous les trois ensemble. Layton et Ogden franchirent la porte du penthouse quelques minutes à peine après l'intervention de la sécurité de l'hôtel. Les détectives enjambèrent le corps de Del Mora, lui jetant à peine un rapide coup d'œil. Ils se précipitèrent sur McNamara et le menottèrent. À tout hasard. Ils demandèrent ensuite si quelqu'un avait vérifié s'il n'y avait personne d'autre dans la suite. Ces derniers secouèrent la tête en signe de dénégation, en rougissant jusqu'à la racine des cheveux. Ils n'avaient pas pensé que... ils croyaient que... Layton et Ogden dégainèrent leurs armes en les traitant d'amateurs, et leur demandèrent de dégager. Une fois seuls avec McNamara, ils s'assurèrent que personne n'était caché dans la salle de bains, dans les placards ou même sous le lit. Satisfaits, ils se tournèrent alors vers le promoteur. Ogden lui lut ses droits, puis Layton, bras croisés et jambes écartées, lui demanda d'expliquer ce *bordel* !

McNamara tenta de minimiser son rôle. Il expliqua l'achat du terrain, le projet immobilier pharaonique, la difficulté pour expulser les squatteurs, les tentatives infructueuses pour y parvenir. Il chargea copieusement Murray. Ce dernier endossa, *post mortem*, la responsabilité de toutes les turpitudes, de toutes les malhonnêtetés de l'affaire. McNamara déclara que Del Mora assistait à cette réunion, sur les instances de Murray, uniquement pour le spolier de sa société. Il ne le connaissait pas, ne l'avait jamais vu avant ce soir. Il éluda beaucoup de questions et ne dit rien sur la façon dont ils comptaient se débarrasser des squatteurs. Il termina par l'altercation entre les deux hommes. Les insultes. Les menaces. Le corps-à-corps. Le coup de feu qui retentit. La stupeur de Murray quand il découvrit qu'il avait tué Del Mora. Son suicide.

McNamara mesurait les répercussions désastreuses qu'auraient ces dernières heures sur le reste de sa vie. Finis les rêves de grandeur et de richesse. Son projet tombait à l'eau. Définitivement. Il ne verrait jamais, des magnifiques tours qu'il espérait ériger, que les maquettes de son bureau. Il se demanda s'il allait faire de la prison. Il se jura de collaborer avec la justice. De tout avouer. Mais que pouvait-il apporter au procureur qui en vaille la peine ? Il était le seul protagoniste en vie et il savait que la justice ne le lâcherait pas. Il comprit qu'il supporterait seul les conséquences de cette affaire, et il ne douta pas un instant que les sanctions seraient impitoyables. Il baissa les yeux et s'absorba dans la contemplation de ses pieds. La tête remplie de désirs noirs, à deux doigts de fondre en larmes. Mais il parvint à se maîtriser. Il ne voulait pas craquer devant les flics.

Layton appela Parker Center, demanda qu'on lui envoie des ambulances et le coroner. Il annonça un meurtre et un suicide. Un témoin avait assisté à la scène. Il faudrait s'assurer qu'il n'y avait pas participé d'une manière ou d'une autre, ses explications ne l'ayant pas totalement convaincu. Il exigea de parler au chef. Il l'obtint rapidement. Il expliqua les faits, les morts, l'arrestation… Il voulait que cette nouvelle enquête leur fût confiée, car elle était, déclara-t-il, étroitement liée à celles dont ils étaient déjà chargés. Le chef accepta.

Layton commence à porter ses couilles ! Je l'ai peut-être mal jugé.

Quant à McNamara, pour gagner toujours plus de fric, il n'aurait eu aucune réticence à causer la mort de dizaines d'innocents. Il n'avait pas émis la moindre protestation lorsque Del Mora avait dévoilé son plan. Aussi, son sort m'indifférait complètement. Qu'il croupisse en prison pour le restant de ses jours ou qu'il crève, contaminé par la drogue que lui avait vendue Elsie, ne me faisait ni chaud ni froid.

Je souhaitais juste qu'il souffre le plus longtemps possible. Quelle ironie ! Quelle tristesse !

Je ne voyais que les aspects délétères de l'humanité. Malhonnêteté. Prévarication. Meurtre. Je haïs les hommes. Tous. Un par un et en groupe. Aucun ne trouvait grâce à mes yeux.

Je me demande si je ne suis pas en train de tourner misanthrope.

44.

Jeudi 27 mars – 09 h 55 – Résidence Wright

Je demandai à Foster de me faire rentrer. Silence radio. Le signal ne passait pas, ou Foster était déjà défoncé. Je devais bouger. Je quittai la suite et me rapprochai des collines. Je parvins à établir la liaison. Foster me ramena. Il était dans un sale état. Recroquevillé sur le lit, tout habillé, en nage, des lunettes de soleil sur le visage. Il me dit qu'il avait mal aux yeux. À la tête. Partout. Je l'obligeai à se traîner jusqu'à la salle de bains. Il trouva un tube d'aspirine dans l'armoire à pharmacie. Croqua trois comprimés. Pour faire bonne mesure, il avala un cocktail de cachets de sa composition. Il toussait beaucoup. Ses yeux larmoyants et rouges, sensibles à la lumière, l'obligeaient à rester dans la pénombre. Il semblait atteint du même mal qu'Elsie. En titubant, il alla s'allonger sur un canapé du salon et alluma la télévision. Il tomba sur une chaîne d'infos. Les nouvelles étaient catastrophiques.

Une terrible épidémie sévissait depuis quelques jours au sein de la population de Los Angeles. Des centaines de personnes se précipitaient dans les hôpitaux en se plaignant des mêmes symptômes. Ils souffraient de conjonctivite. Puis une toux grasse se déclenchait. Aucun traitement n'en venant à bout, cette toux évoluait en œdème pulmonaire. Les malades étaient alors hospitalisés en urgence absolue. Malgré les efforts des médecins, la plupart décédaient dans les quarante-huit heures suivant leur admission. On parlait d'empoisonnement à la ricine et on dénombrait déjà plus d'une trentaine de morts.

Foster, abruti par les médocs, ne comprit pas qu'il souffrait du même mal.

Les pouvoirs publics étaient sur les nerfs. Les journalistes, toujours prompts à mettre de l'huile sur le feu, parlaient d'empoisonnement à grande échelle. D'attaques terroristes. De guerre bactériologique. Les experts affluèrent sur les plateaux de télévision et recommandèrent de ne plus boire l'eau du robinet, l'eau étant un excellent vecteur de diffusion du poison. Mais ce qui surprenait tout le monde, c'était que la plupart des malades étaient hospitalisés au *Cedars-Sinai Medical Center* et habitaient tous les mêmes (beaux) quartiers. La thèse de la contamination par l'eau ne tenait donc pas la route. Une diffusion du poison sous forme d'aérosol eut la cote auprès d'autres experts. Mais les vents auraient dispersé les agents pathogènes dans toute la ville, alors que l'épidémie était circonscrite aux quelques centaines d'hectares, délimités par Santa Monica Boulevard et Sunset Boulevard quand ils traversaient Beverly Hills.

Ils mettraient plusieurs jours avant de comprendre.

L'épidémie touchait des gens riches et célèbres. Les pouvoirs publics étaient face à un dilemme. En effet, les médecins comprirent assez vite que la cocaïne était un des vecteurs de la maladie. Mais il était compliqué d'annoncer à la population que son élite était composée de drogués. Aussi cette partie de l'affaire ne fut jamais révélée au grand public. Le maire, le gouverneur et leurs nombreux conseillers décidèrent de passer sous silence le fait que la plupart des victimes avaient participé à des fêtes où des produits stupéfiants circulaient librement. Mais tous les malades n'étaient pas des consommateurs de drogues. Ceux qui ne l'étaient pas avaient été contaminés au sein de leur famille ou dans leur milieu professionnel.

Au même moment, un second foyer, ou une seconde vague, se déclara à South Central. Si la population touchée était presque exclusivement noire, composée de SDF, de membres de gangs ou de prostituées, les symptômes, en revanche, étaient rigoureusement identiques.

La branche du NIH[1] spécialisée dans les maladies infectieuses et le CDC[2] découvrirent de nombreux points communs entre cette seconde vague et la *jet-set épidémie*, comme l'avait déjà surnommée la presse, mais les épidémiologistes et les flics y perdirent leur latin. Il n'y avait aucune corrélation possible entre ces deux populations. Pas de contact physique. Aucun échange de seringue ou de bang. Les revendeurs faisaient partie de réseaux totalement différents (composés de Blancs, propres sur eux, à Bel-Air et Brentwood et de gangsta blacks, shootés au crack, pour South Central ou Inglewood). Mais les deux pandémies survenaient en même temps et tous les malades, sans exception, avaient consommé de la drogue les jours précédents ou connaissaient intimement un consommateur.

Si des recherches sérieuses avaient été entreprises, les pouvoirs publics auraient eu la surprise de découvrir que les premiers malades hospitalisés au *Cedars-Sinai* avaient tous été en contact avec un agent immobilier, Mitch McNamara, qui les avait approvisionnés en drogue. Qu'il avait lui-même

1. National Institutes of Health : institutions spécialisées en recherche médicale.

2. Centers for Disease Control and Prevention : centres pour le contrôle et la prévention des maladies, agence fédérale de protection de la santé publique.

obtenue auprès d'une certaine Elsie. Qui l'avait elle-même volée à son amant.

Moi, en l'occurrence !

Personne n'aurait pu imaginer, en outre, que cette drogue contaminée avait été partagée en deux lots, et que le second avait été cédé par la même Elsie, à un dealer de South Central, en règlement d'une ancienne dette.

L'accès aux soins n'étant pas exactement le même pour les habitants des deux quartiers, la population de South Central, avec plus de trois quarts de décès parmi les personnes contaminées, paya un lourd tribut à la maladie. On dénombra près de cinq cent cinquante morts en une semaine. La morgue de L.A. n'arrivait pas à accueillir tous les cadavres et des entrepôts frigorifiques furent réquisitionnés. Les autopsies permirent de déterminer que les malades avaient été contaminés par la ricine ou la toxine botulique. Les drogues n'étant pas infectées avec les mêmes agents pathogènes selon qu'elles se fumaient, s'inhalaient ou s'injectaient.

Tout cela ne m'arrangeait pas. Il persistait encore de nombreuses zones d'ombre et la présence de Foster m'était indispensable pour le dernier acte. Je devais l'utiliser (le terme est fort, mais je n'en voyais pas de plus juste) tant qu'il était en état de m'obéir.

Je suis peut-être un salaud, mais c'est ainsi et je n'ai pas d'autre option.

Je devais conclure cette enquête. Je ne pouvais pas rester éternellement entre deux états, à demi mort ou à moitié vivant. J'espérais, sans en avoir la certitude, qu'une fois le coupable démasqué, je pourrais m'en aller. Définitivement.

Si Foster venait à mourir, et compte tenu de son état, je devais sérieusement envisager son décès à plus ou moins brève échéance, je ne pourrais plus communiquer avec les vivants. Bien sûr, je chercherais quelqu'un à qui je pourrais révéler ma présence. Mais je n'étais pas certain de le trouver, ni d'avoir envie de le trouver…

Je n'avais pas de temps à perdre. Foster n'avait plus que quelques heures de lucidité par jour. Je décidai de précipiter les choses. Je lui expliquai rapidement ce que j'attendais de lui. Il me traita de *salaud* esclavagiste. Je lui promis que ce serait la dernière fois. Il accepta de mauvaise grâce. S'enfila encore quelques cachets et dormit à poings fermés une partie de la journée. Le soir venu, il parut en meilleure forme.

Il devait tenir son rôle. Il le fallait.

45.

Jeudi 27 mars – 22 h 05 – Résidence Wright

Il était un peu plus de vingt-deux heures. Il faisait nuit noire. La lune avait disparu, avalée par des nuages bas annonciateurs de pluie. Depuis le salon, à travers les baies vitrées, les lumières de la ville n'en paraissaient que plus proches, plus scintillantes.

L'atmosphère était lourde, saturée d'humidité. Les animaux nocturnes avaient anticipé les trombes d'eau qui ne tarderaient pas à s'abattre sur la ville et un profond silence régnait dans les collines.

Foster somnolait. J'étais inquiet. J'ignorais s'il était capable de tenir son rôle. Je m'en remettais à lui. Totalement. Corps et âme. J'étais dépendant de ce junkie comme un nouveau-né pouvait l'être de sa mère. Et ça me faisait *chier* à un point qu'il était difficile d'imaginer. Mais avais-je le choix ?

Il se réveilla et je m'insinuai dans son cerveau. Je commençai à instiller mes recommandations. Je lui expliquai une fois encore ce que j'attendais de lui. Il m'assura qu'il avait compris. Me demanda de lui lâcher la grappe. Sinon…

Je préférais ne pas savoir ce qui se cachait derrière cette menace. Je promis que ce serait la dernière fois que je le mettais à contribution. Il accepta de me croire. Ce soir, me dit-il. Je pouvais me servir de lui ce soir. Ensuite j'irais me faire *foutre*.

Espèce d'enfoiré, tu ne perds rien pour attendre ! Tu ignores ce qui va t'arriver. Je te promets des lendemains qui déchantent.

J'aurais aimé lui balancer ces phrases. Mais je réussis à me contenir.

Nous passâmes l'heure suivante, chacun dans notre coin, perdus dans nos pensées, quand soudain, le bruit d'un moteur se fit entendre. Un véhicule approchait. Grosse cylindrée. Il ralentit en passant devant la maison, continua sur quelques mètres puis s'arrêta. Le conducteur coupa le contact. Une seule portière claqua.

Le chef poussa le portail et pénétra dans la propriété. Sans hésiter, il négligea la porte d'entrée et fit le tour par le jardin. Il déboucha sur la terrasse, s'arrêta, regarda autour de lui. Il aperçut Foster. L'apostropha :

— Me voilà. Il paraît que tu as des choses importantes à me dire ? Vas-y, je t'écoute. J'espère pour toi que tu ne m'as pas fait venir jusqu'ici pour rien.

Foster, brûlant de fièvre et parcouru de frissons, parla lentement, dans un effort visible de concentration.

— J'ai des choses à vous apprendre. Au sujet de l'agression de votre fille.

— De ma fille ? Quel rapport as-tu avec ma fille ? Et d'où la connais-tu ? Parle. Je t'écoute ! aboya-t-il.

— Je dois vous raconter l'histoire depuis le début.

— Je la connais mieux que toi l'histoire, c'est de ma fille dont il s'agit...

— Je suis d'accord avec vous. Mais comme vous changez de version chaque fois que vous la relatez, laissez-moi vous rafraîchir la mémoire.

— Mais qu'est-ce que tu racontes ?

Il s'approcha de Foster, le dévisagea attentivement.

— Tu as une sale *gueule*. Tu es malade ? En tout cas, tu nages en plein délire, mon vieux.

— Ouais, c'est vrai. Je suis malade à en crever. Mais je dis la vérité. Souvenez-vous, dans votre bureau avec River, lorsque vous lui avez relaté le viol de votre fille, il était question d'un groupe de trois jeunes. Deux auraient agressé votre fille pendant que le troisième restait avec son amie. Pourtant, à Layton et Ogden, vous n'avez mentionné que deux types. Juste ?

— Écoute, bougonna le chef, je ne sais pas ce que t'a raconté River. Il avait sans doute mal compris ce…

— Non, non, il avait très bien compris. C'est vous qui avez changé de version.

— Tu n'étais pas plus présent à cette réunion qu'à la précédente et…

— Attendez ! Laissez-moi continuer.

— Oui, continue, tu m'intéresses !

— Ils étaient trois, les types qui ont abusé de votre fille. Je le sais. Je les ai retrouvés. Il s'agit du fils du propriétaire de la maison et de ses deux meilleurs amis. Tous trois sont étudiants à l'UCLA et colocataires. Ils se connaissent depuis l'enfance et ont l'habitude de faire les quatre cents coups. Mais, l'un d'eux, Hayden, a été assassiné.

Le chef eut un éclat de rire sans joie.

— Paix à son âme, à ce petit salopard.

Les paroles du chef agirent comme un catalyseur et soudain, toutes les pièces du puzzle qu'était ma mémoire s'emboîtèrent les unes dans les autres, formant une image aussi nette que précise.

Désormais, je sais. Désormais, je me souviens. De tout.

46.

Vendredi 21 mars – 23 h 05 – Résidence Wright

C'était une nuit semblable à celle-ci, presque à la même heure, une semaine auparavant. Comme ce soir, nous étions au bord de la piscine et le chef me disait :

— Paix à son âme, à ce petit salopard.

— Il est mort, chef !

— Je le sais, River, tu viens de me le dire.

— Il a été tué !

— Je n'y suis pour rien.

— Vous, oui. Mais votre fille…

— Laisse ma fille en dehors de ça ! hurla-t-il.

— Non, chef, c'est impossible.

— Mais qu'est-ce que tu racontes ? En quoi Anna Molly est-elle concernée par la mort de ce type ? Elle ne le connaissait même pas.

— Si. Elle ne le connaissait que trop bien, dis-je en soupirant.

— River, au nom de notre amitié, implora-t-il.

— Chef…

— Tu sais que je te considère comme mon fils…

— Cela n'a rien à voir. Je sais que c'est Anna Molly qui a tué Hayden. N'essayez pas de me la jouer à l'envers. J'ai mené mon enquête et je sais tout. J'ai découvert qu'Hayden était l'un des deux salopards qui ont violé votre fille. Malheureusement, j'ai aussi découvert que c'est Anna Molly qui a écrasé ce petit c...

— Ce n'est pas elle, c'est moi !

— Non, chef. Je comprends que vous essayez de la couvrir. J'en aurais fait de même. Mais j'ai vérifié, et votre alibi est inattaquable.

— Tu commences à m'*emmerder*, River. J'ai payé un type pour le faire.

— Qui ?

— J'ai oublié son nom.

— Je ne vous crois pas.

— River, au nom de notre amitié !

Sa voix se brisa. J'étais bouleversé de le voir dans cet état.

— Chef ! C'est impossible... ce que vous me demandez... je ne pourrai jamais... et vous le savez.

Je n'aimais pas ce que j'étais en train de faire. J'essayais d'échanger la liberté d'Anna Molly contre la mienne. Un bon petit chantage qu'il ne pourrait refuser. J'avais tourné le problème dans tous les sens et je n'avais pas trouvé d'autre solution. Je voulais le forcer à tout avouer et ensuite je lui mettrais le marché entre les mains. Elliot Ness lui-même ne pourrait qu'accepter mon marché. J'étais obligé d'agir ainsi. Si je lui avais demandé de m'aider sans le menacer de dénoncer sa fille, il m'aurait ri au nez. Je poussai un soupir et la mort dans l'âme, je continuai :

— Il méritait de payer. C'est certain. Mais pas comme ça. Il y a des règles et il faut les respecter. C'est vous qui me l'avez appris.

— Mais c'est ma fille ! C'est Anna Molly ! Tu ne peux pas...

— Arrêtez chef ! C'est suffisamment difficile...

— Difficile ? Parce que pour Anna et moi, ce n'est pas difficile ? Allons, River !

— Oui, je sais. Mais…

— Non, tu ne sais pas, tu ne sais rien. Ce n'est pas ta fille, la chair de ta chair, qui a subi cette ignominie. Si c'était le cas, toi aussi tu serais prêt à tout pour la sauver.

Je m'engouffrai dans la brèche. Sur la pointe des pieds.

— Oui, vous avez probablement raison, mais…

— River ! Arrête de *déconner* ! On parle d'Anna. Tu la connais depuis sa naissance. Tu ne peux pas lui faire ça.

J'attendais qu'il prononce ces mots.

— Écoutez chef, je veux bien essayer de… mais…

Pour être crédible, je ne devais pas capituler trop vite.

— Avant de prendre ma décision, je dois éclaircir quelques points.

— Vas-y, je t'écoute.

— Comment Anna a-t-elle su qui c'était ? Ils étaient étudiants tous les deux à l'UCLA, mais ils sont des milliers sur le campus. Je sais que c'est…

— Elle a reconnu sa voix, murmura-t-il dans un souffle.

Comme tous les flics, je connaissais cet instant fugace, quand le prévenu se décidait enfin à avouer. Le moment où le rempart qu'il avait érigé autour de lui se lézardait, puis s'écroulait. La culpabilité trop lourde à porter. Les mensonges dans lesquels on s'enferrait. Sans possibilité de retour en arrière. Le soulagement de tout avouer. Comme une délivrance. Le chef avait décidé de parler, mais il était tellement affecté par ce qu'il allait avouer, qu'il avait du mal à s'exprimer. Le souffle court et reprenant sa respiration après chaque phrase, il poursuivit :

— Elle est tombée sur lui par hasard, début décembre… Elle était retournée à l'université depuis peu… Elle ne voulait pas perdre une année à cause de ces types… J'ai même eu l'impression qu'elle recommençait à prendre goût à la vie…

Elle n'avait pas oublié ce qu'elle avait subi. Il est impossible d'oublier qu'on a été violé… Mais elle avait décidé de se battre… Bref. Un jour, alors qu'elle était assise sur un banc, en train de réviser ses cours, trois types passèrent près d'elle. Ils suivaient une fille. Ils parlaient fort et faisaient des remarques inconvenantes, comme savent si bien le faire les garçons, sur sa tenue, sa silhouette… Ils la frôlèrent, mais sans savoir que c'était elle. Il est vrai qu'ils étaient tous déguisés lors de cette funeste soirée. Et c'est à ce moment-là qu'Anna Molly a reconnu la voix de l'un d'eux. C'était lui. Son violeur. Heureux de vivre. N'ayant ni remords ni regrets. Elle m'a avoué avoir voulu se jeter sur lui. Mais ses jambes refusèrent de la porter. Elle resta clouée sur place. Tremblante. Le visage en feu. Sans parvenir à esquisser le moindre geste. Après quelques instants, au prix d'un effort surhumain, elle parvint à surmonter son angoisse et elle se lança à leur poursuite. Elle fila le trio jusqu'au parking où ils montèrent dans la voiture de sport que conduisait Hayden. Elle eut la présence d'esprit de relever l'immatriculation.

— Mais comment a-t-elle obtenu son nom ? C'est vous qui…

— Non, je n'y suis pour rien, elle s'est connectée à la base de données de la police avec mes identifiants et elle a obtenu le nom et l'adresse d'Hayden.

— Vous ne saviez donc pas, avant de me confier l'enquête, qu'elle avait démasqué son agresseur ?

— Non, je n'en savais rien. Tu peux me croire. J'aurais tout fait pour l'empêcher de…

Il fit un geste évasif de la main et poursuivit.

— Pendant des jours, elle l'a suivi. Elle partait dès l'aube. Rentrait tard le soir. Une fois de plus, je ne me suis rendu compte de rien… Je suis un *putain* de mauvais flic, tu ne trouves pas ?

Il haussa les épaules.

— Tous les soirs, réglé comme une horloge, il partait faire son jogging. Seul. Anna Molly lui a foncé dessus en voiture... Elle l'a percuté... Il est mort... Fin de l'histoire.

Il poussa un soupir, la tête basse. Puis, me regardant dans les yeux, d'un air de défi :

— On ne va pas gâcher une autre vie. Encore une ! Ce qu'a fait Anna Molly est très grave, je te l'accorde, mais ce *salopard* l'avait violée. Et il allait s'en tirer sans être inquiété. Ce n'était pas possible... Ce n'était pas juste. Il est mort. Il a payé. Je t'en conjure, laissons Anna Molly en dehors de cette affaire. River, je t'en supplie ! Je ne supporterai pas de perdre ma fille.

Des larmes roulèrent sur ses joues. C'était la première fois que je le voyais pleurer. Mon cœur se brisa. Les paroles que je prononçai alors furent les plus difficiles que j'eus à dire de toute ma vie.

— Non, chef, je ne peux pas accepter.

La mort dans l'âme, je continuai :

— Anna Molly doit répondre de ses actes. Elle a tué un homme. Elle doit être jugée pour cela. Son avocat plaidera les circonstances atténuantes. Elle pourra être déclarée irresponsable et ne pas aller en prison. Mais vous devez la dénoncer. Si vous ne le faites pas, je m'en chargerai. On ne peut pas faire autrement. On a prêté serment. On doit aller jusqu'au bout. Quoi qu'il en coûte. Et quelles qu'en soient les conséquences. Je suis vraiment désolé.

Il me regardait en secouant la tête. Anéanti. Je le savais prêt à accepter ma proposition ; la liberté d'Anna Molly contre la mienne. J'avais tué des hommes moi aussi. J'étais recherché par tous les flics de Californie. Pas certain de m'en sortir. Lui seul pouvait m'aider. J'ignorais comment. J'en avais même rien à *foutre*. À lui de se débrouiller. Faux papiers. Faux témoignage. Renvoi d'ascenseur. Les solutions ne manquaient pas quand on était au sommet de la hiérarchie. S'il acceptait mon chantage, j'étais certain de m'en sortir.

— Chef, j'aimerais vous proposer…

— NON ! hurla-t-il.

Un fusil à canon court, qu'il cachait le long de sa jambe, apparut soudain entre ses mains.

Il le cala contre sa hanche. Le canon pointé sur mon visage. Il fit feu. Deux fois.

47.

Jeudi 27 mars – 23 h 15 – Résidence Wright

La réalité bégayait. La scène que j'avais vécue la semaine précédente se rejouait sous mes yeux. Le chef brandissait un fusil à pompe, un Mossberg 500. Il visait la tête de Foster. Il allait tirer. Je devais l'en empêcher.

J'ordonnai à Foster, comme nous en avions convenu, de crier. Il s'exécuta, d'une voix chevrotante. Layton et Ogden, cachés à proximité l'entendirent. Ils déboulèrent sur la terrasse. Mirent le chef en joue en hurlant :

— Police ! Chef, lâchez votre arme !

— Nous avons tout enregistré !

Le chef regarda alternativement les deux flics, son fusil se déplaçant de droite à gauche. Layton et Ogden étaient en position de tir. Les pieds parallèles, les jambes légèrement écartées, les mains serrées. Une sur leur arme. L'autre sur une lampe torche. Les deux faisceaux dirigés droit sur le visage du chef. Personne ne bougeait, la tension était palpable.

Après quelques secondes, le chef baissa son arme en clignant des yeux. Il rompit le silence, la voix brisée par l'émotion.

— Vous direz à ma fille que je l'aime. Tout ce que j'ai

fait, je l'ai fait en pensant à elle, à son avenir, à son bonheur. J'ai failli quelquefois et je n'ai pas toujours été le père que j'aurais voulu être, mais je le jure, j'ai toujours fait de mon mieux. Il n'est pas question qu'elle aille en prison. Je ne pourrai pas le supporter. Je vous en conjure, dites que c'est moi le responsable de la mort du jeune Hayden. Dites que je l'ai percuté avec la voiture d'Anna Molly. D'ailleurs, c'est moi qui l'ai amenée à réparer, le garagiste pourra témoigner. Je vous en conjure, laissez-la en dehors de cette affaire… Elle a assez souffert. Trop de vies ont déjà été brisées. Je vous en prie, Layton, Ogden, jurez-moi que vous n'impliquerez pas Anna Molly dans la mort d'Hayden. Jurez-le-moi ! Je vous en conjure !

Au bord des larmes, anéanti par l'émotion, le chef releva son arme. Le canon vers le ciel, il ne visait personne. Ses épaules s'affaissèrent. Il avait cessé de lutter, pour la toute première fois de sa vie. Il mettait son avenir et celui d'Anna Molly entre les mains de deux flics qu'il n'appréciait pas et qui le lui rendaient bien. Ces derniers, plus émus qu'ils n'auraient voulu l'avouer, promirent solennellement. Le chef les regarda en souriant. Soulagé. Libéré d'un poids immense. Rassurés, Layton et Ogden baissèrent leurs armes. Layton fit un pas en avant, le bras tendu, pour se saisir du Mossberg.

Tout alla alors si vite qu'ils ne purent esquisser le moindre geste. Le chef coinça le canon du fusil sous son menton. Ferma les yeux. Appuya sur la détente. Sa tête explosa dans un brouillard rose.

Épilogue

Un jour nouveau se lève.
Une brume légère plane au-dessus de la ville.
Une journée idéale.
Une de plus à passer. Une de moins à vivre.
La mort ne dure qu'un temps. C'est la fin.
J'aimerais rester. Encore.
J'ai tant de choses à faire.
Tant de trésors à découvrir. De personnes à chérir.
Cet immense gâchis me remplit de tristesse.
La mort ne dure qu'un temps. C'est la fin.
Ma rage est froide comme le tranchant d'une lame.
Quand les ténèbres m'enveloppent. Terrifiantes.
Je hurle en silence. Nul ne peut entendre ma voix.
Je pleure en silence. Personne ne vient sécher mes larmes.
La mort ne dure qu'un temps. C'est la fin.
Cette brûlure ne me laissera pas de répit.
Elle ronge mon âme et détruit mon esprit.
Consumant mes derniers fragments d'espoir.
Balayant tous mes rêves.
La mort ne dure qu'un temps. C'est la fin.
La fin comme une souffrance.
La mort comme une délivrance.

Oppressants et avides. Ils me rendent fou.

Mais je terrasse mes démons.

La mort ne dure qu'un temps. C'est la fin.

Je guette son rire. J'espère sa voix.

Je n'ai pas oublié la chaleur de son corps.

Ni le goût de ses lèvres.

Personne ne répond à mes suppliques.

Je ne vois que des ombres à mes côtés.

Je suis seul pour traverser cette épreuve.

La mort ne dure qu'un temps. C'est la fin.

Le feu d'un astre aveuglant dans une explosion de lumière.

Embrase mon esprit d'un éclat coupant comme le diamant.

Le ciel se déchire. La terre s'ouvre.

Le monde se dissout dans la poussière.

Je plonge vers le néant. Je sombre dans le soleil.

Je me bats. Je résiste. Je triomphe.

La mort ne dure qu'un temps.

Je reviendrai.

Remerciements :

Mon épouse, Laurence, en premier lieu. Elle a supporté mes absences, même lorsque j'étais près elle, et m'a partagé avec mes personnages durant les nombreux mois nécessaires à l'écriture de ce roman.

Mes enfants ensuite. Mon fils Théo. Ma fille Chloé. J'aimerais qu'ils soient fiers de leur père autant que je suis fier d'eux.

Martine (Enitram), ma toute première lectrice. Son soutien indéfectible m'a aidé à mener à bien cette aventure incroyable.

Ma famille, qui n'a pas éclaté de rire en apprenant que je me lançais dans l'écriture d'un roman.

Vous, amis lecteurs, qui avez apprécié mes élucubrations. J'espère vous retrouver très vite.

Merci, enfin à toute l'équipe des Éditions Nouveaux Auteurs et de Prisma Média. Merci de croire en nous.

Merci d'avoir cru en moi.

Fabrice Mennella

Fabrice MENNELLA vit dans le sud de la France et est féru de littérature policière d'auteurs américains. *La mort ne dure qu'un temps* est son 1er roman.

Couverture :
© Silas Manhood / Trevillion Images

Ligne graphique : Séverine Morizet

Conception graphique de la couverture : IGS-CP à L'Isle-d'Espagnac (16)

Studio Fabrication : Flora Bellanger

Responsable Développement : Vesna Veljkovic

Composition : IGS-CP à L'Isle-d'Espagnac (16)

Impression :

CPI
BRODARD & TAUPIN

pour le compte des Éditions

NOUVEAUX AUTEURS

Dépôt légal : juin 2022 – N° d'impression : 3047195

Depuis 2009, Prisma Media met en place une politique d'achat écoresponsable.
Ainsi, une majorité du papier de nos magazines est certifié (gestion durable des forêts).
La fabrication des livres des Éditions Prisma s'inscrit également dans cette démarche.

Cet ouvrage a été imprimé en France sur un papier composé de fibres naturelles, recyclables, et fabriqué à partir de bois provenant de forêts plantées et cultivées pour la fabrication de pâte à papier.

FSC
www.fsc.org
MIXTE
Papier issu de sources responsables
FSC® C108412